CARA HUNTER
In the Dark
Keiner weiß, wer sie sind

aufbau taschenbuch

CARA HUNTER hat Englische Literaturwissenschaft studiert und lebt in Oxford. Im Aufbau Taschenbuch ist auch ihr erster Kriminalroman mit DI Adam Fawley, »Sie finden dich nie«, lieferbar.

TEJA SCHWANER übertrug neben Hunter S. Thompson auch Daniel Woodrell und Daniel Friedman ins Deutsche.

IRIS HANSEN lebt nach Aufenthalten in Kanada und Spanien als Übersetzerin in Hamburg.

In einem abgeschlossenen Kellerraum werden eine Frau und ein kleiner Junge entdeckt, ausgehungert und verstört. Niemand kennt ihren Namen, niemand hat sie als vermisst gemeldet. Als Detective Inspector Adam Fawley versucht, mit der jungen Frau zu sprechen, bricht sie zusammen. Alles, was sie mitteilen kann, ist: Sie will den Jungen nicht sehen. Und auf keinen Fall möchte sie gefunden werden. DI Adam Fawley steht vor einem Rätsel. Wovor hat sie solche Angst? Als er bei seinen Ermittlungen auf einen ungelösten Fall stößt, bei dem vor zwei Jahren eine junge Mutter und ihr Sohn verschwunden sind, hofft er, darin die Lösung zu finden.

CARA HUNTER

IN
THE
DARK

KEINER WEISS, WER SIE SIND

KRIMINALROMAN

Aus dem Englischen von
von Teja Schwaner und Iris Hansen

atb aufbau taschenbuch

Die Originalausgabe unter dem Titel
In the Dark
erschien 2018 bei Penguin Books, UK.

MIX
Papier aus verantwortungsvollen Quellen
FSC® C083411

ISBN 978-3-7466-3503-3

Aufbau Taschenbuch ist eine Marke
der Aufbau Verlag GmbH & Co. KG

1. Auflage 2019
© Aufbau Verlag GmbH & Co. KG, Berlin 2019
Copyright © 2018 by Cara Hunter
Umschlaggestaltung www.buerosued.de, München
unter Verwendung eines Bildes von Adrian Muttitt / plainpicture
Gesetzt aus der Whitman durch Greiner & Reichel, Köln
Druck und Binden CPI books GmbH, Leck, Germany
Printed in Germany

www.aufbau-verlag.de

Für »Burke and Heath«
Für die vielen glücklichen Tage

PROLOG

Als sie die Augen öffnet, ist um sie herum nur Dunkelheit, als trüge sie eine Augenbinde. Die feuchte Luft riecht muffig, als hätte hier schon seit langem niemand mehr geatmet.

Ihre übrigen Sinne regen sich. Die Stille, die Kälte, der Geruch. Moder und noch etwas, das sie nicht einordnen kann, etwas Animalisches, Übelriechendes. Sie bewegt die Finger, ertastet Split und Feuchtigkeit unter den Jeans. Jetzt dämmert es ihr – wie sie hierher gelangt ist, warum das hier passiert ist.

Wie hatte sie nur so dumm sein können.

Sie unterdrückt die aufkommende Panik und will sich aufsetzen, aber es misslingt ihr. Sie atmet tief ein und schreit, dass Echolaute von den Mauern widerhallen. Sie schreit und schreit und schreit, bis ihre Kehle wund ist.

Aber niemand kommt. Weil niemand sie hören kann. Wieder schließt sie die Augen, spürt heiße Zornestränen über ihr Gesicht rinnen. Sie ist erstarrt und unfähig, etwas anderes als Wut und Verzweiflung wahrzunehmen, bis sie zu ihrem Entsetzen spürt, dass winzig kleine Füße über ihre Haut kratzen.

Hat nicht jemand mal gesagt, der April sei der grausamste Monat? Nun, wer immer es gewesen sein mag, Detective war er bestimmt nicht. Etwas Grausames kann jederzeit passieren – das weiß ich, denn ich habe es erlebt. Aber Kälte und Dunkelheit nehmen dem Ganzen irgendwie die Schärfe. Sonnenschein, Vogelzwitschern und blauer Himmel dagegen können sich bei diesem Job als brutal erweisen. Vielleicht liegt es am Kontrast. Tod und Hoffnung.

Diese Geschichte beginnt mit Hoffnung. Erster Mai, der erste Frühlingstag. Wer je in Oxford war, der weiß: Hier gibt es nur alles oder nichts – wenn es regnet, haben die Steine die Farbe von Pisse, aber im Licht, wenn die Colleges aussehen, als wären sie aus Wolken geschnitzt, gibt es keinen schöneren Platz auf Erden. Und ich bin nur ein zynischer alter Kriminaler.

Früh am Morgen des ersten Mai findet in Oxford jährlich ein Fest statt, um den Frühling zu begrüßen, bei dem alle zusammenkommen, gemeinsam tanzen und singen. Die Menschen feiern ausgelassen, es gibt Food Trucks, die sogar über Nacht geöffnet hatten. Die Pubs öffnen schon um sechs Uhr früh, und die halbe Studentenschaft ist noch bezecht von der Nacht zuvor. Sogar die gediegenen Bürger aus North Oxford lassen sich sehen, mit Blumen in den Haaren (kein Scherz). Letztes Jahr feierten hier über fünfundzwanzigtausend Menschen zusammen. Darunter etwa ein Kerl, der sich als Baum verkleidet hatte. Ich denke, man hat einen kleinen Eindruck bekommen.

Jedenfalls ist der erste Mai auch für die Polizei ein wichtiger Tag. Der frühe Dienstbeginn mag zwar mörderisch sein, aber es gibt nur selten Ärger, und man verwöhnt uns mit Kaffee und Sandwiches mit Bacon. Zumindest war das so, als ich das letzte Mal dabei war. Doch damals trug ich auch noch Uniform. Bevor ich Detective Inspector wurde.

Aber dieses Jahr ist es anders. Und diesmal ist es nicht nur der frühe Beginn, der den Tag mörderisch macht.

* * *

Als Mark Sexton am Haus ankommt, ist er beinahe eine Stunde zu spät. Zu dieser frühen Zeit hätte er glatt durchkommen müssen, aber auf der M40 fuhren die Autos Stoßstange an Stoßstange, und die Schlange reichte ganz hinunter bis zur Banbury Road. Und als er nun in die Frampton Road einbiegt, blockiert ein Baulaster seine Zufahrt. Sexton flucht, legt wütend den Rückwärtsgang ein und setzt den Cayenne mit quietschenden Reifen zurück. Er stößt die Tür auf und tritt auf die Straße, verfehlt nur um ein Haar die Spritzer von Erbrochenem auf dem Asphalt. Angewidert sieht er nach unten und wirft einen prüfenden Blick auf seine Schuhe. Was ist heute Morgen mit dieser verdammten Stadt los? Er schließt den Wagen ab, geht mit großen Schritten zur Eingangstür und wühlt in den Taschen nach seinen Schlüsseln. Wenigstens stehen inzwischen die Baugerüste. Der Verkauf dauerte viel länger als erwartet, sollte aber hoffentlich bis Weihnachten abgeschlossen sein. Bei der Auktion einer Immobilie auf der anderen Seite der Woodstock Road hatte er kein Glück gehabt und musste für diese hier tiefer in die Tasche greifen. Aber sobald alles fertig ist, wird das Haus eine verdammte Goldgrube sein. Der übrige Immobilienmarkt mag vielleicht vor sich hin dümpeln, aber dank der Chinesen und Russen sinken die Preise in Oxford scheinbar nie. Nur eine Stunde von London entfernt und mit einer erstklassigen Privatschule für Jungs drei Straßen weiter. Seiner Frau gefiel die Idee nicht, eine Doppelhaushälfte zu bewohnen, aber er sagte ihr: Sieh es dir nur an – es ist doch verdammt riesig. Echt viktorianisch, vier Stockwerke und ein Untergeschoss, aus dem er einen Weinkeller und ein Heimkino machen will (nicht, dass er seiner Frau schon davon erzählt hätte). Nebenan wohnt nur ein alter Schwachkopf – der wohl nicht viele Partynächte veranstalten dürfte, oder? Und ja, der Garten ist in keinem besonders guten Zustand, aber man könnte leicht ein paar Rankgitter aufstellen. Der Landschaftsarchitekt hatte etwas von Flechthecken erwähnt. Ein Tausender das Stück, aber auf einen Schlag ist alles grün begrenzt. Doch das Problem auf der Frontseite wäre dadurch nicht gelöst.

Er sieht hinüber zu dem rostigen Ford Cortina, der vor der Nummer 33 auf Backsteinen aufgebockt steht, und zu den drei Fahrrädern, die jemand an einen Baum gekettet hat. Daneben der Haufen verrottender Paletten und die schwarzen Plastiksäcke, aus denen sich leere Bierdosen aufs Pflaster ergießen. Der Unrat lag schon da, als er vor zwei Wochen das letzte Mal hier war. Er hat eine Nachricht unter der Tür des Nachbarhauses durchgeschoben und den alten Kerl aufgefordert, den Müll zu entfernen. Was er offensichtlich nicht gemacht hat.

In dem Moment geht die Tür auf. Sein Architekt Tim Knight steht vor ihm mit ein paar aufgerollten Plänen unter dem Arm. Er lächelt breit und winkt ihn herein.

»Mr. Sexton – schön, Sie wiederzusehen! Sie werden zufrieden sein, wie wir mit den Arbeiten vorangekommen sind.«

»Das will ich doch mal hoffen«, sagt Sexton ironisch. »Der Morgen kann eigentlich nur besser werden.«

»Fangen wir oben an.«

Die zwei gehen die Treppe nach oben, ihre Schritte poltern schwer über die Holzdielen. Oben dröhnt Musik in voller Lautstärke aus einem Radio, und in den meisten Räumen sind Handwerker bei der Arbeit. Zwei Verputzer, im Bad ein Klempner, und ein anderer beschäftigt sich gerade mit den Fensterrahmen. Ein paar von ihnen werfen Sexton verstohlen Blicke zu, aber er ignoriert sie.

Sie gelangen zum kleinen Anbau an der Hinterseite des Hauses, wo eine Wand aus alten Backsteinen eingerissen wurde, die nun durch Glas und Metall ersetzt werden soll. Hinter den Bäumen am Fuß des abfallenden Gartens ist die ganze Pracht des Crescent Square zu erkennen. Sexton wünschte, er hätte dort ein Haus kaufen können, aber die Immobilienpreise sind schon um fünf Prozent angestiegen, seit er dieses Haus hier gekauft hat, also will er sich nicht beschweren.

Er bittet den Architekten, die Pläne für die Küche mit ihm durchzugehen (»Großer Gott, für sechzigtausend bekommt man nicht viel, oder? Nicht mal einen dämlichen Geschirrspüler spendieren die obendrauf.«). Dann dreht er sich um und sucht die Tür zur Kellertreppe.

Knight wirkt etwas besorgt.

»Ja, dazu wollte ich gleich kommen. Die Sache mit dem Keller hat einen Haken.«

Sextons Augen werden schmal. »Was meinen Sie damit?«

»Trevor rief mich gestern an. Es gibt da ein Problem mit der Zwischenmauer. Wir werden wohl eine rechtswirksame Vereinbarung benötigen, bevor wir dort renovieren können – unsere Arbeiten betreffen nämlich auch das Nebenhaus.«

Sexton verzieht das Gesicht. »Mist, wir können es uns nicht leisten, Scheißanwälte zu beschäftigen. Was für ein Problem gibt es denn nun schon wieder?«

»Die Arbeiter haben angefangen, den Putz abzuschlagen, um die neuen Kabel zu verlegen, aber ein Teil des Mauerwerks war in ziemlich schlechtem Zustand. Gott weiß, wie lange es her ist, dass Mrs. Pardew mal dort unten war.«

»Die blöde alte Vogelscheuche«, murmelt Sexton, was Knight geflissentlich überhört. Dieser Job ist zu lukrativ.

»Jedenfalls«, sagt er, »fürchte ich, dass einer der Jungs nicht früh genug begriffen hat, womit er es zu tun bekommt. Aber seien Sie unbesorgt, wir erwarten den Statiker schon morgen ...«

Sexton drängt sich jedoch bereits an ihm vorbei. »Lassen Sie mich mal selbst sehen.«

Die Glühbirne über der Kellertreppe flackert, als die beiden nach unten steigen. Es riecht modrig.

»Geben Sie acht, wo Sie hintreten«, sagt Knight. »Ein paar von den Stufen sind baufällig. Hier unten im Dunkeln bricht man sich leicht den Hals.«

»Haben Sie denn keine Taschenlampe?«, ruft Sexton, der schon ein paar Meter voraus ist. »Ich kann absolut nichts erkennen.«

Knight reicht ihm eine Lampe, und Sexton schaltet sie ein. Im selben Moment erkennt er auch schon das Problem. Farbe platzt vom alten vergilbten Putz ab, und darunter zerbröckeln die vermoderten Steine. Ein fingerbreiter Riss, der vorher noch nicht zu sehen war, verläuft vom Boden bis zur Decke.

»Scheiße, müssen wir etwa das ganze Misthaus untermauern? Wieso hat denn der Sachverständige das hier übersehen?«

Knight hat einen Blick aufgesetzt, als wolle er um Verständnis bitten. »Mrs. Pardew hatte diese Wand mit Schränken zugestellt, und er hätte niemals wissen können, was sich dahinter befindet.«

»Viel schlimmer finde ich es, dass niemand den dämlichen kleinen Wichser davon abgehalten hat, Brocken aus meiner Scheißwand zu brechen ...«

Sexton hebt ein Maurerwerkzeug vom Boden auf und kratzt damit an den Steinen. Der Architekt tritt an seine Seite. »Ganz im Ernst, das würde ich nicht machen ...«

Ein Stein fällt, kurz darauf noch einer, und dann bricht ein Stück Mauerwerk ab und fällt in einer Staubwolke zu ihren Füßen auf den Boden. Diesmal werden Sextons Schuhe in Mitleidenschaft gezogen, aber er bemerkt es nicht. Er starrt mit offenem Mund auf die Mauer.

Dort gähnt ein Loch, ungefähr fünf Zentimeter breit.

Und in der Finsternis dahinter – ein Gesicht.

* * *

Auf dem Polizeirevier St. Aldate's ist der erst kürzlich zum Detective Sergeant beförderte Gareth Quinn bei seiner zweiten Tasse Kaffee und dem dritten Toast angelangt. Seine Krawatte hat er über die Schulter geworfen, damit sie nicht zwischen die Krümel gerät. Sie passt zu dem teuren Anzug und dem allgemeinen Eindruck, dass er sich für einen 08/15-Polizisten für ein bisschen zu elegant und schlau hält. Ansonsten ist das Büro der Kriminalpolizei CID halbleer. Nur Chris Gislingham und Verity Everett sind schon eingetroffen. Das Team hat zurzeit keinen besonders schwierigen Fall zu bearbeiten, und DI Fawley ist heute bei einer Tagung. Also gönnt man sich ausnahmsweise einen späten Arbeitsbeginn und freut sich auf die willkommene Aussicht, liegengebliebenen Papierkram zu erledigen.

Staubpartikel schweben in den schräg hereinfallenden Sonnenstrahlen, die durch die Jalousien dringen, Quinns Zeitung raschelt, es riecht nach Kaffee. Und dann läutet das Telefon. Es ist neun Uhr siebzehn.

Quinn streckt die Hand aus und nimmt ab.

»CID.« Dann: »Scheiße, sind Sie sicher?«

Gislingham und Everett blicken auf. Gislingham, der immer als »stämmig« und »untersetzt« beschrieben wird, und das nicht nur, weil er um die Leibesmitte zugelegt hat, ist – anders als Quinn – noch nicht zum DS befördert worden und wird es in seinem Alter wohl auch nicht mehr. Aber jedes CID-Team braucht einen Gislingham, und wenn man zu ertrinken droht, ist er derjenige, den man sich am Ende der Rettungsleine wünscht. Everett sollte man ebenfalls nicht nach dem Äußeren beurteilen: Sie sieht aus, wie Miss Marple mit fünfunddreißig ausgesehen haben muss, und ist genauso unerbittlich. Oder wie Gislingham es immer ausdrückt: In einem früheren Leben war sie zweifellos ein Bluthund.

Quinn telefoniert noch immer. »Und nebenan macht wirklich niemand auf? Okay. Nein, wir kümmern uns darum. Sagen Sie den Uniformierten, wir treffen uns dort, und sorgen Sie dafür, dass mindestens eine weibliche Kraft dabei ist.«

Gislingham greift bereits nach seiner Jacke. Quinn legt auf und beißt noch einmal von seinem Toast ab, bevor er aufsteht. »Das war die Zentrale. Jemand aus der Frampton Road hat angerufen und behauptet, im Keller des Nachbarhauses sei ein Mädchen.«

»Im *Keller*?«, sagt Everett. Ihre Augen sind weit aufgerissen.

»Jemand hat aus Versehen ein Loch in die Mauer geschlagen. Anscheinen wohnt in dem Haus so ein alter Kerl, aber der ist nicht aufzufinden.«

»Scheiße auch!«

»Tja. Kann man wohl sagen.«

Als sie an dem Haus ankommen, hat sich davor bereits eine Menschenmenge gebildet. Darunter sind auch die Handwerker aus der Nummer 31, dankbar für einen Vorwand, die Arbeit zu unterbrechen, ohne dafür noch mehr von Sexton angeschissen zu werden; andere sind wahrscheinlich Nachbarn, und dann ist da noch eine Gruppe Nachtschwärmer mit Blumen am Hut und Bierdosen in der Hand, die wohl vom Feiern kommen. Sie sehen ziemlich angeschlagen aus. Am Bordstein steht aus irgendeinem Grund eine lebensgroße Plastikkuh, die jemand mit Narzissen und einer geblümten Tischdecke geschmückt hat.

»Mist«, sagt Gislingham zu Quinn, der den Motor abstellt. »Meinst du, wir könnten die wegen unerlaubten Parkens drankriegen?«

Sie steigen aus und gehen über die Straße, als zwei Streifenwagen auf der anderen Seite halten. Eine Frau aus der Menge pfeift Quinn hinterher und kann vor Lachen kaum an sich halten, als er sich umdreht. Drei Polizisten steigen aus und gesellen sich zu ihnen. Einer von ihnen hat einen Rammbock dabei, die Polizistin ist Erica Somer. Gislingham bemerkt den Blick, den sie und Quinn austauschen, und sieht, dass sie wegen Quinns offensichtlicher Verlegenheit schmunzelt. So ist das also, denkt er. Den Verdacht, dass zwischen den beiden etwas läuft, hegt er schon länger. Erst neulich Abend hat er Janet gegenüber erwähnt, dass er die beiden zu oft zusammen an der Kaffeemaschine erwischt, um es als Zufall abzutun. Nicht, dass er es Quinn verdenken könnte: Erica Somer macht auf jeden Fall was her, selbst in Uniform und mit Arbeitsschuhen. Er hofft nur, dass sie nicht zu viel erwartet – Quinn ist nicht gerade für seine Treue bekannt.

»Kennen wir den Namen des alten Mannes, der hier wohnt?«, fragt Quinn.

»Ein gewisser William Harper, Sarge«, sagt Somer. »Für den Fall, dass sich tatsächlich ein Mädchen dort drinnen befindet, haben wir die Sanitäter angefordert.«

»Ich weiß verdammt genau, was ich gesehen habe.«

Quinn dreht sich um. Vor ihm steht ein Mann in einem Anzug von der Art, die er sich anschaffen würde, wenn er das Geld hätte. Schmal geschnitten, mit Seidentuch und einem bordeauxroten Satinfutter, das zusammen mit dem lila Karohemd und der rosa gepunkteten Krawatte ins Auge fällt. Alles an ihm sieht nach Großstadt aus. Und nach äußerst angepisst.

»Hören Sie«, sagt der Mann, »wie lange soll das hier denn noch dauern? Ich habe um drei eine Verabredung mit meinem Anwalt, und wenn der Verkehr auf der Rückfahrt genauso schlimm ist – «

»Sorry, Sir, wer sind Sie?«

»Mark Sexton. Nebenan – das Haus gehört mir.«

»Sie waren also derjenige, der uns gerufen hat?«

»Ja, das war ich. Ich befand mich zusammen mit meinem Architekten im Keller, als ein Teil der Mauer wegbrach. Dort unten befindet sich ein Mädchen. Ich weiß, was ich gesehen habe, und im Gegensatz zu dem Gesindel hier bin ich noch nüchtern. Fragen Sie Knight – er hat das Mädchen auch gesehen.«

»Gut«, sagt Quinn und gibt dem Polizisten mit dem Rammbock zu verstehen, er möge sich zur Tür begeben. »Legen wir los. Und bringt die Bande auf der Straße unter Kontrolle. Ist ja das reinste Affentheater.«

Als er sich entfernt, ruft Sexton ihn zurück. »He – was ist denn jetzt mit meinen Handwerkern? Wann dürfen die wieder rein, zum Teufel?«

Quinn schenkt ihm keine Beachtung, aber als Gislingham an ihm vorbeikommt, tippt er ihm an die Schulter. »Tut mir leid, Kumpel«, sagt er gutgelaunt. »Die Renovierung Ihrer schicken Bude muss noch ein bisschen warten.«

Oben auf der Eingangstreppe hämmert Quinn gegen die Tür. »Mr. Harper! Thames Valley Police. Wenn Sie da sind, öffnen Sie bitte die Tür, oder wir sehen uns gezwungen, sie aufzubrechen.«

Stille.

»Okay«, sagt Quinn und nickt dem uniformierten Polizisten zu. »Los geht's.«

Die Tür ist widerstandsfähiger, als der Zustand des restlichen Hauses es vermuten ließ. Doch beim dritten Schlag splittert das Holz an den Angeln. In der Menge fängt ein Betrunkener zu jubeln an, andere drängen neugierig nach vorn.

Quinn und Gislingham treten ein und schließen die Tür hinter sich.

Im Inneren ist alles still. Sie können noch immer das Geschrei der Menge hören, und irgendwo in der abgestandenen Luft summen Fliegen. Hier ist augenscheinlich seit Jahrzehnten nicht mehr renoviert worden. Die Tapeten lösen sich von den Wänden, die Decken voller brauner Flecken hängen durch, und Zeitungen bedecken den Boden.

Quinn bewegt sich langsam durch den Flur. Die alten Dielen knarren, seine Schuhe rascheln durch das Papier. »Ist da jemand? Mr. Harper? Die Polizei ist hier.«

Und dann hört er es. Ein Wimmern, ganz in der Nähe. Er bleibt einen Moment lang stehen, versucht herauszufinden, woher das Geräusch kommt, schnellt vor und stößt eine Tür unter den Treppen auf.

Da sitzt ein alter Mann auf der Toilette, nur mit einer Weste bekleidet. Büschel aus widerspenstigen schwarzen Haaren haften an seiner Kopfhaut und unter den Achseln. Seine Unterhose hängt ihm um die Knöchel. Penis und Hoden baumeln schlaff zwischen seinen Beinen. Er duckt sich vor Quinn, wimmert weiter. Seine knochigen Finger umklammern die Toilettenbrille. Er ist schmutzig, und der Boden ist voller Scheiße.

Somer ruft von der Türschwelle. »DS Quinn? Die Sanitäter sind da. Für den Fall, dass sie gebraucht werden.«

»Gott sei Dank – schicken Sie sie bitte her.«

Somer tritt zurück, um zwei Männer in grünen Overalls durch die Tür zu lassen. Einer hockt sich vor den alten Mann. »Mr. Harper, Sie brauchen keine Angst zu haben. Wir wollen nur nach Ihnen sehen.«

Quinn gibt Gislingham einen Wink, und sie ziehen sich in Richtung Küche zurück.

Gislingham pfeift, als die Tür aufgeht. »Jemand sollte sofort das Victoria and Albert Museum anrufen.«

Ein uralter Gasherd, braune und orangefarbene Kacheln, wie sie in den Siebzigern beliebt waren. Ein Resopaltisch mit vier ungleichen Stühlen. Sämtliche Oberflächen sind zugestellt mit schmutzigem Geschirr, leeren Bierflaschen und halbvollen Konservendosen, die von Fliegen umschwirrt werden. Alle Fenster sind geschlossen, und ihre Schuhsohlen bleiben am Linoleum kleben. Hinter einer Glastür mit Perlenvorhang liegt ein Wintergarten, und dann ist da noch eine weitere

Tür, die wohl hinunter in den Keller führt. Sie ist verschlossen, doch an einem Nagel hängt ein Schlüsselbund. Gislingham nimmt es und braucht drei Versuche, bis er den richtigen Schlüssel gefunden hat. Obwohl er schlimm verrostet ist, lässt er sich leicht drehen. Gislingham zieht die Tür auf und schaltet das Licht ein. Dann tritt er zur Seite und lässt Quinn vorgehen. Langsam tasten sie sich nach unten vor, Schritt für Schritt. Über ihren Köpfen flimmert die Neonröhre.

»Hallo? Ist hier unten jemand?«

Das Licht ist spärlich, aber sie können in den Keller sehen. Er ist so gut wie leer bis auf ein paar Pappkartons, schwarze Plastiksäcke, einen alten Leuchter und eine Zinkwanne voller Krempel.

Sie stehen da und sehen einander an. Außer ihrem eigenen Atem ist alles still. Aber dann: »Was war das?«, flüstert Gislingham. »Hört sich an wie Gekratze. Ratten?«

Unwillkürlich schreckt Quinn zusammen, lässt den Blick über den Boden zu seinen Füßen streifen. Wenn es etwas gibt, das er nicht erträgt, sind es verdammte Ratten.

Gislingham sieht sich wieder um. Seine Augen gewöhnen sich langsam an das schummrige Licht, aber er hätte doch besser die Taschenlampe aus dem Auto mitbringen sollen. »Was ist das da drüben?«

Er bahnt sich den Weg zwischen den Kartons und stellt plötzlich fest, dass der Keller viel größer ist, als sie angenommen haben.

»Quinn, hier ist noch eine Tür. Hilfst du mir?«

Er rüttelt an der Tür, aber sie bewegt sich nicht. Oben befindet sich ein Riegel, und schließlich gelingt es Quinn, ihn beiseite zu stoßen. Doch die verdammte Tür will immer noch nicht nachgeben.

»Sie ist bestimmt verschlossen«, sagt Gislingham. »Hast du noch die Schlüssel?«

Im Halbdunkel ist es schwierig, den richtigen zu finden, aber es gelingt ihnen. Mit der Schulter stemmen sie sich gegen die Tür, die langsam nachgibt, bis ihnen ein Schwall übelriechender Luft entgegenschlägt. Sie müssen Mund und Nase mit der Hand bedecken, um den Gestank auszuhalten.

Zu ihren Füßen liegt eine junge Frau auf dem Betonboden. Sie trägt ein Paar Jeans, die an den Knien zerrissen sind, und eine zerlumpte Strickjacke, die wahrscheinlich irgendwann einmal gelb war. Der Mund der Frau steht offen, und ihre Augen sind geschlossen. Ihre Haut schimmert fahl.

Aber da ist noch etwas, was sie völlig unerwartet trifft:

Neben ihr sitzt ein Kind und zieht an ihren Haaren.

* * *

Und wo war ich, als all das geschah? Wie gerne würde ich sagen, ich sei mit einer besonders mutigen, beeindruckenden Aufgabe beschäftigt gewesen, wie zum Beispiel Terrorismusabwehr, aber in Wahrheit war ich bei einer Fortbildung in Warwick zum Thema: »Gemeindebezogene Polizeiarbeit«. Für Inspectors und höhere Dienstgrade. Haben wir ein Glück! Zu Tode gelangweilt von PowerPoint und dem viel zu frühen Morgen, hatte ich allmählich den Eindruck, dass die Uniformierten, die am ersten Mai Dienst hatten, weitaus besser dran waren. Aber dann kam der Anruf, auf der Stelle gefolgt vom verärgerten Stirnrunzeln einer der Organisatorinnen, die darauf bestanden hatte, dass wir unsere Telefone abstellten. Als ich mich mit dem Handy nach draußen auf den Flur zurückzog, fürchtete sie wahrscheinlich, sie würde mich nie wiedersehen.

»Man hat das Mädchen ins John Rad gebracht«, sagt Quinn. »Ihr Zustand ist ziemlich schlecht – hat offenbar seit einiger Zeit nichts gegessen und ist extrem dehydriert. Es war noch eine Flasche Wasser im Raum, aber ich nehme an, dass sie das meiste dem Kind gegeben hat. Die Mediziner werden uns mehr sagen können, sobald sie sie gründlich untersucht haben.«

»Und der Junge?«

»Sagt immer noch nichts. Du lieber Gott, er kann kaum älter sein als zwei – was soll er uns schon erzählen können? Der arme Knirps ließ weder mich noch Gis in seine Nähe, daher ist Somer mit ihm in den Krankenwagen gestiegen. Wir haben Harper an Ort und Stelle in Gewahrsam genommen, aber als wir versuchten, ihn aus dem Haus zu holen, trat er um sich und beschimpfte uns. Ich vermute mal Alzheimer.«

»Hören Sie, ich muss das wohl nicht extra erwähnen, aber wenn es sich bei Harper um einen schutzbedürftigen Erwachsenen handelt, müssen wir uns streng an die Richtlinien halten.«

»Ich weiß, darum haben wir uns schon gekümmert. Ich habe beim Sozialamt angerufen. Nicht nur für ihn, der Kleine braucht doch ebenfalls Hilfe.«

Es folgt Stille, und ich nehme an, wir denken beide dasselbe. Es ist durchaus möglich, dass wir es mit einem Kind zu tun haben, das nichts anderes kennt – das dort unten geboren wurde. In der Dunkelheit.

»Okay«, sage ich. »Ich fahre jetzt hier los. Um die Mittagszeit bin ich bei euch.«

BBC Midlands Today
Montag, 1. Mai 2017 | Letzte Aktualisierung um 11:21 Uhr

EILMELDUNG: Junge Frau und Kleinkind in einem Keller in North Oxford gefunden

Berichten zufolge wurden eine junge Frau und ein kleines Kind, möglicherweise ihr Sohn, im Keller eines Hauses in der Frampton Road, North Oxford, aufgefunden. Bei Bauarbeiten im Haus nebenan wurde die junge Frau heute Morgen entdeckt. Offenbar war sie im Keller eingesperrt. Die junge Frau konnte bisher noch nicht identifiziert werden, und die Thames Valley Police hat noch keine Verlautbarung herausgegeben.

Sobald wir mehr erfahren, werden wir Sie informieren.

* * *

Elf Uhr siebenundzwanzig. Im Zeugenbefragungsraum von Kidlington betrachtet Gislingham Harper über Video. Der alte Mann trägt jetzt Hemd und Hose und sitzt zusammengekauert auf dem Sofa. Ein Sozialarbeiter sitzt neben ihm auf einem normalen Stuhl mit Rückenlehne und redet vehement auf ihn ein. Eine Psychotherapeutin sieht aus kurzer Entfernung zu. Harper wirkt ruhelos – er bewegt sich nervös, schlägt immerfort ein Bein über das andere –, aber auch ohne Ton ist zu erkennen, dass er nicht geistig verwirrt wirkt. Noch nicht zumindest. Gereizt beäugt er den Sozialarbeiter und winkt dessen Worte mit einer Handbewegung ab.

Die Tür geht auf, und als Gislingham sich umdreht, sieht er Quinn hereinkommen. Er legt eine Akte auf den Schreibtisch und lehnt sich dagegen. »Everett ist direkt ins Krankenhaus gefahren, um mit dem Mädchen zu sprechen, sobald man es erlaubt. Eric ...« Er unterbricht sich und wird rot. »PC Somer ist zurück in die Frampton Road gefahren, um die Haus-zu-Haus-Befragung zu koordinieren. Und Challow ist mit den Kriminaltechnikern unterwegs.«

Er macht eine Notiz im Aktenhefter und steckt sich den Stift hinters Ohr, wie es seine Art ist. Dann nickt er in Richtung Videobildschirm. »Irgendwas Neues?«

Gislingham schüttelt den Kopf. »Sein Sozialarbeiter ist schon eine halbe Stunde bei ihm. Er heißt Ross, Derek Ross. Ich bin sicher, dass ich ihm schon mal begegnet bin. Weiß man inzwischen, wann Fawley wiederkommt?«

Quinn sieht auf seine Armbanduhr. »So um zwölf. Aber er hat gesagt, wir sollen schon mal anfangen, wenn der Arzt und der Sozialarbeiter einverstanden sind. Eine Anwältin ist auch auf dem Weg. Der Sozialarbeiter will sich absichern, und das kann man ihm nicht vorwerfen, finde ich.«

»Doppelt hält besser«, sagt Gislingham trocken. »Aber du bist sicher, dass es okay ist, ihn zu befragen?«

»Offenbar hat er lichte Momente, in denen wir mit ihm sprechen können. Wenn er aber wieder ausrastet, müssen wir uns zurückhalten.«

Gislingham starrt einen Moment lang auf den Bildschirm. Am Kinn des alten Mannes hängt seit mindestens zehn Minuten ein Speichelfaden, und er hat ihn noch nicht weggewischt. »Meinst du, er war es – dass er dazu überhaupt in der Lage gewesen sein könnte?«

Quinn macht ein finsteres Gesicht. »Ich weiß, Harper sieht jetzt jämmerlich aus, aber vor zwei, drei Jahren? Da könnte es ganz anders gewesen sein. Und dann wäre es jener Mann, der dieses Verbrechen begangen hat, nicht der arme alte Tropf da drinnen.«

Gislingham erschauert, obwohl es im Raum stickig heiß ist, und Quinn sieht zu ihm hinüber. »Gänsehaut?«

»Ich dachte nur gerade, er kann ja nicht über Nacht so geworden sein, oder? Das muss doch seit Monaten so gegangen sein. Vielleicht sogar seit Jahren. Und sie hat es wahrscheinlich gar nicht mitbekommen. Dass er langsam den Verstand verlor, meine ich. Sie ist da unten gefangen, niemand weiß davon – ich wette, selbst er hat irgendwann vergessen, dass sie da war. Irgendwann gab es nichts mehr zu essen, dann das Wasser – sie musste doch auch an ihr Kind denken. Und selbst wenn sie schreit, kann der Alte sie doch gar nicht hören ...«

Quinn schüttelt den Kopf. »Oh, Mann. Wir sind gerade noch rechtzeitig gekommen.

Auf dem Bildschirm sehen sie Derek Ross aufstehen und seitlich verschwinden. Kurz darauf wird die Tür geöffnet, und er betritt den Raum.

Gislingham steht auf. »Sie sind sein Sozialarbeiter?«

Ross nickt. »Schon seit ein paar Jahren.«

»Sie wussten also von der Demenz?«

»Vor ein paar Monaten wurde die offizielle Diagnose gestellt, doch ich nehme an, dass er schon viel, viel länger darunter leidet. Aber Sie wissen genauso wie ich, wie wenig sich voraussagen lässt … die Ausfälle kommen sporadisch. In letzter Zeit habe ich mir Sorgen gemacht, dass der Krankheitsverlauf sich womöglich beschleunigt hat. Er ist ein paarmal gestürzt und hat sich vor einem Jahr oder so am Herd verbrannt.«

»Und er trinkt, nicht wahr? Er riecht jedenfalls danach.«

Ross atmet tief durch. »Ja. Das ist seit einer Weile ein ziemliches Problem. Aber ich kann einfach nicht glauben, dass er in der Lage wäre, so was zu tun – so etwas Schreckliches …«

Quinn ist nicht überzeugt. »Keiner von uns weiß, wozu wir tatsächlich in der Lage wären.«

»Aber in seinem Zustand …«

»Hören Sie«, sagt Quinn, und seine Stimme klingt streng. »Die Ärztin sagt, es sei okay, ihn jetzt zu vernehmen. Was eine mögliche Anklage betrifft, das hat die Staatsanwaltschaft zu entscheiden. Aber es waren eine junge Frau und ein Kind in seinem Keller eingesperrt, und wir *müssen* herausfinden, wie das geschehen konnte. Das verstehen Sie doch, Mr. Ross, oder?«

Ross zögert und nickt dann. »Darf ich dabei sein? Er kennt mich. Vielleicht ist das hilfreich. Er kann ein bisschen … schwierig sein, wie Sie herausfinden werden.«

»Gut«, sagt Quinn und sammelt seine Papiere zusammen.

Die drei Männer bewegen sich zur Tür, aber Ross bleibt plötzlich stehen und legt die Hand auf Quinns Arm. »Gehen Sie schonend mit ihm um, ja?«

Quinn sieht ihn an und hebt eine Augenbraue. »So wie er mit dem Mädchen?«

* * *

Gespräch mit Isabel Fielding,
geführt in 17 Frampton Road, Oxford
1. Mai 2017, 11:15 Uhr
Anwesend: PC E. Somer

ES: Wie lange wohnen Sie schon hier, Mrs. Fielding?
IF: Erst seit ein paar Jahren. Das Haus gehört zum College. Mein Mann ist Dozent in Wadham.
ES: Sie kennen also Mr. Harper, den Herrn aus der Nummer 33?
IF: Na ja, nur oberflächlich. Kurz nachdem wir hier eingezogen waren, kam er mal ziemlich aufgelöst zu uns herüber und fragte, ob wir die Abdeckplane für sein Auto gesehen hätten. Offenbar hatte er sie verloren. Alles ein bisschen eigenartig, da er seinen Wagen so gut wie gar nicht benutzt. Aber wir dachten, er sei eben ein wenig, sagen wir mal, exzentrisch. Solche Leute trifft man ja immer mal. Hier in der Gegend, meine ich. Ziemlich viele ›Sonderlinge‹. Manche von ihnen waren mal Akademiker und wohnen hier schon ewige Zeiten. Ich denke, die meisten von ihnen sind in einem Alter, in dem ihnen ohnehin alles egal ist.
ES: Und Mr. Harper – war er einer von denen?
IF: Man sieht ihn umherlaufen, mit sich selbst reden. In alten Kleidungsstücken. Mal trug er Handschuhe im Juli oder Pyjamas auf der Straße. Solche Sachen. Aber im Grunde ist er harmlos.
(Pause)

Tut mir leid, das kam jetzt wahrscheinlich falsch rüber – ich meine ...
ES: Alles in Ordnung, Mrs. Fielding. Ich weiß, was Sie meinen.

* * *

»Ich bin Detective Sergeant Gareth Quinn, und das ist mein Kollege Detective Constable Chris Gislingham. Derek Ross kennen Sie bereits, und die Dame hier ist wohl Ihre Anwältin.«

Die Frau am anderen Ende des Tisches sieht kurz auf, aber Harper reagiert nicht darauf. Er scheint ihre Anwesenheit überhaupt nicht registriert zu haben.

»Also, Mr. Harper, Sie wurden heute Morgen um zehn Uhr fünfzehn wegen des Verdachts der Entführung und Freiheitsberaubung festgenommen. Sie wurden belehrt und über ihre Rechte aufgeklärt, die Sie, so sagten Sie, verstanden haben. Wir werden jetzt eine offizielle Vernehmung durchführen, die zudem aufgezeichnet wird.«

»Das heißt, sie filmen dich, Bill«, sagt Ross. »Verstehst du?«

Die Augen des alten Mannes werden schmal. »Und ob ich das verstehe. Bin ja kein verdammter Idiot. Und für Sie, Junge, bin ich immer noch Dr. Harper.«

Quinn wirft Ross einen Blick zu. Der nickt. »Dr. Harper hat bis 1998 an der Birmingham University Soziologie gelehrt.«

Gislingham sieht Quinn leicht erröten. Dreimal an einem einzigen Morgen – das dürfte Rekord sein.

Quinn schlägt seine Akte auf. »Ich nehme an, dass Sie seit 1976 unter der gegenwärtigen Adresse wohnhaft sind? Obwohl Sie in Birmingham gearbeitet haben?«

Harper sieht ihn an, als würde er sich absichtlich dumm stellen. »Birmingham ist ein Drecksloch.«

»Und 1976 sind Sie hierhergezogen?«

»Schwachsinn. Am 11. Dezember 1975«, sagt Harper. »Am Geburtstag meiner Frau.«

»Dr. Harpers erste Frau verstarb 1999«, wirft Ross hastig ein. »2001 heiratete er dann nochmals, aber unglücklicherweise kam Mrs. Harper 2010 bei einem Unfall ums Leben.«

»Dumme Kuh«, sagte Harper laut. »Besoffen. Stinkbesoffen.«

Ross sieht die Anwältin an und wirkt peinlich berührt. »Der Rechtsmediziner stellte fest, dass Mrs. Harper zur Zeit des Unfalls einen erhöhten Alkoholspiegel hatte.«

»Hat Dr. Harper Kinder?«

Harper streckt die Hand aus und klopft vor Quinn auf den Tisch. »Rede mit mir, Junge. Rede mit *mir*. Nicht mit dem Idioten.«

Quinn spricht ihn an. »Nun, haben Sie Kinder?«

Harper schneidet eine Grimasse. »Annie. Fette Kuh.«

Quinn nimmt seinen Stift zur Hand. »Ihre Tochter heißt Annie?«

»Nein«, unterbricht Ross. »Bill ist etwas verwirrt. Annie war seine Nachbarin in der Nummer 48. Anscheinend eine sehr nette Frau. Sie kam immer mal vorbei, um sicherzugehen, dass es Bill gutging. Aber 2014 ist sie nach Kanada gezogen, um näher bei ihrem Sohn zu sein.«

»Will skräpen, die dumme Kuh. Hab ihr gesagt, dass ich so 'n Ding nicht im Haus will.«

Quinn sieht zu Ross hinüber.

»Er meint ›skypen‹. Aber er will keinen Computer benutzen.«

»Sonst hat er keine Familie?«

Ross sieht ihn ausdruckslos an. »Nicht, dass ich wüsste.«

* * *

»Da gibt es auf jeden Fall einen Sohn – wenn ich mich nur verflixt noch mal an seinen Namen erinnern könnte!«

Somer steht auf der Treppe von Nummer 7, und zwar bereits seit fünfzehn Minuten. Inzwischen wünscht sie, sie hätte die Einladung auf eine Tasse Tee angenommen, doch dann wäre sie womöglich den ganzen Tag hier festgehalten worden – Mrs. Gibsons Redeschwall kennt keine Pause.

»Einen Sohn, meinen Sie?«, sagt Somer und geht noch einmal ihre Notizen durch. »Davon hat bisher niemand gesprochen.«

»Nun, das überrascht mich nicht. Die Leute hier mischen sich nicht gerne ein, anders als zu meiner Jugendzeit. Damals kümmerte man sich umeinander – jeder kannte seine Nachbarn. Heutzutage habe ich bei der Hälfte dieser Yuppies keine Ahnung, wer sie sind.«

»Aber Sie sind sich sicher, dass es einen Sohn gibt?«

»John – so heißt er. Ich wusste doch, dass es mir einfallen würde. Hab ihn schon eine ganze Weile nicht hier gesehen. Mittleres Alter. Graues Haar.«

Somer macht sich eine Notiz. »Und was meinen Sie, wann Sie ihn zuletzt gesehen haben?«

Im Flur hinter ihnen ertönt ein Laut. Mrs. Gibson dreht sich um, macht ein Geräusch, als wolle sie jemanden verscheuchen, und zieht die Tür weiter an sich heran. »Tut mir leid. Verdammte Katze, will immer vorne raus. Hinten hat sie ihre Katzenklappe, aber Sie wissen ja, wie Katzen sind – wollen immer das tun, was sie nicht sollen, und Siamkatzen sind besonders schlimm …«

»Mr. Harpers Sohn, Mrs. Gibson?«

»Ach ja, jetzt, wo Sie danach fragen, kommt es mir so vor, als könnte es ein paar Jahre her sein, seit ich ihn zuletzt gesehen habe.«

»Und hat Mr. Harper auch noch andere Besucher?«

Mrs. Gibson schneidet eine Grimasse. »Na, da ist noch dieser Sozialarbeiter. Er hilft ihm wirklich sehr.«

* * *

Quinn holt tief Luft. Harper sieht ihn an.

»Was ist, Junge? Spuck schon aus, verflucht, und sitz nicht nur so da.«

Selbst die Anwältin ist jetzt peinlich berührt.

»Dr. Harper, wissen Sie, warum die Polizei heute Morgen bei Ihnen aufgetaucht ist?«

Harper lehnt sich zurück. »Hab keinen blassen Schimmer. Wahrscheinlich wegen dem Arschloch nebenan, der sich über die Mülltonnen beschwert. Wichser.«

»Mr. Sexton hat uns angerufen, aber es ging nicht um die Mülltonnen. Er war heute Morgen unten in seinem Keller, und ein Teil der Mauer ist eingebrochen.«

Harper blickt von Quinn zu Gislingham und dann wieder zurück. »Na und? Wichser.«

Quinn und Gislingham tauschen Blicke aus. Sie haben genügend Vernehmungen durchgeführt, um zu wissen, dass dies der entscheidende Augenblick ist. Nur wenige schuldige Menschen – nicht einmal die besten Lügner – vermögen ihre Körper so unter Kontrolle zu halten, dass sie sich nicht verraten. Ein Flackern in den Augen, ein plötzliches Zucken der Hände, fast immer ist da eine kaum wahrnehmbare Reaktion. Doch nichts geschieht. Harpers Miene ist ausdruckslos.

»Und ich habe gar keinen verfluchten Fernseher.«

Quinn starrt ihn an. »Wie bitte?«

Harper lehnt sich vor. »Dummkopf. *Ich habe keinen verfluchten Fernseher.*«

Ross blickt nervös hinüber zu Quinn. »Ich glaube, Dr. Harper möchte sagen, dass er keine Fernsehgebühren bezahlen muss. Er denkt nämlich, dass Sie ihn deswegen hergebracht haben.«

Harper wendet sich an Ross. »Erzähl mir nicht, was ich denke. Dumpfbacke. Kannst doch nicht mal deinen Arsch von deinem Gesicht unterscheiden.«

»Dr. Harper«, sagt Gislingham, »in Ihrem Keller befand sich eine junge Frau. Und deswegen sind wir hier. Es hat nichts mit Fernsehgebühren zu tun.«

Harper beugt sich mit einem Ruck nach vorn und stößt Gislingham den Zeigefinger ins Gesicht. »*Ich habe keinen verfluchten Fernseher.*«

Quinn sieht Ross an, dass er beunruhigt ist. Die Vernehmung gerät langsam außer Kontrolle. »Dr. Harper«, sagt er. »Es befand sich eine junge Frau in Ihrem Keller. Was hat sie dort gemacht?«

Harper lehnt sich wieder zurück. Er sieht von einem Officer zum anderen. Zum ersten Mal wirkt er arglistig. Gislingham öffnet seine Akte und nimmt ein Foto von der jungen Frau heraus. Er dreht es so, dass Harper es sehen kann. »Das hier ist das Mädchen. Wie heißt sie?«

Harper grinst ihn an. »Annie. Fette Kuh.«

Ross schüttelt den Kopf. »Das ist nicht Annie, Bill. Das weißt du genau.«

Harper blickt nicht auf das Foto.

»Dr. Harper«, beharrt Gislingham, »wir müssen darauf bestehen, dass Sie sich das Foto ansehen.«

»Priscilla«, sagt Harper. Ein Speicheltropfen landet auf seinem Kinn. »War schon immer schön anzusehen. Miese Kuh. Läuft immer mit nackten Titten durchs Haus.«

Ross wirkt inzwischen etwas verzweifelt. »Es ist auch nicht Priscilla.«

Harper wischt mit einer heftigen Bewegung, ohne den Blick von Gislinghams Gesicht zu wenden, das Bild vom Tisch. Dabei fliegt auch Gislinghams Telefon gegen die Wand und fällt zertrümmert zu Boden.

»Was zum Teufel soll das denn werden?«, faucht Gislingham und springt schon halb vom Stuhl auf.

»Dr. Harper,« sagt Quinn zwischen zusammengebissenen Zähnen, »diese junge Frau befindet sich gegenwärtig im John-Radcliffe-Krankenhaus, wo sie gründlich untersucht wird. Sobald sie reden kann, stellen wir fest, wer sie ist und wieso sie im Keller Ihres Hauses eingesperrt war. Sie haben jetzt die Chance, uns zu sagen, was geschehen ist. Verstehen Sie das? Verstehen Sie den Ernst der Angelegenheit?«

Harper beugt sich vor und spuckt ihm ins Gesicht. »Fick dich. Hast du gehört? *Fick dich!*«

Es breitet sich eine unangenehme Stille aus. Gislingham wagt es nicht, Quinn anzusehen. Er hört, dass sein Kollege etwas aus der Tasche zieht, und als er den Blick hebt, sieht er, dass er sich das Gesicht abwischt.

»Ich denke, wir sollten jetzt aufhören, Officer«, sagt die Anwältin. »Meinen Sie nicht?«

»Vernehmung beendet um elf Uhr siebenunddreißig«, sagt Quinn mit eisiger Stimme, offenbar um Selbstbeherrschung bemüht. »Dr. Harper wird jetzt in U-Haft genommen, und dann ...«

»Um Himmels willen«, sagt Ross, »Sie müssen doch sehen, dass sein Zustand das nicht erlaubt?«

»Mr. Harper«, sagt Quinn kühl, sammelt seine Papiere zusammen und stapelt sie mit übertriebener Sorgfalt, »dürfte durchaus eine Gefahr für die Öffentlichkeit und auch für sich selbst sein. Und sein Haus ist jetzt ein Tatort. Dorthin kann er nicht zurück.«

Quinn steht auf und geht zur Tür, aber Ross folgt ihm bis hinaus auf den Korridor.

»Ich werde für eine Unterbringung sorgen«, sagt er. »Ein

Pflegeheim – einen Ort, der uns erlaubt, ein Auge auf ihn zu haben ...«

Quinn dreht sich so abrupt um, dass die beiden zentimeterdicht voreinanderstehen. »Ein Auge auf ihn haben?«, zischt er. »Ist es das, womit Sie all diese Monate beschäftigt waren – ein Auge auf ihn zu haben?«

Ross weicht zurück. Sein Gesicht ist kalkweiß. »Hören Sie ...«

Aber Quinn unterbricht ihn. »Was meinen Sie, wie lange sie dort unten war, hm? Sie und das Kind? Zwei Jahre, drei? Und die ganze Zeit über gingen Sie im Haus ein und aus und *hatten ein Auge auf ihn*, Woche für Woche. Sie sind die einzige Person, die regelmäßig dort war. Und Sie wollen mir im Ernst weismachen, dass Sie nichts wussten?« Er bohrt Ross den Finger in die Brust. »Wenn Sie mich fragen, ist es nicht nur Harper, den wir in Gewahrsam nehmen sollten. Auch Sie haben einige sehr ernste Fragen zu beantworten, Mr. Ross. Über nachlässiges Verhalten geht das hier weit hinaus.«

Ross hat die Hände erhoben und wehrt Quinn ab. »Haben Sie die geringste Ahnung, wie viele Menschen ich betreue? Wie viel Papierkram ich erledigen muss? Dazu noch der dichte Straßenverkehr ... ich bin schon froh, wenn mir für einen Besuch fünfzehn Minuten bleiben. Ich kann kaum mehr tun, als zu prüfen, ob er gegessen hat und dass er nicht in seiner eigenen Scheiße sitzt. Und wenn Sie meinen, ich hätte dann noch die Zeit, das Haus zu inspizieren, dann irren Sie sich gewaltig.«

»Sie haben nie etwas gehört, nie etwas gesehen?«

»Quinn«, sagt Gislingham, der jetzt in der Tür steht.

»Ich war noch nie in diesem verfluchten Keller«, beharrt Ross. »Ich wusste ja noch nicht einmal, dass er einen *hatte* ...«

Quinns Gesicht ist jetzt rot angelaufen. »Sie verlangen ernsthaft von mir, dass ich Ihnen das glaube?«

»Quinn«, sagt Gislingham mit Nachdruck. Als er ihn nicht beachtet, greift er nach dessen Schulter und zwingt ihn, sich umzudrehen. Jemand kommt über den Korridor auf sie zu.

Es ist Fawley.

* * *

In der Frampton Road folgt Alan Challow dem Weg, der zur Eingangstür führt. Er wartet kurz, bis der uniformierte Polizist das Absperrband hebt, das den Eingang abriegelt. Es ist der bisher heißeste Tag des Jahres, und er schwitzt in seinem Schutzanzug. Die Menschenmenge am Ende der Einfahrt hat sich verdoppelt. Die Feiernden sind fort, und auch die Bauhandwerker sind nach Hause gegangen. Von ein oder zwei neugierigen Nachbarn einmal abgesehen, dürften die meisten Menschen, die noch dort stehen, auf eine gute Geschichte aus sein.

Hinten in der Küche untersuchen zwei von Challows Forensikern den Raum auf Fingerabdrücke. Eine von ihnen nickt ihm zu und zieht ihre Maske herunter. Auf ihrer Oberlippe haben sich Schweißperlen gebildet. »Ausnahmsweise kann man für diesen Schutz wirklich dankbar sein. Weiß der Himmel, wann hier zum letzten Mal vernünftig saubergemacht wurde.«

»Wo ist der Keller?«

Sie weist hinter sich. »Wir haben besseres Licht organisiert. Was dazu führt, dass alles nur noch viel schlimmer aussieht.« Mit düsterer Miene zuckt sie die Achseln. »Aber das kennen Sie ja.«

Challow verzieht das Gesicht; er macht diesen Job seit fünfundzwanzig Jahren. Er bückt sich, um nicht gegen die Lampe zu stoßen, die man über der Kellertreppe installiert hat, und steigt dann die Stufen hinunter. Dabei wirft er riesige zuckende Schatten an die bloßen Backsteinmauern. Unten erwarten ihn zwei weitere Forensiker, die all den Kram betrachten, der sich hier angesammelt hat.

»Okay«, sagt Challow. »Ich weiß, dass es eine Scheißarbeit wird, aber wir müssen all das Zeug hier zur Zentrale bringen. Wo war das Mädchen?«

»Hier durch.«

Challow folgt ihm in einen zweiten Raum. Eine Bogenlampe wirft grelles Licht auf den verschmutzten Fußboden, das dreckige Bettzeug und das Toilettenbecken in einer übelriechenden Pfütze. Weitere Kartons voller Kram liegen herum. Irgendwo steht eine Kiste für Wasserflaschen, in der nur noch eine übrig ist, und daneben liegt ein Plastikbeutel, zum Bersten gefüllt mit Verpackungen und leeren Blechdosen. Aber nirgends auch nur eine Spur von Nahrungsmitteln. In der entfernten Ecke steht ein Kinderbett, die Decke zusammengeknautscht wie ein Mäusenest.

»Alles klar«, sagt Challow schließlich in die Stille hinein. »Das Zeug hier müssen wir auch mitnehmen.«

Eine der Polizistinnen geht hinüber zum Riss in der Mauer. Einige Steine sind zerbrochen, und der Mörtel ist herausgekratzt worden.

»Alan«, sagt sie kurz darauf und wendet sich wieder an Challow, »sehen Sie hier.«

Challow geht zu ihr und beugt sich näher zu der Stelle, auf die sie zeigt. Auf dem feuchten Gips sind rote Streifen zu erkennen.

»Mein Gott«, sagt er schließlich. »Sie hat versucht, einen Fluchtweg freizukratzen.«

* * *

Seit dem Fall Daisy Mason bin ich Derek Ross nicht mehr begegnet. Er unterstützte damals ihren Bruder, als wir ihn vernahmen, und ich hatte ziemlich viel mit ihm zu tun. Seither ist noch kein Jahr vergangen, aber wenn man Ross ansieht, hat man den Eindruck, er wäre fünf Jahre älter. Er hat noch mehr Haar verloren, an Gewicht zugenommen und leidet an einem Zucken unter dem rechten Auge. Aber ich habe den Verdacht, damit könnte Quinn etwas zu tun haben.

»DS Quinn«, sagte ich zu ihm. »Warum gehen Sie nicht und holen uns allen einen Kaffee? Und ich meine nicht den aus der Maschine.«

Quinn sieht mich an, öffnet den Mund und schließt ihn wieder.

»Sir, ich ...«, beginnt er, aber Gislingham berührt ihn am Ellbogen.

»Komm schon, ich helfe dir.«

Besser könnte man das Wesen der beiden nicht auf den Punkt bringen: Gis, der schon immer ein hervorragendes Gespür dafür hatte, wann er mit dem Nachbohren aufhören musste; und Quinn, der immer noch einen draufsetzen wollte.

Ich nehme Ross mit ins benachbarte Büro. Der Bildschirm ist an, wenn auch ohne Ton, und zeigt noch immer den Verhörraum. Die Anwältin ist aufgestanden und will offenbar gehen. Harper kauert seitwärts auf dem Stuhl und hält die Knie gegen die Brust gepresst. Er sieht klein aus, sehr alt und sehr ängstlich.

Ich stelle einen Becher Wasser vor Ross. Dann setze ich mich ihm gegenüber auf einen Stuhl und schiebe ihn etwas zurück. Ross hat große dunkle Schweißflecken unter den Achseln, und ein scharfer Geruch geht von ihm aus. Glauben Sie mir, Sie wollen ihm nicht zu nahe kommen.

»Wie ist es Ihnen ergangen?«

Er sieht zu mir auf. »Mal so, mal so«, antwortet er misstrauisch.

Ich lehne mich zurück. »Erzählen Sie mir von Harper.«

Er verkrampft sich ein wenig. »Stehe ich hier irgendwie in Verdacht?«

»Sie sind ein wichtiger Zeuge. Das müsste Ihnen doch klar sein.«

Er seufzt. »Ja, vermutlich. Was wollen Sie denn wissen?«

»Sie haben den Polizisten gesagt, Sie seien nur einmal die Woche zu Harper gekommen. Wie lange geht das schon so?«

»Zwei Jahre. Vielleicht etwas länger. Da müsste ich in meiner Akte nachsehen.«

»Und Sie bleiben nie lange?«

Er trinkt einen Schluck Wasser und verschüttet dabei etwas auf seine Hose, was er jedoch nicht zu bemerken scheint. »Ich kann nicht. Weil mir die verdammte Zeit nicht reicht. Sie können mir glauben, ich würde nichts lieber tun, als eine Stunde dazusitzen und übers Wetter zu plaudern, aber bei den Etatkürzungen, die man uns zumutet ...«

»Ich habe Ihnen doch gar nichts vorgeworfen.«

»Ihr DS hat es aber getan.«

»Das tut mir leid. Aber Sie dürfen nicht vergessen, dass er gesehen hat, in welchem Zustand sich das Mädchen befand. Von dem kleinen Jungen gar nicht zu reden. Er hatte eben Zweifel an der Geschichte, dass Sie Harper regelmäßig besucht haben, aber von dem Mädchen nichts wussten. Um ehrlich zu sein, ich bin mir da auch nicht ganz sicher.«

Denn unabhängig davon, was ich ihm eben gesagt habe, bin auch ich kurz davor, ihn als Verdächtigen zu vernehmen. Und bis ich absolut von seiner Unschuld überzeugt bin, sollte jemand anderes sich um Harper kümmern.

Ross fährt sich mit der Hand durchs Haar. Durch das, was davon noch übrig ist. »Hören Sie, diese Häuser haben dicke Mauern. Es überrascht mich nicht, dass ich nichts gehört habe.«

»Und Sie sind nie hinuntergegangen?«

Er sieht mir direkt in die Augen. »Wie ich schon sagte, ich wusste ja nicht einmal, dass es dort einen Keller gab. Die Tür hab ich für eine Schranktür gehalten.«

»Und was war mit dem Obergeschoss?«

Er schüttelt den Kopf. »Bill hat, seit ich ihn kenne, eigentlich so gut wie immer im Erdgeschoss gewohnt.«

»Aber er kann auch die Treppen rauf- und runtergehen?«

»Wenn er muss – aber oft tut er es nicht. Annie hat ihm ein Bett im vorderen Zimmer aufgestellt, bevor sie fortging, und hinten im Anbau hat er Bad und Toilette. Es ist ziemlich einfach, erfüllt aber seinen Zweck. Ich mag mir gar nicht vorstellen, wie es oben aussieht. Es müssen Jahre vergangen sein, seit jemand dort war. Wahrscheinlich niemand mehr seit Priscillas Tod.«

»Keine Reinigungskraft? Schickt die Gemeinde denn niemanden?«

»Das haben wir versucht, aber Bill hat die Frau angepöbelt. Deswegen hat sie sich geweigert, noch mal zu kommen. Ich wische ein wenig Staub und schütte Bleichmittel ins Klo. Aber bei der wenigen Zeit, die ich habe, sind mir Grenzen gesetzt.«

»Was ist mit Lebensmitteln, Einkaufen? Machen Sie das auch?«

»Als man ihm den Führerschein wegnahm, habe ich dafür gesorgt, dass eine Wohlfahrtsorganisation im Ort für ihn eine regelmäßige Supermarktlieferung veranlasst. Das war vor ungefähr achtzehn Monaten. Ein Dauerauftrag, die Bezahlung läuft per Lastschrift von seinem Konto. Er hat eine Menge Geld. Na ja, vielleicht keine ›Menge‹, aber doch genug.«

»Warum zieht er nicht aus? Das Haus muss doch ein Vermögen wert sein, selbst in diesem Zustand.«

Ross verzieht das Gesicht. »Der Idiot nebenan hat über drei Millionen bezahlt. Aber Bill weigert sich, in ein Heim zu ziehen. Obwohl sich seine Arthritis im Laufe des letzten Monats sehr verschlechtert hat und der Arzt ihm Medikamente gegen Alzheimer geben will. Aber dazu müsste die Einnahme kontrolliert werden, und das kann ich beim besten Willen nicht leisten. Wenn er allein in dem Haus bleibt, ist es nur eine Frage der Zeit, bis irgendein Unfall geschieht. Wie ich schon sagte, einmal hat er sich ja bereits verbrannt.«

»Wusste er, dass Sie ihn umquartieren wollten?«

Derek atmet tief durch. »Ja, das wusste er. Vor sechs Wochen habe ich mich mit ihm zusammengesetzt und alles zu erklären versucht. Leider konnte er sich ganz und gar nicht damit anfreunden. Er ist ausgerastet – schrie mich an, warf mit Dingen um sich. Also habe ich ihn erst mal in Ruhe gelassen. Ich wollte diese Woche noch mal mit ihm reden. Im Newstead House in Witney ist gerade ein Platz frei geworden. Das ist eines der besseren Heime. Aber Gott weiß, wie es jetzt mit ihm weitergeht.«

Es folgt eine Pause. Er trinkt sein Wasser. Ich schenke nach.

»Ist Ihnen schon mal der Gedanke gekommen«, frage ich vorsichtig, »dass er wegen der jungen Frau nicht wegziehen wollte?«

Das Blut weicht aus Ross' Gesicht, und er stellt sein Glas ab.

»Er hätte das Haus nicht verlassen können, solange sie noch da war, denn man hätte sie gefunden. Und er konnte sie auch nicht gehen lassen.«

»Was sollte er also tun?«

Ich zucke die Achseln. »Ich weiß nicht. Ich habe gehofft, Sie könnten ...«

Plötzlich wird es draußen auf dem Korridor laut, und Gislingham stößt die Tür auf.

»Boss«, sagt er, »ich glaube ...«

Aber ich dränge mich schon an ihm vorbei nach draußen.

Im Nebenraum versuchen zwei Constables, Harper im Zaum zu halten. Es ist kaum zu glauben, dass es sich um denselben

Mann handelt, den wir vorhin befragt haben – er schlägt nach den Gesichtern der Constables, tritt um sich, beschimpft lautstark eine Polizistin.

»*Fotze!*«

Die Frau wirkt verstört. Ich kenne sie – sie ist keine Anfängerin. Auf ihrer Wange ist ein Kratzer zu sehen, und die Vorderseite ihrer Uniform ist durchnässt.

»Ich habe ihm doch nur eine Tasse Tee gegeben«, stammelt sie. »Er sagte, der Tee sei zu heiß – dass ich versuchen würde, ihn zu verbrühen – so war es aber nicht – wirklich, es war keine Absicht ...«

»Ich weiß. Hören Sie, setzen Sie sich eine Weile hin, und lassen Sie jemanden nach der Wunde sehen.«

Ihre Hand wandert zum Gesicht. »Ich habe es nicht einmal gemerkt ...«

»Ich glaube, es ist nur ein Kratzer. Aber lassen Sie ihn trotzdem untersuchen.«

Sie nickt, und als ich ihr aus dem Raum folge, geht Harper wieder auf sie los. »*Fotze!* Die sollten Sie einbuchten, Sie Dummkopf – hat verdammt noch mal versucht, mich zu verbrühen. *Hinterlistige Kuh!*«

Als ich wieder nach nebenan komme, starrt Ross auf den Bildschirm. Ich halte einen Augenblick inne, um ihn zu beobachten.

»Wer ist also der wahre Bill Harper?«, frage ich schließlich. »Derjenige, der sich zusammenkauert wie ein ängstliches Kind, oder derjenige, der eben eine meiner Polizistinnen angegriffen hat?«

Ross schüttelt den Kopf. »Es ist die Krankheit. Sie ist schuld.«

»Vielleicht. Oder zerstört sie nur die Selbstkontrolle, die er früher besaß? Vielleicht war er immer so aggressiv, aber hat derartige Ausbrüche nicht zugelassen oder wusste sie zu verbergen.«

Ross hat sich umgedreht, um mich anzusehen, aber plötzlich weicht er meinem Blick aus. Irgendetwas stimmt hier nicht.

Ich lasse das Schweigen andauern und trete einen Schritt auf ihn zu. »Was ist los, Derek?«

Er sieht mich kurz an, wendet dann den Blick ab. Sein Gesicht ist rot.

»Was verheimlicht William Harper sonst noch?«

* * *

Im John-Radcliffe-Krankenhaus wartet Verity Everett schon seit zwei Stunden. Die meisten Menschen hassen Krankenhäuser, aber sie war zur Krankenschwester ausgebildet worden, bevor sie zur Polizei ging, und Orte wie dieser machen sie nicht nervös. Sie empfindet die Atmosphäre sogar als beruhigend – selbst in einem Notfall wissen die Menschen hier, was zu tun ist, wie sie sich verhalten müssen. Die weiße Kleidung, der Geräuschpegel, all das ist auf eigenartige Weise wohltuend. Und im leicht überheizten Flur und weil sie in letzter Zeit so schlecht schläft, ist es kein Wunder, dass sie sich trotz des harten Plastikstuhls, auf dem sie sitzt, nur mit Mühe wachhalten kann. Sie muss eingenickt sein, denn als jemand ihren Arm berührt, richtet sie sich mit einem Ruck auf.

»DC Everett?« Sie öffnet die Augen. Der Arzt macht ein freundliches, aber auch besorgtes Gesicht. »Geht es Ihnen gut?«

Sie schüttelt sich kurz. Ihr Nacken schmerzt.

»Ja, alles gut. Tut mir leid, ich muss wohl einen Augenblick geschlafen haben.«

Der Arzt lächelt. Er sieht gut aus. Idris Elba mit Stethoskop.

»Etwas länger als einen Augenblick, glaube ich. Aber es gab keinen Grund, Sie zu stören.«

»Wie geht es ihr?«

»Es gibt leider keine Neuigkeiten. Wie die Sanitäter schon vermuteten, ist sie stark dehydriert und unterernährt. Ich glaube nicht, dass ihr darüber hinaus etwas fehlt, aber sie wirkte vorhin so erschöpft, dass wir uns entschieden haben, die Untersuchung noch etwas zu verschieben. Könnte sein, dass wir in ihrem Zustand sonst eher Schaden anrichten. Wir haben sie ruhiggestellt, damit sie schlafen kann.«

Everett rappelt sich mühsam aus ihrem Plastikstuhl auf und geht die paar Schritte zu dem kleinen Fenster, durch das man ins Zimmer der jungen Frau sehen kann. Sie liegt ruhig auf dem Bett, das lange dunkle Haar in verknoteten Strähnen auf dem Kissen ausgebreitet und die Faust fest um ein Stück Decke geschlossen. Dunkle Schatten zeichnen sich unter ihren Augen ab, und ihre Haut spannt sich über den Knochen, aber Everett sieht, dass sie hübsch war. Hübsch *ist*.

»Und der Junge?«, fragt sie den Arzt und wendet sich ihm wieder zu.

»Der Kinderarzt ist jetzt bei ihm. Er scheint in überraschend gutem Zustand zu sein. Unter diesen Umständen.«

Everett sieht wieder zu der jungen Frau. »Hat sie irgendetwas gesagt? Einen Namen? Wie lange sie dort gewesen ist?«

Er schüttelt den Kopf. »Tut mir leid.«

»Wann werde ich mit ihr sprechen können? Es ist wirklich wichtig.«

»Ich weiß. Aber die Gesundheit meiner Patientin hat Priorität. Wir müssen einfach abwarten.«

»Aber sie wird wieder in Ordnung kommen?«

Er tritt zu ihr an die Scheibe und mustert ihr besorgtes Gesicht. »Ehrlich gesagt ist es ihre mentale Gesundheit, die mir größere Sorgen macht. Nach all dem, was das Mädchen durchgemacht, ist Schlaf für sie jetzt das Allerbeste. Danach, na ja ... wir werden sehen.«

* * *

»Derek, reden Sie mit mir. Haben Sie irgendetwas gesehen, etwas, das uns helfen könnte ...«

Er sieht zu mir auf und drückt den Plastikbecher so fest zusammen, dass er plötzlich nachgibt und zerbricht. Wasser rinnt über seine Hände und sickert sein Hosenbein hinunter.

»Also schön«, sagt er schließlich und wischt sich über die Hose. »Es war vor sechs Monaten, im Dezember, glaube ich. Eine Nachbarin gab Bescheid, dass er nur mit Hausschuhen an den Füßen auf die Straße gegangen war. Ich hab also nach seinen Schuhen gesucht. In letzter Zeit verlor er immer häufiger Sachen, stellte sie irgendwohin und vergaß, wo sie waren – ich nahm also an, dass die Schuhe wahrscheinlich unter dem Bett standen.«

»Und?«

Er schüttelt den Kopf. »Stattdessen fand ich einen Karton. Hauptsächlich Magazine.«

Ich brauche keinen weiteren Hinweis. »Pornos?«

Er zögert und nickt dann. »Hartes Zeug. Bondage, SM, Folter. Zumindest sah alles danach aus. Ich hab mich nicht weiter darin vertieft.«

Im Gegensatz zu Harper.

Schweigen. Es überrascht mich nicht, dass er gezögert hat, mir davon zu erzählen.

»Wo, meinen Sie, hat er das Zeug her?«, frage ich schließlich.

Er zuckt mit den Achseln. »Nicht aus dem Netz, so viel steht fest. Aber man kann so was wahrscheinlich über Kleinanzeigen in Männermagazinen finden. Er ging damals auch noch hin und wieder in die entsprechenden Läden.«

»Ist der Karton noch dort?«

»Wahrscheinlich. Ich hab ihn einfach wieder an seinen Platz geschoben. Wenn er etwas bemerkt haben sollte, hat er es nicht erwähnt. Aber selbst wenn er an – an solchen Sachen Geschmack findet, ist es doch ein verdammt weiter Weg von solch unappetitlichen Magazinen bis zur Entführung einer jungen Frau, um sie anschließend in einen Scheißkeller einzusperren.«

Da bin ich mir nicht so sicher. Ich habe mit angesehen, was Demenz anrichten kann. Ich denke wieder an die Monate, als die Krankheit ausbrach und niemand, nicht einmal Harper, von ihr wusste. Als er immer noch seine Willenskraft besaß, seine physische Kraft, seine Persönlichkeit, während er gleichzeitig langsam in sich zerfiel. Hatte er sich wirklich in einen völlig anderen Menschen verwandelt, oder war er nur zu einer gefühlskälteren und grausameren Version seines früheren Selbst geworden?

Ich stehe auf und gehe nach draußen auf den Flur. Ross lasse ich allein zurück. Gis steht am Wasserspender und kommt mir entgegen, als er mich sieht.

»Irgendwas Neues?«, fragt er.

»Nicht viel. Ross sagt, er hat vor ein paar Monaten einen Stapel harter Pornos in Harpers Haus gefunden. Also gehen Sie zu Challow, und stellen Sie sicher, dass das ganze Gebäude und das Erdgeschoss gründlich durchsucht werden, nicht nur der Keller. Möglich, dass sich noch anderes Zeug findet.«

»In Ordnung.«

»Und schauen wir uns Harpers Vergangenheit mal etwas genauer an. Sprechen Sie mit Leuten an der Universität, wo er gearbeitet hat – 1998 ist noch nicht so lange her. Da müsste sich noch jemand an ihn erinnern.«

* * *

Telefonische Befragung von Louise Foley,
Personalreferentin, Birmingham University
1. Mai 2017, 13:47 Uhr
Am Telefon: DC C. Gislingham

CG: Tut mir leid, Sie an einem Feiertag zu stören, aber wir hoffen, dass Sie uns mit Informationen über William Harper weiterhelfen können. Ich glaube, er hat bis in die späten Neunziger an der Birmingham University unterrichtet?

LF: Das stimmt. Ich selbst war zu der Zeit noch nicht hier, aber ich weiß, dass Dr. Harper zur Sozialwissenschaftlichen Fakultät gehörte. Sein Spezialgebiet war die Spieltheorie. Offenbar hat er einen recht berühmten Artikel über Rollenspiele geschrieben. Soweit ich weiß, war er damit seiner Zeit ziemlich weit voraus.

CG: Was können Sie uns denn außer dem, was er bei *Mastermind* machte, noch von ihm erzählen?

LF: 1998 ging er in den Ruhestand. Das ist lange her, Constable.

CG: Ich weiß, aber auch nicht so lange, dass man sich an nichts mehr erinnert, oder? Sie hatten doch damals schon Computer. Da müsste es irgendwelche Aufzeichnungen geben.

LF: Selbstverständlich, aber ich darf Ihnen aus Datenschutzgründen nicht alles erzählen. Gerade Sie müssten das doch verstehen. Hat Dr. Harper denn einer Offenlegung seiner persönlichen Informationen zugestimmt?

CG: Nein, aber Sie wissen sicherlich, dass ich seine Zustimmung nicht brauche, wenn die eingesehenen Informationen zur Festnahme eines Täters führen.

LF: Was hat er getan? Sie würden sich doch nicht wegen eines Strafzettels solche Mühe machen, oder?

(Pause)
Moment mal – es geht doch nicht etwa um diesen Fall, über den in den Nachrichten berichtet wurde – dieses Mädchen im Keller? Der Typ muss ungefähr gleich alt sein ...

CG: Leider darf ich darüber nicht mit Ihnen sprechen, Miss Foley. Vielleicht könnten Sie die in Frage kommenden Akten per E-Mail schicken – das würde allen eine Menge Zeit sparen.

LF: Das geht nicht. Dafür bräuchte ich die Erlaubnis des Personalleiters der Universität. Aber wenn Sie mir konkrete Fragen stellen würden, könnte ich versuchen, sie zu beantworten.

CG: (Pause) Vielleicht erzählen Sie mir erst mal, warum er damals die Universität verließ.

LF: Wie bitte?

CB: Nun, wenn meine Schulkenntnisse in Mathematik ausreichen, müsste er 1998 siebenundfünfzig Jahre alt gewesen sein. Was ist das durchschnittliche Ruhestandsalter des Universitätspersonals – fünfundsechzig, siebzig?

LF: (Pause) Wie ich der Akte entnehme, ist Dr. Harper wohl in gegenseitigem Einverständnis in den vorgezogenen Ruhestand gegangen.

CG: Schön. Und was war der wahre Grund?

LF: Ich weiß nicht, was Sie meinen ...

CG: Ach kommen Sie, Miss Foley, Sie wissen genauso gut wie ich, dass man diese Phrasen im Personalwesen verwendet, wenn man eigentlich sagen will: »Wir mussten ihn loswerden.«

LF: Es tut mir leid, aber mehr kann ich Ihnen nicht sagen. Ich werde mit dem Personalleiter sprechen und um seine Erlaubnis bitten, Ihnen die Akte zuzuschicken. Sie sollten aber wissen, dass er sich zurzeit in China aufhält. Es könnte etwas dauern, bis ich ihn erreiche.

CG: Dann will ich Sie nicht länger aufhalten.

* * *

BBC Midlands Today
Montag, 1. Mai 2017 | Letzte Aktualisierung 14:52 Uhr

Junge Frau und Kind im Keller in Oxford: Polizei veröffentlicht Erklärung

Die Thames Valley Police hat eine kurze Stellungnahme zu dem Fall einer jungen Frau und eines kleinen Jungen veröffentlicht, die man heute am frühen Morgen in einem Keller in der Frampton Road aufgefunden hat. Es wurde bestätigt, dass die junge Frau ins John Radcliffe Hospital gebracht wurde. Die Polizei hat die Identität der jungen Frau nicht preisgegeben und das Gerücht, dass es sich bei dem Kind um ihren Sohn handelt, nicht bestätigt. Laut Zeugenberichten war die junge Frau bei Bewusstsein, als die Sanitäter sie in den Krankenwagen schoben.

Nachbarn haben der BBC erzählt, dass das Haus Mr. William Harper gehört, der seit mindestens zwanzig Jahren in der Gegend wohnt. Mr. Harper wurde heute Morgen dabei beobachtet, wie er aufgewühlt von Polizisten aus seinem Haus begleitet wurde.

* * *

In den oberen Stockwerken von 35 Frampton Road sind sämtliche Vorhänge zugezogen. Staubpartikel schweben in der Luft, und Spinnweben hängen in den Ecken. Irgendein Tier hat offenbar am Treppenläufer genagt, und die Kriminaltechnikerin Nina Mukerjee tritt vorsichtig über ein Häufchen perlenförmiger tierischer Hinterlassenschaften hinweg. In der Tür zum großen Schlafzimmer bleibt sie stehen. Auf dem Bett liegt eine nackte Matratze ohne Laken, in deren Mitte sich ein großer schimmeliger Fleck ausgebreitet hat. An der Wand rechts steht eine leere verzierte Vitrine, und auf dem Schminktisch liegt ein Durcheinander aus Lippenstiften, Parfümflakons, einem offenen Tiegel Gesichtscreme, die zu Zement erstarrt ist, und diversen Abschminktüchern, auf denen noch rote Lippenabdrücke zu erahnen sind.

Ein zweiter Polizist gesellt sich zu ihr. »Ach du meine Güte«, sagt er, »hier sieht's ja aus wie auf dem Geisterschiff *Mary Celeste*.«

»Oder wie bei Miss Havisham in ›Große Erwartungen‹. Bei dem Film gruselt es mich immer.«

»Wann ist seine zweite Frau gestorben?«

»2010. Autounfall.«

Der Mann sieht sich um, geht hinüber zum Nachttisch und wischt mit einem behandschuhten Finger über die dicke Staubschicht auf der Tischplatte. »Ich möchte wetten, dass er seither nicht einmal hier drin war.«

»So ist das manchmal mit der Trauer. Die Hinterbliebenen bringen es nicht über sich, irgendetwas fortzuwerfen. Meine Oma war auch so. Es hat Jahre gedauert, sie zu überreden, Opas Sachen loszuwerden. Sogar viele Jahre später sagte sie, es käme ihr vor wie ein Frevel.«

Der Mann greift nach einem gerahmten Foto, das umgekehrt auf dem Nachttisch lag, und sieht es sich an. Dann zeigt er es seiner Kollegin. »Unten hab ich auch so eins gesehen. Attraktiv. Nicht mein Fall, aber attraktiv.«

Priscilla Harper sieht direkt in die Kamera, eine Hand in die Hüfte gestemmt, eine Augenbraue hochgezogen. Sie wirkt selbstbewusst. Und ein wenig anstrengend.

Nina geht zum Kleiderschrank und öffnet ihn. Willkürlich

zieht sie einige Kleidungsstücke hervor. Ein tief ausgeschnittenes scharlachrotes Abendkleid, einen Kaschmirmantel mit Pelzkragen, eine blassgrüne Rüschenbluse.

»Das ist echte Seide. Sie hatte einen teuren Geschmack.«

Ihr Kollege tritt zu ihr und betrachtet die Kleidung. »Leider sehr viele Mottenlöcher. Sonst hätte man das Zeug bei eBay verscherbeln können.«

Nina verzieht das Gesicht. »Schönen Dank auch, Clive.« Sie schiebt die Kleidungsstücke wieder zurück. »Wollen die vom CID tatsächlich, dass wir den ganzen Kram hier einpacken? Dann sind wir eine ganze Woche lang beschäftigt.«

»Ich denke, Fawley ist nur an den Pornos interessiert. Es sollte reichen, wenn wir nachsehen, ob unterm Bett ein Koffer voller Bondage-Ausrüstung liegt. Ich sehe mich oben um, hatte aber den Eindruck, dass es da oben ziemlich leer ist. Nur ein Metallbett in einem Zimmer und ein Stapel alte *Daily Telegraph*-Ausgaben.«

Nina geht zum Nachttisch und zieht die Schublade auf. Einige weiße Plastikflaschen stoßen dabei klappernd aneinander. Auf sämtlichen Etiketten ist der Name *Priscilla Harper* zu lesen, und zumeist handelt es sich um Schlaftabletten.

»Haben Sie unten irgendwelche Papiere gefunden?«, fragt sie.

»Außer dem Pornozeug, meinen Sie? Da ist noch ein ganzer Schreibtisch voll mit Briefen und alten Rechnungen. Ich möchte bezweifeln, dass sie uns nützen werden. Aber wir laden den ganzen Kram in Kartons, für alle Fälle. Der Keller ist inzwischen schon weitgehend ausgeräumt.«

Nina erschauert. »Ich krieg das einfach nicht aus dem Kopf … diese Kratzspuren im Putz. Was in ihr vorgegangen sein muss, um das zu tun. Man mag es sich kaum vorstellen.«

»Ich glaube, die Frau konnte sie hören.«

Sie wendet sich ihm zu. »Was wollen Sie damit sagen?«

Seine Miene ist düster. »Überlegen Sie mal. Im Nebenhaus hat seit den Achtzigern ein und dieselbe alte Schachtel gewohnt. Und vor einigen Wochen tauchen plötzlich die Handwerker hier auf. Zum ersten Mal seit Jahren waren Menschen dort unten. Daher die Kratzspuren. Sie konnte sie hören.«

* * *

Fünfzehn Uhr fünfzehn. Da wir nun wissen, wie schwierig es ist, Harper zu vernehmen, habe ich beschlossen, erst einmal mit der jungen Frau zu sprechen. Sie ist jedoch immer noch ruhiggestellt. Aus dem kleinen Jungen werden wir wohl nichts herausbekommen, und die Kriminaltechniker brauchen noch ein paar Stunden, um vorläufige Ergebnisse vorzustellen. Das bedeutet, dass mir im Augenblick mein Chef im Nacken sitzt, unsere Pressestelle nervös wird und mein Team angespannt und tatenlos herumsitzt. Gislingham versucht gerade, einen Mann aufzuspüren, der in den Neunzigern mit Harper gearbeitet hat, ein anderer Kollege ist im Supermarkt, um herauszufinden, ob wir mit den Mitarbeitern sprechen können, die Harper mit Lebensmitteln beliefert haben, und Baxter wühlt in den Akten nach Personen, die als vermisst gemeldet wurden und vielleicht auch nur entfernt so aussehen wie die junge Frau. Eigentlich ist er genau der Richtige für diese Aufgabe, aber als ich eine Stunde später nach ihm sehe, hat sich eine tiefe Sorgenfalte in seine Stirn gegraben.

»Kein Glück?«

Er sieht mich an. »Nichts. Wir haben keinen Namen, wir wissen nicht, woher sie kommt, wir wissen nicht, wie lange sie da unten war. Wir wissen nicht einmal, ob sie je als vermisst gemeldet wurde. Ich könnte noch einen Monat weitersuchen und stünde mit leeren Händen da. Jemanden, den es nicht gibt, kann auch die Gesichtserkennung nicht finden.«

* * *

Gesendet: Montag, 1. Mai 2017, 15:45 Uhr GMT
Von: AnnieGHargreavesMontreal@hotmail.com
An: D.Ross@SocialServices.ox.gov.uk

Betreff: **Bill**

Danke für die E-Mail. Ich sehe gerade die Nachrichten, und da zeigen sie Bilder von der Frampton Road – sogar im kanadischen Fernsehen. Man vergleicht den Fall mit dem Mann in Österreich, der seine Tochter all die Jahre im Keller gefangen hielt. Bill soll so etwas getan haben? Er war immer schon ein impertinenter Typ, aber nie gewalttätig. Ich habe Priscilla nicht kennengelernt, aber soweit ich sagen kann, hat er seither keine Beziehung zu einer Frau gehabt. Zumindest hat er mir davon nichts erzählt. Und okay, ein Seelenklempner würde mich vielleicht naiv nennen und darauf hinweisen, dass Leute wie er Dinge gut verheimlichen können, aber bestimmt hätte es doch irgendein Anzeichen gegeben, oder? Entschuldige, das ergibt vielleicht keinen Sinn. Hier ist es noch früh, und ich kann das alles gar nicht glauben. Wahrscheinlich klinge ich schon wie diese Leute, die in solchen Fällen von der Presse interviewt werden und dann so geistlose Sachen sagen wie: »Er war doch so ein ruhiger, unscheinbarer Typ.« Lassen Sie mich wissen, ob ich noch irgendetwas tun kann.

* * *

Somer steht um die Ecke bei Chinnor Place. Von dort aus kann sie zusehen, wie das Team der Forensiker die Kartons aus der 33 Frampton Road trägt und in den Lieferwagen lädt. Auf der anderen Straßenseite parken zwei TV-Übertragungswagen.

Sie macht einen Schritt vorwärts und klingelt zum dritten Mal. Es hat den Anschein, als wäre dieses Haus leer, aber nach all den Fahrrädern und Mülltonnen sowie dem allgemeinen Zustand zu urteilen, befinden sich darin wahrscheinlich Studentenbuden. Davon gibt es in der Gegend nicht mehr viele. Vor etwa dreißig Jahren wollte sie dann niemand mehr haben: zu groß, zu kostspielig im Unterhalt. Die meisten wurden in möblierte Zimmer geteilt oder billig an die Fachbereiche der Uni vermietet. Aber inzwischen werden sie allmählich in die Familienhäuser zurückverwandelt, als die sie in der Viktorianischen Zeit einst errichtet wurden, einschließlich der Wohnquartiere für die Dienerschaft. Mark Sexton folgt mit seinem Projekt also nur einem umfassenderen Trend.

Somer läutet ein letztes Mal und will sich gerade umdrehen, als sich die Tür endlich öffnet. Der Mann ist ungefähr zwanzig, hat rote Haare, reibt sich den Nacken und gähnt. Es sieht so aus, als wäre er gerade erst aufgestanden. Eine Reihe leerer Flaschen säumt den Flur, und es riecht nach schalem Bier. Er wirft einen Blick auf Somer und tut so, als würde er zusammenzucken.

»Scheiße.«

Somer schmunzelt. »PC Erica Somer, Thames Valley Police.«

Der junge Mann schluckt. »Haben sich die alten Säcke wieder über den Lärm beschwert? Ehrlich, so laut war es auch wieder nicht ...«

»Darum geht es auch nicht, Mr. ...?«

»Danny. Danny Abrahams.«

»Okay, Danny. Es geht um das Haus eine Straße weiter. Nummer dreiunddreißig. Kennen Sie den Mann, der dort wohnt – Mr. Harper?«

Er kratzt sich wieder am Hals. Seine Haut hat rote Flecken. »Ist das dieser Irre?«

»Kennen Sie ihn?«

Er schüttelt den Kopf. »Spaziert durch die Gegend und führt Selbstgespräche. Hat uns mal ein Viererpack Bier geschenkt. Scheint ganz in Ordnung zu sein.«

Sommer holt ihr Telefon hervor und zeigt ihm ein Bild der jungen Frau. »Was ist mit ihr – haben Sie sie schon einmal gesehen?«

Der Junge sieht forschend auf das Display. »Keine Ahnung.«

»Ist einer Ihrer Mitbewohner da?«

»Bin mir nicht sicher, hab aber keinen gesehen. Wahrscheinlich in der Bibliothek. Prüfungsphase, wissen Sie.«

Sie steckt das Telefon wieder ein und reicht ihm ihre Visitenkarte. »Wenn Ihre Mitbewohner etwas über Mr. Harper wissen, sollen sie mich bitte unter dieser Nummer anrufen.«

»Was hat er denn getan, sich vor den alten Schachteln entblößt?«

»Wie kommen Sie darauf?«

Der Bursche wird knallrot. »Nichts, ich dachte nur …«

»Wenn Sie also ausrichten würden, worum ich gebeten habe.«

Sie macht auf dem Absatz kehrt und lässt ihn dort auf der Treppe stehen, wo er sich bestimmt weiterhin fragt, worum es hier eigentlich ging. Dann schließt er die Tür und holt sein Handy heraus.

»Scheiße«, sagt er, als er durch seinen Newsfeed scrollt. »Scheiße scheiße scheiße.«

* * *

FORENSIC INVESTIGATION UNIT
Tatortskizze

Adresse: **33 Frampton Road, OX2**
Fallnummer: **KE2308/17J**   NICHT MASSSTABSGETREU
CSIs: **Alan Challow, Nina Mukerjee, Clive Keating**
Datum: **1. Mai 2017**   Uhrzeit: **10:00**

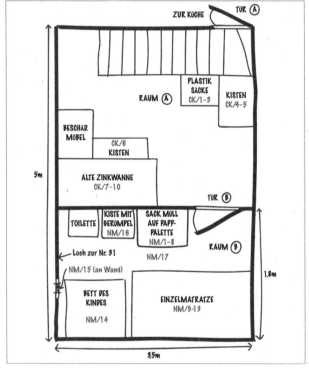

Gezeichnet: **CSI 1808 JJ GETHINS**   Datum: **1. MAI 2017**
Seite 1 v. 2   **NUR FÜR DEN DIENSTGEBRAUCH**   FIU/SCR/03
(wenn ausgefüllt)

FORENSIC INVESTIGATION UNIT
Tatortskizze

Adresse: 33 Frampton Road, OX2
Fallnummer: KE2308/17J   NICHT MASSSTABSGETREU
CSIs: Alan Challow, Nina Mukerjee, Clive Keating
Datum: 1. Mai 2017   **Uhrzeit:** 10:00

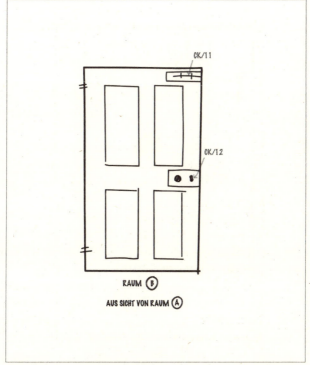

Gezeichnet: CSI 1808 JJ GETHINS   **Datum:** 1. MAI 2017
Seite 2 v. 2   **NUR FÜR DEN DIENSTGEBRAUCH**   FIU/SCR/03
        (wenn ausgefüllt)

Legende Beweismaterial

CK/1-3	Diverse leere Verpackungen, entnommen aus Plastiksäcken neben der Treppe im Keller, Raum A, um Fingerabdrücke mit chemischen Mitteln eindeutiger sichtbar zu machen.
CK/4-5	Unvollständige Fingerabdrücke von einem Klebeband, mit dem eine Kiste verschlossen war, die man neben der Treppe im Keller, Raum A, fand.
CK/6	Fingerabdrücke auf dem Deckel eines Hochglanzkartons, der sich im Keller, Raum A, befand.
CK/7-10	Fingerabdrücke von mehreren Gegenständen, die sich in einer alten Zinkwanne im Keller, Raum A, befanden.
CK/11	Unvollständiger Fingerabdruck vom Sperrriegel an der Kellertür B (außen, Seite Raum A).
CK/12	Unvollständige Fingerabdrücke an einem Schlüsselbund, der im Schließmechanismus von Kellertür B (außen, Seite Raum A) steckte.
NM/1-5	Diverse leere Verpackungen, Lebensmittelkisten und Behälter, die aus einem Müllsack im Keller, Raum B, gesichert wurden und an denen die Fingerabdrücke chemisch identifizierbarer gemacht werden sollen.
NM/6-8	Fingerabdrücke von leeren Kunststoffbehältern aus einem Müllsack im Keller, Raum B.
NM/9	Dunkler Kissenbezug mit weißen Flecken (Vortest zur Indikation von Speichel positiv) von einer Einzelmatratze im Keller, Raum B.
NM/10	Graues Bettlaken mit mehreren weißen Flecken (Vortest zur Indikation von Sperma und Speichel positiv), von einer Einzelmatratze im Keller, Raum B.
NM/11	Weiße Bettdecke mit rötlichen Flecken (Vortest zur Indikation von Blut positiv), gesichert von einer Einzelmatratze im Keller, Raum B.
NM/12-13	Weibliche Unterwäsche mit weißen Flecken (Vortest zur Indikation von Sperma positiv), auf einer Einzelmatratze im Keller, Raum B, gesichert.
NM/14	Bettwäsche mit kleinen rötlichen Flecken (Vortest zur Indikation von Blut positiv) vom Kinderbett im Keller, Raum B.

NM/15	Feuchte und getrocknete Tupfer von roten Schmierspuren (Vortest zur Indikation von Blut positiv) von der Nachbarwand im Keller, Raum B.
NM/16	Schachtel mit Diversem, darunter mehrere alte Bücher aus dem Keller, Raum B.
NM/17	Taschenlampe mit leeren Batterien im Keller, Raum B.

* * *

Ich kaufe mir in der Kantine gerade ein Sandwich, als Baxter mich findet.

»Ich glaube, ich hab da was«, sagt er, etwas außer Atem. Seine Frau will, dass er immer die Treppe nimmt, und das ist die einzige körperliche Ertüchtigung, zu der er sich bequemt.

»Geht es um das Mädchen?«

»Nein, Harper. In der Akte mit den vermissten Personen hab ich aufgegeben, aber weil ich schon mal dabei war, hab ich Harpers Namen mal durchs System laufen lassen.«

»Und?«

»Keine Vorstrafen. Nicht mal ein Strafzettel. Und falls er auf dem Straßenstrich unterwegs war, haben wir ihn dabei nicht erwischt. Aber ich habe zwei Notrufe gefunden, die dem Haus in der Frampton Road zugeordnet werden. Einer von 2002 und einer von 2004. Es gab keine Anzeige, und die Aufzeichnungen sind ziemlich vage, aber es war zweifellos häusliche Gewalt.«

»Welcher Officer hat sich damals darum gekümmert?«

»Beide Male Jim Nicholls.«

»Versuchen Sie, ihn ausfindig zu machen. Soweit ich mich erinnere, hat er sich in Devon zur Ruhe gesetzt. Aber die Personalabteilung müsste seine Adresse haben. Sagen Sie ihm, er soll mich anrufen.«

* * *

> Scheiße, Mann, hast du die Nachrichten gesehen? Der Typ aus dem Haus die Straße runter ist ein Psycho. Hat ein Mädchen in seinem Scheißkeller eingeschlossen. Gerade war die Polizei hier.

> Scheiße, ernsthaft? Das fehlt uns gerade noch. Schön ruhig bleiben, okay? Kennst du das Mädchen?

> Noch nie gesehen.

> Dann halt einfach die Klappe, okay?

* * *

»Bill Harper? Na, wenn mich da mal nicht die Vergangenheit einholt.«

Russell Todd ist der vierte ehemalige Kollege von Harper, den Gislingham anruft. Die bisherigen Ergebnisse seiner Versuche waren: tot, tot und vergesslich, in der Reihenfolge. Aber Todd wirkte nicht nur am Leben und guter Dinge, sondern auch gesprächig.

»Sie erinnern sich also an ihn?«, sagt Gislingham, bemüht, sich keine große Hoffnung zu machen.

»Aber ja. Eine Zeitlang kannte ich ihn ziemlich gut, aber das ist inzwischen Jahre her. Warum fragen Sie?«

»Was können Sie mir über ihn erzählen?«

Er hört, wie Todd lange ausatmet. »Na ja«, sagt er, »war

nicht gerade erstklassig. Aus akademischer Sicht, meine ich. Natürlich dachte er selbst nicht so von sich. Dass er schließlich in Brum landete, hielt er bestimmt für unter seiner Würde, aber seine Frau stammte aus der Gegend, und das mag den Ausschlag gegeben haben. Das Haus in Oxford zu kaufen hielt ich immer für einen klassischen Fall von Verdrängen. Aber er war zuverlässig, kannte sich aus in seinem Metier. Er schrieb sogar einen Artikel, der für ziemlichen Wirbel sorgte ...«

»Die Sache mit dem Rollenspiel?«

»Ah, Sie wissen also davon? Unter uns – es hatte was von ›am rechten Ort zur rechten Zeit‹. Ich meine, Bills Gedankengang war nicht besonders originell, aber er kam auf die Idee, ihn auf Internetspiele anzuwenden. Oder wie immer diese Dinger heißen. Das war 1997, und das Netz kam gerade erst in Schwung. Von einem Tag auf den anderen war er eine große Nummer.«

Sein Tonfall ist bissiger geworden, und Gislingham vermutet Missgunst unter Kollegen.

»Jedenfalls«, fährt Todd fort, »war es auf einmal so, dass der gute Bill, nachdem er dreißig Jahre lang kaum eine Rolle gespielt hat, plötzlich von Institutionen wie Stanford und dem MIT umworben wurde. Es ging sogar das Gerücht um, dass Harvard interessiert war.«

»Und was ist geschehen?«

Todd lacht, nicht sehr freundlich. Langsam geht er Gislingham auf die Nerven. »Es war wie bei Shakespeare. Der Held gerät im Augenblick seines Triumphs ins Stolpern. Das Haus stand zum Verkauf, die Koffer waren so gut wie gepackt, und plötzlich – *peng*. Alles fliegt ihm um die Ohren. Oder um ein anderes Körperteil, unter den gegebenen Umständen.«

»Ich ahne, worauf Sie hinauswollen«, sagt Gislingham.

Todd ist sichtlich amüsiert. »Ja, Bill wurde leider dabei erwischt, wie er mit seinem Rüssel im Honigtopf rührte. Natürlich wurde alles vertuscht. Aber verheiratete Männer, die sich mit Studentinnen einlassen, werden in Amerika nicht gern gesehen. Die sind ziemlich prüde, was diese Dinge angeht.«

»Hatten Sie seither mit ihm Kontakt?«

»Kann ich nicht behaupten. Ich hörte, dass seine Frau gestorben war. Brustkrebs, glaube ich. Ich weiß nicht, ob er wieder gearbeitet hat. Seine Frau hatte Geld, kann also sein, dass er es nicht nötig hatte.«

»Und war das der einzige Vorfall? Stand er im Ruf, Studentinnen zu belästigen?«

»Oh nein. Das war ja das Seltsame – es passte so gar nicht zu ihm. Hätten die Behörden ein Exempel an jemandem statuieren wollen, fallen mir mehrere Kollegen ein, die man sich hätte vorknöpfen können. Es war nicht so wie heute – jetzt droht schon eine Anzeige, wenn du mal die Hose fallen lässt.«

Die guten alten Tage der sexuellen Belästigung; Gislingham haucht ein lautloses »Wichser« in Richtung Telefon.

»Im Gegenteil«, führt Todd fort. »Bill war von der ganz prüden Sorte. Das beweist doch nur: Man kann nie in andere Menschen hineinschauen.«

»Nein«, sagte Gislingham zähneknirschend, »kann man nicht.«

* * *

American Journal of Social and Cognitive Sciences
Ausgabe 12, Nummer 3, Herbst 1998

Verliese und Jungfern:
Rollenspiele im World Wide Web

William M. Harper, PHD,
University of Birmingham

Abstract

Dieser Artikel betrachtet die Möglichkeit, mit mehreren Personen Rollenspiele im elektronischen Telekommunikationsnetzwerk, bekannt als World Wide Web, durchzuführen. Zwar haben bislang nur wenige Leute Zugang zu dieser Technologie, aber das Potential, es mehreren Spielern zu ermöglichen, in Echtzeit über Computer zu interagieren, ist vorhanden – über geographische Grenzen und Zeitzonen hinweg. Dieser Artikel untersucht die kognitiven und psychosozialen Implikationen dieses »Remote Gaming« und die Konsequenzen der Interaktion mit anonymen Computer-Nutzern auf das Vertrauen unter Spielern und die Auswirkung auf ihre Entscheidungsprozesse. Beleuchtet werden außerdem die möglichen neurologischen Konsequenzen der anhaltenden Einwirkung einer gewalttätigen »virtuellen Welt«, einschließlich der Erosion der Empathie, einer Zunahme zwischenmenschlicher Aggression und der Illusion persönlicher Omnipotenz.

* * *

Es ist kurz nach sechzehn Uhr, als Everett mit einer der Krankenschwestern den kleinen Jungen durch eine Glasscheibe betrachtet. Die Jalousien des Fensters sind geschlossen, und das Kind sitzt allein in einem Laufgitter mitten auf dem Fußboden. Unbewegt starrt er auf einen Haufen Spielsachen. Bausteine, ein Flugzeug, eine rote und eine grüne Eisenbahn. Ab und zu streckt er die Hand aus und berührt sie. Sein dunkles Haar ringelt sich in langen Locken wie bei einem Mädchen. Eine Frau sitzt bei ihm im Zimmer, hat aber ihren Stuhl in die äußerste Ecke gerückt.

»Er lässt immer noch niemanden an sich heran?«

Die Krankenschwester schüttelt den Kopf. Laut einem kleinen Schild an ihrer Uniform ist ihr Name Jenny Kingsley. »Armes kleines Ding. Der Arzt hat ihn untersucht, und wir haben einige Tests gemacht, aber im Moment wollen wir ihn nicht mehr malträtieren als unbedingt notwendig. Besonders nicht, nachdem seine Mutter so auf ihn reagiert hat.«

Sie bemerkt Everetts fragenden Blick. »Nachdem wir ihn gebadet hatten, brachten wir ihn zu ihr, aber als sie ihn sah, fing sie zu schreien an. Der kleine Junge erstarrte und fing an zu weinen. Schließlich musste man sie ruhigstellen. Darum haben wir ihn auch wieder hierhergebracht. Diese Art Stress tut niemandem gut – weder ihr noch ihm.«

»Hat er irgendetwas gesagt?«

»Nein. Wir wissen auch nicht mit Sicherheit, ob er überhaupt sprechen kann. Die Umgebung, in der er sich befand – was er miterlebt haben muss –, da wäre es kaum überraschend, wenn er sich nicht normal entwickelt hätte.«

Everett wendet sich wieder zum Fenster. Der Junge hebt den Blick, und für einige Sekunden sehen die beiden einander direkt an. Er hat dunkle Augen, seine Wangen sind leicht gerötet. Dann dreht er sich, wendet ihnen den Rücken zu und kauert sich an die Seite seines Laufgitters. Mit dem Arm verdeckt er sein Gesicht.

»Das macht er oft«, sagt die Schwester. »Könnte sein, dass er sich nur an das Licht gewöhnen muss, aber vielleicht sind seine Augen wegen der langen Zeit im Dunkeln geschädigt. Deshalb haben wir die Jalousien herabgelassen.«

Everett betrachtet ihn einen Moment. »Am liebsten möchte man ihn in den Arm nehmen und dafür sorgen, dass alles gut wird.«

Jenny Kingsley seufzt. »Ich weiß. Es bricht einem das Herz.«

* * *

Unsere erste Fallbesprechung findet um siebzehn Uhr statt. Als ich in die Einsatzzentrale komme, versammelt sich dort gerade das Team, und Quinn befestigt das wenige, was wir haben, an der Wand. Ein Bild des Hauses, ein Foto der jungen Frau, eine Straßenkarte. Normalerweise wäre es Gislinghams Job gewesen, aber ich vermute, Quinn möchte dabei gesehen werden, wie er etwas Nützliches beiträgt.

»Also gut, alle Mann«, beginnt er. »Everett ist immer noch im Krankenhaus und wartet darauf, mit der Frau sprechen zu können, aber wir haben keine Ahnung, wie lange das dauern wird.«

»Also gehen wir davon aus, dass das Kind Harpers Sohn ist?«, fragt ein Detective Constable aus den hinteren Reihen.

»Ja«, sagt Quinn, »das ist die Arbeitsthese.«

»Warum wird kein DNA-Test gemacht? Damit könnte man klären, ob er das Mädchen vergewaltigt hat.«

»Das ist komplizierter, als es klingt«, greife ich ein, »denn das Mädchen ist nicht in der Verfassung, ihre Einwilligung zu geben. Aber ich habe mit dem Sozialamt gesprochen, und die kümmern sich um den Fall. Und währenddessen untersuchen wir das Bettzeug aus dem Keller. Wenn wir Glück haben, finden wir, was wir brauchen.«

Ich nicke Quinn zu.

»Genau«, sagt er. »Bis jetzt ist bei den Befragungen der Nachbarn in der Frampton Road nichts Brauchbares herausgekommen. Offenbar ist Harper ein allseits bekannter Spinner, aber niemand hielt ihn für wirklich gefährlich. Eine der Nachbarinnen besteht darauf, dass er einen Sohn namens John hat, aber wir wissen, dass das nicht stimmt Also entweder irrt sich die alte Dame …«

»Nicht schon wieder eine bekloppte alte Schachtel«, murmelt jemand. Ein anderer lacht.

»… oder es existiert jemand namens John, der Harper regelmäßig besuchte, aber nicht sein Sohn ist. Wir müssen die Person ausfindig machen, auch wenn wir damit nur erreichen, ihn auszuschließen. Und vergessen wir auch nicht, dass dieser

›John‹, selbst wenn er dort ein und aus gegangen ist, nicht unbedingt gewusst haben muss, was sich dort abgespielt hat. Wir dürfen keine voreiligen Schlüsse ziehen.«

»So, wie Sie's bei dem Sozialarbeiter gemacht haben?«

Ich bekomme nicht mit, wer es gesagt hat. Diesmal lacht niemand. Quinn sieht auf seine Füße. Es folgt eine peinliche Stille, aber diesmal hole ich ihn nicht da raus. Ausgerechnet Gislingham kommt zu Hilfe. Offenbar haben die beiden ihre Meinungsverschiedenheiten der letzten Zeit beigelegt. Nachdem Quinn zum DS befördert worden war, herrschte zwischen ihnen eine Weile ein richtiger Krieg, aber seit er Vater geworden ist, scheint Gislingham auch eine gewisse Milde entwickelt zu haben. Oder er ist einfach nur überfordert und ausgepowert. Den Zustand kenne ich.

»Ich war in der Birmingham University«, sagt Gislingham, »und habe mit einem von Harpers alten Kollegen gesprochen. Harper hatte in den Neunzigern eine Affäre mit einer Studentin. Das ist alles. Soweit ich sagen kann, nichts Abartiges. Aber ich warte noch auf die vollständige Akte, daraus dürften wir mehr erfahren. Da existiert außerdem ein Artikel, den er in den Neunzigern geschrieben hat und in dem es um Online-Rollenspiele ging und darum, dass den Menschen dadurch das Gefühl vermittelt werden könnte, Gewalt sei okay, denn sie sei ja schließlich nicht real. ›Verliese und Jungfern‹ hieß der Artikel, und das ist mehr als nur ein wenig gruselig, wenn man mich fragt.«

»Und der Supermarkt – hat da jemand etwas erfahren können?«

»Ja, ich«, sagt ein Detective Constable aus dem hinteren Bereich. »Man hat mit dem Auslieferungspersonal gesprochen, das für Harper zuständig war. Die können uns aber nichts sagen. Sie entladen nur jedes Mal im Flur die Tragetaschen. Offenbar war Harper an Small Talk nicht interessiert.«

»Jetzt«, sagt Quinn, »müssen wir als Nächstes die Haus-zu-Haus-Befragungen ausweiten und können nur hoffen, dass jemand das Mädchen erkennt oder etwas von diesem John weiß.«

Er tritt zurück und deutet auf die Karte, die er an der Tafel befestigt hat. Er erklärt, welche Straßen sie als Nächstes unter die Lupe nehmen müssen. Aber ich höre nicht zu. Ich starre an die Tafel, und erst jetzt, nach Stunden, fällt mir etwas auf. Ich stehe auf und gehe hinüber zur Karte.

»Welche Hausnummer in der Frampton Road hat er noch mal?«

»Dreiunddreißig«, sagt Quinn und runzelt die Stirn.

Ich nehme den Stift zur Hand, markiere die Nummer Dreiunddreißig und ziehe eine Linie in südöstlicher Richtung.

»Hab ich mir doch gedacht.«

Quinns Stirn bleibt gerunzelt. »Was gedacht?«

»Harpers Haus liegt direkt hinter dem Crescent Square. Crescent Square Nummer 81, um genau zu sein.«

Ich drehe mich um. Die meisten Kollegen starren mich nur verständnislos an. Gerechterweise muss ich sagen, dass einige neu zu diesem Team hinzugekommen sind. Aber Gislingham war dabei, und ich sehe ihm an, dass er begreift, worauf ich hinauswill.

»Moment«, sagt er. »Hat da nicht Hannah Gardiner gewohnt?«

Der Name weckt bei allen Erinnerungen, und es kommt wieder Leben in das Team. Die Fragen überschlagen sich.

»Doch nicht die Frau, die vermisst wird – die man nie gefunden hat?«

»Wann war das noch? Vor zwei Jahren?«

»Scheiße, meinen Sie, da gibt es eine Verbindung?«

Quinn sieht mich fragend an. »Zufall?«, sagt er leise.

Ich betrachte wieder die Karte und das Foto der jungen Frau. Ich erinnere mich genau an Hannah Gardiners Gesicht, das uns monatelang von einer Tafel wie dieser angestarrt hat, bis wir das Foto schließlich abnahmen. Sie war nicht viel älter als die junge Frau in Harpers Keller.

»Ich glaube nicht an Zufälle«, sage ich.

* * *

Kanal: Mystery Central
Programm: Ungeklärte Verbrechen
Episode: Das Verschwinden von Hannah Gardiner
Erstausstrahlung: 09.12.2016

Panoramaaufnahme der Skyline von Oxford, Morgendämmerung, Sommer

Off-Stimme:

Seit *Inspector Morse* betrachten Fernsehzuschauer auf der ganzen Welt Oxfords Türme als den perfekten Schauplatz eines perfekten Mordes. Aber all die düsteren Geschichten haben nur wenig gemein mit dem wahren Leben in dieser schönen und wohlhabenden Stadt, in der die Verbrechensrate niedrig ist und Mordfälle so gut wie immer gelöst werden.

Aber im Sommer 2015 sollte sich all das ändern. Die Polizei stand vor ein Rätsel, das zu einem der berüchtigtsten ungeklärten Verbrechen Großbritanniens wurde.

Weitwinkelaufnahme des Crescent Square, Fahrräder an den Geländern, eine Katze überquert die Straße, eine Mutter und ein kleiner Junge auf seinem Roller.

Off-Stimme:
Hier beginnt die Geschichte, im belaubten North Oxford, einer der begütertsten und attraktivsten Vorstädte. Hier bezogen die fünfundzwanzigjährige Hannah Gardiner, ihr Ehemann Rob und ihr kleiner Sohn Toby im Herbst 2013 eine Wohnung.

Schnappschuss der Familie Gardiner, am Ende in Großaufnahme, nachgestellte Szene eines kleinen Jungen, der im Garten Ball spielt.

Off-Stimme:
Hannah arbeitete in London als Journalistin und lernte dort Rob kennen. Als er eine Anstellung bei einer Biotech-Firma in Oxford fand, bezog die Familie dort eine sonnige Erdgeschosswohnung, die Zugang zu einem gemeinschaftlich genutzten Garten bot, in dem Toby spielen konnte.

Interview, im Hintergrund ein Wohnraum

Beth Dyer, Hannahs Freundin:
Hannah freute sich sehr darauf, nach Oxford zu ziehen. Es war eine glückliche Zeit für sie. Alles schien sich so zu entwickeln wie erhofft. Und als sie dann den Job bei der BBC Oxford bekam, war sie überglücklich – wir haben das zusammen gefeiert.

Filmmaterial: Hannah spricht in den Lokalnachrichten der BBC in die Kamera

Off-Stimme:
Hannah machte sich schon bald einen Namen, indem sie über besonders kontroverse Ereignisse in der Stadt berichtete.

Interview, im Hintergrund ein BBC-Büro Oxford

Charlie Cates, leitender Redakteur, BBC Oxford:
Hannah meldete sich stets als Erste, wenn es darum ging, heikle Probleme anzufassen. Mehrmals berichtete sie über die Problematik der Obdachlosigkeit in Oxford, sie machte eine Reihe Sendungen darüber, wie Postleitzahlen bei der Behandlung von Unfruchtbarkeit eine Rolle spielten, die auf nationaler Ebene Aufmerksamkeit erregten. Sie brachte alle notwendigen Voraussetzungen mit, um ein hervorragende Journalistin zu sein, und sie übte ihren Beruf mit Leidenschaft aus.

Aufnahme der Büros von MDJ *Property Development*

Off-Stimme:
Anfang 2015 stellte sich Hannah ihrer bislang schwierigsten Aufgabe, als der einheimische Bauunternehmer Malcolm Jervis bekanntgab, einige Meilen außerhalb der Stadt eine große neue Wohnsiedlung errichten zu wollen.

Kamerafahrt: Protestlager, Transparente, skandierende Menschen

Off-Stimme:
Der lokale Widerstand gegen Jervis' Projekt war groß, sowohl von Anwohnern wie von Umweltaktivisten, die in der Nähe des vorgeschlagenen Bauplatzes ein Protestlager errichteten.

Panoramasicht auf die Felder bis zu den Wittenham Clumps; Stimmungsaufnahmen von windgepeitschten Wolken und Schatten

Off-Stimme:
Viele Menschen hatten Bedenken wegen der Lage der geplanten Wohnsiedlung inmitten unberührter Landschaft und

außerdem nur einige hundert Meter entfernt von einem Ort mit besonderer historischer Bedeutung, bekannt als Wittenham Clumps.

Aufnahme vom Talkessel am Castle Hill

Off-Stimme:
Von den Hügeln aus kann man meilenweit über die Landschaft von Oxfordshire blicken, aus der sich eine reichhaltige Folklore entstanden ist. Castle Hill rühmte sich einst einer Festung aus der Eisenzeit. Nahe dem Gipfel befindet sich ein Talkessel, der Jahrhunderte lang als Money Pit bekannt war.

Schnitt auf Raben mit Nachthimmel und Mond

Off-Stimme:
Es heißt, dort sei ein Schatz vergraben, der von einem geisterhaften Raben bewacht wird.

Großaufnahme: Kuckuck im Baum

Off-Stimme:
Und nicht weit entfernt davon befindet sich ein Hain, der Cuckoo Pen genannt wird, denn der Legende nach soll der Sommer niemals enden, wenn in diesem Hain ein Kuckuck gefangen wird.
(Ruf eines Kuckucks)

Luftaufnahme einer Ausgrabungsstätte

Off-Stimme:
Im Frühling 2015 wurde mit einer neuerlichen archäologischen Ausgrabung am Castle Hill begonnen, und Anfang Juni

war es Hannah selbst, die als Erste die Nachricht von einem schaurigen Fund verkünden konnte.

Filmmaterial der BBC Oxford von den Wittenham Clumps

Hannah Gardiner:

Man hat mir berichtet, dass in einem dürftigen Grab einige Meter hinter mir jenseits der Bäume drei weibliche Skelette gefunden wurden. Sie lagen mit dem Gesicht nach unten und mit zertrümmertem Schädel in der Erde. Aus der Anordnung ihrer Knochen lässt sich schließen, dass ihre Hände wahrscheinlich gefesselt waren. Die menschlichen Überreste stammen dem Anschein nach aus dem Ende der Eisenzeit, also um die fünfzig Jahre nach Christi Geburt. Die hiesigen Archäologen wollen keine Spekulationen darüber anstellen, was diese höchst ungewöhnliche Bestattungsposition bedeuten könnte, aber einige von ihnen, die sich mit heidnischen Ritualen beschäftigt haben, vermuten, dass ein Zusammenhang mit der sogenannten »Dreifachgöttin« bestehen könne, die häufig in Form von drei Schwestern dargestellt wurde. Die Entdeckung von Tierknochen, darunter die mehrerer Vögel, könnte ebenfalls von Bedeutung sein. Das war Hannah Gardiner für die BBC Oxford Nachrichten.

Bilder der Skelette in der Grube

Off-Stimme:

Schon kurze Zeit nach dem Fund wurden Horrorgeschichten darüber verbreitet, dass die Frauen Menschenopfer gewesen seien, und das verstärkte nur die eigentümliche und höchst aufgeladene Atmosphäre in jenen Tagen vor der Sommerwende.

Nachgestellt: Aufnahme eines Kalenders mit einer Küchenszene im Hintergrund. Auf dem Kalender ist das Datum Mittwoch, 24. Juni, eingekringelt.

Off-Stimme:
Für die Familie Gardiner begann der 24. Juni 2015 wie jeder andere Tag. Rob und Hannah standen früh auf. Rob fuhr zu einer Besprechung in Reading.

Nachgestellt: »Hannah« beugt sich in ihren orangefarbenen Mini Clubman und legt dem kleinen Jungen den Sicherheitsgurt an. Sie hat einen dunkelbraunen Pferdeschwanz und trägt einen marineblauen Steppanorak.

Off-Stimme:
In der vergangenen Woche hatte sie im Protestlager Interviews geführt, und es war ihr gelungen, Malcolm Jervis zu einem Treffen an der geplanten Baustelle und einem Interview vor laufender Kamera zu überreden. Ihr Kindermädchen fühlte sich an dem Tag nicht wohl, und daher hatte Hannah ihren Sohn Toby bei sich. Sie verließ das Haus gegen sieben Uhr dreißig, eine Viertelstunde nach Rob, um nach Wittenham zu fahren.

Nachgestellt: »Rob« am Telefon, er wirkt besorgt, geht auf und ab.

Off-Stimme:
Um elf Uhr fünfzehn versuchte Rob in einer Besprechungspause, Hannah zu erreichen, jedoch ohne Erfolg. Daher stellte er erst, als er am Nachmittag nach Hause kam, fest, dass etwas nicht stimmte. Auf dem Anrufbeantworter war ein Anruf des Kameramanns, der wissen wollte, warum sie nicht zu ihrem Termin aufgetaucht sei. Rob wählte wieder Hannahs Handynummer, und als sie noch immer nicht erreichbar war, rief er

die Polizei. Da ahnte er noch nicht, dass man seinen Sohn Toby gefunden hatte. Allein.

Nachgestellt: Buggy und Spielzeug im Unterholz

Off-Stimme:
Ein Spaziergänger hatte den leeren Buggy bereits um neun Uhr dreißig im Money Pit bemerkt, aber es dauerte noch eine weitere Stunde, bis Toby gefunden wurde. Er hatte sich im Unterholz versteckt, war völlig verstört und hielt seinen Spielzeugvogel an sich gedrückt.

Bildmaterial der BBC: Polizei am Ort und Absperrband

Off-Stimme:
Eine große Suchaktion beginnt, aber von Hannah keine Spur. Die Polizei hat keine Hinweise.

Interview, im Hintergrund ein Wohnraum

Detective Superintendent Alastair Osbourne, Thames Valley Police:
Weder im Auto noch am Buggy haben wir Hinweise gefunden, die darauf hingedeutet hätten, was mit Hannah geschehen war. Wir haben im Gebiet um Wittenham umfangreiche Befragungen durchgeführt, und obwohl mehrere Personen aussagten, Hannah und Toby am Morgen gesehen zu haben, sind wir mit unserer Suche keinen Schritt weitergekommen.

Nachgestellt: Großaufnahme von Computerbildschirmen und Dateien

Off-Stimme:
Rob Gardiner schied als Verdächtiger bald aus, und die Polizei wandte ihre Aufmerksamkeit denen zu, die möglicherweise ein Motiv hatten, Hannah zu schaden. Man fand heraus, dass sie geplant hatte, fragwürdige finanzielle Transaktionen seitens MDJ Property Developments aufzudecken. Die Polizei befragte Malcolm, aber der hatte ein wasserdichtes Alibi: Er war an jenem Morgen aufgehalten worden und erst um neun Uhr fünfundvierzig in Wittenham eingetroffen.

Nachgestellt: Twitter Feed

Off-Stimme:
Mittlerweile wird in den sozialen Medien immer intensiver darüber spekuliert, dass Hannah im Rahmen eines satanischen Rituals, das mit den Clumps im Zusammenhang steht, ermordet wurde. Die Polizei bestritt dies in diversen Stellungnahmen, aber schaffte die Gerüchte damit nicht aus der Welt.

Bildmaterial der BBC: Protestlager, Jurten, Menschen, die sich an Bäume gekettet haben, Hunde, die im Unrat wühlen, kleine Kinder, die nackt umherlaufen

Off-Stimme:
In dieser aufgeladenen Atmosphäre konzentrierte sich die Aufmerksamkeit allmählich auf das Protestlager an der zukünftigen Baustelle. Es hatten sich viele Aussteiger dazugesellt, die angereist waren, um die Mitsommernacht zu feiern.

Und wie sich herausstellte, *gab* es eine Verbindung zum Lager, allerdings auf andere Art, als in den sozialen Medien suggeriert wurde.

Interview, im Hintergrund ein Wohnraum

Detective Superintendent Alastair Osbourne, Thames Valley Police:

Drei Monate nach Hannahs Verschwinden wurde ein Mann namens Reginald Shore wegen der versuchten sexuellen Nötigung einer jungen Frau in Warwick verhaftet. Bei der polizeilichen Durchsuchung seines Hauses fand man ein Armband, das identisch war mit einem, das Hannah Gardiner gehört hatte.

Eine DNA-Analyse bestätigte, dass es sich tatsächlich um ihr Armband handelte. Im Kreuzverhör gab Shore zu, im Sommer im Wittenham-Lager gewesen zu sein. In weiteren Vernehmungen konnten andere Zeugen bestätigen, dass er mit Hannah gesprochen hatte, als sie Ende Mai das Lager besuchte.

Aufnahme des Armbands

Off-Stimme:

Shore behauptete, das Armband im Lager gefunden zu haben, ohne zu wissen, wem es gehörte. Die Staatsanwaltschaft kam schließlich zu der Überzeugung, dass die Rechtslage gegen ihn nicht überzeugend genug war, um ihn vor die Geschworenen zu bringen. Zumal es keine Leiche gab.

Polizeifoto von Reginald Shore

Off-Stimme:

Shore wurde schließlich wegen der versuchten sexuellen Nötigung der jungen Frau verurteilt und musste für drei Jahre ins Gefängnis. Seine Familie war der Ansicht, die vom Richter verhängte Strafe sei schwerer ausgefallen, als sie hätte sein sollen, denn der Hannah-Gardiner-Fall habe wegen seiner Publicity zu großen Einfluss gehabt.

Letztlich saß Shore weniger als ein Jahr seiner Strafe ab. Als 2016 bei ihm unheilbarer Lungenkrebs diagnostiziert wurde, entließ man ihn aus humanitären Gründen.

Hannah Gardiner wurde nie gefunden.
Werden wir je erfahren, was wirklich geschah?
Werden die Clumps jemals ihr Geheimnis lüften?

Stimmungsvolle Bilder der Wittenham Clumps im Mondschein

Standbild

Ende

»Erklären Sie uns, was die Presse nicht wusste?«, fragt Quinn.
　Ich stoppe den DVD-Spieler und drehe mich zum Team um.
　»Wir nahmen damals an, dass Toby sich irgendwie aus dem Buggy befreit hatte und ins Unterholz gekrochen war. Deswegen hat es so lange gedauert, bis wir ihn fanden. Er hatte außerdem eine Kopfverletzung, wenngleich wir nicht mit Sicherheit sagen konnten, ob sie von einem Schlag herrührte oder nur von einem Sturz. Diese Information haben wir den Medien aber nie verraten.«
　Schweigen. Sie stellen sich vor, wie es gewesen sein mag. Doch das muss ich nicht, denn ich war dabei, als wir ihn fanden. Ich höre sein Weinen noch immer.
　»Und er konnte Ihnen nichts sagen?«, fragt einer der DCs. »Konnte sich der Kleine nicht erinnern, was geschehen war?«
　Ich schüttele den Kopf. »Er war noch nicht einmal drei Jahre alt und hatte einen Schlag auf den Kopf bekommen. Er war völlig traumatisiert. Nichts, was er sagte, ergab einen Sinn.«
　»Und wir haben immer noch keine Ahnung, wie er in diesem Money Pit gelandet ist?«

»Nach unserer Theorie könnte Hannah mit ihm einen Spaziergang dorthin gemacht haben, nachdem sie die Nachricht von Jervis' Assistenten bekommen hatte, dass er sich verspäten würde.«

Als mein Sohn Jake in dem Alter war, habe ich das auch gemacht. Wenn er nicht schlafen konnte oder einen schlechten Traum hatte und nicht einschlafen wollte, bin ich mit ihm spazieren gegangen. Er liebte es, in seinem Wagen geschoben zu werden. Und ich schlenderte mitten in der Nacht durch die leeren Straßen. Nur wir zwei und die eine oder andere lautlose streunende Katze.

Doch ich schiebe die Erinnerung beiseite.

»Und wir wissen genau, dass sie die Nachricht bekommen hat, oder?« Quinn bringt es mal wieder auf den Punkt.

»Na ja«, sagt Gislingham, »wir wissen definitiv, dass sie verschickt wurde, aber da wir ihr Handy nicht gefunden haben, lässt sich nicht feststellen, ob sie sie auch geöffnet hat.« Er seufzt. »Um ehrlich zu sein – die ganze Sache war der reine Alptraum. Wie man sich vorstellen kann, kamen all die üblichen Spinner aus ihren Löchern gekrochen – Hellseher, Medien, alle Möglichen. Irgend so eine alte Schachtel schaffte es sogar in die *Oxford Mail*. Sie sagte, auf dem gefundenen Armband sei ein heidnisches Muster – irgendein dreizackiger Stern oder so. Sie wollte nicht aufhören damit, dass die Zahl Drei der Schlüssel zu dem Fall sei, und sollte am Ende auch noch recht behalten ...«

Seine Stimme wird leiser, als ihm das Foto des Hauses ins Auge fällt. »Scheiße. Es musste also ausgerechnet die Dreiunddreißig sein, oder?«

»Da gab es noch etwas, das wir der Presse nicht erzählt haben«, fahre ich fort. »Das Privatleben der Gardiners war nicht annährend so idyllisch, wie uns der Fernsehbeitrag Glauben machen wollte.«

»Ich erinnere mich«, sagte Gislingham. »Sie hatten jede Menge Ärger mit Robs Ex – sie nahm es Hannah offenbar übel, die Beziehung zerstört zu haben. Da gab es ein paar ziemlich miese Sachen auf Facebook.«

»Hatte sie ein Alibi?«, fragt Quinn.

»Die Ex?«, sage ich. »Ja, sie war an dem Tag in Manchester. Ihr Glück, sonst hätten wir uns auf sie eingeschossen.«

Gislingham wirkt nachdenklich. »Wenn ich nach all der Zeit das Video noch mal sehe, gibt es für mich eine auffällige Person – Beth Dyer. Hat sie bei der Befragung nicht angedeutet, dass Rob eine Affäre haben könnte?«

»Das hat sie, aber ohne Beweise. Sie sagte nur: ›Er sah irgendwie seltsam aus‹ oder ›Als hätte er etwas zu verbergen‹. Es gab keine Telefonate, die er nicht erklären konnte, nichts dergleichen. Das haben wir alles überprüft. Und sein Alibi war wasserdicht. Sein Zug verließ Oxford an jenem Morgen um sieben Uhr siebenundfünfzig, und wir wissen, dass Hannah um sechs Uhr fünfzig noch am Leben war, weil sie eine Sprachnachricht für das Kindermädchen hinterließ und das Festnetz benutzte. Daher wussten wir, dass sie am Crescent Square war. Rob hätte gar keine Zeit gehabt, seine Frau umzubringen, mit dem Auto nach Wittenham zu fahren, es dort stehen zu lassen und seinen Zug nach Oxford zu erreichen.«

»Aber«, sagt Quinn, »selbst wenn Rob oder seine Ex ein Motiv gehabt hätten, Hannah loszuwerden – was ist denn mit dem Jungen?«

»Haargenau dieselbe Schlussfolgerung hat Osbourne gezogen. Selbst wenn zeitlich alles möglich gewesen wäre, kann man sich nur schwer vorstellen, dass Rob Gardiner seinen Sohn dort oben alleingelassen hat.«

»Deswegen deutete also alles auf Shore hin?«, sagt Quinn.

Es folgt eine Pause. Alle sehen mich an. Sie erwarten, dass ich sage, wir hätten unser Bestes getan, aber dass die Staatsanwaltschaft einfach nicht mitgespielt hat. Und dass wir immer noch glauben, den richtigen Mann erwischt zu haben.

Aber das sage ich nicht.

»Also hatten Sie schon damals Ihre Zweifel?«, sagt Quinn schließlich.

Ich blicke auf den Fernseher. Auf das Standbild, das die Clumps zeigt. Schwarze Vögel an einem fahlen Himmel.

»Wir sprachen mit allen Personen, die sich an jenem Tag im Protestlager aufhielten. Niemand erwähnte, Shore gesehen zu haben, bis sein Name in Verbindung mit dem Vorfall in Warwick auftauchte. Und das war Monate später.«

»Bedeutet aber nicht, dass er nicht dort gewesen ist.«

»Nein, aber wir konnten auch nicht beweisen, dass er es war. Nicht zweifelsfrei. Er behauptete, zu der Zeit meilenweit entfernt gewesen zu sein, hatte dafür aber keine Zeugen. Wir wissen, dass er im Sommer bei den Demonstrationen dabei war, und das Armband, das wir bei ihm zu Hause fanden, gehörte definitiv Hannah …«

»… aber Sie glauben nicht, dass er tatsächlich der Täter ist«, sagt Quinn.

»Osbourne war von seiner Schuld überzeugt. Und er war für den Fall verantwortlich.«

Wieder Schweigen. Al Osbourne ist mittlerweile im Ruhestand, aber er war eine Thames-Valley-Legende. Ein toller Polizist und ein richtig netter Kerl dazu, und, glauben Sie mir, das geht nicht immer einher. Mehr als eine Person auf diesem Revier hat ihm den eigenen Karrieresprung zu verdanken, so auch ich. Und auch wenn es uns nicht gelang, Shore im Fall Hannah Gardiner zu überführen, hatten wir doch immer die stillschweigende Übereinkunft, dass der Fall abgeschlossen war.

Ich atme tief durch. »Hören Sie, ich will ehrlich zu Ihnen sein. Ich hatte meine Zweifel, was Shore betraf. Ich konnte ihn mir nicht als Killer vorstellen, und obendrein handelte es sich um eine sehr sorgfältig durchgeführte Tat. Ich will damit nicht sagen, dass sie geplant war – Hannah hätte ein zufälliges Opfer sein können. Aber hinterher wurde alle Spuren sehr gut beseitigt. Keine forensischen Beweise – keine DNA – nichts. Ich konnte mir nicht vorstellen, dass Shore so etwas bewerkstelligt hätte. Erstens ist er dazu nicht klug genug. Deswegen haben wir ihn auch in Warwick erwischt. Ich hatte immer das Gefühl, dass wir etwas übersahen – einen Hinweis, den wir übersehen oder nicht aufgedeckt hatten. Aber wir fanden nie eine andere Spur.«

»Bis jetzt«, sagt Gislingham leise.

»Nein«, sage ich und blicke wieder auf den Bildschirm. »Weil es eine Möglichkeit gibt, die wir nie in Betracht gezogen haben – dass Hannah Oxford überhaupt nicht verlassen hat. Dass, was immer mit ihr geschah, hier passiert ist.«

»Aber wie zum Teufel wäre in dem Fall …?«

»Ich weiß. Wie zum Teufel ist Toby in die Wittenham Clumps gekommen?«

»Genau«, sagt Quinn in die Stille. »Ich sage den Kollegen im Pressebüro Bescheid. Denn wenn wir die Verbindung zum Gardiner-Fall hergestellt haben, werden die Zeitungsfritzen es auch bald tun. Wir müssen denen ein paar Schritte voraus bleiben, Leute.«

»Zu spät«, sagt Gislingham erbost und sieht auf sein Handy.

* * *

Die junge Frau öffnet das Fenster. Einen Moment steht sie da und atmet die warme Luft ein. Das Geißblatt, das die Mauer hochklettert, ist bereits aufgeblüht. Hinter sich hört sie den kleinen Jungen mit seinem Teddy plappern, während er isst, und aus der Küche vernimmt sie gedämpft die frühen Abendnachrichten im Fernsehen. Irgendwo im Haus ertönt die Stimme eines Mannes, der sich lebhaft am Telefon unterhält.

»Pippa!«, ruft der kleine Junge. »Guck mal im Fernsehen! Da ist das Haus mit den vielen Fahrrädern davor.«

Sie geht in die Küche zurück, sammelt auf dem Weg einen achtlos weggeworfenen Panda-Teddy auf und gesellt sich zu dem kleinen Jungen an den Tisch. Auf dem Bildschirm ist ein Reporter zu sehen, der vor dem Absperrband der Polizei steht und auf die Szene deutet, die sich hinter ihm abspielt. Dort stehen mehrere Streifenwagen mit Blaulicht und ein Krankenwagen. Am unteren Rand des Bildschirms läuft steht: EILMELDUNG: *Kellermädchen von Oxford – Neue Fragen zum Hannah-Gardiner-Fall.* Nein, denkt sie, bitte nicht. Nicht nach der langen Zeit. Jetzt, wo die Dinge sich endlich einspielen. Sie schlingt den Arm um den kleinen Jungen, nimmt den süßen künstlichen Duft seines Shampoos wahr.

»Sollen wir es Daddy zeigen?«, fragt der kleine Junge und windet sich, um sie anzusehen. An seiner Schläfe ist eine dunkelrosa Narbe zu sehen.

»Nein, Toby«, sagt die junge Frau besorgt. »Noch nicht. Wir wollen ihn nicht stören. Er ist gerade beschäftigt.«

* * *

Oxford Mail
1. Mai 2017

OXFORDS »FRITZL-FALL«:
WIE KONNTE SO ETWAS HIER GESCHEHEN?

Von Mark Leverton

Die Bewohner von North Oxford sind immer noch entsetzt, nachdem heute Morgen eine junge Frau und ein Kleinkind im Keller eines Hauses in der Frampton Road aufgefunden wurden. Noch steht nicht fest, wie lange sie dort gewesen sind, aber schon jetzt werden Parallelen zu dem berüchtigten »Fritzl-Fall« gezogen, in dem ein österreichischer Mann seine Tochter vierundzwanzig Jahre lang im Keller seines Hauses gefangen hielt und wiederholt vergewaltigte. In Gefangenschaft gebar sie sieben Kinder. Die Polizei wurde erst aufmerksam, als eines der Kinder lebensgefährlich erkrankte. Viele besorgte Anwohner der Frampton Road stellen die Frage, wie eine junge Frau in diesem Keller gefangen gehalten werden konnte, ohne dass jemand etwas davon wusste.

»Es ist furchtbar«, sagte Sally Brown, die mit ihren drei Kindern in der Nähe wohnt. »Wie konnte jemand so etwas tun, und niemand merkt es? Anscheinend gab es doch einen Sozialarbeiter, der Hausbesuche machte. Ich weiß also nicht, wieso keiner etwas gemerkt hat.«

Andere Anwohner stellen ebenfalls die Rolle des Sozialamts in Frage. Auch das ist eine Parallele zum Fall in Österreich. Sozialarbeiter besuchten auch dort regelmäßig das Haus des Täters und bemerkten nichts Verdächtiges.

Der Besitzer des Hauses in der Frampton Road ist ein gewisser William Harper, ein älterer Mann, der allein lebt. Keiner unserer Gesprächspartner hatte Kontakt mit Mr. Harper, aber anscheinend wurde er heute Morgen von der Polizei abgeführt.

Weder die Thames Valley Police noch das Sozialamt haben eine Stellungnahme veröffentlicht. Wie man hört, befinden sich die junge Frau und ihr Kind im John Radcliffe Hospital in ärztlicher Behandlung.

Wohnen Sie in der Frampton Road oder wissen etwas zu diesem Thema? In diesem Fall würden wir gern von Ihnen hören – entweder per E-Mail oder Tweet.

154 Kommentare

VinegarJim1955
Das haben wir den Sparmaßnahmen der Torys zu verdanken. Kein Geld für angemessene Fürsorge.

Rickey Mooney
Kein Wunder, dass niemand etwas bemerkt hat – die Leute da in der Gegend kümmern sich einen Schei* darum, wie es anderen geht.

MistySong
Es ist einfach schrecklich – ich kann mir gar nicht vorstellen, dass so was an einem so ruhigen Ort geschieht. Da muss man sich doch Sorgen um die Studentinnen machen, die allein leben.

VinegarJim1955
Aber sie war keine Studentin, oder? Kann sie ja nicht gewesen sein – denn sonst hätten sie sofort nach ihrem Verschwinden mit der Suche begonnen, und es hätte überall in der Zeitung gestanden. Ist alles zum Kotzen.

Fateregretful77
Ich war Sozialarbeiter und kenne den Druck, der heutzutage auf meinen Kollegen lastet. Man hat nie genug Zeit, sich einem Klienten zu widmen. Auch im Umgang mit der Thames Valley Police habe ich meine Erfahrungen gemacht. Ich finde, sie leistet ausgezeichnete Arbeit. Überprüfen Sie Ihre Fakten, bevor Sie Menschen beschuldigen.

* * *

Dienstagmorgen, acht Uhr fünfundvierzig. Die Tür wird von einer jungen Frau in weißem Hemd und Baumwollrock geöffnet. Sofort schießen einem Wörter wie »lebhaft« und »frisch« durch den Kopf, und ich komme mir plötzlich ziemlich schäbig vor. Das passiert in diesen Tagen häufig.

»Ja?«, sagt sie.

»Ich bin DI Adam Fawley, und das hier ist DC Chris Gislingham. Thames Valley Police. Ist Mr. Gardiner da?«

Ihre Miene sagt alles. »Oh Gott. Es geht um Hannah, nicht

wahr?« Sie legt die Hand an die Lippen. »Als ich gestern die Nachrichten gesehen habe, wusste ich gleich ...«

Gislingham und ich tauschen einen Blick aus. »Und Sie sind?«

»Pippa. Pippa Walker. Ich kümmere mich um das Kind, ich bin seine Nanny.«

Jetzt erinnere ich mich an sie. Ich habe sie zwar während der Ermittlungen im Fall Hannah Gardiner nicht persönlich kennengelernt, aber mir kommt ihr Name wieder bekannt vor.

»Sie kannten Hannah, nicht wahr? Sie waren schon damals ihr Kindermädchen?«

Ihre Augen füllen sich mit Tränen. und sie nickt. »Sie war immer so nett zu mir. Ich werde das alles nie vergessen. Wäre ich nicht krank gewesen an jenem Tag, hätte sie Toby nicht bei sich gehabt, und vielleicht wäre alles anders ausgegangen.«

»Dürfen wir reinkommen?«

»Entschuldigung, ja. Hier entlang.«

Wir folgen ihr durch den Flur ins Wohnzimmer. Sonnenlicht fällt durch hohe Fenster. Blick über den Square. Weitere Fenster mit Ausblick auf den Garten. Schicke gelbe Wände. Gerahmte Schwarz-Weiß-Drucke. Überall Spielsachen. Teddys, Modellautos, eine Eisenbahn. Und auf dem Kaminsims stehen Fotos. Hannah und Toby, Rob und Toby auf einem kleinen Dreirad, die drei zusammen irgendwo am Strand. Sonnenschein und Glück.

»Sie müssen die Unordnung entschuldigen«, sagt Pippa Walker und sammelt fahrig einige Sachen ein. »Rob ist in seinem Arbeitszimmer. Ich hole ihn.«

Als sie fort ist, trete ich an das hintere Fenster. Ich kann die rückwärtige Seite der Frampton Road ausmachen. Zwischen den Bäumen ist das Dach von William Harpers Schuppen gerade noch zu erkennen. Einige große schwarze Vögel picken laut an einem toten Tier im hohen Gras, und vier Elstern lauern oben im Baum. Als ich noch ein Kind war, gab es kaum welche, und jetzt sind die Mistviecher überall.

»Meine Güte«, sagt Gislingham, schiebt eine Plüschkatze zur Seite und setzt sich. »Das kommt also alles auch auf mich zu, oder?«

Er grinst, aber ich entnehme seinem Blick, dass er sich fragt, ob er wohl taktlos gewesen ist. Allen geht es so. Niemand weiß, was er zu den Eltern eines toten Kindes sagen soll. Das sollte mir eigentlich dabei helfen, mit solchen Situationen besser umzugehen, aber irgendwie tut es das nie.

»Sie haben sie gefunden, ja?«

Rob Gardiner steht in der Tür. Sein Gesicht ist kalkweiß. Er hat sich verändert seit unserem letzten Treffen. Sein dunkelblondes Haar war damals an den Seiten kurz geschnitten, aber jetzt trägt er einen Pferdeschwanz und einen dieser Bärte, die den ganzen Hals umwuchern. Ich nehme an, diese nerdigen Typen kommen damit durch. Aber meine Frau hätte schon das Gesicht verzogen, wäre sie hier.

»Mr. Gardiner? Ich bin DI Adam Fawley …«

»Ich weiß. Sie waren letztes Mal auch schon hier. Sie und dieser Osbourne.«

»Warum setzen Sie sich nicht?«

»Das sagen Polizisten immer, wenn sie schlechte Nachrichten bringen.«

Er kommt weiter ins Zimmer herein, und ich deute auf den Stuhl. Er zögert, setzt sich dann aber auf den Rand.

»Sie haben sie also? Sie haben sie gefunden?«

»Nein. Wir haben Ihre Frau nicht gefunden.«

»Aber Sie haben eine neue Spur, oder? Es kam in den Nachrichten. Dieser Kerl – der mit dem Mädchen im Keller …«

Pippa Walker kommt herein und legt Gardiner die Hand auf die Schulter. Er reagiert nicht auf die Geste, bewegt sich dann aber kaum merklich, und sie nimmt die Hand weg.

Es wäre sinnlos, um den heißen Brei herumzureden. »Ja, wir untersuchen eine mögliche Verbindung zu einem Haus in der Frampton Road.«

Gardiner steht auf und geht zum Fenster. »Großer Gott, ich kann das verdammte Haus von hier sogar sehen.«

Abrupt wendet er sich mir zu. »Wieso haben Sie diesen Mann nicht schon früher gefunden? Damals, 2015, meine ich, als sie verschwand? Haben Sie ihn da nicht vernommen?«

»Wir hatten keinen Grund. Alles deutete darauf hin, dass Ihre Frau in Wittenham verschwunden war. Dort haben wir Toby gefunden, und im Auto entdeckten wir weder eine fremde DNA noch fremde Fingerabdrücke.«

»Was ist mit den Leuten, die angaben, sie gesehen zu haben? Haben die sich das nur ausgedacht, weil sie mal im Mittelpunkt stehen wollten? Solche Leute gibt es doch, oder?«

Ich schüttele den Kopf. »Nein. Ich bin sicher, dass es in diesem Fall nicht so war. Ich habe selbst mit einigen dieser Zeugen gesprochen.«

Er geht immer noch auf und ab und rauft sich die Haare. Dann bleibt er plötzlich stehen und fährt zu mir herum. »Aber dieser Kerl, den Sie jetzt verhaftet haben – der ist es doch ganz bestimmt, oder? Das ist doch der Dreckskerl, der sich Hannah geschnappt hat?«

»Die Ermittlungen dauern an. Ich wünschte, ich könnte mehr sagen, glauben Sie mir, aber Sie verstehen das bestimmt. Wir müssen erst ganz sicher sein. Deswegen sind wir hier. Hat Ihre Frau jemals von einem Mann namens William Harper gesprochen?«

»So heißt dieser Kerl?«

»Kannte sie jemanden aus der Frampton Road?«

Er atmet tief ein. »Nein, soweit ich weiß, nicht.«

»Hätte sie ihn über die BBC kennenlernen können? Vielleicht ein Interview mit ihm – für eine Reportage?«

Gardiners Blick ist ausdruckslos. »Ich kann mal in ihrem Laptop nachsehen, aber bei dem Namen klingelt bei mir nichts.«

Vor zwei Jahren haben wir den Laptop eigenhändig untersucht. Jede verdammte Datei, jede verdammte E-Mail. Hätte es da einen Hinweis auf Harper gegeben, wäre uns das aufgefallen, und da die beiden so dicht beieinander wohnten, wären wir der Sache nachgegangen. Aber trotzdem lohnt es sich, noch einmal nachzuhaken.

»Hören Sie«, sagt Gardiner. »Sie wäre wohl nur in die Frampton Road gefahren, um dort zu parken. Hier ist oft alles verstopft, und manchmal fand sie dort noch eine Parklücke. Die Häuser dort haben Einfahrten, und deswegen ist an der Straße entlang mehr Platz.«

Und plötzlich ist sie da. Die Antwort. Mein Gefühl, dass wir die ganze Zeit etwas Entscheidendes übersehen haben, bestätigt sich.

»Erinnern Sie sich, ob sie an jenem Tag dort parkte?« Ich versuche, nicht übereifrig zu erscheinen, aber ich sehe an Gislinghams Miene, dass er es ebenfalls gecheckt hat.

Gardiner zögert. »Nein. Aber ich weiß mit absoluter Sicherheit, dass sie am Abend zuvor nicht hier draußen geparkt hatte. Ich musste ihr helfen, die Einkäufe reinzubringen, als sie nach Hause gekommen war. Aber wo genau das Auto stand, weiß ich nicht.«

Ich will aufstehen, aber er ist noch nicht fertig.

»Also greift sich dieser – dieser Perverse Frauen *und* Kinder? Frauen, die Kinder bei sich haben?« Pippa Walker sieht ihn nervös an. »Ist es das? Ist das seine Masche? Es hieß doch in den Nachrichten, im Keller sei auch noch ein Kind gewesen. Ein kleiner Junge – so wie mein Toby.«

»Um ehrlich zu sein, Mr. Gardiner, wir wissen es nicht. Möglicherweise wurde das Kind dort geboren. Aber wir konnten bisher nicht mit der jungen Frau sprechen, und daher wissen wir nicht genau, was eigentlich passiert ist.«

Er schluckt, blickt zur Seite.

»Ihr Sohn lebt«, sagte ich leise. »Er lebt und ist in Sicherheit. Das ist alles, was zählt.«

An der Vordertür fragt Gislingham, ob er die Toilette benutzen darf, und die Nanny zeigt ihm den Weg. Gardiner und ich stehen da und wissen nicht, was wir sagen sollen.

»Sie haben auch diesen anderen Fall bearbeitet, nicht?«, sagt er schließlich, »Letztes Jahr, das kleine Mädchen, das verschwand. Daisy oder so.«

»Ja.«

»Da gab es doch auch kein glückliches Ende.«

Es klingt wie eine Behauptung, keine Frage, aber was macht das schon für einen Unterschied.

»Haben Sie nicht auch ein Kind? Oder erinnere ich mich falsch?«

Diesmal weiß ich, dass ich antworten muss, aber Gislinghams Rückkehr rettet mich.

»Okay, Boss«, sagt er und zieht seine Hose höher.

Ich wende mich an Gardiner. »Wir werden Sie natürlich auf dem Laufenden halten, was unsere Ermittlungen betrifft. Und bitte lassen Sie es mich wissen, sollten sie auf Hannahs Laptop einen Hinweis auf Harper finden. Und selbstverständlich werden wir, sobald ...«

»Ich will sie sehen«, sagte er unvermittelt. »Wenn Sie sie finden, will ich sie sehen.«

Ich hatte befürchtet, dass er das sagen würde. Und gebetet, dass er es nicht tun würde.

Ich schüttele den Kopf. »Das ist wirklich keine gute Idee. Am besten ...«

»Ich will sie sehen«, sagt er mit brechender Stimme. »Sie war meine *Frau*.« Er ist bemüht, nicht in Tränen auszubrechen. Ich trete einen Schritt näher. »Wirklich. Tun Sie sich das nicht an. Erinnern Sie sich an sie, wie sie war. Betrachten Sie all die wunderschönen Fotos. Das hätte Hannah gewollt.«

Er starrt mich an, und ich erwidere eindringlich seinen Blick. *Lassen Sie kein Bild in Ihren Kopf, das Sie nicht wieder vergessen können. Ich weiß, wovon ich rede. Ich habe den Fehler gemacht. Und ich kann es nicht wieder ungeschehen machen.*

Er schluckt und nickt. Und ich nehme die Erleichterung im Gesicht der jungen Frau wahr.

Im Auto zieht Gislingham den Sicherheitsgurt mit einem Ruck heraus und schnallt sich an. »Was denken Sie – bumst er sie oder nicht?«

Ich lasse den Motor an. »Sie wissen doch noch nicht einmal, ob sie bei ihm wohnt.«

Und letztlich sind ja auch schon zwei Jahre vergangen. Der arme Kerl verdient eine zweite Chance. Ich weiß, wie schwierig das sein kann. Sich von der Vergangenheit zu lösen, ohne sie aufzugeben. Ohne bei jedem Lächeln Schuldgefühle zu bekommen.

Aber Gislingham schüttelt den Kopf. »Na ja, ich schätze, wenn er es noch nicht gemacht hat, wird es bald so weit sein. Sie hätte jedenfalls nichts dagegen, wenn man mich fragt. Und ich würde sie auch nicht gerade von der Bettkante stoßen.«

Ich fuhr los. »Ich dachte, Sie sind ein glücklich verheirateter Mann.«

Er grinst mich an. »Kann doch nicht schaden, sich mal umzugucken, oder?«

Als wir wieder auf dem St. Aldate's sind, holt Baxter eine saubere Weißwandtafel in die Einsatzzentrale und überträgt mit großer Sorgfalt die ursprüngliche Zeitleiste aus der Fallakte.

6:50	Hannah hinterlässt eine Sprachnachricht für Nanny
7:20	Rob bricht mit Fahrrad auf
7:30?	Hanna verlässt das Haus
7:55	SMS an Hannah von Jervis' Assistenten: Interview auf 9:30 Uhr verschoben
7:57	Robs Zug verlässt Oxford
8:35	Mitbewohnerin der Nanny hinterlässt Nachricht, dass Nanny krank ist
8:45–9:15	Hannah und Buggy werden in Wittenham gesehen
8:46	Rob am Bahnhof Reading (Überwachungskamera)
9:30	Zeugin findet leeren Buggy im Money Pit
10:30	Toby Gardiner gefunden

Als Baxter damit fertig ist, tritt er zurück und schiebt die Kappe auf den Marker.

»Also«, sagt er zum Rest der Mannschaft, »angenommen, sie hat Wittenham gar nicht erst erreicht – was bedeutet das für uns?«

»Erst mal, dass wir alle Zeugenaussagen, nach denen sie dort angeblich gesehen wurde, in Frage stellen müssen«, sagt Quinn trocken.

Darüber habe ich auf dem gesamten Rückweg vom Crescent Square nachgedacht; über all die Zeugen, die sich gemeldet haben, um zu helfen. Und die sich vielleicht allesamt irrten.

»An jenem Tag waren viele Leute unterwegs«, sagt Baxter, der die Aussagen überfliegt. »Eltern, Kinder, Hunde. Ohne Weiteres hätte da jemand dabei sein können, der aus der Entfernung etwas Ähnlichkeit mit Hannah hatte. Keiner sah sie aus der Nähe, und besonders auffällig gekleidet war sie auch nicht.«

»Aber diese Frau, die man gesehen hat – wer auch immer

sie gewesen sein mag –, warum hat sie sich nicht gemeldet?«, fragt Quinn. »Wochenlang ging die Sache durch die Presse und durchs Internet, es gab vier oder fünf Zeugenaufrufe. Ihr hättet doch auch Kontakt zur Polizei aufgenommen, oder?«

Überzeugt sieht Baxter nicht aus. »Die Frau könnte eine Touristin gewesen sein. Eine Ausländerin. Oder eine Person, die einfach nicht hineingezogen werden wollte, die keine Lust auf Stress hatte.«

»Interessanter«, sage ich, »finde ich persönlich den Hund, der nicht bellte.«

Ich sehe, wie Erica Somer darüber schmunzelt, aber die anderen kapieren die Anspielung nicht so schnell.

»Oh«, sagt Everett schließlich. »Sie meinen wie in *Sherlock*?«

Ich nicke. »Ich kann mir schon vorstellen, dass jemand eine andere junge Frau mit Hannah verwechselt. William Harper dagegen bereitet mir Kopfzerbrechen. Wenn er Hannah in der Frampton Road von der Straße weg entführt und dann ihren Wagen und ihren Sohn in Wittenham einfach abgesetzt hätte, müsste sich doch jemand daran erinnern, ihn gesehen zu haben? Ich meine, ein alter Mann allein mit einem Baby in einem Buggy?«

Baxter blättert noch immer in der Akte. »Einer der Zeugen erwähnt, Großeltern mit Kindern gesehen zu haben. Möglicherweise ist er nicht aufgefallen. Aber wir haben die Leute nur gefragt, ob sie Hannah gesehen haben, und nicht, wer ihnen sonst noch aufgefallen ist.«

»Stimmt«, sage ich. »Also nehmen wir uns die Augenzeugen noch mal vor und fragen sie. Finden wir heraus, ob sie jemanden bemerkt haben, der Harper ähnlich sieht.«

Quinn nickt und macht sich eine Notiz.

»Gut«, fahre ich fort. »Wir haben festgestellt, dass Gardiner es zeitlich nicht nach Wittenham und zurück schaffen konnte, wenn Hannah um sechs Uhr dreißig noch am Leben war. Aber was ist mit Harper – hätte der es schaffen können?«

Everett überlegt. »Wenn Hannah ihre Wohnung um sieben Uhr dreißig verlassen hat, muss sie Harper vor sieben Uhr fünfundvierzig getroffen haben. Er könnte einen Vorwand gefunden haben, sie ins Haus zu locken und zu überwältigen. Das hätte nicht lange gedauert. Ich schätze, er hätte um acht Uhr fünfzehn unterwegs nach Wittenham sein können. Das heißt, gegen acht Uhr fünfundvierzig wäre er womöglich dort angekommen. Also ja, er hätte es tun können.«

»Ist Harper damals noch selbst gefahren?«, fragt Baxter. Ihm entgeht wirklich nichts.

»Nach Aussagen des Sozialarbeiters – ja.«

»Und wie ist er nach Oxford zurückgekommen? Ich meine, ohne das Auto?«

Gislingham zuckt mit den Achseln. »Bus. Schließlich hatte er ja den ganzen Tag Zeit. Niemand sucht ihn. Niemand wartet zu Hause und fragt ihn, wo er gewesen ist. Und er hat alle Zeit der Welt, die Leiche loszuwerden.«

»Nachdem er mit ihr fertig war«, sagt Everett düster. »Soviel wir wissen, hätte er sie auch noch tagelang am Leben halten können.«

»Da ist jedoch noch ein Problem, Sir, oder?« Diesmal ist es Somer. »Es gab keine nicht identifizierte DNA in Hannahs Auto. Ich nehme an, dieser Harper hätte es fahren können, ohne eine Spur zu hinterlassen, aber das ist doch eher unwahrscheinlich.«

Sie hat ihre Hausaufgaben gemacht. Allmählich denke ich, wir sollten diese Frau zur CID holen.

»Vielleicht trug er einen Overall?«, sagt Gislingham. »Und hat einen von diesen Plastikbezügen für Sitze verwendet, wie man sie in Reparaturwerkstätten benutzt?«

Ich wende mich an Quinn. »Rufen Sie Challow an, und sagen Sie, wir müssen im Haus in der Frampton Road nach einer Leiche suchen. Und nach irgendwelchen Kleidungsstücken, die Harper vielleicht getragen hat, um seine Spuren zu verwischen.«

Während die anderen langsam den Raum verlassen, begegne ich Baxters Blick.

»Ich möchte, dass Sie nach allen jungen Frauen und Kindern suchen, die im Laufe der letzten zehn Jahre verschwunden sind.«

Er wirft mir einen Blick zu, und ich sehe, dass sein Gehirn auf Hochtouren arbeitet. Er sagt jedoch nichts. Er weiß, wann er am besten den Mund hält, und das ist einer der Gründe, warum ich ihn mag.

»Konzentrieren Sie sich fürs Erste auf Oxford und Birmingham, und dann weiten Sie den Radius um jeweils fünfzig Meilen aus. Und gehen weitere zehn Jahre zurück.«

Er nickt. »Was die Kinder betrifft, wollen Sie Jungen *und* Mädchen oder nur Jungen?«

Ich bin halb aus dem Raum, aber die Frage lässt mich innehalten. Ich drehe mich um, überlege.

»Nur Jungen. Fürs Erste.«

* * *

Als ich eine halbe Stunde später gegenüber Bryan Gow Platz nehme, sehe ich ihm sofort an, dass er die Morgennachrichten gelesen hat. Wir sitzen im Café des Covered Market. Menschen drängen sich draußen vorbei, und der eine oder andere bleibt stehen, um ins Schaufenster des Kaffeeladens gegenüber zu schauen und den Ständer mit Postkarten nebenan zu begutachten.

»Ich habe mich schon gefragt, wann Sie wohl anrufen«, sagt

Gow und faltet seine Zeitung zusammen. »Sie haben Glück, dass Sie mich erwischen – ich muss morgen zu einer Tagung in Aberdeen.«

Der Profiler schiebt seinen Teller zur Seite. Einem Englischen Frühstück konnte er noch nie widerstehen, besonders dann nicht, wenn ich bezahle.

»Ich nehme an, es ist dieser Harper, über den Sie sprechen wollen?«

Die Kellnerin stellt zwei Tassen so ruppig auf unserem Tisch ab, dass der Kaffee auf die Unterteller schwappt.

»Die Sache ist schwierig«, fährt Gow fort, nimmt seinen Löffel und greift nach dem Zucker. »Alzheimer – da ist es nicht so einfach, einen Schuldspruch zu erlangen. Aber das wissen Sie bestimmt selbst.«

»Deswegen bin ich nicht hier. Als wir das Mädchen fanden, schien alles ziemlich unkompliziert zu sein ...«

Gow zieht eine Augenbraue in die Höhe und rührt weiter in seinem Kaffee.

»Ich meinte, dass das Motiv ziemlich klar schien. Und anfangs nahmen wir ja auch an, dass das Kind dort unten geboren wurde – wie bei diesem Fall in Österreich.«

»Tatsächlich war die Frau in Österreich ja seine eigene Tochter, so dass es sich wohl um einen ganz anderen Fall handeln dürfte. Psychologisch gesehen, meine ich. Das Gespür für solche Nuancen erwarte ich aber nicht von einem Polizisten. Jedenfalls ist es, Ihren Worten nach zu urteilen, wohl doch nicht so unkompliziert.«

»Eine Sache, die Hannahs Mann gesagt hat, hat mich irritiert. Er fragte mich, ob Harper vielleicht die Neigung hätte, junge Frauen samt ihren Kindern zu entführen. Und ob es bei Hannah ähnlich abgelaufen sei, ob Harper sich aber aus irgendeinem Grund dazu entschlossen habe, Toby einfach abzuladen. Vielleicht, um uns auf eine falsche Fährte zu locken.

Wenn das jedoch stimmt, würde es eine völlig andere Zeitschiene auf den Fall der jungen Frau im Keller legen: Bislang sind wir davon ausgegangen, dass es sich bei dem Jungen um Harpers Kind handelt, aber was, wenn die junge Frau mit dem Jungen zusammen entführt worden ist?«

»Ich nehme an, Sie lassen einen DNA-Test machen?«

Ich nicke. »Es ist ein wenig komplizierter, als es normalerweise wäre, aber ja.«

Gow legt seinen Löffel ab. »Und in der Zwischenzeit würden Sie gerne erfahren, wie verbreitet es ist, dass ein Sexualstraftäter so etwas tut – junge Frauen zusammen mit kleinen Kindern entführen.«

Über Gows Schulter hinweg sehe ich eine Familie, die auf die besonderen Torten im Fenster der Konditorei starrt. Zwei kleine blonde Jungen pressen ihre Nase gegen das Glas, und ihre Mutter versucht, sie zu einer Entscheidung zu bewegen, welche Torte sie haben wollen. In diesem Laden hatten wir den Kuchen für Jakes neunten Geburtstag gekauft. Er war mit einem Einhorn verziert, das ein goldenes Horn trug. Jake liebte Einhörner.

»So einer ist mir noch nie begegnet.«

Ich wende mich wieder Gow zu, den Kopf noch voller Einhörner.

»Entschuldigung?«

»Ein Sexualstraftäter, der es auf Frauen und Kinder abgesehen hat. Ich kann mal in alten Fällen stöbern, aber ich entsinne mich an keinen einzigen Täter, auf das dieses Merkmal zutrifft. Wenn Frauen zusammen mit einem Kind entführt wurden, dann nur deswegen, weil das Kind zur falschen Zeit am falschen Ort war. Zielobjekt war immer die Frau. Sie wissen so gut wie ich, dass Pädophile oft verheiratet sind oder in langjährigen Beziehungen leben. Aber sie entführen keine Frauen. Sie entführen, wenn überhaupt, Kinder. Eigentlich«, sagt er und hebt seine Kaffeetasse, »gibt es für mich nur eine einleuchtende Möglichkeit.«

»Und die wäre?«

»Dass es zwei verschiedene Täter sind. Einer davon ein Pädophiler, der anderer ein sexuell motivierter Sadist. Aber möglicherweise arbeiten sie zusammen und teilen das Risiko.«

Wenn das stimmte und William Harper einen Komplizen gehabt hätte, wären sehr viele Fragezeichen verschwunden. Es würde erklären, warum an jenem Tag niemand einen alten Mann allein mit einem Buggy gesehen hat. Tatsächlich könnte es sogar bedeuten, dass Harper nie dort war. Die Person, die den Buggy zurückgelassen hat, hätte jemand anders sein können. Jemand, der völlig unter dem Radar geblieben ist. Namenlos. Gesichtslos. Unbekannt.

Gow stellt die Tasse ab. »Gibt es irgendwelche Hinweise darauf, dass noch jemand im Haus war? Jemand, der, wenn er schon nicht da wohnte, vielleicht zu Besuch war?«

Derek Ross, denke ich sofort, bevor ich den Gedanken kurz darauf wieder verwerfe.

»Bisher nicht. Die meisten Nachbarn behaupten, nie einen Besucher gesehen zu haben.«

Gow verzieht das Gesicht. »In dem Teil von Oxford?«

»Da war eine alte Dame, jemanden bemerkt haben will. Aber das haben wir nicht ernst genommen, denn sie sagte, es sei Harpers Sohn gewesen, und wir wissen genau, dass er keinen hat.«

Gow greift wieder nach seiner Tasse. »Ich würde das noch mal überprüfen, wenn ich Sie wäre. Der alte Vogel ist vielleicht gar nicht so durchgeknallt, wie Sie meinen.«

* * *

Challow versammelt die Kriminaltechniker in der Küche.

»Sieht so aus, als wäre die To-do-Liste soeben länger geworden, und ich kann nur hoffen, dass niemand später ein heißes Date geplant hat. In ihrer unendlichen Weisheit vermutet das CID jetzt, dass es einen Zusammenhang zwischen diesem Haus und dem Verschwinden Hannah Gardiners im Jahr 2015 geben könnte. Bis wir also diesen Zusammenhang völlig ausgeschlossen haben, müssen wir davon ausgehen, uns hier auf einem Tatort zu befinden. Oder einem Grab. Oder beidem.«

Nina atmet tief durch. Sie erinnert sich an den Fall Hannah Gardiner. Sie hat damals das Auto untersucht. Die Packung Pfefferminzdrops im Handschuhfach, die Saftflecken auf dem Kindersitz, die zerknitterten Benzinquittungen. All die trivialen Überbleibsel eines Lebens, die plötzlich so große Bedeutung gewinnen, wenn jemand gegangen ist.

Challow spricht noch immer. »Wenn wir nach einem Grab suchen, kommt der Keller erst mal nicht in Frage. Ohne entsprechend schweres Werkzeug kann man den Betonboden dort unten nicht aufbrechen. Und es gibt auch keinerlei Anzeichen, dass so etwas in der Vergangenheit unternommen wurde. Wo also dann – im Garten?«

»Das glaube ich eigentlich auch nicht«, sagt Nina. »Es wäre zu auffällig und deswegen zu gefährlich. Man könnte dort kein großes Loch graben, ohne zu riskieren, dass es einem der Nachbarn auffällt.«

Sie geht hinüber und streift den Perlenvorhang zum Gewächshaus zur Seite. Das Glas ist grün angelaufen, und lebendig ist nur noch die Kriechpflanze, die sich einen Weg durch die zerbrochenen Fensterscheiben gebahnt hat. In den Töpfen auf den Regalbrettern hat sich nichts als Fäulnis ausgebreitet. Tote Geranien. Vergilbte Tomatenpflanzen. Es riecht nach Moder und alter Erde. Die Schilfmatten auf dem Boden sind schwarz von Schimmel und brüchig.

Sie geht zum Fenster und reibt eine Stelle am schmutzigen Glas frei. Sie steht nur da und blickt hinaus in den Garten.

»Und was ist damit?« Sie zeigt mit dem Finger. »Das Sommerhaus oder der Schuppen, oder was immer das ist?«

Die beiden Männer treten zu ihr. Das Gras ist kniehoch, durchsetzt von Brennnesseln und Ampferblättern. Sie starren auf einen Haufen schmutziger weißer Gartenmöbel aus Plastik, die meisten davon liegen im Gras verteilt. Dazu massenweise totes Gestrüpp, denn jemand hat sich wohl darangemacht, das Unterholz zurückzuschneiden, und das Strauchwerk einfach dort liegen lassen, wo es gerade hinfiel. Ganz unten, am Zaun, steht ein großer Backsteinschuppen mit gedecktem Dach, das fast ganz von Efeu überwuchert ist. Mehrere Fensterscheiben sind zerbrochen.

»Versteht ihr, was ich meine?«, sagt sie.

Was Nina meint, wird noch klarer, als sie den Schuppen erreichen. Das Gefälle des Gartens ist steiler, als es aussieht, und der Schuppen steht auf einem erhöhten Sockel.

Nina greift vorsichtig durch das zerbrochene Fensterglas, um die Tür zu entriegeln. »Ich denke, dass wir unter den Dielen einen Hohlraum finden könnten.«

Drinnen stehen Regale, randvoll mit alten Farbdosen und Behältern mit Unkrautvernichter. Daneben ein Haufen verrosteter Gartenwerkzeuge. Ein uraltes Wespennest verrottet unter dem Dachgesims, und an einem Nagel hängt ein fleckiger alter Arbeitsoverall.

Challow stampft mit dem Fuß und lauscht auf das Geräusch aus dem Hohlraum darunter. »Ich glaube, Sie haben recht.«

Er hebt die Ecke der Schilfmatte hoch. Schmutz und Sand rieseln auf den Boden, Asseln rennen in alle Richtungen.

»Manchmal«, sagt er und sieh seine Begleiter an, »haben wir tatsächlich Glück.«

Eine Falltür.

* * *

»Sie dürfen jetzt zu ihr. Ich weiß allerdings nicht, ob es hilfreich sein wird.«

Die Schwester hält die Tür zum Familienzimmer auf und wartet, bis Everett ihr folgt. Die beiden gehen den Korridor entlang, vorbei an einem alten Mann mit einem Rollator, zwei Ärzten mit Klemmbrettern, Plakaten zum Thema Handhygiene, gesunde Ernährung und Erkennen eines Schlaganfalls. Der Raum befindet sich ganz am Ende des Korridors, und die junge Frau, die einen Krankenhauskittel trägt, sitzt aufrecht im Bett. Ihr Gesicht ist weiß wie das Bettlaken, das sie eng um die Brust geschlungen hat. Irgendwie sieht sie aus wie gebleicht. Nicht nur ihre Haut, sondern auch ihre Augen. Und ihr Haar. Als habe sich eine feine Schaubschicht über ihr ausgebreitet. Um ihren Mund haben sich Fieberbläschen gebildet.

Als sie Everett sieht, weicht sie zurück und reißt die Augen auf.

»Ich warte hier draußen«, sagt die Schwester freundlich und zieht die Tür hinter sich zu.

Everett wartet kurz und deutet dann auf den Stuhl. »Haben Sie etwas dagegen, dass ich mich setze?«

Das Mädchen sagt nichts. Ihr Blick folgt Everett, als sie den Stuhl näher ans Bett rückt und sich setzt. Zwei Meter Fußboden erstrecken sich zwischen ihnen.

»Wollen Sie mir Ihren Namen sagen?«, fragt sie ruhig.

Das Mädchen starrt sie immer noch an.

»Wir wissen, dass Sie Schreckliches durchgemacht haben. Wir möchten nur herausfinden, was geschehen ist. Wer hat Ihnen das angetan?«

Das Mädchen drückt das Laken ein wenig fester an sich. Ihre Fingernägel sind abgebrochen und schmutzig.

»Ich weiß, dass es schwer ist. Wirklich. Und ich will es auf keinen Fall noch schlimmer machen. Aber wir brauchen Ihre Hilfe.«

Das Mädchen schließt die Augen.

»Können Sie sich daran erinnern, wie es passiert ist? Wie Sie dorthin gelangten?«

Jetzt kommen die Tränen. Sie dringen unter ihren Lidern hervor und rinnen ihr langsam übers Gesicht.

Eine Weile sitzen sie schweigend da, lauschen den Geräuschen des Krankenhauses. Schritte, das Klappen fahrbarer Krankenbetten, das ›Ping‹ des Aufzugs.

»Ich habe Ihren kleinen Jungen gesehen«, sagt Everett schließlich. »Die Ärzte sagen, dass er sich gut erholt.«

Die Frau öffnet die Augen.

»Er ist ein goldiges Kind. Wie heißt er denn?«

Das Mädchen schüttelt den Kopf, offenbar starr vor Entsetzen, und einen Augenblick später fängt sie an zu schreien, kauert sich ins Bett, und die Schwestern kommen hereingestürzt. Und plötzlich steht Everett wieder auf dem Korridor und starrt auf die geschlossene Tür.

Es dauert zwanzig Minuten, bis sich die junge Frau mit Hilfe einer Injektion beruhigen lässt. Everett sitzt auf einem Stuhl im Korridor, als ein Arzt aus dem Krankenzimmer kommt. Er zieht sich einen Stuhl heran und setzt sich neben sie.

»Was ist passiert?«, sagt sie. »Was habe ich falsch gemacht?«

Er holt Luft. »Der Psychiater vermutet, dass sie unter einer posttraumatischen Belastungsstörung leidet. Ich wäre eher überrascht, wenn nicht. Es ist nicht ungewöhnlich, dass Personen in einer solchen Situation die Erinnerung an das Geschehene verdrängen. Das Gehirn geht in den Überlebensmodus und schottet das ab, was zu schmerzvoll ist, um es zu bewältigen. Als Sie nach dem Kind gefragt haben, wurde sie gezwungen, sich mit dem auseinanderzusetzen, was sie durchgemacht hat. Und dazu war sie einfach nicht in der Lage. Ich fürchte, es könnte eine Weile dauern, bis sie darüber sprechen kann.«

»Wie lange, meinen Sie, wird sie brauchen?«

»Das kann man nicht wissen. Vielleicht Stunden. Vielleicht Wochen. Vielleicht ein ganzes Leben lang.«

Everett beugt sich vor und vergräbt das Gesicht in den Händen. »Scheiße, da habe ich wohl echt Mist gebaut.«

Er sieht sie freundlich an. »Sie hatten eine gute Absicht. Seien Sie nicht zu streng mit sich.«

Sie spürt seine Hand auf der Schulter. Die Wärme dringt durch ihr Shirt. Und dann ist er fort.

* * *

Der Hohlraum unter der Falltür ist gerade mal einen halben Meter tief, und darunter befinden sich nur Erde und Geröll. Challow legt sich auf den Fußboden und leuchtet mit einer Taschenlampe in die Öffnung.

»Tja, da unten ist definitiv etwas. Nina – wollen Sie's mal versuchen? Bei meinen Körpermaßen könnte das schwierig werden.«

Er richtet sich auf und sieht zu, wie Nina in den Hohlraum klettert und sich auf Hände und Knie stützt. Er reicht ihr die Taschenlampe, und gleich darauf ist sie nicht mehr zu sehen.

»Nehmen Sie sich in Acht vor Ratten«, ruft Challow vergnügt.

Unten im Hohlraum verzieht Nina das Gesicht bei seinen Worten. Sie schwenkt die Taschenlampe von links nach rechts und wieder zurück. Ein leises Trippeln ist zu hören, und in der Dunkelheit ist das Glitzern kleiner Augen zu erahnen. Dann ringt sie nach Luft, als der Lichtkegel der Taschenlampe auf etwas trifft, das nur Zentimeter von ihrem Gesicht entfernt ist. Etwas Schwarzes, das schon lange tot ist. Schmale Füße, die sich in die Luft krallen. Augenhöhlen wie die eines Gespensts zu Halloween. Sie atmet auf, als sie erkennt, um was es sich handelt. Es ist nur ein Vogel. Wahrscheinlich eine Krähe.

Aber weiter drüben, in ungefähr zwei Meter Entfernung, entdeckt sie im Licht der Taschenlampe noch etwas anderes.

Kein Schädel diesmal, keine vertrockneten Knochen. Nichts Grässlicheres als eine zusammengerollte Decke. Der Horror kommt nur aus ihrer eigenen Phantasie. In ihrer Ahnung, was die Decke verhüllt.

Sie schluckt, ihre Kehle ist trocken, nicht nur durch den Staub. »Hier ist etwas«, ruft sie nach oben. »Es ist mit Paketband verklebt, aber die Größe stimmt.«

Sie kriecht rückwärts, schrammt mit dem Kopf an den Dielenbrettern entlang und klettert hinaus.

»Ich denke, wir müssen die Bretter hier wegnehmen«, sagt sie und streift die Hände an ihrem Overall ab.

»Okay«, sagt Challow und steht auf. »Und sorgt dafür, dass sie markiert werden. Wir müssen genau wissen, welches wo war, und wir müssen in dem gesamten Bereich hier Fingerabdrücke nehmen.«

»Und sollten wir nicht den forensischen Pathologen rufen?«

»Der ist schon auf dem Weg.«

* * *

In seinem Büro in Canary Wharf telefoniert Mark Sexton mit seinem Anwalt. Dreizehn Etagen unter ihm fließt die Themse träge in Richtung Meer, und drei Meilen weiter westlich glitzert der Shard im Sonnenlicht. Der Fernseher in der Ecke läuft ohne Ton, aber er kann den Text lesen, der unten auf dem Bildschirm vorüberzieht. Und die Bilder des Hauses in der Frampton Road sehen. Und nicht nur das Haus, sondern auch das benachbarte, *sein* Haus.

»Ich kann einfach nicht glauben, dass sie noch nichts Genaueres wissen. Ich meine, wie lange dauert so eine bescheuerte kriminaltechnische Untersuchung?«

Der Anwalt zögert. »Das ist wirklich nicht mein Fachgebiet. Aber ich kenne einen Criminal QC, den ich fragen könnte. Criminal mit großem C natürlich.« Er lacht.

Sexton ist nicht in Stimmung für Witze. »Machen Sie einfach diesen Dumpfbacken von Thames Valley Dampf. Die Bauarbeiter haben bereits gesagt, wenn sie nicht bis Ende der Woche wieder anfangen können, werden sie entweder von mir Lohn dafür kassieren, dass sie auf dem Arsch sitzen, oder sie nehmen einen anderen Job an. Und wir wissen, was in dem Fall geschieht – in den sechs verdammten Wochen, in denen sie irgendjemandes Scheißküche ausbauen, sehe ich sie nicht wieder.«

»Ich bin nicht sicher, dass es viel Zweck hat ...«

»Machen Sie es einfach. Wofür, zum Teufel, bezahle ich Sie?«

Sexton knallt das Telefon auf den Schreibtisch und starrt wieder auf den Bildschirm. Man rollt also tatsächlich das Verschwinden von Hannah Gardiner wieder auf; er sieht eine Hellseherin mit dünnen Haaren, die die ganze Welt daran erinnert, dass sie vorhergesagt hatte, die Zahl drei sei der Schlüssel zu dem Fall. Eine Montage aus zwei Jahre alten Überschriften wird ein- und wieder ausgeblendet: *Wurde vermisste Frau von Satanskult entführt? Mittsommer-Mysterium wird rätselhafter, während Polizei Beweis für heidnische Rituale leugnet. Kleinkind in der Nähe von Menschenopferstätte gefunden.*

Sexton stützt den Kopf in die Hände. Das hat ihm gerade noch gefehlt.

* * *

»Wir dachten, wir warten auf Sie, bevor wir das Paket öffnen«, sagt der Pathologe. »Obwohl Sie nicht Geburtstag haben.«

Sein Name ist Colin Boddie, und er hat seine eigene Version von Pathologenhumor entwickelt. Es klingt vielleicht krass, aber es ist nichts als eine Art Schutzpanzer. Eine Möglichkeit, das Entsetzen in Schach zu halten. Und womit sie es hier zu tun haben – trotz des Tageslichts und all der professionellen Ausrüstung –, bleibt doch der Stoff, aus dem Alpträume sind. Auf beiden Seiten lehnen sich die Leute aus den Fenstern der benachbarten Häuser, als wir durch den Garten gehen. Wetten, dass irgendein Hornochse jetzt schon ein verdammtes Twitterbild in die Welt zwitschert?

Im Fußboden des Schuppens gähnt ein großes Loch. Und wir haben uns darum versammelt. Die Kriminaltechniker, Gislingham und Quinn. Und jetzt ich. Boddie beugt sich vorsichtig über das verschnürte Bündel und schneidet die vermoderte Decke und das Klebeband auf. Erst auf der einen Seite, dann auf der anderen. Wir alle wissen, was wir gleich sehen werden, aber ein Schlag in die Magengrube wird es trotzdem sein. Es liegt augenscheinlich verkehrt herum da, so dass wir das Gesicht nicht werden sehen können. Gott sei Dank. Aber man erkennt lilafarbene und grünliche Haut, die am Brustkorb zusammengeschrumpft sind. Die verkrampften Hände. Die Unterschenkel, die nur noch gebleichte Knochen sind.

»Wie Sie sehen, ist es zu einer teilweisen Mumifizierung der sterblichen Überreste gekommen«, sagt Boddie emotionslos. »Das ist nicht überraschend, wenn man in Betracht zieht, dass die Leiche gut eingewickelt und unter diesem Fußboden auch belüftet war. Es sieht jedoch so aus, als sei der untere Teil der Decke nicht ausreichend geschlossen gewesen, denn es fehlen kleinere Fußknochen. Wahrscheinlich Ratten. Es gibt hier überall deutliche Spuren von Nagetieren.«

Ich sehe, wie Quinn das Gesicht verzieht.

»Die Leiche ist zweifellos weiblich«, fährt Boddie fort. »Und ziemlich viel Haar ist auch erhalten, wie Sie sehen.« Er beugt sich hinunter, wirkt äußerst konzentriert und teilt die verfilzten Strähnen mit einem Plastikstift. »Was die Todesursache betrifft: Ich erkenne ein Trauma, das auf einen mit erheblicher Kraft und einem stumpfen Gegenstand geführten Schlag auf das Scheitelbein deutet. Ich muss sie aber erst auf dem Obduktionstisch haben, bevor ich sicher sein kann.«

»Hätte sie einen solchen Schlag überleben können?«, fragt Gislingham. Sein Gesicht ist bleich.

Boddie überlegt. »Sie muss durch den Schlag bewusstlos geworden sein. Aber möglicherweise ist sie nicht sofort gestorben. Sehen Sie.« Er kauert sich wieder hin und deutet auf etwas, das an den Handgelenken haftet. »Ich vermute, es wird sich herausstellen, dass das ein Kabelbinder war. Das deutet darauf hin, dass sie nach dem ursprünglichen Schlag noch eine Weile gelebt haben könnte.«

Mir fällt ein, was Everett sagte: dass Harper die Frau gefesselt und dort zurückgelassen haben könnte, während er sich auf den Weg machte, um ihr Kind und ihr Auto irgendwo abzuladen. Er wollte, dass sie noch am Leben war, wenn er zurückkam. Damit er ihr antun konnte, was er geplant hatte.

»Kann man herausfinden, wie lange sie noch überlebt hat?«

Boddie schüttelt den Kopf. »Das bezweifle ich. Können Stunden gewesen sein. Vielleicht sogar Tage.«

»Um Himmels willen«, flüstert Gislingham.

Boddie stellt klar: »An vielen Stellen in der unteren Körperhälfte ist bereits Verwesung eingetreten, aber trotzdem bin ich mir ziemlich sicher, dass sie nicht hier gestorben ist. Auf dieser Decke, meine ich. Da müsste eine Menge Blut und Hirnmasse sein.«

Manchmal wünsche ich mir, dass Boddie nicht so präzise in seiner Wortwahl wäre.

»Und dass sie nackt war, sollte erwähnt werden. Eingewickelt, wie sie war, hätten ansonsten einige Kleidungsstücke erhalten sein müssen, aber da ist nichts.«

Nicht nur Gislingham ist inzwischen bleich geworden. Uns allen gehen verschiedene Versionen derselben Szene durch den Kopf. Aufwachen mit gefesselten Händen. Nackt. Unter Schmerzen. Mit dem Wissen, dass es nur eine Frage der Zeit sein wird.

»Warum sollte der Mörder das getan haben – war es ein sexuell motivierter Mord?«

»Entweder das, oder man wollte sie demütigen. Wie auch immer, wir haben hier ein sehr übles Stück Arbeit vor uns.«

Als ob wir das nicht wüssten.

»Schön«, sagt Challow knapp. »Wenn Sie alle bitte den Bereich hier freimachen, holen wir den Fotografen zurück und fangen an, all das Zeug hier zusammenzupacken.«

* * *

BBC News

Dienstag, 2. Mai. 2017 | Letzte Aktualisierung 15:23 Uhr

EILMELDUNG: Im Kellerfall von Oxford Leiche gefunden

Wie die BBC erfahren hat, wurde in dem Haus in North Oxford, in dem gestern Morgen eine junge Frau und ein kleiner Junge entdeckt worden waren, eine Leiche gefunden. Forensiker wurden dabei beobachtet, wie sie menschliche Überreste, offenbar die einer Frau, aus dem Garten bargen. Mutmaßungen verdichten sich, dass die Polizei die Leiche der BBC-Journalistin Hannah Gardiner geborgen haben könnte, die vor zwei Jahren am Mittsommertag in Wittenham verschwand, und deren zweijähriger Sohn Toby anschließend in der Nähe aufgefunden worden war.

Gardiner wurde zuletzt von ihrem Ehemann Rob am Morgen des 24. Juni 2015 in der gemeinsamen Wohnung am Crescent Square gesehen, bevor sie aufbrach, um eine Reportage im Protestlager in den Wittenham Clumps zu drehen. Zeugenaussagen und weitere Indizien veranlassten die Polizei zu der Vermutung, dass Gardiner in der Gegend von Wittenham verschwunden war.

Reginald Shore, einer der Demonstranten im Lager, wurde in der Folge wegen sexueller Nötigung in Warwick verhaftet und zum Verschwinden Hannah Gardiners vernommen. Es wurde jedoch keine Strafanzeige erstattet. Sein Sohn Matthew schreibt mittlerweile ein Buch über den Fall und sagte heute Morgen: »Mein Vater war das Opfer einer Hexenjagd der Thames Valley Police, eingeleitet von Detective Superintendent Alastair Osbourne. Wir werden jetzt unsere Forderung erneuern, die Verurteilung meines Vaters zu widerrufen, und die unabhängige Beschwerdestelle der Polizei darum bitten, die Bearbeitung des Falls Hannah Gardiner zu untersuchen. Ihre Familie hat ein Recht auf die Wahrheit, und ich werde alles dafür tun, dass sie zutage kommt.«

Die Thames Valley Police hat eine Stellungnahme abgelehnt, aber bestätigt, dass eine Verlautbarung »zu gegebener Zeit« folgen wird. Detective Superintendent Osbourne trat im Dezember 2015 in den Ruhestand.

* * *

Boddie ruft mich um acht Uhr abends an. Ich habe überlegt, ob ich einfach nach Hause fahren oder mir lieber etwas vom Chinesen holen soll, und am Ende lande ich im Leichenschauhaus. Das hat dieser Job manchmal so an sich. Von unterwegs rufe ich Alex an, um ihr Bescheid zu sagen, aber dann fällt mir ein, dass sie heute Abend mit irgendwelchen alten College-Freunden unterwegs ist.

Es ist zwanzig Uhr fünfundvierzig, als ich beim Krankenhaus parke, und es wird langsam dunkel. Wolken ziehen von Westen heran, und als ich auf den Eingang zugehe, spüre ich die ersten Regentropfen.

Man hat die Leiche sorgfältig auf einem Metalltisch platziert.

»Ich habe einige von den Knochen zur DNA geschickt«, sagt Boddie, während er sich die Hände wäscht. »Und die Forensik analysiert die Decke.«

»Gibt es etwas Neues, was die Todesursache betrifft?«

Boddie geht hinüber zur Leiche und deutet auf die Einkerbungen am Schädel. »Es gab definitiv zwei voneinander unabhängige Schläge. Der erste traf sie hier und ließ sie wahrscheinlich das Bewusstsein verlieren. Und hier – sehen Sie? –, diese Verletzung ist sehr viel schlimmer. Der Schlag hat sie getötet, und er muss zweifellos mit einer Waffe mit scharfer Kante ausgeführt worden sein. Nach dem ersten Schlag hat sie wahrscheinlich nicht sehr stark geblutet, aber der zweite dürfte sicher eine erhebliche Blutung ausgelöst haben.«

Das chinesische Essen lasse ich dann wohl doch besser ausfallen.

Er richtet sich auf. »Sie haben bestimmt bereits die Zahnunterlagen von Hannah Gardiner angefordert, oder?«

Ich nicke. »Und Challow untersucht das Haus, aber bis jetzt haben sie noch nichts gefunden.«

»Glauben Sie mir, wenn sie dort gestorben wäre, wüssten Sie es.«

Der Wind wurde stärker und peitschte Regen gegen das Fensterglas.

»Sie sagten, ich solle allein kommen?«, erkundige ich mich nach einem Augenblick. »Wieso?«

»Es ist mir erst aufgefallen, als wir die Knochen anhoben. Er streckt die Hand nach einem Seitentisch aus und hebt ein Metallschälchen hoch. »Das habe ich unter dem Schädel gefunden.«

Ein Streifen Plastik, grau und ausgetrocknet. Klebeband.

»Man hat sie also geknebelt?«

Er nickt. »Gefesselt und geknebelt. Jetzt verstehen Sie vielleicht, warum ich der Meinung war, Sie sollten niemanden mitbringen.«

Er sieht mir wohl an, dass ich nicht verstehe, worauf er hinauswill.

»Kommen Sie, Fawley – Hände gefesselt, Gesicht nach unten, Schädelbruch. Sie müssen sorgfältig darüber nachdenken, wie viele Informationen Sie an die Presse geben. Denn die wird sehr schnell darauf kommen, dass unsere Leiche in haargenau demselben Zustand ist wie die Leichen, die man bei den Wittenham Clumps gefunden hat.«

»Mist.«

»Sie sagen es. Und ich weiß nicht, wie Sie das sehen, aber was wir hier haben, ist entsetzlich genug. Da brauchen wir nicht auch noch reißerische Schlagzeilen über Menschenopfer.«

* * *

Chris Gislingham stößt die Haustür mit dem Fuß auf. Er hält in jeder Hand drei Tüten. Windeln, Feuchttücher, Babypuder – wie kann ein kleines hilfloses Lebewesen so viele Dinge benötigen?

»Ich bin wieder da«, ruft er.

»Wir sind hier.«

Gislingham stellt die Einkäufe in der Küche ab und geht ins Wohnzimmer, wo seine Frau Janet mit ihrem Sohn im Arm sitzt. Sie sieht ebenso erschöpft wie selig aus – ein Zustand, an den Gislingham sich in den letzten vergangenen Monaten gewöhnt hat: Keiner von ihnen hat vergangene Nacht viel Schlaf bekommen. Als er sich hinunterbeugt, um seinen Sohn zu küssen, duftet Billy nach Babypuder und Plätzchen und sieht seinen Vater mit großen Augen an. Der streichelt sanft seinen Kopf und setzt sich neben die beiden aufs Sofa.

»Guter Tag?«, fragt er.

»Die nette Hebamme hat uns besucht, nicht wahr, Billy? Und sie hat gesagt, wie gut du gewachsen bist.«

Sie gibt dem Kleinen einen Kuss auf die Stirn, und er streckt eine pummelige Hand aus, um nach ihrem Haar zu greifen.

»Ich dachte, du wolltest mit deiner Schwester shoppen gehen? War das nicht heute?«

»Billy war ein bisschen verschnupft. Also hab ich mich dagegen entschieden. Es war das Risiko nicht wert, und ich kann auch ein andermal gehen.«

Gislingham versucht, sich zu erinnern, wann seine Frau das letzte Mal aus dem Haus gegangen ist. Es fällt ihm in letzter Zeit immer mehr auf, und er fragt sich, ob – oder wann – er anfangen müsste, sich Sorgen zu machen.

»Du brauchst auch mal frische Luft, weißt du?«, sagt er und bemüht ich um einen sanften Tonfall. »Vielleicht können wir am Wochenende die Enten füttern? Das würde dir doch gefallen, oder, mein kleiner Billy?« Er kitzelt seinen Sohn unter dem Kinn, und der kleine Junge quietscht vor Vergnügen.

»Wir werden sehen«, sagt Janet unbestimmt. »Kommt darauf an, wie das Wetter wird.«

»Apropos Wetter – hier drinnen ist es heiß wie auf Barbados«, sagt Gislingham und lockert die Krawatte. »Ich dachte, wir hätten die Heizung abgestellt?«

»Es wurde heute Nachmittag etwas kühl, und daher habe ich sie wieder eingeschaltet.«

Es ist das Risiko nicht wert. Sie braucht es gar nicht auszusprechen. Nach zehn Jahren, in denen sie vergeblich versucht hatten, ein Baby zu bekommen, und einer Frühgeburt, die beinahe tragisch geendet wäre, ist Janet jetzt nur noch damit beschäftigt, Billy zu beschützen, Billy warm zu halten, Billys Gewicht und seine Größe und seine Kraft und jeden noch so geringen Entwicklungssprung im Auge zu behalten. In ihrem Leben ist kaum Platz für etwas anderes, und schon gar nicht für etwas so Profanes wie Kochen.

»Wieder Pizza?«, fragt Gislingham schließlich.

»Im Kühlschrank«, erwidert Janes geistesabwesend und rückt das Baby in ihrem Arm zurecht. »Könntest auch ein Fläschchen warm machen?«

Gislingham stemmt sich hoch und geht in die Küche. Die meisten Sachen im Kühlschrank sind püriert, gestampft oder Milchprodukte, aber er zieht einen Pizzakarton heraus, der an die Rückwand des Kühlschranks festgefroren ist. Die Pizza legt er in die Mikrowelle und schaltet den Flaschenwärmer ein. Als er fünf Minuten später ins Wohnzimmer zurückkehrt, sitzt Janet mit geschlossenen Augen zurückgelehnt auf dem Sofa.

Gislingham hebt den kleinen Billy sanft aus den Armen seiner Frau und bettet ihn an seine Schulter. »Okay, mein Kleiner, was hältst du davon, wenn du und ich uns in aller Ruhe einen hinter die Binde gießen?«

* * *

Alex kommt um Mitternacht nach Hause. Sie nimmt wohl an, dass ich schon im Bett liege. Das Licht im Wohnzimmer ist aus, und daher kann ich sie ein paar flüchtige Sekunden lang beobachten, in denen sie glaubt, allein im Raum zu sein. Sie lässt ihre Tasche an der Eingangstür liegen, bleibt kurz stehen und betrachtet sich im Spiegel. Sehr schön ist sie, meine Frau, schon immer gewesen. Sie kann keinen Raum betreten, ohne dass die Leute Notiz von ihr nehmen. Das dunkle Haar, diese Augen, die im bestimmten Licht mal veilchenblau schimmern und dann wieder türkis leuchten. Mit hohen Absätzen ist sie größer als ich, was mir, ehrlich gesagt, absolut nichts ausmacht. Doch ihr Aussehen hat sie noch nie glücklich gemacht. Und jetzt sehe ich, wie sie die Hände zum Gesicht führt, die Falten um ihre Augen glattstreicht, die Kinnpartie hebt und ihren Kopf zuerst nach links und dann nach rechts wendet. Sie muss mich im Spiegel entdeckt haben, denn sie dreht sich abrupt um. Ihre Wangen sind leicht gerötet.

»Adam? Du hast mich zu Tode erschreckt. Wieso sitzt du hier im Dunkeln?«

Ich nehme mein Glas und trinke den letzten Schluck Merlot. »Hab nur nachgedacht.«

Sie kommt herein und setzt sich mir gegenüber auf die Sofalehne. »Harter Tag?«

»Ja. Ich bearbeite den Frampton-Road-Fall.«

Sie nickt bedächtig. »Ich hab die Nachrichten gesehen. Ist es so schlimm, wie es sich anhört?«

»Schlimmer. Heute Nachmittag haben wir beim Haus eine Leiche gefunden. Wir nehmen an, dass es sich um Hannah Gardiner handelt, aber davon weiß die Presse noch nichts.«

»Hast du es ihrem Ehemann gesagt?«

»Bis jetzt nicht. Ich warte noch auf die positive Identifizierung. Ich will nicht alles wieder aufrollen, solange ich nicht sicher bin.«

»Wie geht es der jungen Frau?«

»Everetts Ansicht nach ist sie traumatisiert. Sie spricht nicht, scheint weder ihren eigenen Namen zu kennen noch zu wissen, dass sie einen Sohn hat. Bei seinem Anblick fing sie sofort zu schreien an.«

Schweigen. Alex sieht auf ihre Hände. Ich weiß, was sie denkt – ich weiß es nur allzu gut. Wie könnte jemand, der ein Kind hatte, jemals aufhören, daran zu denken. Wie könnte jemand, der ein Kind verloren hat, sich nicht danach sehnen, noch mal eins zu bekommen? Ich frage mich, ob sie es wieder ansprechen wird. Ihren Schmerz, ihre Sehnsucht und das, von dem sie glaubt, es könnte die Lösung sein.

»Wie war dein Abend?«, komme ich ihren unausgesprochenen Worten zuvor.

»Nett. Am Ende waren es nur Emma und ich.«

»Ich bin nicht sicher, ob ich sie kenne.«

»Du kennst sie nicht. Ich habe sie seit Jahren nicht mehr gesehen. Sie arbeitet beim Jugendamt.«

Noch immer weicht sie meinem Blick aus.

»Beim Jugendamt? Sie sucht also Familien für Pflegekinder und Adoptiveltern?«

»Hm.«

Sie sieht mich immer noch nicht an.

Ich hole tief Luft. »Alex, das war nicht einfach nur ein Treffen mit einer alten College-Freundin, oder?«

Nervös entgegnet sie: »Hör zu, ich wollte mir nur ein paar mehr Informationen beschaffen. Herausfinden, wie das Ganze abläuft.«

»Obwohl du doch ganz genau weißt, was ich davon halte. Obwohl wir uns geeinigt hatten ...«

Jetzt hebt sie den Kopf und sieht mich an. Tränen stehen ihr in den Augen. »Nicht *wir* haben uns geeinigt. *Du* hast es. Ich weiß, wie du dazu stehst, aber was ist mit meinen Gefühlen? Solange Jake bei uns war, konnte ich damit leben, keine weiteren Kinder zu bekommen, aber als wir ihn verloren ...« Ihre Stimme bricht. Sie ist verzweifelt darum bemüht, die Fassung zu behalten. »Als wir ihn verloren haben, war es ... unerträglich. Nicht allein deswegen, weil er gestorben ist, sondern weil ein Teil von mir mit ihm starb. Der Teil von mir, der eine Mutter war – der Teil, dem jemand anderes wichtiger war als sie selbst. Das will ich wieder empfinden. Kannst du das nicht verstehen?«

»Natürlich kann ich das. Für wen hältst du mich?«

»Warum weigerst du dich dann, auch nur darüber nachzudenken? Emma hat mir von den Kindern erzählt, die sie betreut. Sie sehnen sich verzweifelt nach Liebe und weinen sich die Augen aus nach etwas Beständigem in ihrem Leben und nach einer Fürsorge, die wir ihnen geben könnten ...«

Ich stehe auf, nehme das Glas und die Flasche. Dann gehe ich in die Küche und mache mich daran, den Geschirrspüler zu füllen. Als ich fünf Minuten später aufblicke, steht Alex in der Tür.

»Hast du Angst, ein anderes Kind mehr zu lieben als Jake? Wenn es das ist, verstehe ich dich. Wirklich.«

Ich richte mich auf und lehne mich an die Arbeitsplatte. »Das ist es nicht. Und das weißt du auch.«

Sie kommt näher und legt zögernd die Hand auf meinen Arm, als fürchte sie meine Zurückweisung. »Es war nicht deine Schuld«, sagt sie leise. »Nur weil er – weil er gestorben ist –, sind wir doch keine schlechten Eltern.«

Wie oft habe ich ihr im vergangenen Jahr immer wieder genau das gesagt? Ich frage mich, wieso wir jetzt hier stehen und sie das Gefühl hat, mir das alles sagen zu müssen.

Ich drehe mich zu ihr um und nehme sie in die Arme. Ich drücke sie so fest an mich, dass ich ihre Atemzüge spüre und ihr Herzklopfen.

»Ich liebe dich.«

»Ich weiß«, flüstert sie.

»Nein, ich meine, ich liebe *dich*. Das reicht aus. Ich brauche kein weiteres Kind, um wieder zu mir zu kommen oder einen Sinn im Leben zu finden. Du, ich, die Arbeit, das hier. Mehr brauche ich nicht.«

Später im Bett lausche ich ihren Atemzügen, blicke durch die Gardinen auf den dunkelblauen Himmel, der sein Licht noch nicht verloren hat, und frage mich, ob ich gelogen habe, indem ich etwas unerwähnt ließ. Ich möchte kein Kind adoptieren, aber nicht, weil das Leben, das ich führe, mir ausreicht. Sondern weil die Vorstellung mich in Panik versetzt. Als würde man seine eigene Existenz für ein Los bei einer gigantischen Tombola setzen. Erziehung ist wichtig, aber Veranlagung ist stärker. Meine Mutter und mein Vater haben mir nie erzählt, dass sie nicht meine biologischen Eltern waren, aber ich weiß es schon seit vielen Jahren. Als ich zehn war, fand ich die Papiere in einer Schreibtischschublade meines Vaters. Einige der Wörter musste ich nachschlagen, aber ich konnte es mir zusammenreimen. Und plötzlich schien alles Sinn zu ergeben. Dass ich nicht aussah wie sie und, als ich älter wurde, auch nicht dachte wie sie. Dass ich mir in meinem eigenen Leben vorkam wie ein Außenseiter. Und ich wartete, Monat um Monat, Jahr um Jahr, bis ich wusste, dass der Moment niemals kommen würde, in dem sie es mir sagten. Wenn ich all das Alex erzählte, würde sie augenblicklich entgegnen, dass wir uns anders verhalten würden. Dass überkommene Verhaltensmuster sich nicht zwangsläufig zu wiederholen brauchten. Dass die meisten Adoptivkinder glücklich seien, gut in ihre neue Familie integriert und erfolgreich im Leben. Vielleicht stimmt das ja auch. Oder vielleicht sprechen sie einfach nicht darüber, so wie ich.

Als ich um sieben Uhr aufwache, ist das Bett neben mir leer. Alex ist in der Küche und will gerade gehen.

»Du bist aber früh auf.«

»Ich muss meinen Wagen abgeben«, sagt sie und tut so, als wäre sie mit der Kaffeemaschine beschäftigt. »Er muss zum Kundendienst. Weißt du nicht mehr?«

»Soll ich dich heute Abend abholen?«

»Hast du nicht zu viel zu tun – mit dem Fall und überhaupt?«

»Vielleicht. Aber wir gehen einfach davon aus, dass es passt, und falls doch was dazwischenkommt, schreibe ich dir eine E-Mail.«

»Okay.« Ein flüchtiges Lächeln, ein Kuss auf die Wange, dann schnappt sie sich ihre Schlüssel. »Also, bis später.«

* * *

»Die Leiche ist immer noch nicht identifiziert. Offenbar gibt es eine Verzögerung bei den Zahnarztunterlagen. Es finden sich keine sichtbaren Blutspuren auf dem Arbeitsoverall, den wir im Schuppen gefunden haben, aber auf alle Fälle wird er auf DNA untersucht. Doch das ist eher unwahrscheinlich – wenn Harper so ein Ding getragen hätte, um damit Hannahs Wagen zu fahren, hätte er es wahrscheinlich schon vor Jahren verschwinden lassen.«

Quinn ist bei mir im Büro, um mich auf den neusten Stand zu bringen. Wie gewöhnlich hält er sein Tablet in der Hand. Ich weiß nicht, wie er zurechtgekommen ist, bevor er sich das Ding angeschafft hat.

»Ev ist im Krankenhaus. Bis jetzt haben wir noch nichts von Jim Nicholls gehört. Könnte durchaus sein, dass er im Urlaub ist, aber wir versuchen es weiter. Und der Superintendant hat schon zweimal nachgefragt, wann wir eine Pressekonferenz abhalten. Ich habe gesagt, Sie melden sich bei ihm.« Eine Pause, und dann: »Wussten Sie schon, dass Matthew Shore ein Buch schreibt?«

»Nein, aber so etwas würde er uns kaum verraten, oder?«

»Haben Sie mit Osbourne gesprochen?«

Ich schüttle den Kopf. »Ich hab's gestern Abend versucht, aber nur die Mailbox erreicht.«

»Ist es vielleicht sinnvoll, mit Matthew Stone zu reden? Ich meine, wenn er damals seine eigenen Recherchen angestellt hat, ist er vielleicht auf irgendwas gestoßen – schließlich ist es bei ihm noch gar nicht so lange her, dass er sich mit der Sache beschäftigt hat ...«

Jetzt geht er mir auf die Nerven. »Hören Sie, Quinn, vergessen Sie's. Glauben Sie mir, wenn er etwas herausgefunden hätte, wüssten wir das. Er ist ein schlimmer Widerling, und wenn wir jetzt mit ihm sprechen, findet er garantiert eine Möglichkeit, uns daraus einen Strick zu drehen. Verstehen Sie?«

Er starrt wieder auf seine Liste, und ich zwinge ihn, mich anzusehen. »Quinn? Haben Sie mich verstanden?«

Er hebt den Blick, schaut dann aber gleich wieder auf sein Tablet. »Sicher, kein Problem. Bleibt also nur noch Harper. Sein Anwalt ist gerade eingetroffen, und ich habe den Sergeant gebeten, ihn in Verhörraum eins zu bringen.«

Ich trinke meinen Kaffee aus und verziehe das Gesicht. Was immer sie mit der Maschine anstellen, das Gebräu wird dadurch jedenfalls nicht besser. »Finden Sie Gis, und sorgen Sie dafür, dass er auch am Verhör teilnimmt.«

Als ich mein Jackett von der Stuhllehne nehme, mustert Quinn mich verstohlen. Ich will ihn nicht bestrafen, habe aber auch nichts dagegen, dass er sich deshalb Sorgen macht. Nur ein paar Tage lang.

* * *

Befragung von Dr. William Harper
auf dem St. Aldate's Polizeirevier,
Oxford, am 3. Mai 2017, 9:30 Uhr
Anwesend: DI A. Fawley, DC C. Gislingham,
Mrs. J. Reid (Anwältin), Ms. K. Eddings
(Fachkrankenpflegerin für psychisch Kranke)

AF: Dr. Harper, ich bin Detective Inspector Adam Fawley. Ich leite die Untersuchung, bei der es um die junge Frau und das Kind geht, die wir am Montagmorgen in Ihrem Keller gefunden haben. Ms. Eddings ist Krankenpflegerin und gehört zum Team der Psychiatrie, und Mrs. Reid ist Ihre Anwältin. Beide sind hier, um Ihre Interessen zu wahren. Verstehen Sie das?

WH: Ich hab verflucht noch mal keine Ahnung, wovon Sie reden.

AF: Sind Sie verwirrt, was die Rolle von Mrs. Reid betrifft?

WH: Sehe ich aus wie ein Schwachkopf? Ich weiß, was ein Scheißanwalt ist.

AF: Geht es um das andere Thema, das ich erwähnte – das Mädchen und das Kind?

WH: Wie oft soll ich das noch sagen? Ich weiß nicht, von was Sie da ständig faseln.

AF: Wollen Sie behaupten, dass sich in Ihrem Keller keine junge Frau und kein Kind befanden?

WH: Wenn sie dort waren, habe ich sie jedenfalls nie gesehen.

AF: Wie sollen sie denn Ihrer Meinung nach dorthin gekommen sein?

WH: Hab keinen Schimmer. Wahrscheinlich Zigeuner. Die leben doch wie die Schweine. Mein Keller wäre doch der reine Luxus für die.

AF: Dr. Harper, es gibt keinen Beweis, dass die junge Frau der Gemeinschaft der Roma angehört. Und selbst wenn – wie sollte sie ohne Ihr Wissen in Ihren Keller gelangt sein?

WH: Was weiß ich. Aber Sie scheinen doch all die verdammten Antworten sowieso schon zu kennen.

AF: Die Tür zu Ihrem Keller war von außen verschlossen.

WH: Ist wohl 'ne harte Nuss für Sie, oder? Sie neunmalkluger Affe.

AF: Dr. Harper, gestern Nachmittag haben Mitarbeiter des Thames Valley Forensik-Teams ausgiebig Ihr Haus untersucht und unter dem Fußboden Ihres Schuppens die Leiche einer erwachsenen Frau entdeckt. Können Sie mir sagen, wie Sie dorthin kam?

WH: Keine verdammte Idee. Nächste Frage.

JR: (mischt sich ein)
Die Angelegenheit ist ernst, Dr. Harper. Sie müssen die Fragen des Inspectors beantworten.

WH: Fick dich ins Knie, dumme Kuh.
(Pause)

AF: Stellen wir also fest – Sie behaupten, nicht erklären zu können, wieso eine Leiche unter dem Fußboden Ihres Schuppens begraben lag, und ebenso wenig können Sie erklären, wieso eine junge Frau und ein Kind in Ihrem Keller eingeschlossen waren. Das wollen Sie uns glauben machen?

WH: Warum wiederholen Sie sich ständig? Sind Sie geistig minderbemittelt, oder was?

CG: (reicht ihm ein Foto)
Dr. Harper, das hier ist das Foto einer jungen Frau namens Hannah Gardiner. Sie verschwand vor zwei Jahren. Ist sie Ihnen je begegnet?

WH: (stößt das Foto beiseite)
Nein.

CG: (zeigt ihm ein zweites Foto)
Und was ist mit dieser jungen Frau? Ihre Leiche wurde in Ihrem Keller gefunden. Das Bild habe ich Ihnen schon gestern gezeigt.

WH: Die sind doch alle gleich. Dumme Kühe.

CG: Entschuldigen Sie, heißt das, Sie erkennen sie, oder nicht?

WH: Die lassen einen doch darum betteln. Diese Schlampe

Priscilla. Hab zu ihr gesagt, sie soll dahin verschwinden, wo sie hergekommen ist, die blöde Kuh.

KE: Tut mir leid, Inspector, aber ich glaube, er ist wieder durcheinander. Bei Priscilla handelt es sich um seine verstorbene Frau.

AF: Bitte sehen Sie sich die Fotos an, Dr. Harper. Ist Ihnen je eine dieser jungen Frauen begegnet?

WH: (schaukelt hin und her)
Dumme Kühe. Heimtückische kleine Flittchen.

KE: Ich denke, wir hören jetzt besser auf.

* * *

Gesendet: Mittwoch, 05/03/2017, 11:35 Uhr,
Dringlichkeit: Hoch
Von: AlanChallowSCI@ThamesValley.police.uk
An: DIAdamFawley@ThamesValley.police.uk,
CID@ThamesValley.police.uk
CC: Colin.Boddie@ouh.nhs.uk

Betreff: Fall Nummer JG2114/14R Gardiner, H

Hiermit bestätigen wir den Eingang der Zahnunterlagen. Bei der Leiche aus der Frampton Road handelt es sich zweifelsfrei um Hannah Gardiner.

* * *

»Adam? Hier ist Alistair Osbourne. Ich habe die Nachrichten gesehen.«

Obwohl ich es war, der ihn zuerst angerufen hat, graute es mir doch vor seinem Rückruf.

»Sie ist es, nicht wahr? Hannah Gardiner?«

»Ja. Tut mir leid, Sir.«

Manche Angewohnheiten sind schwer abzulegen. Zum Beispiel Respekt vor jemandem zu haben.

»Ich nehme an, dieser Harper ist der Hauptverdächtige?«, fährt er fort. »Bis auf Weiteres?«

Bis auf Weiteres, also bis wir ihn ausschließen oder einen anderen Verdächtigen finden. Oder den Komplizen, von dem wir noch nicht wissen, ob er überhaupt existiert.

»Im Augenblick ja.«

»Wie hat Rob Gardiner es aufgenommen?«

»So, wie zu erwarten. Er muss wohl damit gerechnet haben, aber ein Schock ist es bestimmt.«

Am anderen Ende der Leitung folgt eine Pause.

»Ich muss mich bei Ihnen entschuldigen, Adam.«

»Nein ...«

»Doch, das muss ich«, sagt er mit Nachdruck. »Was Shore als Täter betrifft, waren Sie nie überzeugt, und Sie wollten die Suche über Wittenham hinaus ausweiten. In beiden Fällen bin ich nicht auf Ihre Vorschläge eingegangen. Aber ich lag falsch. Und jetzt hat es den Anschein, als habe dieses Monster nochmals zugeschlagen ...«

»Wenn es Sie tröstet, Sir – die junge Frau könnte sich schon in Harpers Keller befunden haben, bevor Hannah starb.«

* * *

Everett kann den Lärm schon vom Korridor aus hören. Er kommt aus dem Spielbereich der Kinderstation. Zwischen allerhand Spielsachen und Bildern von Elefanten, Giraffen und Affen in fröhlichen Grundfarben rinnt jetzt an den Wänden etwas hinab, das für einen kurzen Moment wie Blut aussieht. Der Junge befindet sich mitten im Raum. Er schreit. Eine der Spielzeugeisenbahnen ist zerbrochen, und drei andere Kinder kauern weinend hinter den Stühlen. Ein Mädchen hat eine kleine Schramme an der Wange. Eine Schwesternhelferin kriecht auf allen vieren, um einen dunkelroten Fleck auf dem Linoleum aufzuwischen.

Sie sieht auf. »Es ist nur schwarzer Johannesbeersaft, ehrlich. Und ich schwöre, ich hab die Kinder nur für fünf Minuten allein gelassen – Jane ist heute nicht gekommen, und wir laufen uns die Hacken ab ...«

»Ich nehme an, er ist bisher noch nie anderen Kindern begegnet«, sagt Everett. »Er weiß buchstäblich nicht, was er mit ihnen anfangen soll.«

Schwester Kingsley kommt herein und eilt zu dem Mädchen. »Was ist mit Amys Gesicht passiert?«

»Ich bin zurückgekommen, als ich das Geschrei hörte. Amy lag auf dem Boden, und der Junge war über ihr.«

Er ist jetzt wieder ruhig. Sein Gesicht ist gerötet, und Tränen rinnen ihm über die Wangen. Kingsley bewegt sich behutsam auf ihn zu, aber er weicht zurück.

»Die letzte Nacht war ein Alptraum«, sagt die Helferin müde. »Fast eine Stunde lang hat er die Station zusammengeschrien, bevor er so erschöpft war, dass er sich unter dem Bett verkrochen hat. Wir wollten ihn hervorlocken, aber er reagierte nicht auf unsere Versuche. Schließlich haben wir ihn einfach da liegen lassen.«

Jenny schüttelt ratlos den Kopf. »Ich werde noch mal mit dem Sozialamt reden. Der Junge tut mir von Herzen leid, wirklich, aber die kranken Kinder hier brauchen ihren Schlaf.«

Der Junge betrachtet sie einen Moment lang, lässt sich abrupt auf den Boden fallen und kriecht in eine Ecke.

Die drei Frauen sehen schweigend zu, wie er mit der Hand an der Wand entlangstreicht und dann anfängt, den geronnenen Saft von den Fingern zu schlecken.

»Du lieber Gott«, sagt Everett kurz darauf. »Glauben Sie, das musste er in diesem Keller auch machen?«

Jenny Kingsley sieht zu ihr hinüber. »Wie meinen Sie das?«

»Wenn man überlegt: Das Wasser wird knapp, die Wände sind feucht ...«

Die Schwesternhelferin schlägt die Hand vor den Mund. Und in die folgende Stille meldet sich Everetts Handy.

Eine Nachricht. Von Fawley.

Bitten Sie die Ärzte, den Jungen nochmals zu untersuchen. Wir müssen die Möglichkeit sexuellen Missbrauchs ausschließen.

* * *

THAMES VALLEY POLICE
Zeugenaussage

Datum: 25. Juni 2015
Name: Sarah Wall, geb. 13. 11. 1966
Adresse: 32 Northmoor Close, Dorchester-on-Thames
Beruf: Freiberufliche Buchhalterin

Ich führte am Mittwochmorgen in Wittenham Clumps meinen Hund aus. Das tue ich fast jeden Tag, und daher kenne ich die meisten regelmäßigen Spaziergänger. Es waren mehr Menschen unterwegs als an einem gewöhnlichen Mittwoch – am Abend zuvor war die Mittsommernacht gefeiert worden, und eine ganze Menge Leute aus dem Protestlager war noch unterwegs. Außerdem waren dort Studenten, Familien mit Kindern, Großeltern. Ich erinnere mich an diverse Buggys. Ich nahm den Weg hinauf nach Castle Hill, vorbei an einigen Joggern, die ich erkannte, und einer weiteren Person, die wie ich mit ihrem Hund Gassi ging. Wir blieben stehen und unterhielten uns. Das muss kurz vor neun Uhr gewesen sein. Dann bekam ich einen Anruf und musste zurückkehren, um einen Klienten zu beraten. Als ich zur Straße hinunterging, sah ich die junge Frau mit dem Buggy. Sie war ziemlich weit von mir entfernt und kehrte mir den Rücken zu. Sie hatte dunkles Haar, zu einem Pferdeschwanz gebunden, und trug eine Jacke, die entweder schwarz oder dunkelblau war. Dazu eine Art Rucksack. Ich sah jedoch nicht, welche Richtung sie danach einschlug. Aber als ich am Parkplatz vorbeiging, stand dort auf jeden Fall ein orangefarbener Mini Clubman. Er war sehr auffällig – die Farbe meine ich.

Unterschrift: Sarah Wall

THAMES VALLEY POLICE
Zeugenaussage

Datum: 25. Juni 2015
Name: Martina Brownlee, geb. 09.10.1995
Adresse: Oxford Brookes, Studentenheim
Beruf: Studentin

Wir waren die ganze Nacht auf den Beinen, und ich war – ehrlich gesagt – immer noch angetrunken, aber ich hab sie auf jeden Fall gesehen. Sie ging auch auf dem Weg und beugte sich über das schlafende Kind. Ich war nicht so dicht bei ihr, dass ich mit ihr sprechen konnte, aber ich bin hundertpro sicher, dass sie es war. Mir fiel ihre Jacke auf, die ist von Zara. Eine Freundin hat auch so eine. Bin mir nicht sicher, wie spät es war. Vielleicht viertel vor neun?

Unterschrift: Martina Brownlee

THAMES VALLEY POLICE
Zeugenaussage

Datum: 25. Juni 2015
Name: Henry Nash, geb. 22.12.1951
Adresse: Yew Cottage, Wittenham Road, Appleford
Beruf: Lehrer (im Ruhestand)

Fast jeden Morgen gehe ich in Wittenham Clumps spazieren. Gestern Morgen war ich um Viertel nach neun dort. Auf jeden Fall stand ein orangefarbener Mini Clubman auf dem Parkplatz, aber ich habe nicht gesehen, wann er ankam. Ich spazierte hinauf zum Castle Hill und um den Poem Tree herum – zumindest um das, was von ihm übrig ist. Ein Stückchen weiter bemerkte ich an dem Ort, der Money Pit genannt wird, etwas Buntes. Es war ein Buggy für Kleinkinder. Grün. Er stand einfach da, als hätten die Eltern ihn kurz abgestellt. Ich wartete ein paar Minuten, aber es tauchte niemand auf. Also ging ich wieder nach unten. Ich klopfte beim Besucherzentrum und erzählte, was ich bemerkt hatte. Ich wünschte, ich hätte mich etwas genauer umgesehen. Dann hätte ich vielleicht den kleinen Jungen gefunden. Als ich am Parkplatz vorbeikam, sah ich dort einen schwarzen Jaguar, der aufgetaucht sein musste, als ich schon unterwegs war. Ein Mann, den ich als Malcolm Jervis erkannt habe, saß hinten drin. Die Tür war offen. Er telefonierte mit seinem Handy und schrie jemanden an. Ich hielt Abstand.

Unterschrift: Henry Nash

In St Aldate's studiert Quinn die Akte über Hannah Gardiner. Polizisten hatten den gesamten Vormittag damit verbracht, die Zeugen aufzuspüren, die an jenem Tag in Wittenham gewesen waren, aber bisher war noch nichts dabei herausgekommen. Niemand erinnerte sich an einen älteren Mann mit einem Buggy, und niemand hatte William Harpers Gesicht aus einer Reihe ähnlicher Bilder ausgewählt. Jetzt versucht Quinn, herauszufinden, ob Hannah, nachdem sie ihre Wohnung verlassen hatte und zu ihrem Auto gegangen war, von irgend jemandem am Crescent Square oder in der Frampton Road gesehen worden war. Sollte Harper sie getötet haben, müsste er auf der Straße gewesen sein, und Mitte Juni wäre es um diese Zeit morgens bereits hell gewesen, und sicher hätte jemand etwas bemerkt, oder? Ein Pendler oder ein Schüler, der früh mit dem Auto zur Schule gebracht wurde. Aber in der Akte wird nichts erwähnt – absolut nichts. Quinn macht sich eine Notiz, abermals nach Zeugen aufzurufen, als das Telefon läutet. Challow.

»Ergebnisse der Fingerabdrücke, gerade bekommen.«

Quinn greift nach seinem Stift. »Okay, leg los.«

»Die in der Küche und unten auf dem Klo sind zumeist von Harper, diverse stammen jedoch von Derek Ross, was damit übereinstimmt, was er uns erzählt hat. Zudem noch einige nicht identifizierte Abdrücke, die sich alle nicht auf der nationalen Fingerabdruckkartei finden lassen.«

»Und im Keller?«

»Wieder die von Harper und manche, von denen ich annehme, dass sie dem Mädchen gehören. Das überprüfen wir natürlich. Diesmal keine von Ross, aber auch dort gibt es einige, die mit den nicht identifizierten Abdrücken aus der Küche übereinstimmen. Zwei deutliche Abdrücke fanden sich auf dem Riegel zur inneren Tür. Der Kartei entnehmen wir, dass sie einer äußerst zwielichtigen Person namens Gareth Sebastian Quinn gehören.«

»Haha, sehr witzig.«

»Im Ernst, außer Ihren waren keine weiteren Abdrücke auf

dem Riegel, und daher ist zu vermuten, dass er abgewischt worden ist. Wir fanden zudem ein paar unvollständige Abdrücke im Schuppen, die möglicherweise mit den nicht identifizierten Abdrücken im Kellerraum übereinstimmen. Aber es handelt sich bestenfalls um eine Übereinstimmung an fünf Punkten, also glauben Sie nur nicht, dass Sie der Staatsanwaltschaft damit kommen können.«

Quinn rückt auf dem Stuhl nach vorn. »Aber es ist möglich, dass beide Male jemand beteiligt war, der uns noch unbekannt ist?«

»Bleiben Sie auf dem Teppich. Es lässt sich absolut nicht feststellen, wie alt diese Abdrücke sind. Könnten von einem völlig unbeteiligten Klempner stammen. Zum Beispiel demjenigen, der das Klo eingebaut hat. Oder den Abfluss im Waschbecken säubern musste. Wir haben damit begonnen, den Rest des Hauses auf Spuren zu untersuchen, aber bisher hatten wir keinen Erfolg.

»Auch nichts, was die DNA betrifft?«

»Noch nicht. Aber keine Sorge. ich werde veranlassen, dass Sie es als Erster erfahren, falls wir dort etwas finden.«

Nachdem Quinn das Telefon aus der Hand gelegt hat, denkt er kurz über den letzten Kommentar nach. War er so scharf, wie Quinn glaubt, oder überkommt ihn die Paranoia? Das Problem bei Challow besteht darin, dass »scharf« sein normaler Tonfall ist. *Scheiß drauf*, denkt Quinn, nimmt das Telefon und wählt Ericas Nummer.

»Fawley will, dass wir uns noch mal mit der Frau aus Nummer sieben unterhalten. Wie hieß sie gleich? Gibson, ja, das ist sie. Versuchen wir, eine bessere Beschreibung des Mannes zu bekommen, den sie für Harpers Sohn hielt. Kriegst du das hin?« Er hört genau zu und schmunzelt. »Und nein, PC *Somer*, das war nicht der einzige Grund meines Anrufs. Ich hab mich gefragt, ob du vielleicht Lust auf einen Drink heute Abend hast. Selbstverständlich, um den Fall zu besprechen.« Er lächelt wieder, diesmal breiter. »Ja, und das auch.«

* * *

»Ich habe nur zwei ähnliche Fälle gefunden. Musste dafür über fünfzehn Jahre zurückgehen.«

Ich beuge mich über Baxters Schulter und sehe gebannt auf den Bildschirm. Die Hitze im Zimmer ist erdrückend. Die Temperatur ist plötzlich gestiegen, und das uralte Belüftungs- und Heizsystem des Reviers reagiert nicht gerade in Sekundenschnelle. Die vielen Computer, die hier drinnen laufen, sind auch nicht hilfreich. Baxter reibt sich den Nacken mit einem Taschentuch trocken.

»Hier ist es«, sagt er und tippt auf seiner Tastatur. »Bryony Evans, vierundzwanzig, am 29. März 2001 zusammen mit ihrem zweijährigen Sohn Ewan als vermisst gemeldet. Zuletzt vor einem Supermarkt in der Nähe ihrer Wohnung gesehen.«

Das Foto ist ein wenig unscharf, wahrscheinlich wurde es bei einer Party aufgenommen. Im Hintergrund ist Weihnachtsschmuck zu erkennen. Die Frau sieht jünger als vierundzwanzig aus, hat Korkenzieherlocken und lächelt, aber ihr Blick ist emotionslos.

»Anscheinend hatte man sich in der Familie schon einige Wochen vor ihrem Verschwinden Sorgen um ihre psychische Gesundheit gemacht. Man sagt, sie sei depressiv gewesen – auf Arbeitssuche und mit dem kleinen Kind allein zu Hause. Man wollte sie unbedingt in ärztliche Behandlung schicken, aber sie weigerte sich beharrlich.«

»Also ging man von Selbstmord aus?«

»Hat jedenfalls den Anschein, als wären die Kollegen von der Polizeitruppe Avon and Somerset der Meinung gewesen. Es gab eine gründliche Untersuchung – über vierzig Aussagen finden sich in der Akte –, aber niemand hat je auch nur einen Hinweis auf eine Entführung oder ein anderes Verbrechen entdeckt. Im Rahmen der amtlichen Untersuchung gab es eine richterliche Feststellung auf unbekannte Todesursache.«

»Es ist verdammt selten, dass keine Leiche gefunden wird – nicht nach so langer Zeit. Und nicht, wenn es sich um einen Selbstmord handelt.«

Baxter überlegt. »Bristol liegt an der Küste. Sie hätte einfach ins Wasser gehen können.«

»Mit dem Kind an der Hand? Ernsthaft?«

Er zuckt mit den Achseln. »Möglich ist es. Okay, nicht *wahrscheinlich*, aber möglich.«

»Und was ist mit dem anderen Fall?«

»Die Sache passt schon eher.«

Er greift zu einer weiteren Akte. 1999. Joanna Karim und ihr Sohn Mehdi. Sie war sechsundzwanzig, er war fünf. Und sie wohnten in Abingdon. Baxter bemerkt wohl, dass er meine volle Aufmerksamkeit hat, und versetzt mir einen kleinen Dämpfer.

»Bevor Sie sich da hineinsteigern – es war einer dieser Fälle, bei denen es ums Sorgerecht ging. Der Ehemann war Iraner. Ich habe mit dem zuständigen Sicherheitsoffizier gesprochen, der mir sagte, aller Wahrscheinlichkeit nach sei der Junge von seinem Vater zurück nach Teheran geschickt worden. Man hegte den Verdacht, dass er seine Frau verschwinden ließ, fand aber nie ausreichende Beweise, um ihn anzuklagen, und inzwischen hatte der Bastard das Land verlassen. Also ja, es sieht so aus, als wären zwei Personen zusammen verschwunden, aber ich glaube, dass es sich um zwei unterschiedliche Verbrechen handelt.«

Ich setze mich neben ihn. »Okay, selbst wenn diese Fälle nicht zusammengehören, haben wir immer noch einen Satz nicht identifizierte Fingerabdrücke in dem Keller.«

»Aber wie Challow sagte, könnten sie auch vom Klempner stammen.«

»Sie wetten doch gerne, oder, Baxter?«

Er wird rot, weil er wohl nicht dachte, dass ich davon weiß. »Na ja, so würde ich es nicht sagen ...«

»Sie wetten doch auf Fußballspiele – auf Pferde –, und wie ich höre, sind Sie ziemlich erfolgreich damit.«

»Nun, ein paarmal hab ich schon gewonnen«, sagt er vorsichtig. »Ab und zu.«

»Wie stehen also die Chancen, was meinen Sie? Dass diese Abdrücke vom Klempner stammen?«

Er denkt darüber nach.

»Fünfundzwanzig zu eins. Und das ist noch großzügig geschätzt.«

* * *

»DC Gislingham? Hier ist Louise Foley.«

Er braucht einen Augenblick, um sich zu erinnern, wer sie ist. Das bemerkt sie natürlich.

»Birmingham University?«, fragt sie knapp. »Erinnern Sie sich? Sie baten mich, Ihnen Dr. Harpers Akte offenzulegen.«

»Ach ja, richtig. Moment, lassen Sie mich einen Stift holen. Okay, dann los!«

»Ich habe mit dem Leiter der Abteilung gesprochen, und er hat mich autorisiert, Ihnen Kopien der relevanten Unterlagen zu schicken. Ich sende sie Ihnen noch heute per E-Mail zu.«

»Könnten Sie mir schon das Wesentliche mitteilen?«

Sie seufzt unnötig laut. »Da gibt es nichts Anzügliches, wie Sie es sich anscheinend erhoffen. Es gab eine Beziehung mit einer Studentin, aber sie hat nie eine Beschwerde vorgebracht. Es war auch keine Nötigung im Spiel. Im Gegenteil, einige ihrer Freundinnen deuteten an, dass wohl eher sie ihm nachstellte als andersherum. Aber nichtsdestoweniger war Dr. Harper zu jener Zeit verheiratet, und die Richtlinien der Universität verbieten derartige Beziehungen. Also kam man überein, es sei im Interesse aller Beteiligten, dass er in den Frühruhestand ging. Sie finden das alles in der Akte.«

»Okay«, sagt Gislingham und wirft den Stift zurück auf den Tisch. »Nur noch eine Frage – wie hieß das Mädchen?«

»Cunningham. Priscilla Cunningham.«

* * *

In der Wohnung am Crescent Square stehen alle Fenster offen. Der leichte Wind fährt in die langen weißen Gardinen, und man hört draußen im Garten Kinder spielen: die dumpfen Geräusche eines Trampolins, Kreischen, ein aufprallender Ball. Es scheinen Jungen zu sein.

Pippa Walker geht zur Tür des Arbeitszimmers, bleibt einen Moment davor stehen und beobachtet ihn. Es ist das dritte Mal während der vergangenen Stunde. Rob Gardiner sitzt am Schreibtisch und lässt seinen Laptop nicht aus den Augen. Der Boden ist bedeckt mit alten Notizbüchern, Post-its, Papierstapeln. Leicht gereizt sieht er zu ihr auf.

»Hast du nichts zu tun? Spiel doch mit Toby.«

»Der schläft. Du bist schon seit Stunden hier drinnen. Das ganze Zeug bist du doch bestimmt schon mal durchgegangen.«

»Dann gehe ich es eben noch mal durch. Okay?«

Sie wendet sich ab. »Ich dachte, du wolltest heute arbeiten.«

»Wollte ich. Hab's mir anders überlegt. Nicht, dass dich das irgendwas angeht.«

»Ich mach mir Sorgen um dich, Rob. Es ist keine gute Idee, das alles wieder aufzuwühlen ...«

Sie beißt sich auf die Lippen, aber es ist zu spät.

Er sieht sie erbost an. »Meine Frau war zwei Jahre lang vermisst. Gerade hat man unter verdammt grausamen Umständen ihre Leiche gefunden, und die Polizei hat mich gebeten, ihre Aufzeichnungen noch einmal durchzugehen, weil sich darin irgendein Hinweis finden könnte, der ihnen dabei hilft, den Schweinehund, der das getan hat, zu überführen. Tut mir wirklich sehr leid, wenn es nicht deine Zustimmung findet, *dass ich das alles wieder aufwühle*, aber ich persönlich möchte den Scheißkerl im Gefängnis verrotten sehen. Und wenn dir das nicht gefällt, dann verschwinde und tu was anderes. Lies zum Beispiel irgendein verdammtes Buch.«

Ihr Gesicht ist gerötet. »Es tut mir leid, ich wollte nicht – du weißt, dass ich nicht …«

»Ehrlich gesagt, ist es mir scheißegal, was du nicht wolltest. Lass mich jetzt einfach in Ruhe.«

Er steht auf und schlägt die Tür vor ihrer Nase zu.

* * *

Die Teambesprechung findet um siebzehn Uhr statt und dauert nicht lange. Zusammengefasst:

- Die Studentin, mit der Harper eine Affäre hatte, wurde schließlich seine zweite Ehefrau, und ja, er war zu jener Zeit verheiratet, und das macht ihn zu einem ehebrecherischen Mistkerl, aber nicht zu einem Psychopathen.
- Die Fingerabdrücke im Keller mögen zu der Annahme verleiten, dass ein weiterer, bisher unbekannter Täter beteiligt gewesen war. Aber es gibt nicht den geringsten Hinweis darauf, um wen es sich handeln könnte.
- Wir haben keine forensischen Beweise, die es uns erlauben, einen Tatort zu identifizieren, und daher besteht weiterhin die Möglichkeit, dass Gardiner an einem anderen Ort und von einer anderen Person umgebracht wurde.

- DNA-Ergebnisse liegen noch nicht vor. Dazu Zitat von Challow: »Ich bin doch kein verfluchter Zauberer.«
- Das Mädchen ist immer noch ruhiggestellt und/oder nicht aussagewillig. Ebenso der Junge.
- Pressekonferenz auf morgen verschoben, weil ich nicht den geringsten Schimmer habe, was ich den Leuten sagen soll.

Wenn ich mich verärgert anhöre, dann deswegen, weil ich es auch bin. *Ruhe bewahren und weitermachen.* Ja, genau.

* * *

Elspeth Gibson trinkt eine Menge Tee. Erica Somer hatte bereits zwei Tassen, und es ist noch kein Ende in Sicht. Sie hat bemerkt, dass der Phantombildzeichner auf die Uhr gesehen hat. Eine Katze sitzt auf der Stuhllehne und starrt die beiden an, die Pfoten übereinandergelegt. Sie ist offensichtlich sauer, dass jemand auf ihrem gewohnten Platz sitzt.

»Sie meinen also, der Mann, den Sie im Gespräch mit Dr. Harper gesehen haben, war definitiv über fünfzig?«

»Aber ja, meine Liebe. So wie er gekleidet war ... Niemand zieht sich heute noch so an.«

»Wie denn?«

»Ach, Sie wissen schon. Krawatten, Tweedjacketts. Junge Leute würden sich nur über ihre Leichen in solchen Sachen sehen lassen, oder? Überall nur T-Shirts und diese Jeans, die ihnen um die Knie baumeln. Und Tätowierungen.« Sie erschauert und greift wieder nach der Teekanne.

Der Phantombildzeichner hält schnell eine Hand über die Tasse. »Für mich bitte nicht.«

Somer lehnt sich vor und betrachtet das digitale Fahndungsfoto auf dem Tablet. Die Kleidung ist vermutlich das Aussagekräftigste daran, denn ansonsten könnte der Mann ungefähr jeder Mann im fortgeschrittenen Alter in Oxford sein. Ziemlich groß, ziemlich graues Haar, ziemlich stämmig gebaut.

»Gab es nichts besonders Auffälliges an ihm? Keine Narben oder so? Vielleicht die Art, wie er ging?«

Mrs. Gibson überlegt. »Nein«, sagt sie schließlich. »Könnte ich nicht behaupten.«

»Und seine Stimme – ist Ihnen daran etwas aufgefallen?«

»Na ja, ich habe nur ein- oder zweimal mit ihm gesprochen, und das ist schon lange her, aber er klang auf jeden Fall gebildet, wenn Sie verstehen, was ich meine.«

»Kein Akzent?«

»Jetzt, wo Sie es sagen, könnte da ein leichter Birmingham-Tonfall gewesen sein. Ich vermute, dass er ihn loswerden wollte. Aber wenn Menschen aufgebracht sind, kommt so etwas manchmal zum Vorschein ...«

»Aufgebracht? Was meinen Sie damit?«

»Hab ich Ihnen das nicht erzählt? Ich habe doch mal gehört, wie sie sich gestritten haben. Er war zweifellos sehr verärgert.«

»Sie haben einen Streit mitgehört? Das haben Sie noch nie erwähnt – wann war das?«

Mrs. Gibson hält inne, die Teekanne noch in der Hand. »Ach, du lieber Gott, das muss mindestens drei Jahre her sein. Vielleicht sogar länger. Wenn man in mein Alter kommt, treibt die Zeit ihre Spielchen mit einem ...«

Somer beugt sich etwas vor. »Worüber haben sie sich denn gestritten? Erinnern Sie sich?«

Mrs. Gibson wirkt verdutzt. »Das kann ich Ihnen gar nicht so genau sagen. Ich habe sie ja nur gehört, weil ich zufällig gerade an ihnen vorbeiging. Sie standen auf dem Treppenaufgang. Ich erinnere mich, dass dieser Mann John etwas über das Testament des alten Herrn sagte. Deswegen dachte ich ja auch, dass er sein Sohn sei. Aber dann hörte ich das leicht Nasale im Tonfall, nur bei ein oder zwei Wörtern, aber ich erkenne das wohl besser als andere, weil mein Mann aus der Gegend kommt. Ist ja ulkig, dass mir der Gedanke noch gar nicht gekommen ist.«

»Und Sie sind ganz sicher, dass sein Name John war?«

»Aber ja, meine Liebe. Kein Zweifel. Vielleicht noch etwas Tee?«

* * *

Obwohl ich gesagt hatte, ich würde Alex abholen, wirkt sie überrascht, mich tatsächlich zu sehen. Sie arbeitet in dem Gebäude, das man von der Ringstraße aus sehen kann. Das mit dem spitzen Ding oben auf dem Dach. Ich sitze auf dem Parkplatz und beobachtete die Tür.

Sie kommt mit zwei Personen heraus, die ich nicht erkenne. Einer Frau in den Dreißigern in einem grünen Kostüm, und einem Mann in Alex' Alter. Hochgewachsen. Dunkel. Mir durchaus ähnlich. Sie unterhalten sich einen Augenblick, dann macht sich die Frau im grünen Kostüm auf den Weg zu ihrem Auto. Alex und der Mann bleiben stehen. Es ist aber kein Geplauder, soweit ich erkennen kann. Ihr Gesicht ist ernst, seins nachdenklich. Ihre Köpfe sind ein wenig näher beieinander, als es nötig sein dürfte. Er gestikuliert häufig mit den Händen. Er möchte etwas ausstrahlen, das sehe ich genau – seinen Status, seine Kompetenz. In meinem Job lernt man die Körpersprache zu verstehen. Menschen einzuschätzen.

Ich beobachte, wie sie sich verabschieden. Er berührt sie nicht, aber Alex weiß ja auch, dass ich zuschaue. Und vielleicht weiß er das auch.

»Wer war das?«, frage ich, als sie die Autotür öffnet und einsteigt.

Sie sieht kurz zu mir herüber und wendet sich dann ab, um ihren Sicherheitsgurt zu finden. »David Jenkins. Gehört zum Team Familienrecht.«

»Sah nach einem ziemlich intensiven Gespräch aus, worum auch immer es ging.«

Sie wirft mir diesen *Sag jetzt bloß nicht, dass du eifersüchtig bist*-Blick zu. »Ich habe ihn nur um seinen Rat gefragt, das ist alles.«

Ich weiß nicht, ob mir das gefallen soll, aber wie Gis weiß auch ich, wann es Zeit wird, mit der Fragerei aufzuhören.

Wir reihen uns in den Verkehr ein, und ich steuere die Ringstraße an.

»Hättest du etwas dagegen, wenn wir kurz am John-Rad-Krankenhaus halten? Ich möchte noch mal kurz nach dem Mädchen sehen.«

»Kein Problem. Ich hätte ohnehin nicht gedacht, dass du so früh kommen würdest.«

»Wenn wir mit den Ermittlungen weitergekommen wären, wäre ich auch noch nicht hier, dann hätte ich Wichtigeres zu tun gehabt.«

Sie blickt zu mir herüber und dann wieder hinaus auf die Felder.

»Entschuldigung. So habe ich es nicht gemeint.«

Sie winkt ab, sieht jedoch weiterhin aus dem Fenster. Sie weiß eben auch, wann es an der Zeit ist, etwas auf sich beruhen zu lassen.

Als wir das Krankenhaus erreichen, bin ich überrascht, dass sie mich begleiten will.

»Ist das dein Ernst? Ich weiß doch, wie sehr du Krankenhäuser hasst.«

»Es ist immer noch besser, als hier draußen zu sitzen und Däumchen zu drehen.«

In der dritten Etage treffen wir auf Everett und einen Arzt, der direkt einer Krankenhausserie hätte entsprungen sein können.

»Titus Jackson«, sagt er und schüttelt mir die Hand. »Es tut mir leid, aber ich werde Ihnen auch nicht mehr erzählen können als das, was ich schon zu DC Everett sagte. Die junge Frau hat definitiv ein Kind geboren, aber es gibt kein Anzeichen für kürzlich erfolgte sexuelle Gewalt – weder vaginale noch sonstige Verletzungen.«

»Ist sie immer noch ruhiggestellt?«

»Nein, aber sie hat bisher noch nichts gesagt.«

»Darf ich zu ihr?«

Er zögert. »Nur für ein paar Minuten, und bitte einer nach dem anderen. Ihr psychischer Zustand ist noch nicht sehr stabil. Sie reagiert extrem verängstigt, wenn ihr jemand zu nahe kommt, besonders Männer. Also denken Sie bitte daran.«

»Ich hatte bereits mit Vergewaltigungsopfern zu tun.«

»Daran will ich nicht zweifeln, aber hier haben wir es mit einem Fall zu tun, der über das hinausgeht.«

Ich nicke und weiß, dass er recht hat. »Und das Kind?«

»Meine Kollegen in der Pädiatrie haben auf Ihren Wunsch hin eine weitere Untersuchung vorgenommen, aber nichts deutet auf sexuellen Missbrauch hin. Ihnen brauche ich natürlich nicht zu erzählen, dass manche Dinge, die Kindern angetan werden, keine physischen Anzeichen hinterlassen.«

»Richtig. Das brauchen Sie mir nicht zu erzählen.«

Ich wende mich Alex zu.

»Kein Problem«, kommt sie mir zuvor. »Ich warte hier.«

»Ich zeige Ihnen das Wartezimmer«, sagt Everett. »Gleich hier den Flur entlang.«

Als ich zum Zimmer der jungen Frau komme, bleibe ich am Fenster stehen und betrachte sie. Dann schäme ich mich dafür und komme mir vor wie ein Voyeur. Und ich frage mich, wie ihr da drinnen wohl zumute sein mag. Und ob diese vier Wände für sie nur eine andere Art Gefängnis darstellen. Ihre Augen sind offen, doch obwohl sie durch ihr Fenster Bäume und Wiesen sehen könnte, starrt sie nur blind an die Zimmerdecke.

Ich klopfe an die Tür, und sie schreckt hoch, setzt sich im Bett auf. Langsam öffne ich die Tür und trete ein, achte aber darauf, ihr nicht näher zu kommen. Ihre Augen folgen mir.

»Ich bin Polizist. Ich heiße Adam.«

Das scheint etwas in ihr auszulösen, kaum merklich, doch ich kann ihre Reaktion nicht deuten.

»Ich glaube, Sie haben bereits meine Kollegin kennengelernt. DC Everett. Verity.«

Diesmal reagiert sie gar nicht auf meine Worte.

»Wir machen uns alle Sorgen um Sie. Sie haben Schreckliches hinter sich.«

Ihre Lippen zittern, und sie klammert sich an der Bettdecke fest. Ich greife in die Jackentasche und ziehe ein Blatt Papier hervor.

»Ich weiß, dass Sie nicht darüber gesprochen haben, was passiert ist, und vielleicht können Sie es auch nicht. Dafür habe natürlich Verständnis. Aber ich habe mich gefragt, ob Sie es vielleicht aufschreiben könnten? An was auch immer Sie sich erinnern – etwas, das uns helfen könnte?«

Sie sieht mich unverwandt an, aber Angst scheint sie nicht zu haben. Zumindest kommt es mir nicht so vor. Ich ziehe einen Stift aus der Tasche und bewege mich behutsam in Richtung Bett, jederzeit bereit zurückzuweichen. Aber sie zuckt nicht zusammen, sondern sieht mich nur an.

Ich lege Stift und Papier langsam auf den Nachttisch, gut fünfzehn Zentimeter von ihrer Hand entfernt, und ziehe mich wieder in Richtung Tür zurück.

Es dauert noch fünf Minuten, bevor sie danach greift. Geduld gehört nicht gerade zu meinen Stärken, aber wenn genügend auf dem Spiel steht, bin ich dazu imstande. Und in diesem Fall ist es so.

Sie greift nach dem Blatt Papier und zieht es zu sich. Dann den Stift. Und als hätte sie es sehr lange nicht gemacht und würde sich kaum noch an die Handbewegung erinnern, schreibt sie. Langsam, vermutlich nicht mehr als ein Wort. Dann streckt sie mir das Blatt Papier entgegen, und ihr Blick verrät mir, welche Anstrengung es sie kostet. Sie schafft es gerade noch, nicht in Tränen auszubrechen.

Fünf Buchstaben.

Vicky

Als ich den Korridor entlanggehe, erwartet mich Everett. Ich bemerke, wie sie mir einen forschenden Blick zuwirft.

»Hat sie etwas gesagt?«

»Nein«, erwidere ich. »Aber wir haben einen Namen.«

»Das ist alles? Sonst nichts?«

Ich bin kurz davor, ihr zu antworten, dass das verdammt viel mehr ist, als sie bisher herausbekommen hat, aber ich halte mich zurück. Ev trifft nun wirklich keine Schuld.

»Nein, tut mir leid. Ich habe gefragt, aber es fiel ihr sehr schwer. Und dann kam Ihr Arztfreund und hat mich rausgeworfen. Freundlich rausgeworfen, wohlgemerkt.«

Vielleicht irre ich mich, aber ich glaube, dass sie rot wird.

»Hören Sie, ich bin eigentlich auf dem Heimweg, aber Sie könnten Baxter bitten, unter den ›Vermissten Personen‹ nach Mädchen mit dem Namen Vicky zu suchen.« Ich sehe mich um. »Und wissen Sie zufällig, wo meine Frau ist?«

»Sie ist nach unten gegangen, um sich den kleinen Jungen anzuschauen.«

Nicht nur Alex hasst Krankenhäuser. Ich erinnere mich daran, wie ich Jake hergebracht habe, als er auf dem Spielplatz von der Schaukel gefallen war und auf der Stirn eine Beule hatte, so groß wie ein Ei. Er muss drei gewesen sein. Vielleicht vier. Wir saßen eine Stunde lang in der Notaufnahme, und mir ging jedes nur erdenkliche katastrophale Hirnschadenszenario durch den Kopf, bis dann eine überarbeitete, kurz angebundene Krankenschwester erschien, einen Blick auf ihn warf, ihm eine Schmerztablette gab und uns nach Hause schickte. Die Beule verschwand ziemlich schnell; die Erinnerung an meine Panik jedoch nicht. Und später dann, viel später, als er begann sich Verletzungen zuzufügen, kamen wir wieder her. Als es nicht anders ging. Wir ertrugen die Seitenblicke der Schwestern, akzeptierten, dass die Ärzte bei unserer Hausärztin anriefen, um zu überprüfen, ob wir auch die Wahrheit sagten. Um sich bestätigen zu lassen, dass sie über Jakes Zustand Bescheid wusste und es »unter Kontrolle« hatte. Als könne etwas derart Furchtbares je »unter Kontrolle« sein. Und dabei sehe ich die ganze Zeit Jakes bleiches Gesicht vor mir, seine verängstigten Blicke.

»Tut mir leid, Daddy.«

»Ist schon okay«, flüsterte Alex, schaukelte ihn sanft, küsste ihn aufs Haar. »Es ist okay.«

Mit dieser Erinnerung im Kopf stoße ich die Tür zur Kinderabteilung auf und biege um die Ecke in das Zimmer des Jungen.

Die Art, wie sie ihn hält.

Das dunkle Haar.

Wie sein kleiner Körper sich an sie schmiegt.

Die Zärtlichkeit.

Ich weiß nicht, wie lange ich dort stehe. Lange genug, um nicht einmal zu bemerken, dass die Krankenschwester sich schweigend zu mir gesellt und die beiden ebenfalls beobachtet.

»Es ist wie ein Wunder«, sagt sie nach einer ganzen Weile mit leiser Stimme.

Ich wende mich ihr zu. Ich weiß, dass es nicht Jake ist. Natürlich ist er es nicht, aber einen Moment lang – nur einen kurzen Moment ...

»Der Junge ist einfach zu ihr gegangen, ohne zu zögern. Bei allen anderen schreit er und wehrt sich, dass es kaum zu glauben ist. Aber bei Ihrer Frau – nun, Sie sehen ja selbst.«

Ich fange Alex' Blicke auf. Sie lächelt, und ihre Hand streichelt sanft die langen dunklen Locken des Jungen.

»Ist schon okay«, flüstert sie. »Es ist okay.«

Und ich weiß nicht, ob sie mit dem Jungen spricht. Oder mit mir.

* * *

The world of wyrd

(nach dem angelsächsischen »wyrd«, das Schicksal oder Verhängnis bedeutet)

Ein Blog über das Unheimliche, das Paranormale und das Unerklärte

Gepostet am 03.05.2017

Der Tod und der Rabe – das Wittenham-Rätsel vertieft sich

Viele von euch werden sich an das seltsame Verschwinden der Hannah Gardiner im Jahr 2015 erinnern. Wenn nicht, könnt ihr hier meinen ursprünglichen Post lesen. Dieses Rätsel beschäftigte mich damals, denn Hannah hatte erst wenige Monate zuvor berichtet, dass sie in Wittenham die Überreste von Menschenopfern entdeckt hatte. Und dann verschwand sie selbst, und ihr kleiner Sohn wurde mitsamt seinem Spielzeugvogel (wichtig!) im Money Pit aufgefunden, wo der Legende nach ein riesiger Rabe einen geheimnisvollen Schatz bewacht (ebenfalls wichtig – ich werde darauf zurückkommen). Denjenigen unter euch, die noch nicht dort gewesen sind, sei gesagt, dass Wittenham ein erstaunlicher Ort ist – durchkreuzt von Brachlandlinien, und die Stimmen der Ahnen sind allgegenwärtig. Ich persönlich bin ganz und gar nicht überrascht, dass hier Menschenopfer zelebriert wurden, zu denen auch die Frauen gehören, die man gefesselt in die Grube geworfen hat, um ihnen anschließend die Schädel einzuschlagen.

Warum ich das alles wieder zur Sprache bringe? Meine Quellen sagen mir, zwischen jenen frühzeitlichen Skeletten und der Position, in der Hannas Leiche gefunden wurde, gibt es ein paar wahrhaft schaurige Parallelen. Es heißt, dass auch Hannah gefesselt wurde und an einer Wunde an ihrem Hinterkopf starb. In der Nähe der Leiche fand sich ein toter schwarzer Vogel. Zufall? Kaum zu glauben. Die Polizei bestätigt nichts, aber das ist doch nichts Neues, oder?

Und was hat all das mit Raben zu tun, höre ich euch fragen. Nun, die furchterregende irische Göttin Morrigan pflegt eine enge Verbindung zu Krähen und Raben, und das ganz besonders in ihrer Rolle als Prophetin des Untergangs und des gewaltsamen Todes (lest hier meinen Post dazu). Jeder, der etwas von keltischer Religion versteht, wird zudem wissen, dass Raben bei Ritualen eine zentrale Rolle spielten. Die Rufe der Tiere hielt man für Botschaften aus der Unterwelt, und oft tötete man die Vögel als Opfer an die Götter, besonders wenn um Fruchtbarkeit gebeten wurde. Raben wurden zudem in mittelalterlichen Menschengräbern gefunden, und in den Gräbern von Wittenham entdeckte man ebenfalls Vogelskelette. Wer weiß schon, welche Götter einer alten Zeit Hannah Gardiner aufstörte, als sie in den Wochen vor ihrem Tod dort oben war und die Opfergräber entweiht wurden? Wer weiß, was sie gesehen haben mag oder warum sie zum Schweigen gebracht werden musste? Das kann nur ihr Sohn uns sagen, aber bis zum heutigen Tag hat sein Vater nicht die Erlaubnis gegeben, ihn zu befragen.

Ich vermute, dass wir im Laufe der nächsten Tage mehr über diese Geschichte erfahren. Ich halte euch hier auf dem Laufenden.

@WorldofWyrdBlog

Hier bitte Kommentare hinterlassen

* * *

»Es wäre ja nur für ein paar Tage.«

»Nein. Auf keinen Fall. Die Idee ist verrückt, Alex – und das weißt du auch. Ich verstehe nicht, wie du überhaupt auf den Gedanken kommst.«

Aber natürlich weiß ich es. Sie sieht mich an und scheint zwischen Wut und dem Versuch, mich umzustimmen, zu schwanken.

»Adam, er ist nur ein kleiner Junge. Ein verschreckter, einsamer, völlig überforderter Junge. Er hat etwas Abscheuliches erlebt, dessen Tragweite wir noch gar nicht ermessen können, und seine eigene Mutter weist ihn ab. Ist es da ein Wunder, dass er sich nicht orientieren kann? Jahre in der Dunkelheit und jetzt das hier ...« Sie deutet auf ihre Umgebung, die fahrbaren Krankenbetten, die Krankenhausmitarbeiter. »Er braucht ein paar Tage Ruhe und Frieden an einem sicheren Ort. Fernab dieser Reizüberflutung.«

»Dafür ist das Sozialamt da – und es liegt, um Himmels willen, nicht in unserer Verantwortung. Vermutlich haben sie ohnehin schon etwas in die Wege geleitet.«

»Das haben sie nicht, sagen die Schwestern. Sie sind völlig überfordert, es müssen zu viele Kinder betreut werden, und es gibt nicht genügend Menschen, die sich ihrer annehmen. Es wäre doch nur eine Notmaßnahme – nur für ein paar Tage ...«

»Sie werden den Jungen nicht jeder x-beliebigen Person geben, die gerade auftaucht. Es gibt Bestimmungen, Regeln ... Man wird überprüft und muss sich registrieren lassen. Das kann Monate dauern ...«

Sie hebt eine Hand. »Ich habe mit Emma gesprochen. Sie sagt, es sei zwar nicht ganz vorschriftsmäßig, aber für uns könne sie eine Ausnahme machen. Du bist Polizist, und mich kennt sie schon so lange. Deswegen könnte sie es als ›Privatunterbringung‹ deklarieren, denn es wäre ja nur für ein paar Tage. Ich habe nicht vergessen, dass deine Eltern demnächst zu Besuch kommen, aber wahrscheinlich wird er bis dahin schon wieder weg sein. Und wenn nicht, würden sie es verstehen. Da bin ich ganz sicher.«

Jetzt fleht sie, und sie weiß, dass ich das nicht lange ertragen kann. Genauso wenig, wie sie es selbst ertragen kann, mich anzuflehen.

»Und was ist mit meiner Arbeit? Ich muss einen Antrag stellen, und ich glaube nicht, dass Harrison ihn genehmigt. Selbst wenn er es tut, kann ich mir nicht freinehmen. Jedenfalls im Augenblick nicht. Das weißt du sehr gut ...«

»Ja, das weiß ich«, antwortet sie sofort. »Ich kann von zu Hause aus arbeiten, wie ich es ja schon mal gemacht habe.«

Als Jake noch bei uns war.

Die Wörter stehen unausgesprochen zwischen uns.

»Wir haben doch das hübsche Zimmer«, sagt sie leise, ohne mich anzusehen. »Mehr würde er doch gar nicht brauchen.«

Aber gerade dadurch wird es schlimmer. Die Vorstellung, dass ein fremdes Kind in Jakes Bett liegt, umgeben von seinen Sachen ...

Ich schlucke schwer.

»Tut mir leid, aber ich will das nicht. Und bitte dräng mich nicht.«

Sie legt die Hand auf meinen Arm und bewirkt, dass ich

mich umdrehe und den Jungen betrachte. Er sitzt in einer Ecke des Spielzimmers unter dem Tisch und sieht mich an, den Daumen im Mund. Genau wie Jake. Es ist nur schwer zu ertragen.

Alex kommt näher. Ich spüre ihre Körperwärme. »Bitte, Adam«, flüstert sie. »Wenn nicht seinetwegen, dann mir zuliebe?«

* * *

Quinn öffnet die Augen, blickt an die Decke, rollt sich zur Seite und lässt die Hand über Erica Somers nackten Rücken gleiten. Er fand schon immer, dass sie einen tollen Hintern hat. Sie dreht den Kopf, um ihn anzusehen, und er lächelt. Sie sieht wundervoll zerzaust aus, und sofort hat er wieder Lust auf sie. Es hat damit zu tun, wie kontrolliert sie in ihrer Uniform wirkt und wie ungehemmt sie plötzlich ist, sobald sie die abgelegt hat. Ganz abgesehen von dem immensen Vergnügen, das es ihm bereitet, sie vom einen Zustand in den anderen zu versetzen ...

»Ich wollte dich noch fragen«, sagt sie und stützt sich auf einen Ellbogen, »wer hat mit dem Akademiker in Birmingham gesprochen, du oder Gislingham?«

Quinn zeichnet mit dem Finger ihre Wirbelsäule nach. Ehrlich, im Moment geht ihm der Fall am Arsch vorbei. Er versucht, sie auf den Rücken zu rollen, aber sie stößt ihn von sich.

»Nein, sag mal. Ich wollte dich schon früher fragen, aber ich hab's vergessen.«

»Echt jetzt, das kann doch wohl warten ...«

»Nein, es ist wichtig. Warst du es oder Gis?«

Quinn gibt auf und lässt sich auf den Rücken sinken.

»Gis war es. Er sagte, der Typ wäre ein totales Arschloch.«

»Aber hieß es nicht irgendwie, dass Harpers erste Frau aus Birmingham kam?«

»Ja, wieso?«

»Mrs. Gibson – in der Nummer sieben – meinte, der Typ, der bei Harper zu Besuch war, hätte einen leichten Birmingham-Akzent gehabt. Deswegen hab ich mich gefragt, ob es sich vielleicht nicht um Harpers Sohn, aber um einen anderen Verwandten gehandelt haben könnte. Von der Seite seiner Frau, meine ich, einen Neffen oder so.«

Quinn richtet sich auf. »Könnte tatsächlich sein, dass du da auf etwas gestoßen bist. Kümmere dich gleich als Erstes darum – wenn Harpers Frau männliche Verwandte im richtigen Alter hatte, dürfte es nicht schwer sein, sie aufzufinden.«

»Willst du nicht lieber, dass Gis stattdessen dranbleibt?«

Er streckt die Hand aus und wickelt sich eine ihrer Locken um den Finger, zuerst behutsam und dann langsam immer fester, bis sie ihn ihr Gesicht zu sich ziehen lässt.

»Nein«, sagt er mit gesenkter Stimme. »Es ist deine Idee – warum solltest du nicht die Anerkennung bekommen? Aber es gibt da etwas, das du für mich tun könntest. Wozu unser Gislingham niemals in der Lage wäre.«

»Na gut«, sagt sie schelmisch und schiebt ihre Hand unters Laken, »wenn es sich um den Befehl eines Vorgesetzten handelt …«

»Aber ja«, sagt er barsch, »und der kommt von verdammt weit oben.« Er spürte ihre Zunge auf seiner Haut.

* * *

Mitternacht. Gelber Lichtschein fällt auf dem Boden und leises Gemurmel dringt aus der Schwesternstation.

Vicky liegt zusammengekauert im Bett. Sie schluchzt herzzerreißend und presst die Faust an die Lippen, um nicht gehört zu werden. Nicht ein einziges Mal weicht ihr Blick von dem Bild, das eine der Schwestern auf den Nachttisch gestellt hat.

Es ist ein Foto ihres Sohnes.

* * *

Obwohl ich am Donnerstagmorgen früh dran bin, ist Quinn bereits in der Einsatzzentrale und hängt den Aufgabenplan auf. Und pfeift dabei. Ich durchbohre ihn mit Blicken, bis er aufhört.

»Sorry, Boss. Ich habe einfach gute Laune. Das ist alles.«

Ich arbeite lange genug mit ihm zusammen und weiß, was diese Aussage bedeutet. Aber zumindest hat er nicht dasselbe Hemd an wie gestern. Wer immer sie sein mag, er scheint sie zu sich nach Hause einzuladen.

»Die Pressekonferenz findet um zwölf Uhr statt«, sage ich. »Wenn ich den Leuten also außer der dämlichen Floskel, dass die Ermittlungen Fortschritte machen, etwas sagen könnte, will ich es wissen, und zwar pronto. Besonders, wenn es etwas Neues zur DNA gibt. Was ist mit Harper?«

»Wird jede Viertelstunde überwacht. Der abgestellte Sergeant sagt, dass er die meiste Zeit schläft. Oder er sitzt nur da und brabbelt vor sich hin. Wir haben mit seiner Ärztin gesprochen, und sie hat angeboten, heute Nachmittag zu kommen. Vorsichtshalber.«

»Richtig. Also gut. Ich mach mich auf ins Krankenhaus, um mit dem Mädchen zu reden. Wenn wir Glück haben, erzählt sie uns, was geschehen ist. Oder sie identifiziert wenigstens Harper. Dann kann Anklage erhoben werden. Hat Baxter in den alten Vermisstenfällen jemanden mit dem Namen Vicky gefunden?«

»Noch nicht, aber es hängt doch auch alles davon ab, ob sie jemals ...«

»... als vermisst gemeldet wurde. Ja, Quinn, das weiß ich. Sonst noch etwas?«

»Einige Überlegungen, aber nichts Konkretes. Ich werde Sie informieren. Sie werden doch wieder herkommen, nachdem Sie mit dem Mädchen gesprochen haben, oder?«

»Eigentlich nicht. Ich müsste kurz nach Hause.«

Er sieht mich an und begreift, dass etwas nicht stimmt.

»Der Junge – es könnte sein, dass wir ihn für eine Weile zu uns nehmen, bis Vicky wieder auf den Beinen ist. Das Sozialamt hat Schwierigkeiten, ihn unterzubringen.«

Wieder auf den Beinen? Was ist das für eine bescheuerte Formulierung?

Quinn sieht mich an. »Und Ihre Frau ist damit einverstanden?«

»Sie hat es sogar vorgeschlagen. Gestern Abend war sie mit mir im John-Rad-Krankenhaus, und der Junge mochte sie auf Anhieb. Ich hab es mit Harrison besprochen – er glaubt, es könnte sogar ganz nützlich sein. Wenn der Junge Vertrauen zu Alex aufbaut, redet er vielleicht auch mit ihr. Wenn er denn reden kann.«

Fawleys Grundsatz Nummer 1 für die Polizeiarbeit? Alle Lügner übertreiben in ihren Geschichten. Und genau das habe ich Quinn gegenüber gerade gemacht.

Mist.

»Alles klar«, sagt Quinn und beschließt endlich einmal, dass eine gewisse Zurückhaltung angebracht ist.

»Wenn alles gutgeht, bringe ich ihn zu uns nach Hause, und sorge dafür, dass er sich ein wenig heimisch fühlt. Ich müsste dann um zwölf wieder hier sein. Sie kümmern sich so lange um alles Weitere, okay?«

Er nickt. »Geht klar, Boss. Kein Problem.«

* * *

Telefonische Befragung von Sergeant Jim Nicholls (pensioniert)
4. Mai 2017, 9:12 Uhr
Am Telefon: DS G. Quinn

JN: Ich wollte mit Adam Fawley sprechen, aber die Zentrale sagte, er sei nicht da?

GQ: Keine Sorge, Sie können auch mit mir sprechen – ich weiß, worum es geht.

JN: Um irgendwelche Einsätze in der Frampton Road, oder? Ungefähr vor zehn Jahren?

GQ: Genau gesagt, um einen Einsatz im Jahr 2002 und einen 2004.

JN: Gütiger Himmel, ist das wirklich schon so lange her? Muss ja wohl. Ich bin seit mindestens fünf Jahren im Ruhestand. Kann mich nicht erinnern, wann ich das letzte Mal mit jemandem von Thames Valley gesprochen habe.

GQ: Woran erinnern Sie sich, was die Einsätze betrifft? Die Berichte verraten nicht viel. Es wird auch nicht erwähnt, dass Strafanzeigen gestellt wurden.

JN: Wurden sie auch nicht. In keinem der beiden Fälle war das gewünscht. Und ja, ich erinnere mich – es handelte sich nicht um einen typischen Fall von häuslicher Gewalt. Ganz und gar nicht.

GQ: Weiter.

JN: Nun, erst mal kam mir schon die Adresse komisch vor. Frampton Road. Ich meine, das ist wohl was anderes als Blackbird Leys, oder? Kann mich nicht entsinnen, dass jemand mal zur Frampton Road gerufen worden, weil es dort einen eskalierten Streit gab. Nicht solange ich im Dienst war.

GQ: Ich weiß nicht. Wahrscheinlich geht man dort ein bisschen diskreter mit solchen Dingen um, das ist alles.

JN: Aber darum ging es ja auch gar nicht. Seltsam war das, was wir vorfanden. Der Nachbar, der uns gerufen hatte, sagte, die Leute hätten den ganzen Abend über immer wieder geschrien, und als der Lärm bis nach Mitternacht andauerte, habe man uns schließlich gerufen.

GQ: Und?

JN: Die Frau öffnete uns die Tür. Ich weiß nicht, wie es Ihnen geht, aber als ich noch im Dienst war, kamen in solchen Fällen meistens die Kerle an die Tür und versuchten, uns abzuwimmeln und gar nicht erst reinzulassen. Sie taten meistens so, als wäre alles nur Lärm um nichts. Sie kennen das. Diesmal aber nicht. Die Frau wirkte ein wenig aufgeregt, aber ansonsten völlig okay. Sie trug so ein seidenes Negligé-Ding. Machte ganz schön was her.

GQ: Und was hat sie gesagt?

JN: Na ja, sie machte einen auf verlegen und sagte, es liege wohl daran, dass der Sex zwischen ihr und ihrem Ehemann ein wenig aus dem Ruder gelaufen sei. Sie sagte, die alte Dame nebenan sei etwas prüde, und klimperte dabei mit den Wimpern.

GQ: Und was sagte der Mann?

JN: Das ist ja das Interessante. Ich war dafür, es dabei zu belassen, aber die WPC – oder wie man den Dienstgrad heutzutage nennt – bestand darauf, auch mit ihm zu sprechen. Also ging Mrs. Harper wieder nach hinten, und es dauerte eine kleine Weile. Dann tauchte er schließlich auf, das Gesicht auf der einen Seite total lädiert und die ersten Anzeichen eines dunkelblauen Veilchens.

GQ: Also hatte sie ihn geschlagen?

JN: Gesagt hat er das nicht, sondern behauptet, am Nachmittag gegen eine Tür gelaufen zu sein. Als würden wir ihm das abnehmen. Und er bestätigte außerdem die Aussage seiner Frau, sie seien beim Sex einfach zu laut geworden. Er benutzte sogar einige derselben Wörter. Zum Beispiel, dass die Nachbarin etwas prüde sei.

GQ: Aber Sie glaubten ihm nicht?

JN: Natürlich nicht. So schlimm auf den Kopf gefallen bin ich nicht. Kein Wort hab ich ihm geglaubt. Bei der Gelegenheit nicht, und ganz bestimmt nicht, als dasselbe ungefähr ein Jahr später wieder passierte. Da sagte er, er sei auf der Treppe ausgerutscht. Aber so wie seine Verletzung aussah, schätze ich, sie hat mit irgendwas zugeschlagen. Vielleicht mit einer Bratpfanne.

GQ: Oder einem Hammer?

JN: Wieso sagen Sie das?

GQ: Unwichtig. Vergessen Sie's. Er hat also nicht ausdrücklich angegeben, von seiner Frau attackiert worden zu sein?

JN: Nein. Beim zweiten Mal habe ich dafür gesorgt, mit ihm allein zu sein, damit er in Ruhe reden konnte, aber er blieb bei dem Schwachsinn von wegen zu lautem Rammeln. Das Wort hat er tatsächlich verwendet: rammeln.

GQ: Gütiger Himmel!

JN: Ehrlich gesagt, tat mir der arme alte Kerl leid. Sie war ziemlich heiß, ohne Frage, aber ich hätte sie nicht mal mit der Kneifzange angefasst. Ich vermute, dass sie auch fremdging. Dieser Autounfall? Ich erinnere mich noch daran – den Namen Priscilla vergisst man nicht so leicht. Sie war schneller als erlaubt, aber was Sie vielleicht nicht wissen: Da war noch ein Kerl im Wagen, und es war auch ziemlich offensichtlich, was die beiden getrieben hatten. Ihre Schlüpfer lagen unterm Rücksitz. Aber das Blatt hat sich jetzt ja gewendet.

GQ: Wie bitte?
JN: Ich hab die Nachrichten gesehen. Es ist derselbe Harper, stimmt's? Der Kerl mit dem Mädchen im Keller? Muss es doch sein.
GQ: Ja, es ist derselbe. Wir versuchen nur, die Lücken zu füllen.
JN: Vielleicht meint er, jetzt selbst an der Reihe zu sein.
GQ: An der Reihe?
JN: Sie wissen schon. Rache. Er kann sich jetzt nicht mehr an seiner Frau abreagieren, und deswegen wendet er sich gegen Frauen allgemein. Ich will mich da natürlich nicht einmischen.
GQ: (Pause) Nein, das war sehr von Nutzen. Danke.
JN: Ich helfe immer gerne. Grüßen Sie Fawley von mir, bitte? Wie geht es eigentlich seinem Jungen – Jake? Fawley hat ihn total verwöhnt, aber kann man ihm das vorwerfen? Schließlich haben die beiden es doch so lange versucht. Toller Junge. Sah genauso aus wie seine Mutter.

* * *

»Wie geht es Vicky heute Morgen?«

Titus Jackson schiebt den Schreibstift in die Tasche seiner weißen Jacke. »Sie macht nur langsam Fortschritte, Inspector. Ich nehme an, Sie wollen sich ein Bild machen?«

»Ohne ihn anzuklagen, dürfen wir William Harper nur eine bestimmte Zeitlang festhalten. Ich muss also vorher ganz genau wissen, was passiert ist.«

»Ich verstehe.«

Er geht mit mir zusammen den Flur entlang, und als wir die Tür erreichen, bleibt er stehen und wendet sich an mich. Offenbar geht ihm etwas durch den Kopf.

»Schwester Kingsley sagte, dass Sie und Ihre Frau den kleinen Jungen in Pflege nehmen wollen?«

»Nicht ›in Pflege‹.«

Ich fürchte, das kam ein wenig zu hastig, denn ich sehe, dass seine Miene eine Spur nachdenklicher wird.

»Wir bieten ihm nur für ein paar Tage einen Schlafplatz in einem ruhigeren Umfeld. Das Sozialamt tut sich schwer, jemanden für ihn zu finden.«

»Das ist sehr freundlich von Ihnen.«

»Es geht nicht von mir aus, sondern von meiner ...« Ich halte inne, aber es ist zu spät.

Er schaut mich nachdenklich an. »Sie selbst sind sich da nicht so sicher?«

Ich hole tief Luft. »Wenn ich ganz ehrlich sein soll – nein.« Ich sehe ihm in die Augen, die freundlich wirken. »Vor etwas mehr als einem Jahr haben wir unseren Sohn verloren. Er war zehn und hat sich das Leben genommen. Er litt an Depressionen. Wir haben getan, was wir konnten, aber ...«

Da ist der Kloß in meiner Kehle.

Jackson streckt die Hand aus und berührt meinen Arm. Nur einen Moment lang. »Das tut mir sehr leid. Mehr, als ich sagen kann.«

Ich zwinge mich weiterzusprechen. »Es war sehr, sehr schwer für meine Frau – nun, für uns beide. Aber besonders für sie. Sie möchte ein zweites Kind, aber in ihrem Alter ...«

Er nickt. »Ich verstehe.«

»Sie hat sich in den Kopf gesetzt, über eine Adoption nachzudenken, aber ich bin mir nicht sicher. Und jetzt ist da dieser kleine Junge, den niemand haben will ...«

Er betrachtet mich schweigend, ohne zu urteilen. »Und Sie haben das alles mit Ihrer Frau besprochen?«

»Gestern Abend, als wir nach Hause kamen, wollte sie über nichts anderes sprechen. Immer wenn ich Einwände äußerte, konnte sie sie ausräumen. Dass es nur für ein paar Tage sei und dass er dann bald zu seiner Mutter zurückgebracht werde.«

»Hoffen wir, dass es stimmt.«

»Wieso? Glauben Sie nicht daran?«

»Vicky macht Fortschritte, aber nur langsam, und wir müssen auch an das Kind denken. Wir haben ihn gestern zu ihr gebracht, aber sie hat sich nur abgewendet und die Wand angestarrt.«

»Die Polizisten, die sie gefunden haben, sagten, dass sie dem Jungen Nahrung und Wasser zukommen ließ und selbst verzichtete – das bedeutet doch wohl etwas?«

Er schüttelt traurig den Kopf. »Ihn vor dem Tod zu bewahren ist die eine Sache, aber normale mütterliche Gefühle für ihn zu hegen, das ist etwas ganz anderes. Etwas trennt sie von dem Kind, Inspector. Es besteht keine Bindung. Aber man muss auch kein Psychiater sein, um den Grund dafür zu erahnen.« Er greift nach der Türklinke. »Gehen wir hinein?«

Kein Zweifel, diesmal erkennt sie mich. Sie sitzt aufrecht im Bett und scheint sogar leicht zu lächeln.

»Wie geht es Ihnen, Vicky?«

Ein angedeutetes Kopfnicken.

»Ich möchte Ihnen gerne ein paar Fragen stellen und einige Dinge erzählen. Wäre das okay?«

Sie zögert, hebt die Hand und deutet auf den Stuhl. Ich bewege mich langsam vorwärts und setze mich. Sie zuckt ein wenig zurück, aber kaum merklich.

»Sind Sie in der Lage, uns zu sagen, was Ihnen geschehen ist?«

Sie wendet sich ab und schüttelt den Kopf.

»Okay, kein Problem. Aber wenn Sie sich an etwas erinnern, können Sie es einfach aufschreiben. So wie gestern Abend. Okay?«

Wieder sieht sie mich an.

»Ich wollte Ihnen erzählen, dass wir in den Zeitungen ein Bild von Ihnen veröffentlicht haben. Es muss doch jemanden geben, der Sie kennt – jemanden, der Sie liebt und wahrscheinlich schon die ganze Zeit nach Ihnen sucht. In allen Zeitungen und im Internet war über Sie zu lesen ...«

Ich halte inne, denn sie reißt die Augen auf und schüttelt heftig den Kopf. Als Jackson sich auf sie zubewegt, greift sie nach dem Blatt Papier, das ich mitgebracht habe, und kritzelt fahrig mit ausladenden Buchstaben darauf:

NEIN NEIN NEIN

* * *

BBC News
Donnerstag, 4. Mai 2017 | Letzte Aktualisierung um 11:34 Uhr

EILMELDUNG: Neuerliche Zeugensuche im Fall der vermissten Hannah Gardiner

Die Thames Valley Police ruft erneut alle Personen auf, die etwas zum Verschwinden von Hannah Gardiner im Juni 2015 sagen können. Ursprünglich ging die Polizei davon aus, dass Hannah am Morgen des 24. Juni in den Clumps verschwunden war, aber jetzt bittet sie alle Personen, die Gardiner an jenem Morgen in Oxford gesehen haben, sich zu melden. Besonders die Zeugen, die sie in der Nähe ihrer Wohnung am Crescent Square gesehen haben oder bemerkt haben, dass sie mit jemandem sprach. Lokalen Berichten zufolge wurde Hannah Gardiners Leiche gestern Morgen im Garten eines Hauses an der Frampton Road gefunden. Es wird außerdem darum gebeten, dass sich junge Frauen, die an dem fraglichen Morgen mit einem Kind im Buggy in den Wittenham Clumps spazieren gegangen sind, bei der Polizei melden, soweit das noch nicht geschehen ist.

Die Thames Valley Police hat bisher noch nicht die Identität der jungen Frau und des kleinen Jungen veröffentlicht, die im Keller desselben Grundstücks in der Frampton Road gefunden wurden. Eine Pressekonferenz ist für den späteren Verlauf des Tages angesetzt.

Wer über Informationen zu einem der Fälle verfügt, wird gebeten, die Einsatzzentrale der Thames Valley Police unter der Nummer 01 865 096 6552 kontaktieren.

* * *

»Bereit, können wir?«

Meine Stimme klingt grauenvoll. Diese aufgesetzte Fröhlichkeit. Es ist der Tonfall von Krankenschwestern, wenn sie sagen: »Und nun schlüpfen wir mal flugs in einen Kittel« oder »Lassen wir bitte einmal die Hose runter«. Es wundert mich, dass Alex mir keinen ihrer Blicke zuwirft. Dass sie nicht auf mich reagiert, zeigt nur, wie sehr sie auf das Kind fixiert ist.

Der Junge steht zwischen uns, einen Arm um ihr Bein geschlungen und in der anderen Hand das schmutzige Spielzeug, das er angeblich bereits im Keller bei sich hatte. Er lässt es nicht aus der Hand. Seine Kleidung kommt mir bekannt vor. Anscheinend hat Alex die Sachen all die Jahre aufbewahrt. Ich mag wirklich nicht darüber nachdenken. Der Junge hebt den Kopf, um zu ihr aufzusehen, und sie streichelt ihm übers Haar.

»Ja, wir sind bereit.« Ihre Stimme klingt ebenso angespannt wie meine, aber aus einem anderen Grund. Sie klingt zittrig vor Glück.

Ich strecke die Hand nach dem Jungen aus, doch er weicht zurück, und Alex sagt hastig: »Schon in Ordnung. Er braucht nur ein wenig Raum für sich.«

Sie geht in die Hocke. »Ich werde dich tragen – ist das okay?«

Offenbar ist es das, denn er widersetzt sich nicht, und wir drei machen uns auf dem Weg zum Auto, wo sie ihn auf einem Kindersitz anschnallt, von dessen Existenz ich schon gar nicht mehr wusste.

Ich hätte erwartet, dass er auf das Motorgeräusch reagiert, aber er wirkt erstaunlich ruhig. Als wir uns in den Verkehr einfädeln, überlege ich, was ich sagen könnte, aber Alex ist schneller.

»Wenn ich nur wüsste, wie wir ihn nennen sollen«, sagt sie. »Wir können doch nicht die ganze Woche lang ›Junge‹ oder ›Kind‹ zu ihm sagen.«

Ich zucke die Achseln. »Hoffentlich wird Vicky in ein, zwei Tagen mit uns sprechen und uns seinen Namen verraten.«

»Wenn sie ihm überhaupt einen gegeben hat«, sagt Alex und dreht sich zu dem Jungen auf dem Rücksitz um. »Wenn sie so traumatisiert ist, dass sie alles verdrängt hat, hat sie vielleicht nie eine Bindung zu ihm aufgebaut. Dazu würde es ja auch gehören, dem Kind einen Namen zu geben. Ich habe den Eindruck, sie will nicht einmal wahrhaben, dass sie seine Mutter ist. Und da darf man ihr auch keinen Vorwurf machen – es muss sehr schwer sein, zu versuchen, das Kind eines Vergewaltigers zu lieben ...«

»Wir wissen nicht, was genau geschehen ist, Alex. Es bestehen immer noch Zweifel. Als Anwältin ist dir doch wohl klar, dass man keine voreiligen Schlüsse ziehen sollte.«

Ich will nicht herablassend klingen, doch das gelingt mir nicht. Ihr Blick begegnet meinem, aber sie wendet ihn sehr schnell ab.

Wir kommen zum Stehen, weil der Verkehr einspurig umgeleitet wird. Die Straßenbauarbeiten auf diesem Teilstück scheinen schon Monate zu dauern.

»Du hast ›die ganze Woche‹ gesagt.«
»Wie bitte?«, fragt sie.

»Gerade eben hast du doch gesagt, dass wir ihn nicht die ganze Woche ›Junge‹ nennen können. Ich dachte, er soll nur ein paar Tage bei uns bleiben.«

Alex sieht mich nicht an. »So wird es wahrscheinlich auch sein. Aber da deine Eltern kommen ...«

»Das ist doch erst *nächsten Monat* ...«

»Ich denke, wir sollten sie vorwarnen. Für alle Fälle.«

»Vorwarnen?«

»Stell dich doch nicht so an, Adam. Du weißt sehr wohl, was ich meine.«

Da tue ich. Ich wünschte mir nur, es wäre nicht so.

* * *

»Im Fall der jungen Frau, die zusammen mit dem Kind im Keller gefunden wurden, kann ich zu diesem Zeitpunkt nur sagen, dass die Ermittlungen Fortschritte machen.«

Der Raum, in dem die Pressekonferenz stattfindet, ist brechend voll. Ich hätte den Termin fast vergessen, so dass mir nur zehn Minuten Vorbereitungszeit blieben, was nicht gerade gegen meinen Stress und meine Gereiztheit hilft. Ich lasse den Blick über die Gesichter schweifen, von denen mir viele unbekannt sind. Das müssen die überregionalen Zeitungen sein. Ein derartig großes Medieninteresse haben wir seit dem Fall Daisy Mason nicht mehr erlebt. Damals war das nicht überraschend, schließlich war ein achtjähriges Mädchen aus dem elterlichen Garten entführt worden. Aber in diesem Fall habe ich im Moment nichts, womit ich die Neugier der Journalisten befriedigen könnte. Ein Mann in der ersten Reihe sagt etwas davon, dass er nicht verstehe, warum wir sie alle zusammengerufen hätten, wenn wir rein gar keine neuen Informationen liefern könnten.

»Was ist denn mit der DNA?«, fragt eine Frau aus den hinteren Reihen. »Ich kann einfach nicht fassen, dass es Ihnen bisher nicht gelungen ist, den Vater des Kindes zu identifizieren. Ich dachte, heutzutage seien solche Ergebnisse schon nach ein paar Stunden vorzuweisen.«

»Die Tests wurden verbessert, ja, dennoch braucht es seine Zeit. Wir müssen mit der jungen Frau persönlich sprechen, aber ihr Zustand erlaubt das im Moment noch nicht. Ich bin sicher, Sie werden das verstehen.«

»Haben Sie mittlerweile ein Foto?«, fragt ein Journalist von der *Oxford Mail*. »Die Nachbarn sagten, Sie hätten eins, das sie ihnen bei den Befragungen gezeigt haben.«

»Zu diesem Zeitpunkt geben wir kein Foto frei.«

»Und wie wär's mit einem Namen, verdammt? Ein Bild von dem Kind? Irgendetwas?«

»Die Ermittlungen befinden sich in einem kritischen Stadium. Ich bin sicher, Sie können das verstehen ...«

»Ja, ja. Alles schon mal gehört.«

»Okay«, sagt die Frau von hinten. »Was ist mit diesem neuen Zeugenaufruf zum Fall Hannah Gardiner?«

Ich öffne den Mund, aber schließe ihn sofort wieder. Welcher verdammte Aufruf?

»Wenn es Ihnen entfallen sein sollte, Inspector«, sagt sie, »ich habe den Aufruf hier.« Während sie auf ihrem Tablet scrollt, grinst sie in sich hinein. Dann liest sie vor: »›Die Thames Valley Police ruft alle Personen, die Hannah Gardiner am Morgen des 24. Juni 2015 in der Nähe des Crescent Square, Oxford, gesehen haben, auf, sich auf dem St. Aldate's Polizeirevier zu melden. Der Aufruf richtet sich vor allem an Zeugen, die gesehen haben, wie sie in jener Gegend mit jemandem sprach.‹ Und so weiter und so weiter.« Sie hält das Tablet in die Höhe. »Das stammt von Ihrem Team, nehme ich an.«

»Ja ...«

»Also bringen Sie die beiden Fälle miteinander in Verbindung. Und das bedeutet doch, dass die Leiche, die Sie im Garten gefunden haben, die von Hannah Gardiner sein muss und dass dieser Harper verdächtigt wird, sie umgebracht zu haben. Habe ich recht?«

»Im Augenblick sehe ich mich nicht in der Lage, etwas dazu zu sagen ...«

»Ich habe irgendwo gelesen«, sagt der Typ, der vorne sitzt, »dass ein toter Rabe mit der Leiche zusammen begraben war – wohl eine Art heidnisches Ritual. Möchten Sie dazu etwas sagen, Inspector? Oder können Sie auch das noch nicht ›freigeben‹?«

»Nein, dazu kann ich sehr gerne etwas sagen. Es gab nie eine Verbindung zwischen Satanismus oder Heidentum und dem Fall Hannah Gardiner, und die gibt es auch jetzt nicht.«

»Also war da ein Vogel oder war da keiner?«

Die Frau unterbricht ihn. »Werden Sie also den Fall wieder aufrollen?«, fragt sie rasch. »Dürfen wir Sie da zitieren?«

»Wir rollen nichts wieder auf, weil wir den Fall nie abgeschlossen haben ...«

»Ich nehme das als Bestätigung.«

»... und in diesem Stadium der Ermittlungen können wir nicht mehr als das sagen, was wir Ihnen bereits bekanntgegeben haben. Das sind wir den Familien der Opfer schuldig ...«

»Was ist mit den Familien der zu Unrecht Beschuldigten? Was schulden Sie denen, Detective Inspector Fawley?«

Die Stimme kommt von irgendwo hinten. Die Leute drehen sich um, als der Mann aufsteht, und ein Raunen setzt ein, als sie ihn erkennen.

Matthew Shore.

Wie zum Teufel kommt der hierher?

»Na, haben Sie eine Antwort für mich? Sie haben doch auch den Fall Hannah Gardiner bearbeitet, oder?«

»Das hier ist eine Pressekonferenz, Mr. Shore.«

»Und ich bin Pressemitglied.« Er hält einen Ausweis in die Höhe. »Hier steht es schwarz auf weiß. Und deswegen frage ich noch mal – ich glaube, es ist jetzt das dritte Mal –, was mit meinem Vater ist? Den Sie zum Opfer gemacht und schikaniert haben, obwohl Sie keine Beweise hatten ...«

Ich spüre, dass Harrisons Stresspegel steigt. Der Nachrichtenkanal der BBC sendet live, und der Typ von Sky hat sein Smartphone gezückt. Er dreht ein Video.

»Hören Sie, Mr. Shore, das hier ist weder der richtige Zeitpunkt noch der richtige Ort.«

»Und wann genau wäre der richtige Zeitpunkt? Seit Monaten bitte ich um ein Gespräch bei der Thames Valley Police – man zeigt mir nur die kalte Schulter.«

»In Bezug auf den Fall Hannah Gardiner haben wir Ihren Vater nie beschuldigt. Die Strafe, die er abgesessen hat, galt einem ganz anderen Vergehen.«

»Ja, aber er wäre niemals verurteilt worden, wenn sein Gesicht nicht monatelang in allen Scheißzeitungen präsentiert worden wäre. Und er wäre nicht für drei verfluchte Jahre ins Gefängnis gekommen. Es war absolut kein fairer Prozess ...«

Harrison räuspert sich. »Dazu können wir uns hier nicht äußern, Mr. Shore. Da müssen Sie sich an die Staatsanwaltschaft wenden.«

»Meinen Sie etwa, das habe ich nicht versucht?«, fragt er sarkastisch. »Die sind nicht besser als Sie. In diesem verdammten Land gibt es keine Gerechtigkeit – niemand zeigt sich verantwortlich. Sie alle sind nur damit beschäftigt, den Mist zu vertuschen, den Ihre Kollegen angerichtet haben.«

Harrison steht auf. »Haben Sie herzlichen Dank, meine Damen und Herren. Weitere Stellungnahmen erfolgen zu gegebener Zeit. Guten Tag.«

Der Erste, dem ich draußen begegne, ist Quinn. Er muss hinten gesessen haben und schneidet eine Grimasse. »Ich wüsste gern, wie Shore reingekommen ist. Ich frage mal Gis.«

»Und ich wüsste gern, wer zum Teufel diesen Zeugenaufruf herausgegeben hat? Waren Sie das?«

Er zögert und überlegt offenbar, ob er es abstreiten soll.

»Die Journalisten hätten die Fälle ohnehin verknüpft, ob wir wollen oder nicht, und ich hielt es für eine gute Idee, mit der neuen Publicity dem Gedächtnis mancher Leute auf die Sprünge zu helfen ...«

Tatsächlich ein sehr vernünftiger Gedanke. Allerdings bin ich nicht in Stimmung, ihm das zu sagen.

»Obwohl Sie wussten, dass ich Gardiner versprochen habe, ihm Zeit zu geben, um Hannahs Eltern vorzuwarnen? Obwohl Sie verdammt gut wissen, dass Sie solche Sachen zuerst mit mir absprechen sollten.«

»Aber Sie sagten ...«

»Ich sagte, halten Sie die Augen auf.«

»Sie sagten ›Kümmern Sie sich um den Rest‹.«

»Ich habe jedenfalls nicht gesagt, dass Sie wichtige Entscheidungen treffen sollten, ohne mich zu fragen. Ich war doch nur im John-Rad-Krankenhaus, Mensch, und nicht auf dem Scheißmond. Sie hätten anrufen oder eine SMS schicken können.«

Er ist inzwischen rot angelaufen, und ich merke – zu spät –, dass Gislingham nur ein paar Schritte entfernt steht. Ich sollte Quinn nicht in Anwesenheit von Untergebenen maßregeln.

»Ich dachte«, sagt Quinn und senkt die Stimme, »Sie würden es vorziehen, nicht von mir gestört zu werden. Wegen des Kinds und Ihrer Frau und allem.«

Und allem.

Ich frage mich – durchaus nicht zum ersten Mal –, ob mein wahres Problem mit Quinn nicht darin besteht, dass er mir zu ähnlich ist. Abgesehen von der auffälligen Garderobe natürlich und den Weibergeschichten.

»Okay«, sage ich schließlich. »Suchen Sie Gardiner auf und entschuldigen Sie sich.«

»Kann ich ihn nicht einfach anrufen?«

»Nein, können Sie nicht. Und sorgen Sie dafür, dass Challow endlich mit den DNA-Ergebnissen fertig wird.« Ich atme tief durch und drehe mich um. »Was gibt es, Gislingham?«

Er wirkt verlegen. »Tut mir leid, hier so reinzuplatzen, Boss. Aber nach der Nachrichtensendung ist in der Einsatzzentrale ein Anruf eingegangen. Von Beth Dyer.«

* * *

Bis zum Mittag hat Erica Somer bereits einen Neffen und eine Nichte der ersten Mrs. William Harper ausfindig gemacht. Aber als sie in der Einsatzzentrale nach Quinn sucht, findet sie Fawley. Er betrachtet nachdenklich die Pinnwand mit der Karte und den Fotos der beiden jungen Frauen und der Jungen. Die Lebenden und die Toten. Fawley wirkt geistesabwesend.

»Sorry, Sir«, sagt sie, in seiner Gegenwart immer noch ein wenig unsicher. »Ich war auf der Suche nach DS …«

Er dreht sich um und sieht sie an, aber es scheint ein paar Sekunden zu dauern, bis ihm klarwird, wer sie ist.

»PC Somer.«

»Ja, Sir.«

Niemals würde sie das Quinn erzählen, aber Fawley ist der bei weitem attraktivste Mann auf dem Revier. Dass er sich dessen absolut nicht bewusst zu sein scheint, macht es nur noch schlimmer. Fawley ruht völlig in sich, ganz im Gegensatz zu Quinn. Erica besitzt zwar nicht Quinns Selbstsicherheit, aber gewöhnlich stößt sie bei Männern auf ein gewisses Interesse. Nicht jedoch bei Fawley.

»Ich habe über Vicky nachgedacht«, sagt er. »Aus was für einer Familie sie wohl stammen mag, dass ihre Angehörigen nicht wissen sollen, dass es ihr gutgeht.«

»Vielleicht ist sie ja von zu Hause weggelaufen. Und deswegen hat niemand sie für vermisst erklärt.«

Er dreht sich um und betrachtet noch einmal das Foto des Mädchens. »Sie haben wahrscheinlich recht.« Dann wendet er sich wieder ihr zu. »Tut mir leid, Sie sind gewiss nicht hergekommen, um sich anzuhören, wie ich laut denke. Worum geht es?«

Sie hält ein Blatt Papier in die Höhe. Einen Ausdruck.

»Gestern Abend«, sagt sie, »kam mir plötzlich ein Gedanke. Wenn Harpers erste Frau aus Birmingham kam, hat sie dort vielleicht noch Familie. Und wenn Harpers angeblicher Sohn auch einen Birmingham-Akzent hatte ...«

Er weiß schon, worauf sie hinauswill. »... könnte es sich um einen Verwandten der Ehefrau handeln.«

»Richtig, Sir. Also habe ich das überprüft, und es sieht tatsächlich so aus.« Sie reicht ihm das Blatt Papier. »Nancy Harper hatte eine Nichte und einen Neffen. Noreen, die Nichte, arbeitet bei einem Arzt an der Rezeption und wohnt in Berwick. Aber der Neffe, Donald Walsh, ist Geschichtslehrer an einer kleinen Privatschule in Banbury. Er ist dreiundfünfzig. Ich versuche, ein Bild aufzutreiben, aber dem Anschein nach trifft die Beschreibung auf ihn zu.«

Fawley betrachtet den Ausdruck. »Gute Arbeit, Somer. Ihrer Theorie nach war es also Don, der mit Harper gesehen wurde?«

»Das glaube ich schon, Sir. Es könnte leicht sein, dass Mrs. Gibson den Namen falsch verstanden hat. Ich glaube, mit ihrem Gehör steht es nicht zum Besten.«

»Und haben Sie eine Adresse von diesem Donald Walsh?«

»Ja, Sir. Ich habe anzurufen versucht, aber keine Antwort bekommen. Jemand sollte ihn wohl mal besuchen – wo es doch so nah ist. Selbst wenn er nicht da ist, könnten wir vielleicht von den Nachbarn etwas erfahren. Wie oft er nach Oxford kommt, ob er und Harper in Kontakt stehen …«

»Und deswegen sind Sie auf der Suche nach DS Quinn? Um das zu organisieren?«

Sie gibt sich alle erdenkliche Mühe, nicht zu erröten, ist sich aber nicht sicher, ob es ihr gelingt. »Ja, Sir. Damit er jemanden darauf ansetzt.«

»Nun, es dauert ungefähr noch eine Stunde, bis er zurück ist. Und DC Everett ist noch im Krankenhaus. Warum suchen Sie nicht DC Gislingham und sagen ihm, ich habe mein Okay gegeben?«

»Wie? Sie meinen, ich soll hinfahren?«

Er wirkt ein wenig irritiert. »Mit Gislingham, ja. Gibt es da ein Problem?«

»Nein, Sir.«

»Lassen Sie mich wissen, was Sie herausfinden.«

* * *

Telefonische Befragung von Beth Dyer
4. Mai 2017, 14:12 Uhr
Am Telefon: DC A. Baxter

AB: Miss Dyer, hier spricht DC Andrew Baxter, Thames Valley. Sie haben nach der Pressekonferenz im Revier angerufen?
BD: Ja. Danke, dass Sie zurückrufen.
AB: Haben Sie uns etwas zu berichten?
BD: Ja. Es ist aber, na ja, ein bisschen kompliziert.
AB: Wir tun unser Bestes, um das, was Sie uns sagen, vertraulich zu behandeln. Vielleicht hilft Ihnen das ja schon mal weiter.

BD: Der Polizist im Fernsehen, Detective Inspector Fawley ... Er sagte, die Leiche, die Sie gefunden haben, sei Hannah.

AB: Ich glaube nicht, dass man das offiziell bestätigt hat ...

BD: Aber sie ist es, nicht wahr?

AB: [Pause]
Ja, Miss Dyer. Wir gehen davon aus. Mr. Gardiner ist informiert.

BD: Wie hat er es aufgenommen?

AB: Das darf ich nicht mit Ihnen besprechen, Miss Dyer. Haben Sie sonst noch etwas auf dem Herzen?

BD: Tut mir leid, ich bin im Augenblick ziemlich durcheinander. Es ist nur so – deswegen habe ich ja angerufen. Es geht um Rob.

AB: Ich verstehe. Anfangs, als Mrs. Gardiner als vermisst gemeldet wurde, haben Sie uns gegenüber die Vermutung geäußert, dass ihr Ehemann eine Affäre hatte?

BD: Ja, aber darum geht es nicht. Zumindest nicht direkt.

AB: Hatte er nun eine Affäre oder nicht?

BD: Ich glaube nicht, dass er eine hatte. Damals noch nicht. Aber es begann ziemlich bald danach. Diese Nanny ... Wie auch immer sie sich selbst nennt, Pippa soundso. Ich habe die beiden vor ungefähr drei Wochen zusammen mit Toby in Summertown gesehen. Ich bin mir ziemlich sicher, die haben etwas miteinander – sie konnte gar nicht von ihm lassen. Männer können so gutgläubig sein.

AB: Und in welchem Zusammenhang steht das jetzt mit dem Verschwinden von Mrs. Gardiner?

BD: Dazu komme ich noch. Sie sagten – die Polizei sagte –, dass Hannah in Wittenham verschwunden sei. Aber jetzt heißt es plötzlich, dass sie Oxford nie verlassen hat.

AB: Davon gehen wir im Moment aus.

BD: Und wie ist dann ihr Wagen dorthin gekommen? Wie ist Toby dorthin gekommen?

AB: Nun, es ist klar, dass derjenige, der für den Tod von Mrs. Gardiner verantwortlich ist, den Wagen nach Wittenham gebracht haben muss, weil er wusste, dass sie an dem Tag dort hätte sein sollen. Um uns glauben zu lassen, dass sie tatsächlich dort war. Ein Täuschungsmanöver.

BD: Aber wie viele Personen wussten, dass sie in Wittenham hätte sein sollen?

AB: Sie hatte sich dort zu einem Interview verabredet. Eine Crew der BBC war anwesend. Zahlreiche Personen müssen es gewusst haben.

BD: Aber dieser Mann – Harper, in der Frampton Road, der Mann, den Sie für ihren Mörder halten. Woher soll der es denn gewusst haben?

AB: Es tut mir leid, aber zum Stand der Ermittlungen darf ich nichts sagen.

BD: Aber Rob wusste von dem Interview, oder? Er wusste, wohin sie fuhr. Und wenn Rob der Mörder ist, leuchtet auch eher ein, warum Toby dort war.

AB: Ich weiß nicht recht, was Sie mir damit sagen wollen, Miss Dyer. Wollen Sie andeuten, dass Mr. Gardiner seine Frau umbrachte und dann seinen zweijährigen Sohn dort oben allein zurückließ …?

BD: (aufgeregt)
Hören Sie, da gibt es etwas, das ich Ihnen damals nicht erzählt habe. Ein paar Wochen bevor sie verschwunden ist, traf ich Hannah. Sie hatte eine Verletzung im Gesicht, einen blauen Fleck. Sie hatte Make-up benutzt, aber die Prellung war immer noch zu sehen.

AB: Haben Sie gefragt, wie es dazu gekommen war?

BD: Sie sagte, es sei Toby gewesen. Es habe Schwierigkeiten

	mit ihm gegeben, und dann habe er aus Versehen ihr Gesicht mit einem Spielzeugauto verletzt.
AB:	Haben Sie ihr das geglaubt?
BD:	Ich nehme an, es könnte so geschehen sein. Toby war ein wenig hyperaktiv – ich habe vermutet, dass er vielleicht unter ADHS litt. Hannah wirkte in den Wochen davor oft geistesabwesend. Ich bin mir sicher, dass sie Sorgen hatte. Und an dem Tag hielt sie sich bedeckt, was Rob betraf. Ich glaube, die beiden hatten Probleme. Ich weiß, dass sie ein zweites Kind wollte, er aber von der Idee nicht begeistert war.
AB:	Warum haben Sie uns das nicht schon vor zwei Jahren erzählt, Miss Dyer?
BD:	In der Presse war ständig zu lesen, dass Sie einen anderen Verdächtigen hatten. Und es gab obendrein all die Leute, die Hannah dort gesehen hatten. Deswegen dachte ich, dass Rob es nicht getan haben konnte. Aber als er nicht unter Anklage gestellt wurde, dachte ich …
AB:	Ja?
BD:	Na ja, um ehrlich zu sein – ich nahm an, sie hätte ihn tatsächlich verlassen und es dann so aussehen lassen, als wäre sie tot. Nur um von ihm wegzukommen, damit niemand nach ihr suchte. Ich hab so was mal in einem dieser vielen Krimis gesehen. Und ihre Eltern wohnen in Spanien, also hab ich gedacht, dass sie vielleicht zu ihnen gereist ist.
AB:	Das kommt mir höchst unwahrscheinlich vor, Miss Dyer. Das eigene Kind zu verlassen, ohne Pass, ohne Papiere …
BD:	Ich weiß, das klingt verrückt.
AB:	Und hätte sie sich nicht mit Ihnen in Verbindung gesetzt? Wenn nicht sofort, dann irgendwann später, sobald Gras über die Sache gewachsen war?

BD: (Pause)
AB: Schließlich waren Sie doch ihre beste Freundin, nicht wahr? Oder habe ich das falsch verstanden?
BD: (Schweigen)
AB: Miss Dyer?
BD: Hören Sie, wenn Sie es unbedingt wissen wollen: Wir waren am Ende nicht gerade die besten Freundinnen. Die Begegnung, von der ich Ihnen erzählt habe – das war nicht unser letztes Zusammentreffen. Danach hatten wir noch einen richtigen Streit. Sie behauptete, ich würde Rob nachstellen und hätte bei ihrer Geburtstagsparty mit ihm geflirtet.
AB: Und stimmte das?
BD: Er hat mit *mir* geflirtet. Natürlich hat er die Schuld auf mich geschoben, ist ja klar. Aber es ging immer von ihm aus. Es ist ja nichts geschehen. Und selbst wenn – selbst für den Fall …
(Pause)
Hören Sie, ich hätte Hannah das niemals angetan. Okay?
AB: Verstehe.
BD: Und nachdem Sie all die Jahre keine Leiche gefunden haben, habe ich mir wohl eingeredet, das sei der Beweis dafür, dass sie irgendwo am Leben war. Aber jetzt kann ich das nicht mehr glauben. Denn jetzt weiß ich, dass sie tot ist, und ich werde das Gefühl nicht los, dass Rob etwas damit zu tun hatte.

* * *

Nichts verabscheue ich mehr, als mich selbst im Fernsehen zu betrachten. Selbst jetzt, nach einem halben Dutzend TV-Aufrufen, kann ich es immer noch nicht ertragen. Als der Rest des Teams sich versammelt, um die Nachrichten zu sehen, entschuldige ich mich und gehe zu dem Coffeeshop auf dem St. Aldate's. Mit gewissem Vergnügen sehe ich eine Schlange chinesischer Touristen über den Gehsteig auf mich zukommen. Sie folgen einer Frau, die einen hellroten Regenschirm in die Höhe hält und selbstgewiss in die falsche Richtung marschiert. Denn welches architektonische Meisterwerk man ihnen auch versprochen haben mag, sie werden es nicht in der Abingdon Road finden.

Ich stehe an der Theke, als mein Handy klingelt. Challow.

»Wollen Sie zuerst die guten Nachrichten?«

Während ich dem Barista einen Fünf-Pfund-Schein reiche, fluche ich stumm vor mich hin. Ich bin nicht in Stimmung für Challows Spielchen.

»Sagen Sie schon! Die DNA-Ergebnisse?«

»Sorry. Die dauern noch.«

»Und was bitte sind die guten Nachrichten?«

»Ahnen Sie es nicht?«

»Raus mit der Sprache.«

Challow lacht trocken. »Warum kommen Sie nicht her und sehen selbst?«

* * *

»Adam? Bist du es?« Die Stimme im Lautsprecher verstummt, aber ich habe sie sofort erkannt.

»Moment mal, Dad. Ich sitze im Auto.«

Ich fahre an den Straßenrand und greife zum Telefon.

»Hier bin ich. Gibt es irgendwelche Schwierigkeiten?«

Ich spüre seine leichte Verärgerung. »Warum musst du immer gleich davon ausgehen, dass es Schwierigkeiten gibt?«

»Sorry, es ist eben ...«

»Wir haben dich in den Nachrichten gesehen, deine Mutter und ich.«

»Oh, okay. Ja, richtig.«

»Du warst sehr gut.«

Irgendwie schafft er es immer wieder, bei mir anzuecken.

»Es war kein Auftritt, Dad – es geht dabei nicht um mich.«

»Das weiß ich doch, Adam«, erwidert er. Er klingt genauso misslaunig wie ich. »Ich meinte ja nur, dass du einen sehr guten Eindruck gemacht hast. Besonnen, respekteinflößend.«

Und jetzt fühle ich mich beschissen. Wie üblich.

»Ich weiß, du glaubst nicht, dass wir stolz auf dich sind, Sohn, aber das sind wir. Wir hätten uns zwar nicht die Polizei für dich ausgesucht, aber du hast es geschafft, eine achtbare Karriere daraus zu machen.«

Da ist es wieder das böse kleine Wort – geschafft. Und dann sage ich mir, dass ich es mir nur einbilde – dass ich aufhören sollte, immer wieder auf die negativen Untertöne zu lauschen. Ich bin mir noch nicht einmal sicher, dass überhaupt so etwas dahintersteckt.

»Hör zu, Dad. Es freut mich, dass du angerufen hast, aber ich muss Schluss machen. Ich bin auf dem Weg ins Labor.«

»Deine Mutter lässt grüßen und würde sich freuen, dich mal wieder zu sehen. Und Alex natürlich.«

Und dann ist die Leitung tot.

* * *

Im Laufe des Tages ballen sich immer mehr Wolken zusammen, und am Nachmittag ist der Himmel dunkel wie im November. Leiser Sommerregen rieselt durchs Laub der Bäume in der Mitte des Crescent Square. Zwei Eichhörnchen jagen einander durchs Gras.

In ihrer Wohnung hat Pippa es sich auf der Couch bequem gemacht und spielt *Candy Crush* auf ihrem Handy. Sie hört Rob im anderen Zimmer reden. Mit Hannahs Eltern. Pippa hat sie noch nicht kennengelernt, aber sie weiß genau, wie sie sind. Gervase und Cassandra – selbst ihre Namen klingen hochnäsig.

Die Tür zum Arbeitszimmer geht auf, und Rob kommt heraus. Seiner Kleidung nach zu urteilen, ist er auf dem Weg zur Arbeit, aber vielleicht kann sie ihn ja umstimmen. Sie streckt die Beine aus und lässt die nackten Füße spielen.

»Das Büro hat angerufen«, sagt er, ohne sie zu beachten. »Irgendeine Krise, aber es macht mir nichts aus hinzufahren. Lenkt mich von anderen Dingen ab.«

»Wie war das Gespräch mit ihren Eltern?«

Jetzt wirkt er leicht verstimmt. »Was erwartest du denn? ›Wie ist das Wetter denn so, und, ach ja, übrigens, man hat eure Tochter gefunden. Sie liegt begraben im Schuppen eines alten Perverslings.‹« Er geht durchs Zimmer, um seine Autoschlüssel zu holen. »Ich weiß nicht, wann ich zurück sein werde.«

»Ich möchte mit dir sprechen.«

»Das muss warten«, sagt er auf dem Weg zur Tür. »Ich habe gesagt, dass ich um vier dort bin.«

»Ich bin schwanger.«

Er dreht sich um. Sieht sie an. Sie hat ihr Handy immer noch in der Hand.

»Du bist schwanger?« Seine Stimme klingt tonlos. »Das ist unmöglich.«

»Natürlich ist es möglich, Rob.« Sie errötet ein wenig. »Ich wollte es dir ja schon lange sagen, aber es ergab sich einfach nicht.«

»Du hast gesagt, du nimmst die Pille.«

»Mache ich ja auch. Manchmal passiert es aber trotzdem. Du arbeitest in der Wissenschaft – du solltest das wissen.«

»Das stimmt«, sagte mit gefährlich ruhiger Stimme. »Ich ›arbeite in der Wissenschaft‹. Und genau deswegen weiß ich, dass das Kind, das du erwartest, nicht von mir ist.«

»Natürlich ist es von dir ...«

»Warum?«, fragte er leise und nähert sich ihr. »Weil du mit niemandem sonst geschlafen hast?«

»Natürlich nicht«, stammelt sie erschrocken.

Er beugt sich über sie. Mit jedem Wort sticht sein Finger in die Luft. »Du bist eine *Lügnerin*.«

Sie zuckt zurück, getroffen von seiner Wut, mit der er die Wörter ausspricht. »Ich verstehe nicht.«

Sein Lächeln ist grausam. »Nein? Bist du noch nicht selbst draufgekommen? Ich kann keine Kinder zeugen! Ist das deutlich genug?«

Ihre Wangen glühen. Sie sieht hinunter auf ihr Handy, um seinem Blick auszuweichen. Aber das ist ein Fehler. Er greift nach dem Telefon und schleudert es durchs Zimmer. Dann packt er sie am Handgelenk und zerrt sie hoch. »Sieh mich an, wenn ich mit dir rede.«

Sein Gesicht ist so nahe an ihrem, dass sie seine winzigen Speicheltröpfchen auf ihrer Haut spürt.

»Du tust mir weh ...«

»Also, wer war es? Wessen Balg willst du mir unterjubeln? Irgendein Student? Der Kerl, der den Strom abliest? Sag schon!« Er packt sie an den Schultern und schüttelt sie. »Hast du es hier getrieben – in meiner Wohnung?«

»Nein – natürlich nicht – das würde ich niemals tun. Es war nur das eine Mal, und es hatte nichts zu bedeuten ...«

Er lacht boshaft. »Ja, genau.«

»Ihn liebe ich nicht – ich liebe dich ...«

Sie beißt sich auf die Lippe, bis es blutet. Tränen rinnen ihr übers Gesicht. Sie fleht ihn an.

Rob lacht. »Liebe? Du weißt doch gar nicht, was das bedeutet.« Er stößt sie hart zurück aufs Sofa und geht zur Tür. Dort dreht er sich um und sieht einen Augenblick zu, wie sie schluchzt.

»Wenn ich zurückkomme, möchte ich dich nicht mehr hier vorfinden.«

»Das darfst du nicht tun«, jammert sie. »Was ist mit Toby – wer soll ihn denn abholen? Wer wird sich um ihn kümmern?«

»Ich bin absolut in der Lage, meinen eigenen Sohn zu versorgen. Lass die Schlüssel hier und geh. Ich will dich nie mehr wiedersehen.«

* * *

29 Lingfield Road, Banbury. Doppelhaushälfte, gepflegte Kiesauffahrt, Geranien.

»Was meinen Sie?«, sagt Gislingham und stellt den Motor ab.

Somer überlegt. »Sieht aus wie das, was es ist – das Haus eines Lehrers.«

Gislingham nickt bedächtig. »Sie wissen, was man stillen Wassern nachsagt.«

Am Tor dreht sie sich zu ihm um, aber er sagt mit einer galanten Geste: »Nach Ihnen.«

Sie lächelt ein wenig gezwungen, redet sich jedoch ein, dass Gislingham vermutlich nicht zu jenen Männern gehört, die gern auf ihr Hinterteil glotzen.

An der Tür hält sie kurz inne, bevor sie klingelt. Und dann noch einmal. Gislingham geht ans Fenster und linst hinein. Durch einen Spalt zwischen den Gardinen sieht er ein Sofa und Polstersessel, die zu groß für das Zimmer sind, einen Wohnzimmertisch, auf dem ein Stapel Zeitschriften säuberlich ausgerichtet ist.

»Kein Lebenszeichen«, sagt er. Somer geht zu ihm und sieht hinein. Ganz hübsch, aber auch ein wenig langweilig, ohne eigenen Stil.

»Offenbar hat er etwas für Nippes über«, sagt Gislingham

und deutet auf einen Schrank an der gegenüberliegenden Wand. »Ich kann mir nicht vorstellen, dass diese komischen kleinen Regale für Bücher sind, oder?«

Somer macht ein nachdenkliches Gesicht. »Ich bin mir sicher, so etwas schon mal gesehen zu haben.« Sie schüttelt den Kopf. Was immer da war – es ist ihr entfallen.

»Wollen wir es in der Schule versuchen?«, fragt Gislingham. »Ich glaube, es sind gerade offiziell Ferien, aber vielleicht gilt das ja nicht für diese schicken Privatschulen?«

Somer zuckt mit den Achseln. »Mich dürfen Sie nicht fragen. Aber ja, warum nicht, es sind ja nicht mehr als zehn Minuten bis zu der Schule.«

Als sie zum Auto gehen, verlässt eine Frau mit einem Kleinkind und einem Buggy das Haus gegenüber.

»Ich frage mal nach, ob sie Walsh kennt«, sagt Somer und geht in ihre Richtung. »Bin gleich wieder da.«

Gislingham setzt sich ins Auto und kramt seine Zeitung aus der Seitentasche. Als ein Handy klingelt, braucht er einen Moment, um zu begreifen, dass es nicht seins ist. Als er Somers Telefon aus dem Handschuhfach hervorgeholt hat, erkennt er auf dem Display den Namen ›Gareth‹. Er grinst spöttisch, als er den Anruf annimmt.

»Hallo? PC Somers Telefon?«

Schweigen. Drei, vier, fünf Sekunden.

»Gislingham?«

»Ja, und wer ist da?«

»Quinn. Das weißt du ganz genau.«

»Sorry, Kumpel, mit dir hab ich gar nicht gerechnet.«

Wieder Schweigen, das wohl eigentlich bedeutet: *Und ob du mit mir gerechnet hast, Blödmann.*

»Ich rufe nur an, um zu fragen, wie es so läuft«, sagt Quinn schließlich. »Mit Walsh, meine ich. Ich wusste ja gar nicht, dass du mitgefahren bist.«

»Wir haben ihn noch nicht aufgespürt. Soll ich ihr ausrichten, dass du angerufen hast?«

Quinn zögert. »Nein, keine Umstände. Was ich wissen wollte, weiß ich nun.«

Ja, genau, denkt Gislingham, *wer's glaubt, wird selig.*

Das Petersham College besteht aus zwei Bauwerken mit Speisesaal und Kapelle und Buntglasfenstern und allem Drum und Dran. Gislingham parkt auf dem Besucherparkplatz, und sie folgen einem großen gelben Schild bis einem Pförtner-Häuschen.

Somer war zwei Jahre Englischlehrerin in einer innerstädtischen Gesamtschule, bevor sie sich schließlich entschied, Umgang mit Drogen, Messern und blindwütiger Gewalt nur noch professionell und gegen entsprechende Bezahlung zu haben.

Der Portier erweist sich als eine Frau mittleren Alters in burgunderrotem Jackett und Plisseerock.

»Kann ich Ihnen helfen?«, fragt sie und beäugt sie über den Brillenrand.

Sie zeigen ihre Dienstausweise. »Könnten wir bitte Mr. Walsh sprechen? Donald Walsh?«

Sie beugt sich über den Tisch und zeigt die Richtung an. »Sein Raum befindet sich in einem der neuen Gebäude, im Coleridge House. Gehen Sie durch den Torbogen ganz links. Wenn Sie mir sagen, worum es geht, kann ich Sie telefonisch anmelden.«

Somer lächelt der Frau zu, die wohl auf einen kleinen Skandal hofft. »Das ist nicht nötig, aber trotzdem vielen Dank.«

Sie überqueren den Hof. Einige Jungen laufen an ihnen vorbei, die Hände in den Hosentaschen. Ihre Stimmen sind ein wenig zu laut, und sie tragen auffallende Blazer. Unten an jeder Treppe sind die Namen der Lehrer auf einem Brett aufgelistet, und ein kleines Holzschild kann so verschoben werden, dass es anzeigt, welche Lehrer gerade auf dem Schulgelände sind. Gislingham verschiebt es, nur so zum Spaß.

»Mannomann, die lassen es sich gutgehen, oder?«, sagt er, als er im Vorübergehen die Ledersessel, die Bücherregale und die überdimensionalen Kamine sieht. »Obwohl ich nicht kapiere, warum die Leute einen Haufen Geld bezahlen, um ihre Kinder in solche Schulen zu schicken. Bildung ist Bildung. Der Rest ist doch nur Staffage.«

»Darum geht es aber«, sagt Somer. »Die Staffage ist es, auf die es ihnen ankommt.«

Aber sobald sie unter dem Torbogen hindurch sind, bietet sich ein ganz anderes Bild. Ein Gewirr von Mietcontainern dehnt sich um den Personalparkplatz und zwei mächtige Erweiterungsgebäude aus den siebziger Jahren aus, die recht unpassend nach römischen Dichtern benannt sind. *Ich wette, dass man die Eltern von zukünftigen Schülern nicht hierherbringt,* denkt Somer, als Gislingham die Tür zum Coleridge House aufstößt. Schroffe Echolaute und der Geruch nach Desinfektionsmitteln umgeben sie. Walshs Raum befindet sich im dritten Stock, und es gibt keinen Fahrstuhl, so dass beide ein wenig außer Atem sind, als sie vor seiner Tür stehen. Der Mann, der aufmacht, trägt ein kariertes Hemd mit Strickkrawatte und blank geputzte Schuhe. Er sieht dem Mann, den Elspeth Gibson beschrieben hat, sehr ähnlich.

»Ja?«

»DC Chris Gislingham, PC Erica Somer, Thames Valley Police. Dürften wir Sie kurz stören?«

Er blinzelt und blickt nach hinten in den Raum. »Ich bin eigentlich damit beschäftigt, eine Zusatzstunde zu geben. Können Sie später wiederkommen?«

»Wir sind aus Oxford«, sagt Gislingham. »Also nein, wir können nicht später wiederkommen. Dürfen wir eintreten?«

Die beiden Männer werfen sich kurz giftige Blicke zu. Dann tritt Walsh zur Seite. »Natürlich.«

Der Raum ähnelt eher einem Klassenzimmer als einem Arbeitszimmer. Hier stehen keine Ledersessel, sondern nur ein Schreibtisch, eine Reihe Stühle mit fester Rückenlehne, eine altmodische Wandtafel und zwei gerahmte Plakate. Und leicht nervös sitzt an einem der Pulte ein rothaariger Junge mit einem Schreibheft auf dem Schoß. Elf, vielleicht auch zwölf Jahre alt.

»Okay, Joshua«, sagt Walsh, »es scheint so, als habe dich ein unerwarteter *Deus ex Machina* vorzeitig aus dem Fegefeuer befreit.«

Er hält die Tür auf und sagt zu dem Jungen: »Ab mit dir. Aber morgen früh will ich als Erstes die Hausaufgaben sehen.«

Der Junge bleibt kurz in der Tür stehen und wirft Gislingham einen Blick zu. Dann ist er fort, und man hört seine Schritte, als er die Treppe hinuntereilt.

»Gut«, sagt Walsh und geht um seinen Schreibtisch herum. Ihnen fällt auf, wie sehr er es darauf anlegt, Haltung zu bewahren. »Womit kann ich Ihnen helfen?«

»Ich vermute, Sie wissen, warum wir hier sind«, beginnt Gislingham.

Walsh sieht zuerst ihn an, dann Somer. »Um ehrlich zu sein – nein.«

»Es geht um Ihren Onkel oder, genauer gesagt, um den Ehemann Ihrer Tante. William Harper.«

»Oh«, sagt Walsh. »Nun, ich kann nicht sagen, dass ich überrascht bin. Obwohl ich immer noch nicht genau weiß, warum Sie geschickt wurden.«

»Es handelt sich um eine ernste Angelegenheit. Mr. Walsh.«

»Aber natürlich. Ich wollte auch nicht unterstellen ... na ja, Sie wissen schon. Sorgen Sie einfach nur dafür, dass die mit mir Kontakt aufnehmen, damit ich die Dinge ordnen kann. Ich schätze, sonst gibt es da niemanden mehr.«

Gislingham starrt ihn an. »Über wen reden Sie da, Mr. Walsh?«

»Seine Anwälte. Ich nehme doch an, dass er welche hatte? Eine Kanzlei in Oxford, oder?«

»Ich kann Ihnen nicht folgen.«

»Wegen des Testaments«, sagt Walsh. »Deswegen sind Sie doch hier, oder? Bill ist tot?«

Somer und Gislingham tauschen Blicke aus.

»Sie haben keine Nachrichten gesehen? Nichts in der Zeitung gelesen?«

Walsh lächelt etwas überheblich. »Es tut mir leid, aber ich finde nicht die Muße, Zeitungen zu lesen. Haben Sie eine Vorstellung, wie viel Zeit ich in diesen Job investiere?«

Somer weiß das sehr wohl, aber das wird sie ihm nicht auf die Nase binden.

»Hören Sie«, fordert sie ihn auf. »Ich denke, es ist besser, wenn Sie sich setzen.«

* * *

»Wie ein Kollege von mir erst diese Woche bemerkte, haben wir manchmal einfach nur Glück.«

Ich bin im Labor, stehe neben Challow und starre auf einen Metalltisch, den Papierblätter voller handgeschriebener Zeilen bedecken. Manche sind in gutem Zustand, andere durchzogen von aufgeweichten Streifen, einige nur noch breiige Masse und völlig unleserlich.

»Was ist das – eine Art Tagebuch?«

Challow nickt. »Nina hat es gefunden, als sie die Kartons untersucht hat, die im Keller lagen. Es war seitlich in einen der Kartons geschoben worden, weil der alte Mann es offenbar nicht finden sollte. Das Mädchen hat wohl außerdem aus ein paar alten Büchern Seiten herausgerissen, um darauf zu schreiben. Ein paar Kugelschreiber fanden wir auch in den Kartons. Sieht so aus, als wäre Harper einer von denen, die nichts wegwerfen können.« Er deutet auf die Blätter. »Wir haben gerettet, was zu retten war, aber es muss in der Toilette auf der oberen Etage einen Wasserschaden gegeben haben. Ich bin wirklich überrascht, dass unser Mädchen keine akute Lungenentzündung hatte.«

Er schaltet eine Hängelampe ein und zieht sie herunter, damit wir besser sehen können.

»Ich habe die Blätter transkribiert, die noch unversehrt sind, und sie Ihnen als Scans zugeschickt, und ich werde mein Möglichstes tun, um den Rest zu entziffern. Wie man ja weiß, bringt die Technik heutzutage Erstaunliches zustande.«

»Danke, Alan.«

»Viel Spaß beim Lesen – aber das ist in dem Fall wahrscheinlich keine angebrachte Redewendung.«

* * *

Quinn will gerade aufgeben, als die Tür endlich geöffnet wird. Wenn auch nicht sehr weit. Jedoch weit genug, dass er einen Blick auf nackte Füße, langes blondes Haar, Beine und ein lockeres Top erhaschen kann, unter dem sie wohl sonst nichts trägt. Ein Scheißtag sieht plötzlich gar nicht mehr so beschissen aus.

»Ist Mr. Gardiner da?«

Sie schüttelt den Kopf. Ihr Gesicht wirkt ein wenig verquollen, als hätte sie geweint.

Quinn zückt seinen Dienstausweis und setzt sein charmantestes Lächeln auf. »Detective Sergeant Gareth Quinn. Wann erwarten Sie ihn zurück?«

»Er ist bei der Arbeit. Spät, denke ich.«

Sie will schon die Tür schließen, aber er tritt einen Schritt vor. »Vielleicht kann ich reinkommen, ihm eine Nachricht hinterlassen? Wir wollten uns nur dafür entschuldigen, auf welche Weise die Neuigkeiten über seine Frau publik wurden.«

Sie zuckt mit den Achseln. »Wie Sie wollen.«

Sie dreht sich um und geht voran. Als er die Tür weiter aufdrückt, um ihr zu folgen, bemerkt er, dass sie in der einen Hand ein Weinglas hält. Ein großes Weinglas.

Die Frau ist verschwunden, und Quinn steht allein im Wohnzimmer. Auf dem Sofa liegt eine mit einem Haufen bunter Bommel verzierte Handtasche. Auf dem niedrigen Tisch steht eine Weinflasche, sie ist fast leer. Quinn sieht sich genauer um. Wenn sie ihn dabei überrascht, kann er immer noch sagen, dass er nach Papier und Kugelschreiber sucht. Er bemerkt einen recht teuer aussehende Fernsehapparat, ein paar Bücher, hauptsächlich medizinische Fachliteratur, gerahmte Drucke in Schwarzweiß. Quinn hat noch nie mit einer Frau zusammengewohnt, und es verblüfft ihn, dass kaum Sachen von ihr zu sehen sind. Er geht zurück in den Flur.

»Ist alles in Ordnung?«, ruft er.

Keine Antwort, aber dann kommt sie aus dem Schlafzimmer mit einem Koffer, aus dem die Kleidung quillt, und wirft ihn auf den Boden. Sie trägt jetzt Jeans und hochhackige Stiefeletten. Ein Streifen blasser Haut ist zwischen der Oberkante ihrer Stiefel und dem Saum ihrer Jeans zu sehen. Sie hockt sich aufs Sofa und versucht, den Deckel des Koffers zu schließen. Die langen Haare fallen ihr ins Gesicht.

»Warten Sie«, sagt Quinn rasch. »Lassen Sie mich helfen.«
Sie sieht ihn an, müht sich noch einen Moment mit dem Reißverschluss und gibt auf. »Egal.« Rücklings lässt sie sich aufs Sofa fallen und wendet ihr Gesicht ab. Es dauert eine Weile, bis ihm klarwird, dass sie weint. Er zieht den Reißverschluss die letzten Zentimeter zu und stellt den Koffer aufrecht hin. »Alles in Ordnung?«

Sie nickt, wischt die Tränen mit den Fingern weg und sieht ihn immer noch nicht an.

»Soll ich Sie irgendwo mit hinnehmen?«

Ein leichter Atemzug, der auch ein Schluchzer sein könnte, dann ein Kopfnicken. »Danke«, flüstert sie.

Zehn Minuten später verstaut er ihren Koffer hinten im Auto, und sie fahren die Banbury Road hinunter. Er betrachtet sie von der Seite.

»Es ist nicht leicht für ihn. Die ganze ...«

Sie dreht sich zu ihm um. »Ja, bestimmt«, sagt sie. »Sie meinen, die eigene Frau unter den Bodendielen zu finden. Aber das war vor zwei Jahren.«

Was keine lange Zeit ist, doch in ihrem Alter mag man das anders sehen.

»Wohin wollen Sie denn?«, fragt er nach einer Weile.

Sie zuckt mit den Achseln. »Weiß ich nicht. Aber ganz bestimmt nicht nach Hause.«

»Wieso nicht?«

Sie durchbohrt ihn mit einem Blick, und er beschließt, sie nicht zu bedrängen.

»Die letzten Tage – die dürften auch für Sie nicht leicht gewesen sein.«

»Kann man wohl sagen«, murmelt sie und starrt aus dem Fenster. Wieder stehen ihr die Tränen in den Augen.

An der Busstation parkt er und geht zum Kofferraum, um ihr Gepäck zu holen. Erst als sie schwungvoll ihre Handtasche über die Schulter wirft, sieht er, was ihm wahrscheinlich schon früher hätte auffallen müssen.

»Was ist da passiert?«, fragt er ruhig.

Sie wird rot und zieht den Ärmel nach unten. »Das ist nichts. Hab nur meinen Arm an der Tür gestoßen.«

Er streckt ihr eine Hand entgegen, und sie widersetzt sich nicht. Die Quetschung ist übel, immer noch rot. Der Abdruck der Finger, die sich in die zarte Haut gegraben haben, ist noch deutlich zu sehen.

»War er das?« Sie sieht ihm nicht in die Augen, aber sie nickt.

»Sie könnten ihn anzeigen, wissen Sie.«

Sie schüttelt heftig den Kopf und kämpft wieder gegen die Tränen.

»Er hat es nicht absichtlich getan«, sagt sie so leise, dass er sich vorbeugen muss, um sie zu verstehen. Ein Bus fährt vorüber, und Quinn bemerkt, dass sie neugierig beobachtet werden.

»Wissen Sie was, ich lade Sie auf einen Kaffee ein.«

Wieder schüttelt sie den Kopf. »Ich muss mir irgendwo eine Unterkunft suchen.«

»Machen Sie sich keine Sorgen. Ich bin sicher, wir finden irgendwo etwas für Sie.«

Dann nimmt er ihren Koffer und legt ihn ins Auto zurück.

* * *

Die Frau am Empfang des St. Aldate's wirkt gestresst. Während der fünf Minuten, die der Diensthabende braucht, um sich nach vorne zu bequemen, schaut sie dreimal auf ihr Handy.

»Ja? Kann ich Ihnen helfen?«

»Mein Name ist Lynda Pearson. Dr. Lynda Pearson. Ich komme, um William Harper zu besuchen. Er ist einer meiner Patienten.«

»Ach ja, wir haben Sie schon erwartet. Nehmen Sie einen Augenblick Platz? Es dürfte nicht lange dauern.«

Sie seufzt; das hat sie schon einmal gehört. Sie geht hinüber zur Stuhlreihe und nimmt ihr Telefon aus dem Leinenbeutel. Zumindest kann sie etwas Nützliches tun, während sie hier feststeckt.

»Dr. Pearson?«

Sie blickt auf und sieht einen massigen Mann vor sich, dessen Anzug ein wenig zu eng ist. Zwischen den einzelnen Knöpfen des Oberhemds klaffen kleine Lücken. Er hat schütteres Haar und ist ein wenig außer Atem. Auf dem besten Wege zum Bluthochdruck. Er sieht wie vierzig aus, ist aber wahrscheinlich fünf Jahre jünger.

»DC Andrew Baxter«, sagt er. »Ich kann Sie mit hinunter in unseren U-Haft-Bereich nehmen.«

Sie sammelt ihre Sachen zusammen und folgt ihm die Treppe hinunter. »Wie geht es Bill denn?«

»Soweit ich weiß, ganz gut. Wir haben unser Bestes getan, jeden unnötigen Stress von ihm fernzuhalten, und dafür gesorgt, dass er die richtige Verpflegung bekommt.«

»Er wird hier wahrscheinlich besser ernährt als bei sich zu Hause. Während der letzten paar Monate hat er viel Gewicht verloren. Hat Derek Ross ihn besucht?«

»Nicht, seit wir ihn hierhergebracht haben. Ross war derjenige, der uns vorgeschlagen hat, Sie anzurufen.«

Sie sind im U-Haft-Bereich angekommen, und Baxter nickt dem wachhabenden Sergeant an seinem Tisch zu. »Dr. Pearson zu Besuch bei William Harper.«

Auf dem Weg zu Harpers Zelle hat Lynda Pearson plötzlich das Bild vor Augen, den alten Mann tot aufzufinden, erhängt mit Hilfe eines aufgedrehten T-Shirts an den Metallstäben vor dem Fenster. Aber das muss an ihrer Phantasie liegen, denn als sich die Tür öffnet, sitzt Harper auf seinem Bett, beide Füße auf dem Boden. Er sieht abgemagert aus, aber da ist etwas Farbe auf seinen Wangen, die vorher noch nicht da gewesen war. Der Teller und die Tasse auf dem Tablett am Bett sind leer.

»Wie geht es, Bill?«, sagt sie und setzt sich auf den einzigen Stuhl.

Er sieht sie argwöhnisch an. »Was machen Sie denn hier?«

»Die Polizei bat mich zu kommen. Man möchte, dass ich Sie untersuche. Damit wir sicher sind, dass es Ihnen gutgeht.«

»Wann kann ich nach Hause?«

Pearson sieht Baxter an. »Tut mir leid, aber das geht noch nicht, Bill. Die Polizei will Ihnen noch weitere Fragen stellen. Es könnte durchaus sein, dass Sie noch eine Weile hierbleiben müssen.«

»In dem Fall«, sagt er in plötzlich klarem Tonfall, »möchte ich den verantwortlichen Officer sprechen. Ich will eine Aussage machen.«

* * *

»Ist das wirklich notwendig?«

Walshs Fassungslosigkeit, nachdem sie ihn auf den neuesten Stand gebracht haben, hat sich in große Verärgerung darüber verwandelt, dass er mit ihnen aufs St. Aldate's kommen soll.

»Warum, um Himmels willen, muss ich das tun? Ich habe hier Verpflichtungen – Unterricht, Zensuren geben, außerlehrplanmäßige Aktivitäten beaufsichtigen –, es wäre ungeheuer ungünstig.«

»Ich kann das nachvollziehen, Sir, aber wir müssen Proben nehmen, DNA, Fingerabdrücke ...«

Er starrt sie an. »Warum, verdammt? Ich war schon seit Jahren nicht mehr in dem Haus.«

»Wirklich nicht?«, fragt Somer. »Sie hatten keinen guten Draht zu Ihrem Onkel?«

»Gute Frau, wie Ihr Kollege sehr richtig vor ein paar Minuten bemerkte, waren wir nicht wirklich *verwandt*.«

»Mr. Walsh«, sagt sie gelassen, »wir haben bereits festgestellt, dass nur sehr wenige Menschen in den vergangenen Jahren das Haus besucht haben. Und zu denen gehören zweifellos Sie. Wir müssen Sie als Tatverdächtigen ausschließen können ...«

Seine Augen verengen sich. »Tatverdächtiger? Sie glauben doch nicht ernsthaft, ich könnte etwas mit dem zu tun haben, was er trieb? Ich kann Ihnen versichern, dass ich keine Ahnung hatte, was dort vor sich ging ... ich war so schockiert wie jeder andere auch.«

Somer sieht ihn fragend an. »War?«

Er wirkt verwirrt. »Was?«

»Sie sagten gerade ›Ich *war* so schockiert‹. Das bedeutet, Sie wussten davon, bevor wir kamen. Sie haben die Nachrichten doch gesehen wie jeder andere auch?«

»Hören Sie«, sagt er und holt tief Luft. »Ich arbeite an einer Schule, einer sehr teuren Schule. Haben Sie eine Ahnung, wie viel die Leute im Jahr dafür bezahlen, ihre Kinder auf eine solche Schule schicken zu können? Das Letzte, womit ich in meiner Position in Verbindung gebracht werden möchte, ist etwas wie – wie *das*.«

Darauf wette ich, denkt Somer, *zumal du in der Hackordnung so weit unten rangierst, dass sie dir einen Raum im Anbau zugeteilt haben mit einer Logenaussicht auf die Abfallbehälter.*

»Wir bemühen uns, größtmögliche Diskretion walten zu lassen«, sagt sie. »Aber dennoch müssen wir darauf bestehen, dass Sie uns nach Oxford begleiten. Selbst wenn Sie schon lange nicht mehr in der Frampton Road gewesen sein sollten, haben wir doch Fingerabdrücke gefunden, die bisher nicht identifiziert werden konnten und schon seit langer Zeit dort sein könnten. Auf jeden Fall bin ich sicher, dass eine ›Schule wie diese‹ von Ihnen erwarten dürfte, alles in Ihrer Macht Stehende zu tun, um die polizeilichen Ermittlungen nicht zu behindern.« Dagegen ist er machtlos, und das weiß er.

»Nun gut«, sagt er dumpf. »Ich gehe davon aus, dass ich selbst fahren darf?«

Draußen im Wagen spricht Gislingham sie an. »Respekt, den hatten Sie ja an den Eiern.«

»Wissen Sie«, sagt sie nachdenklich, »es gibt heutzutage sicher staatliche Richtlinien, was Lehrer betrifft, die mit Schülern allein in einem Raum sind. Zumindest die Türen sollten offen bleiben.«

»Was? Unterstellen Sie, dass sich zwischen ihm und dem Jungen etwas abgespielt hat?«

»Nein, nicht unbedingt. Aber ich glaube, wir sollten Nachforschungen anstellen. Soweit ich mich erinnere, ist dies schon die dritte Schule, an der er in den vergangenen zehn Jahren unterrichtet. Das könnte was bedeuten, muss aber nicht.«

»Sollte aber überprüft werden.«

Sie nickt. »Doch wir müssen dabei sehr vorsichtig handeln. Einen Lehrer können derartige Gerüchte seinen Job kosten. Selbst wenn sie sich als gänzlich unwahr erweisen.«

Einem Bekannten von ihr ist es so ergangen. Ein stiller, friedfertiger und – wie sich herausstellte – hoffnungslos naiver Mann, den man aus dem Job geworfen hatte, nachdem einer seiner Zehntklässler behauptet hatte, von ihm geschlagen worden zu sein. Zuletzt ist ihr zu Ohren gekommen, dass er bei Lidl an der Kasse sitzt.

Gislingham lässt den Motor an, und einen Augenblick später sehen sie Walshs silbernen Mondeo den Parkplatz verlassen.

»Übrigens«, sagt Gislingham, als Walsh ihnen entgegenkommt, »was hat er eigentlich gemeint, als er von dieser Sexmaschinen-Sache sprach?«

Einen Augenblick lang ist sie total perplex. »Oh, Sie meinen *Deus ex Machina*? Das hat mit der griechischen Tragödie zu tun – wenn ein Dichter die Handlung eines Stücks in ein derartiges Chaos manövriert hat, dass nur noch eine herbeigerufene Gottheit aus dem Schlamassel helfen kann.«

Gislingham grinst. »Großartige Idee. Den Gott könnten wir auch manchmal gebrauchen.«

»Ich dachte, so einen hätten wir schon«, sagt sie spöttisch. »Und zwar als verdeckten Ermittler Detective Inspector Adam Fawley.«

Diesmal lacht Gislingham laut los und legt den Gang ein. Sein Handrücken streift ihren.

Nur ganz kurz.

* * *

Ich schreibe das hier, damit alle es erfahren. Wenn ich hier unten sterbe – wenn ich niemals wieder hier rauskomme –, möchte ich, dass die Menschen wissen, was er mir angetan hat.

Ich war unterwegs, um mir ein möbliertes Zimmer anzusehen. Einer der Studenten hatte sein Studium abgebrochen, und daher war das Zimmer für ein paar Monate frei. Leider hatte ich es geschafft, beim Überqueren der Straße meinen Absatz abzubrechen. Ich saß auf der Mauer und versuchte, den Schaden zu beheben, als er herauskam. Ich dachte, er werde mich bitten, von seiner Mauer aufzustehen, aber er sah sich meinen Schuh an und sagte, dass er Klebstoff habe, um den Absatz zu reparieren. Es werde nur eine Minute dauern, sagte er. Ich sah ihn an, und er lächelte. Er trug eine Krawatte, das weiß ich noch. Er sah nicht aus wie ein Psycho. Er sah ganz nett aus. Freundlich, wie ein Onkel. Also dachte ich, es sei okay, und folgte ihm ins Haus.

Er sagte, dass er den Klebstoff aus dem Schuppen holen müsse und dass er gerade Tee gemacht habe. Ob ich eine Tasse möchte. So muss er es gemacht haben. Mit dem Tee.

Ich fand, er schmeckte irgendwie komisch. (unleserliches Material)

... lag ich bäuchlings auf dem Boden. Ich schrie, aber niemand kam. Er kam auch nicht. Und irgendwann musste ich pinkeln, und ich fing zu weinen an, weil ich spürte, dass meine Jeans nass wurden. Das war schrecklich. Ich weiß nicht, wie lange es dauerte, bis ich begriff, dass ich auf den Knien kriechen konnte. Im Dunkeln stieß ich immer wieder gegen irgendwelche Sachen, aber ich fand das Bett und die Toilette und die Kartons mit Ramsch. Alles riecht nach alten Leuten. Ich glaube, der Raum muss unter der Erde sein, denn es ist so kalt ...

(ein Blatt unleserlich)

... hörte ihn draußen. Man hörte einen Schlüssel und dann Schritte auf der Treppe, und dann ging Licht an. Ich sah es unter der Tür.

Und dann hörte ich, wie er draußen atmete. Atmete und lauschte. Ich gab keinen Laut von mir, und er ging schließlich weg. Aber das Licht unter der Tür ist immer noch da.

Er wird wieder herunterkommen, oder?

Ich will nicht, dass er mich vergewaltigt. Ich hab es noch nie gemacht, und ich will nicht, dass er der Erste ist.

Warum kommt denn niemand?

(zwei Blätter unleserlich)

... wieder hier. Er brachte Wasser mit und ließ mich etwas trinken, aber das meiste lief an meinem Top hinunter. Ich sagte, dass ich auch hungrig sei, aber er antwortete, dass ich erst nett sein müsse. Ich wollte ihn schlagen, und er klatschte mir eine. Er sagte, wenn ich nicht nett zu ihm wäre, würde ich nichts zu essen bekommen. Ich spuckte das Wasser aus, und er sagte: »Mach doch, was du willst. Meinetwegen kannst du auch aus der Toilette trinken. Du wirst schon nachgeben, du dumme kleine Schlampe. Das tut ihr doch alle.«

Ich frage mich immer wieder, ob jemand auf der Suche nach mir ist. Die Leute mit dem möblierten Zimmer kümmert es nicht. Mum weiß nicht, wo ich bin, und es wäre ihr wahrscheinlich egal, wenn sie es wüsste. Sie würde wahrscheinlich sagen, dass es mir recht geschieht, weil ich so dumm bin. Das sagt sie immer.

Ich könnte hier drinnen sterben, und niemand würde es erfahren

Ich will nicht sterben

Bitte, lass mich nicht ...

(drei Blätter beschädigt)

Er hat mich vergewaltigt

Er hat mich VERGEWALTIGT

Ich weiß nicht, wie lange es her ist, denn ich liege hier, und ich weine und weine und weine. Bitte, wenn ihr das hier lest, lasst ihn nicht damit davonkommen. Lasst ihn dafür bezahlen, was er mir angetan hat.

Er hat Wasser heruntergebracht, aber ich glaube, da war etwas drin, denn ich fühlte mich allmählich so eigenartig. Es war, als wüsste ich, was sich zuträgt, konnte aber nichts dagegen tun. Eben noch saß er da und lächelte mir zu, und dann zog er mir den Schlüpfer aus und berührte mich mit seinen runzligen Händen. Er band mich nicht los – ich glaube, es gefällt ihm, dass ich gefesselt bin. Die ganze Zeit lag mein Gesicht im Schmutz, und ich hatte schlimme Schmerzen.

Danach war mir übel. Aber er ließ das Wasser da und auch etwas zu essen

Und er ließ das Licht an

(Mehrere Blätter fehlen)

Wie lange ich schon hier unten bin, kann ich nicht ausrechnen, denn er hat mir die Armbanduhr und das Handy weggenommen. Meine Periode kam gestern, daher müssen es mindestens drei Wochen sein. Ich sagte ihm, dass ich dafür Sachen brauche, aber er brachte mir nur eine Rolle Klopapier. Er gab mir nicht einmal meine Schlüpfer zurück, dieser Dreckskerl. Er sagt, sie seien schmutzig. Und sowieso gefällt es ihm, wenn ich keinen trage.

Er saß da und beobachtete mich. Sein Gesichtsausdruck war seltsam. Als gefiele ihm das Blut. Er sagte, leider könnten wir ja keinen Sex haben, solange ich blute. Es kommt mir so vor, als würde er meinen, wir hätten ein Liebesverhältnis. Ich hatte gedacht, nichts könne diesen Alptraum verschlimmern, aber das tut es.

(mehrere Blätter beschädigt)

... jetzt netter zu mir. Er sagt, wir können eine Familie sein. Er habe schon immer ein Kind gewollt und dass er hofft, es wird ein Junge. Er gab mir meine Höschen zurück und hatte sogar versucht, sie zu waschen. Er lässt mir auch das Licht an und gibt mir mehr zu essen. Aber als ich sagte, dass ich einen Doktor brauche, lachte er fies und sagte, ich sei hier am richtigen Ort. Als ich ihn noch mal fragte, antwortete er, dass die Frauen im neunzehnten Jahrhundert ihre Babys draußen auf dem Feld bekamen und gleich danach weiterarbeiteten. Dass ich jung und kräftig sei und er sich um mich kümmern werde. Um mich und das Baby.

Aber er muss sich wohl über mich geärgert haben, denn danach machte er das Licht aus. Ich liege hier im Dunkeln. Spüre das Baby in mir. Es frisst mich von innen auf.

(ein Blatt oder mehrere fehlen)

Es liegt jetzt da und sieht mich an. Wenn es weint, wird sein Gesicht rot und knitterig. Er wies mich an, es zu stillen, aber ich drehte ihm nur den Rücken zu. Er wollte das Kind haben – soll er es doch auch satt kriegen. Er holte Milch und brachte das Kind tatsächlich dazu, etwas zu trinken.

Er nahm die schmutzige Bettwäsche mit und brachte mir neue Laken. Er sagte immer wieder, er werde dafür sorgen, dass alles sauber und hygienisch ist, und ich sagte, mir sei es egal.

Mich kümmert es auch nicht, ob ich sterbe. Jetzt nicht mehr. Aber er sagte, ich müsse am Leben bleiben für das Baby, und ich drehte nur mein Gesicht zur Wand und weinte.

Er sagte, wir hätten Glück, denn ich bin so jung, und die Wehen waren nicht schlimm. Und ich sagte: »Glück? Dass ich hier unten gefangen gehalten werde, soll Glück sein? Dass ich Tag für Tag vergewaltigt werde, soll Glück sein?« Und er sagte, so sei es doch gar nicht, und ich wisse das auch. Und ich soll mich anständig benehmen. Dass er zu nachsichtig war während meiner Schwangerschaft und dass die Dinge sich ändern müssten.

Er sagte, ich solle mich um das Baby kümmern, und er werde mich dann zufriedenlassen. Also sei das in meinem eigenen Interesse. Ich sage ihm, er soll es mit nach oben nehmen und sich selbst kümmern, aber das macht er nicht. Er sagt, es sei meins. Unseres. Er sagt, es soll Billy heißen.

Ich werde ihm keinen Namen geben

Nicht hier unten

Nicht im Dunkeln

Es sieht mich jetzt an. Das Baby. Er hat blaue Augen. Dunkles Haar wie ich. Ich versuche, ihn als mein Kind anzusehen. Ganz allein meins. Ihn nicht mit diesem widerlichen, perversen Alten in Verbindung zu bringen.

Er weint nicht oft. Er liegt da auf der Decke und sieht mich an. Es ist jetzt über drei Monate her. Der alte Mann ist immer noch »nett« zu mir. Ich bekomme besseres Essen. Tampons. Er kam sogar mit einigen Kleidungsstücken an. Hat sie bestimmt in einem Secondhandladen besorgt. Auch für den Kleinen hat er was gebracht. Ein T-Shirt und ein paar Strampelanzüge.

Vielleicht wird es sich am Ende als gut erweisen, das Baby bekommen zu haben. Er kann es doch nicht in alle Ewigkeit hier unten lassen, oder? Was, wenn es krank wird? Er würde es gewiss nicht sterben lassen. Ich bin ihm egal, aber er wird nicht zulassen, dass dem Baby etwas geschieht.

Seinem Sohn

Seinem Billy

(ein Blatt oder mehrere fehlen)
Es gibt nichts mehr zu essen, und das Wasser wird knapp. Ich weiß nicht, wie lange wir damit auskommen
Ich höre Menschen nebenan, aber so laut ich auch schreie, es kommt niemand
Es kommt niemand

* * *

Um siebzehn Uhr dreißig ruft mich Baxter aus dem U-Haft-Bereich an. Die Wörter des Mädchens gehen mir durch den Kopf. Dazwischen Bilder, die mein Hirn daraus geformt hat. Ich wusste, was er ihr angetan hat, aber es ist doch etwas anderes, dabei zuzusehen, wie es sich vor meinem geistigen Auge abspielt. Ich verspüre jetzt einen Zorn, von dem ich weiß, dass ich sehr vorsichtig mit ihm umgehen muss. Und unendliches Mitleid.

Am anderen Ende der Leitung wartet Baxter. »Boss?«

»Sorry, war ganz woanders. Worum geht es?«

»Harper. Er ist klar im Kopf. Und er sagt, dass er eine Aussage machen will.«

Ich zwinge mich, bis zehn zu zählen.

»Gut. Haben Sie seine Anwältin angerufen?«

»Tut mir leid, aber sie braucht mindestens eine Stunde, und ich bin nicht sicher, ob wir darauf warten können. Nicht bei seinem Zustand – bis sie hier ist, könnten wir ihn wieder verloren haben. Aber seine Ärztin ist hier, und wenn Sie damit einverstanden sind, wäre sie bereit, sein Beistand zu sein.«

»Einverstanden. Bringen Sie ihn herauf in Verhörraum eins. Ist Quinn da?«

»Hab ihn nicht gesehen.«

»Dann eben Sie. Ich bin in zehn Minuten da.«

Harper sieht mir direkt in die Augen, als ich den Raum betrete. Das hat er bisher noch nicht gemacht. Er sitzt gerade und scheint sich seiner Umgebung bewusst zu sein. Die Ärztin ist eine kompetent wirkende Frau mit mattgrauem Haar und unerwartet hübschen Augen. Ich setze mich neben Baxter und sehe hinüber zu Harper.

»Sie wollen eine Aussage machen, Dr. Harper?«

Ich spüre, dass Baxter mich ansieht. An meiner Stimme erkennt er, das sich etwas verändert hat.

Harper zögert und nickt.

»Und Sie sind sich darüber im Klaren, dass dies eine offizielle Vernehmung ist und die Rechtsmittelbelehrung immer noch gilt.«

Wieder nickt er.

»In diesem Fall für das Protokoll: Ich bin Detective Inspector Adam Fawley. Neben Dr. Harper sind außerdem anwesend Dr. Lynda Pearson und DC Andrew Baxter. Also, Dr. Harper, was wollen Sie uns sagen?«

Er sieht zuerst mich an, dann Baxter, sagt aber nichts.

»Dr. Harper?«

Jetzt mustert er uns eindringlicher. »Sie ist es, nicht wahr?«

»Wie bitte?«

»Sie wollen, dass ich über sie spreche?«

Baxter setzt zu einer Antwort an, aber ich bedeute ihm mit der Hand, ruhig zu bleiben. Ich will es von Harper selbst hören. Ich habe die Version des Mädchens gehört, jetzt will ich seine hören.

Er greift nach dem Becher Wasser, der vor ihm steht, und sieht dann zu mir auf. Seine Augen sind feucht und von winzigen roten Äderchen durchzogen. »Haben Sie sich je gewünscht, Sie könnten die Uhr zurückdrehen – und wenn auch nur für eine einzige Stunde?«

Mein Herz hämmert, und für einen Moment habe ich das Gefühl, dass mir der Atem stockt. Was immer ich erwartet hatte, das hier war es nicht. Mein Zorn ist immer noch gegenwärtig, aber hauptsächlich fühle ich den Verlust. Nicht Hannahs, nicht Vickys, nicht einmal den des Kindes. Meinen eigenen. Weil ich nicht einmal eine Stunde bräuchte; ich würde alles dafür geben, nur fünf Minuten zu haben. Die fünf Minuten, in denen ich mich an jenem Abend um den Müll kümmerte. Die fünf Minuten, die ich zu spät kam, um ihn abzuschneiden, Leben in seine Lungen zu bringen. Das ist alles.

Fünf Minuten.

Fünf verfluchte Minuten.

»Sie sucht mich heim«, sagte er plötzlich. »Das rote Kleid, das sie aussehen ließ wie eine Hure. Ihre kalten, kleinen Hände, die meinen Schwanz umschlossen. Ich wusste, sie konnte es nicht sein – sie war in Wirklichkeit ja gar nicht *da*. Aber es hörte nicht auf. Nacht für Nacht. Sie wollte mich einfach nicht in Frieden lassen.«

Ich beuge mich vor. »Wovon reden Sie da, Dr. Harper?«

»Es war ein Augenblick des Wahnsinns. Eine Kurzschlusshandlung, so sagt man doch, oder? Aber es gibt kein Zurück. Man muss mit dem leben, was man getan hat.«

Er legt den Kopf in die Hände und reibt sich die Augen. »In diesen letzten Monaten war ich nicht ich selbst, das weiß ich. Der verfluchte Alkohol, Aussetzer, Halluzinationen. Aufwachen und nicht wissen, wie ich an den Ort gelangt bin.«

Er lehnt sich auf dem Stuhl zurück und lässt die Arme hängen. »Dieser beschissene Ross will mich in ein Heim stecken. Er sagt, ich bin total plemplem. Vielleicht hat er ja recht.«

Lynda Pearson beobachtet ihn, und ich glaube zu wissen, weshalb. Dieses Fluchen – das ist wie ein Warnsignal. Ein Zeichen, dass er die Kontrolle verliert. Dass wir ihn verlieren.

Ich öffne meinen Aktendeckel und ziehe ein Foto des Mädchens heraus. Es ist das erste Mal, dass ich es betrachte, seit ich gelesen habe, was Challow gefunden hat.

»Ist das die junge Frau, von der Sie reden?«

Er sieht mich ausdruckslos an. Blinzelt.

»Diese junge Frau heißt Vicky. Sie wurde im Keller Ihres Hauses gefunden, zusammen mit einem kleinen Jungen.«

Ich reiche ein zweites Bild herum. Er schiebt es von sich. »Priscilla war schon immer eine blöde Kuh.«

»Das hier ist nicht Ihre Frau, Dr. Harper. Es ist eine junge Frau namens Hannah Gardiner. Ihre Leiche wurde in Ihrem Schuppen gefunden. Gardiner wurde seit zwei Jahren vermisst.«

Ich lege die Fotos nebeneinander vor ihn. »Was können Sie mir über diese Frauen sagen?«

»Ich weiß, was Sie denken, aber Sie irren sich. Ich bin kein schlechter Mensch. Sie hat Ihnen wahrscheinlich gesagt, dass ich es bin. Sie hat Ihnen wahrscheinlich gesagt, dass ich ein Perverser bin.« Inzwischen tropft Speichel von seinen Lippen. »Einer dieser Pädophilen, um die die Presse so viel Wind macht. Das hat sie nämlich gesagt. Dass ich ein fieser, perverser Pädo bin und hinter Gitter gehöre.«

»Wer hat das gesagt?«, fragt Baxter. »Vicky, nicht wahr? Wenn Sie irgendwelche kranken Sachen mit ihr anstellten ...«

Harper schreckt zurück. »Wovon redet der?« Er wendet sich an Pearson und wird lauter. »*Wovon redet der?*«

Ich deute auf Vickys Bild. »Dr. Harper, wir haben Beweise, dass Sie dieses Mädchen vergewaltigt haben ...«

Er wiegt sich hin und her, schluchzt leise. »Es ist nicht meine Schuld, nicht meine Schuld.«

»... vergewaltigt und in Ihrem Keller fast drei Jahre lang gefangen gehalten haben ...«

Er hält sich die Ohren zu. »Ich geh da nicht runter – nie mehr – da unten ist jemand – ich höre es – nachts – Jammern und Kratzen ...«

Ich beuge mich vor, zwinge ihn, mich anzusehen. »Was haben Sie da unten gehört, Dr. Harper? *Was haben Sie gehört?*«

Aber Pearson wendet sich mir zu und schüttelt den Kopf. »Es tut mir leid, Inspector, aber ich glaube nicht, dass wir so weitermachen sollten.«

Draußen auf dem Flur holt Pearson mich ein.

»Es gibt da etwas, das Sie wissen sollten. Ich hätte schon früher etwas gesagt, aber ich habe zum ersten Mal das Bild gesehen – in der Presse wurde ja keines gezeigt.«

»Tut mir leid, ich kann Ihnen nicht folgen.« Ich merke selbst, wie ich ihr gegenüber kurz angebunden bin, aber ich kann nicht anders.

»Das Mädchen«, sagt sie. »Vicky. Sie ist das Ebenbild von Priscilla. Das Haar, die Augen, alles. Ich bin mir nicht sicher, ob das überhaupt von Bedeutung ist – aber jedenfalls sollten Sie es wissen.«

»War Mrs. Harper ebenfalls Ihre Patientin?«

Sie schüttelt den Kopf. »Nein, sie ließ sich privat behandeln. Aber ich bin ihr einige Male begegnet. Sagen wir mal so, sie war nicht gerade ein einfacher Mensch.«

»Nach unseren Akten wurde die Polizei zweimal wegen häuslicher Gewalt gerufen. In beiden Fällen scheint die Gewalt von ihr ausgegangen zu sein. Sie hatte ihren Ehemann angegriffen.«

Sie nickt. »Ich kann nicht sagen, dass ich überrascht bin. Ich hatte den Eindruck, dass sie ihm ein Hundeleben bereitete. Ich erinnere mich, dass Billy mir erzählte, er habe seine Zeugungsfähigkeit prüfen lassen, weil sie versuchten, ein Kind zu bekommen. Erst viel später fand er heraus, dass sie sich schon vor langer Zeit heimlich eine Spirale hatte einsetzen lassen. Er war wütend. Wegen der Lüge, aber auch, weil er dadurch die Chance verpasst hatte, Vater zu werden. Er und Nancy hatten Kinder gewollt, aber es hatte nie geklappt.«

Ich nicke verständnisvoll. »Über einen solchen Vertrauensbruch wäre jeder wütend geworden.«

Sie seufzt. »Ich glaube, er hasste sie schon vorher. Und wegen des Leids, das sie Nancy mit ihrer Affäre zufügten. Ich versuchte, ihn davon zu überzeugen, dass der Brustkrebs ohnehin aufgetreten wäre, aber er suchte die Schuld bei sich und sagte, er und Priscilla hätten sie umgebracht. Gemeinsam. Als er Priscilla sagte, dass er Nancy niemals verlassen würde, ging sie zu Nancy und erzählte ihr alles. Nancy hatte nichts geahnt – sie war sehr vertrauensselig. Der Gedanke, dass Bill ihr untreu sein könnte, wäre ihr niemals gekommen. Weniger als ein Jahr später wurde die Diagnose gestellt, und sie lebte nur noch sechs Monate. Das erklärt sein Verhalten vielleicht ein wenig. All die Wut, die er zu Priscillas Lebzeiten hatte unterdrücken müssen – Alzheimer bringt das alles hervor. Und wenn Sie ihm dann das Foto einer Frau zeigen, die ihr so ähnlich sieht, nun, dann ist es kaum verwunderlich, dass er so reagiert.«

»Und wie hätte er reagiert, wenn er sie tatsächlich getroffen hätte? Wenn er Vicky außerhalb seines Hauses begegnet wäre?«

Die Ärztin wird blass. »Guter Gott – meinen Sie, das ist geschehen? Ist es das, was er mit ›Augenblick des Wahnsinns‹ meinte?«

Ich zucke die Achseln. »Ich weiß nicht.«

Sie schüttelt traurig den Kopf. »Das arme Mädchen. Und das arme Kind! Wissen Sie, wie es ihm geht?«

Ich hätte ihr eine Antwort geben können, aber das tue ich nicht. »Er ist in guten Händen. Zumindest im Moment.«

* * *

In der Einsatzzentrale sitzt Somer an einem der Computer und scrollt durch einen Satz Bilder nach dem anderen. Einer der DCs tritt hinter sie und beugt sich hinunter, um einen Blick auf den Bildschirm zu werfen. »Wenn es um Möbel geht, könnten Sie es bei Wayfair versuchen. Meine Freundin schwört darauf. Ich sollte es wissen – ich muss das verdammte Zeug nämlich bezahlen.«

Somers Blick bleibt auf den Bildschirm geheftet. »Ist nichts für mich. Ich versuch nur, eine ganz besondere Art Schrank aufzuspüren.«

Der DC zuckt mit den Achseln. »Ich wollte ja nur helfen. Wir haben es nicht *alle* darauf abgesehen, euch flachzulegen. Da täuschen Sie sich.«

Sie sieht ihm nach, wie er davongeht. Ihre Wangen brennen, und sie fragt sich, was sie falsch gemacht hat. Oder ob sie überhaupt etwas falsch gemacht hat. Dann seufzt sie, und sie weiß haargenau, was ihre Schwester sagen würde, wenn sie sie jetzt sehen könnte. Kath war vom Tag ihrer Ankunft an das schönste Mädchen der Schule, und sie hatte sich früh an die Reaktionen gewöhnt, mit denen man leben musste, wenn man so aussah. Über Somer sagte man in ihrer Kindheit jedoch immer, sie sehe ganz nett aus, und als sich die Veränderung einstellte, erregte sie eine Aufmerksamkeit, mit der sie nicht gut umgehen konnte. In Augenblicken wie diesen hat sie das Gefühl, kaum Fortschritte gemacht zu haben.

Sie wendet sich wieder dem Computer zu, doch gleich darauf lehnt sie sich zurück und betrachtet den Bildschirm. Dann loggt sie sich in den CID-Server ein und holt sich die in der Frampton Road aufgenommenen Fotos auf den Schirm.

»Erwischt«, sagt sie im Flüsterton.

* * *

Ohne es zu ahnen, sitzt Donald Walsh auf exakt demselben Stuhl, auf dem William Harper vor einer halben Stunde gesessen hat. Im angrenzenden Raum sieht Everett über den Bildschirm zu. Walsh macht viel Aufhebens davon, alle dreißig Sekunden auf seine Armbanduhr zu sehen und anschließend mit zunehmend gereiztem Gesichtsausdruck den Blick schweifen zu lassen. Die Tür geht auf, und Gislingham gesellt sich zu ihr. Sein Gesicht sagt alles.

»Sie haben also etwas gefunden?«

»Ja. Die Fingerabdrücke von Walsh entsprechen hundertprozentig den nicht identifizierten Abdrücken aus Keller und Küche. Sie stimmen zudem – und da wird es interessant – mit einigen überein, die wir im Schuppen gefunden haben. Wenn auch nur an den Farbdosen und den Gartengeräten.«

»Sie werden ihn also vernehmen?«

Gislingham nickt. »Er muss auf jeden Fall einiges erklären.«

Auf dem Bildschirm sehen sie zu, wie eine Tür geöffnet wird, und Quinn erscheint, schaut sich um und hat wohl erwartet, Gislingham schon vorzufinden

»Ui«, sagt Gislingham. »Ich muss mich wohl beeilen.«

Everett sieht zu, wie er sich kurz darauf neben Quinn setzt und seinen Stuhl zurückschiebt.

»Mr. Walsh«, beginnt Quinn. »Ich bin Detective Sergeant Gareth Quinn. DC Gislingham kennen Sie ja bereits. Für das Protokoll darf ich bestätigen, dass Sie bereits über Ihre Rechte aufgeklärt worden sind ...«

»Was ich für eine geradezu groteske bürokratische Überreaktion halte, wenn Sie mir erlauben, es so zu formulieren – ich habe absolut *nichts* mit irgendeinem Aspekt dieses abgeschmackten Durcheinanders zu tun.«

Quinn hebt eine Augenbraue. »Tatsächlich nicht?« Er schlägt die mitgebrachte Akte auf. »Wir haben soeben die Bestätigung erhalten, dass einige der Fingerabdrücke, die wir in der Frampton Road Nummer 33 gefunden haben, mit den Ihren übereinstimmen.«

Walsh zuckt mit den Achseln. »Das dürfte wohl keine Überraschung sein. Ich war dort mehrere Male zu Besuch, wenn auch nicht in letzter Zeit.«

»Wann waren Sie denn das letzte Mal da?«

»Ich bin mir nicht ganz sicher. Vielleicht im Herbst 2014. Ich hatte im Oktober eine Tagung in Oxford und habe kurz vorbeigeschaut, um Bill zu besuchen. Um ehrlich zu sein, nachdem Priscilla gestorben war, habe ich damit mehr oder weniger aufgehört.«

Jetzt hebt Gislingham eine Augenbraue. Das klingt eigenartig nach allem, was er über die Frau gehört hat. »Sind Sie denn mit Priscilla gut zurechtgekommen?«

»Wenn Sie es wissen wollen – ich fand sie entsetzlich. Eine bösartige Hexe und eine Frau, die Ehen zerstörte. Obwohl mir natürlich bewusst ist, dass Letzteres heutzutage als altmodische Vorstellung gilt. Sie machte meiner Tante die letzten Lebensjahre zur Hölle. Ich war stets darauf bedacht, nur dort aufzutauchen, wenn ich wusste, dass sie fort war.«

»Und wie oft geschah das? Was würden Sie sagen?«

»Als Nancy noch lebte, pflegte ich zwei- oder dreimal im

Jahr hinzufahren. Nachdem Bill Priscilla geheiratet hatte, höchstens noch einmal im Jahr.«

»Wieso haben sie ganz aufgehört, nachdem Priscilla starb? Das hätte doch die Situation zwischen Ihnen und Dr. Harper entspannter machen müssen?«

Walsh lehnt sich zurück. »Ich weiß nicht, es passierte einfach so. Dahinter steckt keine verborgene Absicht, Constable.«

Aber Gislingham gibt nicht auf. »Lassen Sie mich das genau verstehen – Sie besuchten ihn ab einem Zeitpunkt nicht mehr, an dem er jemanden gebraucht hätte, der sich um ihn kümmerte? Er ist auf sich gestellt, die ersten Anzeichen von Demenz stellen sich ein ...«

»Davon wusste ich nichts«, sagt Walsh hastig.

»Ja, wie sollten Sie auch? Sie haben ja aufgehört, sich zu kümmern und ihn zu besuchen.«

Walsh blickt zur Seite.

»Aber es war nicht nur das, oder?«, sagt Quinn. »Sie beide haben sich gestritten. Ein schweres Zerwürfnis, haben wir gehört.«

»Das ist absurd.«

»Sie wurden dabei beobachtet.«

Walsh bedenkt ihn mit einem vernichtenden Blick. »Wenn Sie die Alte meinen, die die Straße runter wohnt, die dürfte wohl kaum eine verlässliche Zeugin sein.«

Schweigen. Walsh trommelt mit den Fingern auf den Oberschenkeln.

Es klopft an der Tür, und Erica Somer erscheint mit einem Stapel Unterlagen in der Hand. Sie versucht, Quinns Aufmerksamkeit zu erregen, aber er gibt sich alle Mühe, sie zu ignorieren.

»Sergeant? Darf ich Sie kurz sprechen?«

»Wir sind mitten in einer Vernehmung, PC Somer.«

»Das weiß ich, Sergeant.«

Gislingham merkt, dass es wichtig ist, auch wenn Quinn sich abweisend verhält. Er steht auf und geht zur Tür. Auf dem Bildschirm sieht Everett, dass Quinn zusehend nervöser wird, bis Gislingham schließlich wieder in den Raum zurückkehrt. Somer folgt ihm. Quinn sieht nicht auf. Selbst als sie sich auf den Stuhl in der entfernten Ecke setzt und ihn direkt vor Augen hat, erwidert er ihren Blick immer noch nicht.

Gislingham legt die Unterlagen auf dem Tisch ab und dreht eines der Blätter um, so dass Walsh es erkennen kann. Es ist ein Foto.

»Wissen Sie, was auf diesem Foto zu sehen ist, Mr. Walsh?«

Walsh sieht das Bild an und verlagert ein wenig sein Gewicht. »Nein, nicht aus dem Stand.«

»Ich denke, Sie wissen es sehr gut. Sie besitzen selbst einen solchen Gegenstand.«

Walsh lehnt sich zurück und verschränkt die Arme. »Und? Was tut das zur Sache? Das ist doch nur ein Schrank.«

Gislinghams Augenbraue geht hoch. »Nicht ganz. Es ist ein ganz spezieller Schrank, entworfen, um ganz spezielle Schmuckstücke zu bewahren. Schmuckstücke, wie Dr. Harper sie besaß. Wir wissen das, denn sie sind hier erfasst.« Er deutet auf ein weiteres Blatt Papier. »Auf dieser Versicherungsliste. Nur seltsam, dass ich keines davon in seinem Haus gefunden habe. Woran ich mich jedoch erinnere, ist, einen Schrank haargenau wie diesen in Ihrem Haus gesehen zu haben.«

Gislingham registriert plötzlich, dass Quinn ihn eindringlich ansieht. Wenn Quinn etwas hasst, ist es, uneingeweiht vorgeführt zu werden.

»Also, Mr. Walsh«, sagt Gislingham eilig, »warum helfen Sie uns allen nicht, Zeit zu sparen, und erzählen uns, wofür genau dieses Ding ist.«

Walshs Mund verzieht sich zu einer schmalen Linie. »Mein

Großvater war Diplomat und hat nach dem Krieg einige Jahre in Japan verbracht. Während der Zeit legte er eine beträchtliche Sammlung von *Netsuke* an.«

Quinn legt seinen Stift ab und sieht auf. »Wie bitte?«

Walsh verzieht das Gesicht. »Sie haben nicht die geringste Ahnung, wovon ich rede, nicht wahr?«, sagt er süffisant.

Aber Sarkasmus ist in der Auseinandersetzung mit Quinn höchst selten der beste Weg. »Nun, in dem Fall«, erwidert er, »sollten Sie vielleicht loslegen und mich aufklären.«

»*Netsuke* sind Miniaturschnitzereien.« Die Stimme gehört Somer. »Sie waren Teil der traditionellen japanischen Kleidung. Ein bisschen wie Knebelknöpfe.«

Walsh grinst in Richtung Quinn. »Ihre Kollegin scheint besser informiert zu sein als Sie.«

Quinn wirft ihm einen giftigen Blick zu. »Und die Sammlung Ihres Großvaters – wie viel war sie wert?«

»Einige hundert Pfund vermutlich«, sagt Walsh leichthin. »Es ging mehr um das Prinzip der Sache – um den sentimentalen Wert. Mein Großvater hinterließ sie Nancy, und als sie starb, fand ich, dass sie wieder in Familienbesitz gelangen sollte.«

»Aber Dr. Harper war nicht einverstanden?«

Ein Anflug von Zorn strich über Walshs Gesicht. »Nein. Ich sprach mit ihm darüber, aber er sagte, Priscilla halte viel von der Sammlung. Und er machte klar, dass sie nicht bereit sei, sie aufzugeben.«

Darauf möchte ich wetten, denkt Quinn.

»Ich verstehe«, sagt er. »Aber nachdem sie verstorben war, dachten Sie, es wäre einen weiteren Versuch wert?«

»Das haben Sie sehr schön formuliert – ja. Ich stattete ihm wieder einen Besuch ab.«

»Und er wies Sie zurück. Nochmals. Und das war es auch, worüber Sie beide sich stritten.«

Gislingham lächelt wissend. Bei Verbrechen geht es, wie er zu sagen pflegt, um Liebe oder um Geld. Manchmal um beides.

Walsh ist inzwischen sichtlich genervt. »Er hatte kein Recht – diese Gegenstände waren Teil meiner Familiengeschichte – unser Vermächtnis ...«

»Und wo sind sie jetzt?«

Walsh hält abrupt inne. »Was meinen Sie damit?«

»Wie DC Gislingham gerade erläuterte, befindet sich keines dieser Netsky-Dinger in Harpers Haus. Sie andererseits besitzen anscheinend einen Spezialschrank, um sie zu präsentieren.«

Walsh wird rot. »Den habe ich gekauft, als ich noch annahm, Bill werde mit sich reden lassen.«

»Sie wollen also sagen, wenn wir Ihr Haus durchsuchen, werden wir keinen der Gegenstände finden, die auf dieser Versicherungsliste stehen?«

»Absolut nicht«, blafft er. »Wenn die Sachen sich nicht in der Frampton Road befinden, habe ich keine Ahnung, wo sie sein könnten. Und in dem Fall möchte ich sie jetzt als gestohlen melden. Offiziell.«

Quinn blättert in seiner Akte. »Pflichtgemäß registriert. Also, vielleicht können wir uns jetzt wieder mit den Fingerabdrücken befassen.«

»Was?« Walsh sieht ihn verständnislos an.

»Die Fingerabdrücke, die ich erwähnt habe. Bisher haben wir sie an diversen Stellen im Haus gefunden, einige in der Küche ...«

»Was kein Wunder ist, denn die meiste Zeit habe ich dort verbracht ...«

»Und im Keller.«

Walsh sieht ihn an. »Was meinen Sie damit – im Keller?«

»Damit meine ich den Keller, in dem die junge Frau und das

Kind gefunden wurden. Vielleicht könnten Sie erklären, wie die Abdrücke dorthin gelangt sind.«

»Ich habe keine Ahnung. Ich glaube nicht, dass ich je dort unten gewesen bin. Und ich möchte festgehalten wissen, dass ich absolut *nichts* von dieser jungen Frau weiß. Und auch nichts von ihrem Kind.« Er blickt von einem zum anderen. »Außerdem weigere ich mich, weitere Fragen ohne meine Anwältin zu beantworten.«

»Das ist natürlich Ihr gutes Recht«, sagt Quinn. »Ebenso, wie wir das Recht haben, Sie festzunehmen. Was ich hiermit tue. Vernehmung beendet um achtzehn Uhr zwölf.«

Er steht so schnell auf, dass er aus der Tür ist, bevor Gislingham sich aufgerafft hat. Und als Somer auf den Flur hinauskommt, packt er sie am Arm und zieht sie zur Seite. Ihr Lächeln erstarrt, als sie seinen Gesichtsausdruck bemerkt.

»Mach das verflucht noch mal nie wieder«, zischt er. »Hast du verstanden?«

Sie entzieht sich ihm. »Was meinst du?«

»Mich vor einem Verdächtigen wie einen verdammten Idioten aussehen lassen – und vor dem *Gislingham*-Arsch, zum Teufel noch mal!«

»Tut mir leid – ich wollte doch nur helfen ...«

Sein Gesicht nähert sich ihrem bis auf Zentimeter. »Wenn du das Hilfe nennst, dann vergiss es. Weißt du was, vergiss alles, Punkt.«

»Was ist denn bloß los?«

Aber er ist schon weg.

* * *

Das Teamtreffen findet um achtzehn Uhr dreißig statt, und diesmal übernehme ich es. Der Raum ist ziemlich voll, und es ist heiß. Aber still. Die Neuigkeiten haben sich verbreitet.

»Okay«, sage ich in die erwartungsvolle Stille. »Sie wissen wahrscheinlich, dass Challows Team in einem der Kartons im Keller in der Frampton Road etwas gefunden hat. Es handelt sich um ein Tagebuch, das Vicky während ihrer Gefangenschaft geschrieben hat.«

Ich trete vor und schalte den Projektor ein.

»Einige Teile fehlen oder sind nicht mehr lesbar, doch es besteht kein Zweifel darüber, was ihr widerfahren ist. Das hier ist ein Transkript der entscheidenden Seiten. Aber ich möchte Sie warnen, es handelt sich um eine schmerzhafte Lektüre.«

Ich bleibe stumm, während sie lesen. Es wird nach Luft gerungen und mit dem Kopf geschüttelt. Ich erkenne eindeutig den Moment, in dem Gislingham an der Stelle mit »Billy« angelangt ist. Ich sehe absichtlich nicht zu ihm hinüber, spüre jedoch, dass er erstarrt, und höre, wie er schwerer atmet.

»Wir warten auf die DNA«, sage ich schließlich, »als formellen Beweis, aber ich habe vor, William Harper noch heute wegen Vergewaltigung und Freiheitsberaubung unter Anklage stellen zu lassen. Wir haben inzwischen genug, um ihn vor Gericht zu bringen.«

Es herrscht Schweigen.

»Sir«, sagt Somer zögernd, »ich weiß, dass ich nicht zur CID gehöre und all das, aber könnte man es nicht auch anders verstehen? Ich habe Harper nicht kennengelernt, aber ich bin Walsh begegnet, und ich glaube, *er* ist derjenige, von dem sie hier spricht. Der Mann, von dem sie sagt, dass er die Tür öffnet, klingt mehr nach Walsh, finde ich.«

»Tatsächlich hat sie gar nicht so unrecht«, sagt Gislingham rasch. »Die Krawatte, die affektierte Redeweise. Das ist Walsh, wie er leibt und lebt. Harper dagegen geht im Unterhemd auf die Straße.«

»Das hier war vor drei Jahren. Harper war damals ein ganz

anderer Mann.« Aber noch während ich das sage, kommen mir erste Zweifel.

»Ja, Sir, aber sehen Sie«, sagt Somer, steht auf und deutet auf das Transkript. »Er nennt sie eine ›bösartige Hexe‹. Genauso hat Walsh Priscilla genannt. Heute Nachmittag bei der Vernehmung.«

Wörter sind von Bedeutung. Nuancen sind von Bedeutung. Ich gehe zur Leinwand. Somer steht im Lichtkegel des Projektors, und Vickys Wörter wandern gespenstisch über ihr Gesicht.

»Die Bezugnahme auf einen Doktor«, sagt sie, immer noch etwas zaghaft, »und die Versicherung, Vicky sei ›am richtigen Ort‹. Ja, das könnte Harper sein, der von sich selbst spricht, aber es *könnte* auch Walsh sein, der von Harper redet. Davon, dass er zwar auch Doktor war, aber eben kein Arzt.«

»So oder so ist das ein ziemlich kranker Scherz«, sagt Gislingham grimmig. »Und das auch noch gegenüber einem Mädchen, das schon bald ohne medizinische Hilfe ein Kind zur Welt bringen wird.« Verständlich, dass er so empfinden muss: ein Mann, dessen Sohn nur überlebte, weil modernste Apparate und ein ganzes Team von Geburtshilfe-Fachärzten zur Stelle war.

Ich stehe da und lese. Lese noch mal. Ich kann sie alle hören, hinter mir. Das Gemurmel und Raunen derjenigen, die überlegen, wie es weitergehen mag. Ich drehe mich um, damit ich sie vor mir habe. »Was haben wir zu Walsh?«

»Eine ganze Menge«, sagt Quinn, während die Stimmung im Raum noch angespannter wird. »Wir haben seine Fingerabdrücke auf einigen Kartons aus dem Keller, welche aus der Küche und auch ein paar auf Gegenständen im Schuppen ...«

»Und wie erklärt Walsh das?«

Quinn schüttelt den Kopf. »Fehlanzeige. Er besteht darauf, niemals im Keller gewesen zu sein, und verlangt seine Anwältin, bevor er weitere Fragen beantwortet. Wir warten immer noch darauf, dass sie bald eintrifft. Aber wenn sie da ist, werden wir Walsh auch über eine *Netsuke*-Sammlung befragen, die Harper von seiner ersten Frau geerbt hat. Solche Sachen zum Beispiel.«

Er hält ein bebildertes Blatt in die Höhe. Ein Elfenbeinhase, zwei ineinander verschlungene Frösche, eine zusammengerollte Schlange, eine Krähe, die einen Totenkopf umschlingt. Sehr klein und perfekt.

»Walsh wollte die Figuren wiederhaben«, fährt Quinn fort, »aber Harper weigerte sich, sie rauszurücken. Im Haus findet sich jedoch keine Spur davon. Im Schlafzimmer steht ein Schrank, in dem sie nach Walshs Behauptung sein sollen, aber er ist leer.«

»War diese Sammlung wertvoll?«

Quinn nickt. »Könnte sein. Walsh hat uns erzählt, sie sei nur ein paar hundert Pfund wert, aber zufällig weiß ich, dass seltene Exemplare bis zu hundert Mille oder mehr bringen können. Pro Exemplar.« Mir fällt auf, dass Somer ihm einen Blick zuwirft, er sich jedoch offenbar angestrengt bemüht, dem auszuweichen.

Eher an mich gerichtet als an Quinn sagt Somer: »Als wir ihm dort einen Besuch abstatteten, sah ich an einer Wand in Walshs Haus eine Vitrine, die ganz speziell gestaltet war. Eben wie ein Ausstellungsschränkchen, das sich Leute kaufen, um ihre *Netsuke*-Sammlung zu präsentieren.«

»Meine persönliche Theorie?« Quinn fährt fort, als habe es keine Unterbrechung gegeben. »Ich schätze, Walsh merkte, dass Harper allmählich durchdrehte, und nutzte die Gelegenheit, um sich die Sammlung anzueignen. Entweder alles auf einmal oder Stück für Stück, damit es nicht auffiel, wenn jemand wie Ross herumschnüffelte. Es könnte bedeuten, dass er viel öfter ins Haus gekommen ist, als er einräumt. Und so könnte er auch an jenem Tag dort gewesen sein – an dem Tag, als Vicky entführt wurde.«

»Aber müssten dann nicht mehr Leute von ihm wissen, wenn er dort so oft auftauchte?«, fragt Baxter. »Nur eine Person in der Nachbarschaft gab an, ihn gesehen zu haben – vor recht langer Zeit.«

»Ich glaube nicht, dass wir daraus Schlüsse ziehen sollten. Außerdem hätte er auch bei Nacht kommen können. Ich möchte bezweifeln, dass ihn jemand in der Dunkelheit erkannt hätte.«

»Gut«, sage ich an alle gerichtet. »Gislingham, organisieren Sie bei Walsh eine Hausdurchsuchung. Und vergessen wir nicht, dass er in Banbury wohnt. Sollte er tatsächlich ein psychopathischer Sexualstraftäter sein, wäre Frampton Road das ultimative Safe House für ihn gewesen – weit genug entfernt, aber auch nicht zu weit, nur eine alte Dame nebenan, ein Keller mit dicken Mauern und ohne Fenster ... Und noch etwas«, fahre ich fort. »Als ich Harper befragte, sagte er, er wolle nicht mehr in den Keller gehen. Er habe von dort unten Geräusche gehört. ›Jammern und Kratzen‹ sagte er. Er wirkte glaubhaft verängstigt. Und das könnte einleuchten, wenn Walsh Vicky ohne Harpers Wissen dort unten gefangen hielt. Der alte Mann wird immer verwirrter, er trinkt – es wäre denkbar, dass Walsh die junge Frau ins Haus gebracht hatte, ohne dass Harper davon wusste. Er hat wahrscheinlich einen Schlüssel.«

»Ja«, sagt Gislingham, »aber ob Harper so die Wahrheit sagt? Er wird doch behaupten *müssen*, dass er von alledem nichts wusste.«

»In der Theorie ja, aber er erzählte das spät in der Befragung, als seine Verwirrung zunahm. Ich glaube nicht, dass er mir etwas vorgespielt hat. Und es könnte die Erklärung für etwas sein, das mir schon die ganze Zeit zu denken gibt: Dieses Mädchen zu entführen, sie gefangen zu halten – ein solches Verbrechen geschieht doch nicht aus heiterem Himmel. Es gibt immer etwas, das einer solchen Tat vorausgeht – etwas, das im Laufe der Zeit eskaliert. Etwas, das durchaus erst im Nachhinein auffällig wird. Aber bei Harper gibt es nichts. Oder zumindest haben wir nichts gefunden.«

»Und die Pornohefte im Haus?«, sagt Baxter.

»Ja«, meint Quinn, »aber was ist, wenn sie Walsh gehörten? Seien wir ehrlich, für einen Lehrer wäre es doch ein besseres Versteck als sein eigenes Zuhause.«

»Richtig«, sage ich. »Holen wir uns Fingerabdrücke, um sicher zu sein. Und alles, was ich über eine Eskalation gesagt habe, gilt für Walsh genauso wie für Harper. Wenn er es war, gibt es etwas, das dazu geführt hat. Eine Spur, die wir finden, wenn wir nur gründlich genug suchen.«

»Da war doch ein Schüler in seinem Büro«, sagt Gislingham. »Der kleine Kerl schien eingeschüchtert zu sein.«

Somer sieht auf. »Es ist außerdem seine dritte Schule in zehn Jahren. Ich habe mir die Akten angesehen. Es wäre durchaus sinnvoll, zu prüfen, ob etwas dahintersteckt.«

Die ist gut, diese Frau. Sie ist sehr gut.

»Okay, Somer, kümmern Sie sich um Banbury. Arbeiten Sie mit Gislingham zusammen und binden Sie die örtlichen Kräfte sowohl für die Schule als auch für das Haus ein.«

Ich merke, dass Quinn erst sie anblickt, dann mich und schließlich wegsieht. Er ist sauer, aber das ist mir egal.

»Irgendwas Neues über die junge Frau?«, fragt einer der DCs aus den hinteren Reihen.

»Sie hat bisher noch nichts gesagt«, antwortet Everett. »Aber ich werde sie morgen früh wieder im Krankenhaus besuchen.«

»Und der kleine Junge?«

Everett sieht mich an und dann den DC. »Ihm geht's besser.«

Ich nicke Everett kurz zu. Als Dank für ihre Diskretion.

»Okay«, fahre ich fort. »Kommen wir zu Hannah Gardiner. Trotz des Zeugenaufrufs hat sich niemand mit neuen Informationen darüber gemeldet, wo Hannah an jenem Morgen gesehen wurde ...«

»Außer den gewohnten Spinnern«, murmelt der DC aus den hinteren Reihen.

»Aber zwei Dinge sind wichtig: Erstens parkte sie ihr Auto oft in der Frampton Road. Wenn wir also Walsh als möglichen Verdächtigen ansehen, müssen wir überprüfen, wo er an jenem Tag war – ob er ihr auf der Straße begegnet sein könnte.«

Der Geräuschpegel steigt, und ich spreche lauter. »Jetzt allerdings ein großes Aber, Leute: Wir haben auch etwas Neues, was in eine völlig andere Richtung weist. Baxter hat mit Beth Dyer gesprochen, die ihm etwas erzählte, das ein anderes Licht auf die Beziehung von Hannah und Rob wirft. Etwas, das Miss Dyer vor zwei Jahren nicht für interessant genug hielt, uns mitzuteilen. Und das auch erklären könnte, warum wir immer noch nicht die geringste Spur eines Tatorts in der Frampton Road gefunden haben.«

Baxter steht auf und dreht sich zu der Gruppe um. »Beth sagt, dass ihr Hannah ein paar Wochen vor ihrem Verschwinden begegnet sei und sie einen Bluterguss im Gesicht hatte. Hannah behauptete damals, es habe einen Unfall mit Toby gegeben, aber Beth glaubte ihr nicht. Sie hatte Rob im Verdacht. Damals, 2015, ging sie der Sache nicht weiter nach, aber jetzt brach es aus ihr heraus. Und sie hat etwas gesagt, das mich beschäftigt: Wer auch immer Hannah getötet hat – wie konnte er wissen, wo er ihren Wagen loswerden sollte, dass sie in Wittenham zu einem Interview verabredet war? Es gab nicht viele Leute, die wussten, wohin sie an jenem Tag wollte. Walsh mit Sicherheit nicht und auch Harper eigentlich nicht. Aber Rob wusste es. Und darum glaubt Beth, dass Rob für ihren Tod verantwortlich ist. Und für die blauen Flecken.«

Ich erinnere mich und nicke. »Jill Murphy hat 2015 etwas Ähnliches gesagt.« Sie hat als DS den Fall bearbeitet und ihre Arbeit verdammt gut gemacht. »Sie glaubte immer, dass Beth etwas für Rob übrighatte.«

»Ja«, sagt Baxter, »ich schätze, es ist noch immer so. Was natürlich bedeuten könnte, dass sie all das nur erfindet, um sich an ihm zu rächen. Wäre nicht das erste Mal.«

»Wie auch immer, wir müssen uns auf jeden Fall noch einmal mit Rob Gardiner befassen. Dem Anschein nach deutet einiges darauf hin, dass er der Mörder ist – das wäre bei weitem die einfachste Erklärung für das Fehlen anderer DNA-Spuren im Auto.«

Man soll schließlich immer zuerst der einfachsten aller möglichen Erklärungen glauben. Osbourne hat uns das immer eingetrichtert, als er noch beim Thames Valley war. Das war auch ein Grund dafür, dass wir am Ende so auf Shore fixiert waren: Auch er schien die einfachste Erklärung zu sein.

»Wir haben Gardiner 2015 ausgeschlossen, weil Hannah in Wittenham gesehen worden war und die Zeitangaben nicht passten. Aber jetzt wissen wir, dass sie Oxford nie verlassen hat, und deswegen müssen wir unsere zeitliche Rekonstruktion vergessen und von vorn anfangen.«

Ich gehe hinüber und deute auf die Zeitangaben, die Baxter an der Tafel festgesteckt hat. »Von hier an, als Gardiners Zug um sieben Uhr siebenundfünfzig Oxford verließ, hat er ein wasserdichtes Alibi, aber wie ist es mit der Zeit davor? Was ist mit dem vorherigen Tag?«

»Wartet mal«, sagt Quinn und deutet auf die erste Zeitangabe. »Um sechs Uhr fünfzig an jenem Morgen, als sie die Sprachnachricht hinterließ, war sie definitiv noch am Leben.«

»Haben Sie sich die Nachricht angehört?«

»Nein.«

»Ich schon, damals, immer und immer wieder. Und wir haben sie auch ihren Freunden vorgespielt. Die Qualität ist nicht sonderlich gut, aber alle meinten übereinstimmend, Hannahs Stimme zu erkennen. Aber was, wenn sie es doch nicht war? Könnte es auch jemand anderes gewesen sein? Könnte Beth Dyer die ganze Zeit recht gehabt haben – könnte eine geheimnisvolle zweite Frau im Spiel gewesen sein – eine Frau, von der wir nie erfahren haben und die Gardiner ein Alibi verschafft hat?«

Ich sehe, dass sie skeptisch sind, bleibe aber beharrlich. »Ich sage ja nur, dass wir die Nachricht noch einmal untersuchen lassen sollten. Bei der Software für Stimmerkennung wurden in den letzten zwei Jahren große Fortschritte gemacht. Und wir sollten noch mal mit Pippa Walker sprechen. Nur für den Fall, dass ihr an der Nachricht irgendetwas aufgefallen ist, was sie damals nicht erwähnt hat.«

»Einen Versuch ist es wert«, sagt Gislingham. »Besonders jetzt, nach ihrem Streit mit Gardiner.«

Ich sehe ihn fragend an, und er deutet auf Quinn, der nicht ganz bei der Sache ist. »Ich habe sie heute Nachmittag in Gardiners Wohnung angetroffen«, sagt er schließlich nach einer Pause und sieht Gislingham an. »Sie und Gardiner hatten eine Auseinandersetzung, und er hat sie rausgeworfen. Sie hatte am Handgelenk einen Bluterguss und sagte, den habe er ihr verpasst.«

»Gut, holen wir sie her und lassen sie eine Aussage machen. Ich nehme an, Sie wissen, wo sie zu finden ist?«

Quinn will etwas sagen, lässt es dann aber.

»Und da wir gerade dabei sind, können wir auch gleich mal in Gardiners Vergangenheit nach weiteren Fällen von Gewalttätigkeit suchen, mit seiner Exfrau sprechen ...«

»Habe ich versucht«, sagt Baxter. »Sie ruft nicht zurück. Und als ein Polizist bei ihr klingelte, hat sie nicht aufgemacht.«

»Also los, spüren Sie seine früheren Freundinnen auf, Leute, die er an der Universität kannte. Sie machen so was doch nicht zum ersten Mal.«

Ich wende mich wieder der Zeitleiste zu. »Wenn man die Sprachnachricht um sechs Uhr fünfzig streicht, bricht Gardiners Alibi zusammen. Er könnte Hannah am Tag zuvor ohne weiteres getötet und noch am selben Abend begraben haben. Am folgenden Morgen hätte er noch früh genug nach Wittenham fahren können, um den Zug zu erreichen.«

»Aber wie wäre er in dem Fall zurückgekommen?«, fragt Quinn.

»Er hat ein Fahrrad«, sagt Somer, ohne ihn anzusehen. »Eines dieser Falträder – auf den Bildern der Überwachungskamera am Bahnhof Reading hat er es bei sich. Und nach Wittenham sind es nur zehn Meilen. Das hätte er schaffen können in ... vielleicht vierzig Minuten?«

»Und was ist mit dem Jungen?«, fragt jemand. »Wollen Sie sagen, dass Gardiner ihn dort oben einfach abgesetzt hat, obwohl kaum die Chance bestand, dass jemand ihn finden würde? Hätte er das seinem eigenen Kind wirklich angetan?«

Eine gute Frage. »Das ist nicht sehr wahrscheinlich, da haben Sie recht – nicht auf den ersten Blick. Aber vergessen wir nicht, dass Hannahs Interview an jenem Morgen ursprünglich viel früher angesetzt war. Rob konnte nicht gewusst haben, dass Jervis sich verspätete. Womöglich hat er angenommen, dass der Junge viel schneller gefunden würde, als es der Fall war.«

»Aber dann müssten wir davon ausgehen, dass er ihr Handy nicht mehr bei sich hatte, sondern es mittlerweile entsorgt hatte.«

»Das ist doch gut möglich.«

»Man muss dennoch ein gottverdammter Psychopath sein«, murmelte Gislingham, »um einem so kleinen Jungen so was anzutun.«

»Genau das ist es«, sage ich. »Vielleicht will er, dass wir das denken – dass nur ein Psychopath seinem eigenen Kind so etwas antun könnte. Aber wie auch immer, wir dürfen keinen Ermittlungsansatz aufgeben, bevor wir sicher sind, dass er zu nichts führt. Und wenn das für manche wie ein Klischee klingt, entsinne man sich, wie etwas zu einem Klischee wird.«

»Weil es wahr ist«, murmeln sie unisono. Den Spruch kennen sie. Alle außer Somer, die plötzlich grinst, es aber zu verbergen versucht, indem sie etwas auf ihrem Tablet notiert. Ihr Lächeln erhellt das ganze Gesicht.

»Aber was ist mit der Leiche, Sir?« Wieder Baxter. »Wenn Rob seine Frau umgebracht hat, wie ist sie in Harpers Schuppen gelandet?«

»Die beiden Gärten grenzen aneinander. Und der Zaun unten ist ziemlich morsch – es dürfte nicht schwer gewesen sein, ihn zu überwinden.«

»Ist das nicht ein bisschen weit hergeholt, Boss?«, unterbricht Everett. »Ich meine, dass Rob Gardiner die Leiche seiner Frau im Garten eben des Hauses vergraben haben soll, in dessen Keller wir auch das Mädchen fanden? Ich meine, wie groß ist die Wahrscheinlichkeit?«

Ich werfe Baxter einen scharfen Blick zu, aber er tut so, als hätte er nichts bemerkt.

»Guter Einwand, Ev. Und Sie haben recht, ich glaube nicht an Zufälle. Normalerweise nicht. Aber wir dürfen diese Möglichkeit nicht völlig ausschließen. Und ich weiß nicht, wie Sie darüber denken, aber je mehr wir über diese beiden Verbrechen herausfinden, desto weniger Gemeinsamkeiten scheinen sie zu haben. Also behandeln wir sie auch als zwei unterschiedliche Fälle. Fürs Erste zumindest.«

Die Leute stehen auf, ordnen ihre Unterlagen, und ich winke Everett herbei.

»Würden Sie sich bitte ansehen, was Vicky in ihrem Tagebuch über sich selbst schreibt? Vielleicht finden wir so etwas mehr über sie heraus.«

»Da ist nicht viel, Boss ...«

»Sie spricht davon, eine neue Wohnung zu suchen und noch nicht lange in der Stadt zu sein. Also fragen Sie im Jobcenter nach Mädchen, die Vicky heißen, zwei oder drei Jahre dort registriert waren und dann plötzlich und ohne jede Erklärung nicht mehr erschienen sind. Und versuchen Sie es auch bei den Maklern.«

Überzeugt ist sie nicht, aber sie ist Profi. »Okay, Boss. Ich werde sehen, was ich tun kann.«

»Was ist los?«, frage ich. Denn etwas stimmt nicht. Mir scheint, sie wollte noch etwas hinzufügen, ließ es dann aber sein.

»Mir fällt gerade ein, wie heftig sie reagiert hatte, als Sie ihr Bild in die Zeitung bringen wollten. Haben Sie eine Ahnung, warum?«

Ich schüttele den Kopf. »Im Moment nicht.«

* * *

Janet Gislingham schläft auf dem Sofa, als ihr Mann nach Hause kommt, und erst als sie aufsteht, um nach ihrem Sohn zu sehen, bemerkt sie ihn. Billy döst in seinem Kinderzimmer, in die blauweiße Decke gehüllt, umgeben von Kuscheltieren und stapelweise Kleidung, für ein Jahr im Voraus angeschafft und immer noch in Plastik verpackt. Alles, was an Babyausstattung denkbar ist, hat sie bedacht, bereits gekauft oder für alle Fälle geliehen. Über der Wiege hängt ein Mobile, das Gislinghams fußballverrückter Bruder für seinen ersten Neffen gebastelt hat. Die Gesichter der berühmten Chelsea-Spieler Drogba, Ballack, Terry, Lampard tänzeln langsam in der warmen Luft.

Gislingham steht an der Wiege, und Janet sieht zu, wie er sich vorbeugt und sanft über das seidige Haar seines Sohns streicht. Billy rührt sich unter der Hand des Vaters, gibt im Traum leise Geräusche von sich und ballt mehrmals die kleinen Hände zu Fäusten. Die intensive Liebe, die sie im Gesicht ihres Mannes lesen kann, scheint ihm fast körperliche Schmerzen zu bereiten.

»Chris«, fragt sie, die Hand noch immer auf der Türklinke. »Ist alles okay?«

Doch er erwidert nichts und bewegt sich nicht. Nur die leisen Laute des Babys durchbrechen die Stille, und sie ist sich noch nicht einmal sicher, ob ihr Mann sie bemerkt hat.

»Chris?« Ein wenig lauter. »Ist alles in Ordnung mit dir?«

Gislingham erschrickt und dreht sich langsam zu ihr um.

»Natürlich«, sagte er mit seinem gewohnten Lächeln. »Wieso denn nicht?«

Aber als er auf sie zukommt und sie in den Arm nimmt, spürt sie an ihrer Wange seine Tränen.

* * *

Es ist inzwischen einundzwanzig Uhr, als ich heimkomme. Über eine Stunde habe ich mit Walsh verbracht, aber seine Geschichte blieb immer dieselbe: Er ist niemals im Keller gewesen, er weiß nichts von Hannah oder Vicky, und er hat nichts aus dem Haus gestohlen. Seine einzige Erklärung für die Fingerabdrücke ist die, dass er vor Jahren einmal Harper beim Entrümpeln geholfen hat, und dabei müssen die Kartons mit seinen Fingerabdrücken im Keller gelandet sein. Mit anderen Worten: Stillstand. Wir haben ihn über Nacht in die Aufbewahrungszelle verfrachtet, müssen ihn aber auf Kaution laufen lassen, wenn wir nicht weitaus Besseres finden als das, was wir im Moment haben.

In diesem Job lernt man, mit dem Unerwarteten umzugehen, auch die allerkleinsten Veränderungen wahrzunehmen. Aber als ich um Viertel nach neun meine Haustür aufstoße, brauche ich keine besonderen Kompetenzen, um festzustellen, dass sich etwas verändert hat. Lilien in einer großen Vase, die ich seit Monaten nicht gesehen habe. Bryan Ferry singt im Hintergrund. Dazu noch – und das ist tatsächlich ein Schock – verführerische Düfte aus der Küche.

»Hallo?«, rufe ich und werfe meine Tasche im Flur auf den Boden.

Alex erscheint in der Küchentür. Sie wischt sich die Hände an einem Geschirrhandtuch ab. »Das Essen sollte in zehn Minuten auf dem Tisch stehen«, sagt sie schmunzelnd.

»Du hättest nicht warten müssen. Ich hätte mir doch eine Pizza in die Mikrowelle schieben können.«

»Ich wollte es so. Plötzlich war mir danach, zur Abwechslung mal zu kochen. Ein Glas Wein?«

In der Küche steht Eintopf auf dem Herd. Ein spanisches Rezept, das sie schon oft gekocht hat. Erinnerungen an ein Wochenende in Valencia. Sie schenkt den Merlot ein und wendet sich mir zu. Achtsam hält sie ihr Glas, eines der letzten noch heilgebliebenen, die wir zur Hochzeit bekommen haben.

»Wie war dein Tag?«

Auch das ist anders als sonst. Normalerweise ist Alex nicht für Small Talk zu haben.

Ich trinke einen Schluck Wein und merke, dass er mir direkt zu Kopf steigt. Ich habe wohl vergessen, zu Mittag zu essen.

»Grausam. Es sieht im Moment so aus, als wäre es Harpers Neffe gewesen, der das Mädchen eingesperrt und missbraucht hat. Wir haben ein Tagebuch gefunden, das sie dort unten im Keller geschrieben hat. Entsetzlich, was sie hat durchmachen müssen.«

Alex nickt. Genau genommen dürfte ich ihr nichts von alledem erzählen, aber das Dienstgeheimnis hat zwischen uns keinen so großen Stellenwert. Ebenso wie Small Talk. »Das habe ich befürchtet«, sagt sie. »Und Hannah?«

»Gutes gibt es da auch nicht zu berichten. Ihre beste Freundin hat uns gerade erzählt, dass Rob sie möglicherweise geschlagen hat. Er ist also auch wieder als Täter im Spiel.«

Ihr Blick ist finster. Vermutlich genauso finster wie meiner.

Sie wendet sich wieder dem Eintopf zu. Knoblauch, Oregano, Anchovis. Mir dreht sich der Magen um. Ich stehe da mit meinem Wein und versuche, mich zu entscheiden. Erzähle ich ihr, was Vicky über den Jungen geschrieben hat? Sage ich meiner Ehefrau, dass sie richtiglag? Dass seine Mutter den Jungen einmal gehasst hat und es vielleicht noch immer tut? Dass er sein ganzes kurzes Leben in Gefangenschaft mit einer Person hat verbringen müssen, die ihn nie wollte? Aber wenn ich das tue, wird das nicht alles nur noch schlimmer machen? Wird es in Ihr den Wunsch nicht noch verstärken, ihm die Liebe zu schenken, die ihrer Meinung nach jedes Kind verdient – die Liebe, die sie noch übrighat, aber niemandem mehr geben kann?

»Es dauert noch«, sagt sie, immer noch mit dem Topf beschäftigt, »falls du schon nach oben gehen willst.«

»Schon okay, ich muss mich nicht erst umziehen.«

»Das meinte ich nicht. Ich dachte, du würdest gerne nach ihm sehen.«

Ich wusste, dass er hier ist. Natürlich wusste ich das. Das Essen, die Musik, das Lächeln, die Blumen. All das macht sie seinetwegen. Aber das zu wissen und hinaufzugehen, ihn zu sehen ...

»Schon in Ordnung, er schläft«, sagt sie, als deutete sie mein Zögern falsch. Vielleicht aber auch absichtlich. »Er ist auf der Stelle eingeschlafen. Ich glaube, er ist total erschöpft.«

Sie sieht sich nach mir um und schaut mich prüfend an. Und ich konnte Alex noch nie enttäuschen.

Das Licht auf dem Treppenabsatz brennt, obwohl es noch gar nicht richtig dunkel ist, und die Tür zum Schlafzimmer steht offen. Langsam gehe ich weiter, bis ich seinen Kopf auf dem Kissen sehe. Die dunklen Locken, der Teddybär, den Jake so liebte, als er in diesem Alter war. Der Junge hat sich wie ein Siebenschläfer zusammengerollt, das schmuddelige Kuscheltier noch mit einer Hand fest umklammert. Ich lausche seinen Atemzügen. Genau so habe ich es auch bei Jake getan und dabei an exakt derselben Stelle gestanden.

* * *

Das Telefon klingelt sechsmal, bevor Quinn abnimmt.

»Ich bin's«, sagt Somer. »Sitzt du im Auto? Ich höre den Verkehrslärm.«

»Was willst du?«

»Ich möchte über uns reden.«

»Ich bin mir nicht sicher, ob es etwas zu bereden gibt. Es war schön, solange es gedauert hat, aber du weißt doch, was man sagt: Man soll nicht scheißen, wo man isst.«

»Ich glaube, das siehst du falsch.«

»Ach, ja?«

»Wir sollten uns jedenfalls wie Profis verhalten«, sagt sie. »Du leitest immer noch einen Großteil dieser Ermittlungen – und ich arbeite immer noch mit dir zusammen.«

»Ich habe eher den Eindruck, du setzt alles daran, die Ermittlungen an dich zu reißen.«

»Hör mal, das ist nicht fair ...«

»Weißt du was? Ist mir scheißegal. Mir geht es nur darum, den Mistkerl Walsh hinter Gitter zu bringen, wo er hingehört. Wenn du mir dabei helfen kannst, gut. Wenn dich aber nichts anderes interessiert als deine dämliche Karriere, dann kannst du dich verpissen.«

Er streckt den Arm aus und beendet das Gespräch. Fünf Minuten später parkt er den Audi in der Tiefgarage. Seine Wohnung befindet sich in der obersten Etage und bietet eine atemberaubende Aussicht. Die Sonne verschwindet gerade hinterm Horizont, und der Himmel schimmert milchig rosa. Auf dem Balkon steht Pippa und schaut über den Kanal hinweg in Richtung Port Meadow. Sie hält ein Champagnerglas in der Hand. Als die Tür aufgeht, dreht sie sich um und kommt ihm entgegen. Sie trägt seinen Morgenmantel, und ihr Haar ist nass.

»Sie haben also keinen anderen Schlafplatz gefunden?«, fragt er. Dabei versucht er, sich nicht anmerken zu lassen, wie argwöhnisch er ist.

Sie schüttelt den Kopf.

»Und haben Sie alle Nummern versucht, die ich Ihnen gegeben habe?«

Sie zuckt mit den Achseln; offenbar war ihr die Suche nach einer Unterkunft nicht besonders wichtig. »Sie kennen doch Oxford. Die Stadt ist immer rappelvoll.«

»Hören Sie, Sie können hier nicht bleiben – die Bestimmungen, Sie wissen schon ...«

»Diese Wohnung ist irre«, unterbricht sie ihn und macht eine ausladende Handbewegung. »Dieses Zimmer ist ja so groß.«

Quinn wirft seine Jacke über die Rückenlehne des Sofas. »Ja, aber der Rest der Wohnung ist ziemlich klein.«

Und es gibt kein Gästezimmer. Das sagt er zwar nicht, aber trotzdem versteht sie, worauf er hinauswill. »Es gibt da ein paar

Leute, bei denen ich es später versuchen könnte. Ich bin sicher, irgendwas finde ich schon. Sie sollen meinetwegen keine Scherereien bekommen, wo Sie doch so nett zu mir waren.« Sie geht zur offenen Weinflasche hinüber, schenkt ihm ein Glas ein und bringt es ihm. »Es ist nur Cava. Aus dem kleinen Laden in der Walton Street. Aber zumindest prickelt er noch.« Sie steht wieder am Fenster. »Seit wann wohnen Sie hier?«

»Achtzehn Monate oder so.«

»Ganz allein?«

Als wüsste sie das nicht. Schließlich hatte sie stundenlang Zeit, in seinem Bad, seinen Schubladen und seinen Schränken zu stöbern.

Quinn stellt sein Glas auf den Couchtisch. »Warum ziehen Sie sich nicht an, und ich kümmere mich um unser Abendessen?«

Sie reißt die Augen auf. »Wollen Sie etwa kochen?«

Er grinst. »Niemals. Ich werde uns irgendeinen Scheiß liefern lassen.«

Und plötzlich müssen sie lachen.

* * *

Am Morgen habe ich das Haus verlassen, bevor Alex aufgewacht ist. Ich fühle mich für ein gemeinsames Frühstück noch nicht bereit. Ebenso wenig wie für die frische Packung Cheerios, die auf der Arbeitsfläche stand, als ich mir meinen Kaffee kochte. Ja, ich weiß, dass das feige ist.

Ich gehe über den Parkplatz, als mich ein Anruf von Challow erreicht.

»Meine Chance, mich beim CID wieder beliebter zu machen.«

»Die DNA?«

»Bekommen Sie im Laufe des Tages.«

»Gott sei Dank.«

»Ich schicke Ihnen auch die Ergebnisse zu den zusätzlichen Fingerabdrücken, die wir in der Frampton Road gefunden haben.«

»Und?«

»In den meisten Zimmern stammen sie von Harper, aber das ist ja keine Überraschung. Nicht viel in der obersten Etage, aber das liegt wohl daran, dass lange niemand mehr dort oben gewesen ist. Die von Walsh haben wir auf dem Geländer der ersten Treppe gefunden. Was für Sie nützlich sein könnte oder auch nicht. Und diese Vitrine – die wurde sorgfältig abgewischt und alle Spuren beseitigt. Aber eine andere Sache haben wir noch gefunden.«

»Und die wäre?«

»Die Vitrine war nicht das einzige Möbelstück ohne Fingerabdrücke. Auch auf den Pornos haben wir keine gefunden. Harpers Abdrücke finden sich auf dem Karton, ebenso die von Derek Ross. Aber auf den Pornos selbst – nichts. Und ich weiß nicht, wie es Ihnen geht, aber mir kommt das seltsam vor. Sehr seltsam.«

* * *

Als Quinn aufwacht, ist er bereits spät dran. Er hat sich beim Schlafen den Hals verrenkt. Mit dem Handballen reibt er sich die Augen und setzt sich auf. Hinter der Stirn spürt er heftige Kopfschmerzen. Er wirft sich den Morgenmantel über und geht ins Wohnzimmer. Ein fettiger Pizzakarton, ein nur zur Hälfte aufgegessenes Stück Knoblauchbrot, zwei leere Weinflaschen erwarten ihn. Er hört Geräusche aus der Dusche, geht zur Badezimmertür und klopft. »Ich muss in fünfzehn Minuten los, aber ich komme später zurück und hole Sie ab, damit Sie Ihre Aussage machen können.«

Keine Antwort. Er geht in die Küche und schaltet die Kaffeemaschine ein. Es sieht so aus, als wäre Pippa ihm zuvorgekommen. Auf dem Tresen steht ein leerer Kaffeebecher, daneben liegt ihr Handy.

Eine Weile starrt er es an. Dann schaltet er es ein.

* * *

Telefonische Befragung von Christine Grantham
5. Mai 2017, 10:32 Uhr
Am Telefon: DC A. Baxter

AB: Mrs. Grantham, wir haben mit einigen Personen gesprochen, die in den frühen 2000er-Jahren an der Bristol University studiert haben. Soweit ich weiß, gehören Sie auch dazu, stimmt's?

CG: Ja.

AB: Und stimmt es, dass Sie auch mit Robert Gardiner befreundet waren?

CG: Darum geht es also. Ich habe mich schon gefragt, was Sie von mir wollen.

AB: Sie waren seine Freundin, oder?

CG: Eine Zeitlang ja.

AB: Und wie war er so?

CG: Das ist doch nicht die eigentliche Frage, oder? Sie haben die Leiche seiner Frau gefunden, und plötzlich fragen Sie mich nach ihm. Das kann kein Zufall sein.

AB: Wir versuchen nur, uns ein umfassendes Bild zu machen, Mrs. Grantham. Die Lücken auszufüllen.

CG: Ja, Lücken ist wohl das richtige Wort, wenn es um Rob geht. Ich hatte immer das Gefühl, er hielt etwas zurück. Er war ein sehr verschlossener Mensch – ist es wahrscheinlich immer noch.

AB: Hat er jemals etwas getan, weswegen Sie sich unwohl gefühlt haben?

CG: Wollen Sie wissen, ob er mich geschlagen hat? Denn dann heißt die Antwort: nein. Er ist ein fürsorglicher Mensch. Und ja, er hat sehr klare Ansichten und kann Dummköpfe nur schwer ertragen. Das lässt ihn manchmal ein wenig forsch erscheinen. Aber ehrlich gesagt, glaube ich, dass ihm das meistens selbst gar nicht bewusst ist.

AB: Was wussten Sie über seine Herkunft?

CG: Ich glaube, er stammt von irgendwo in Norfolk. Keine reiche Familie. Er musste schwer arbeiten, um das zu erreichen, was er erreicht hat. Ich fand immer, das sagte viel über ihn aus. Über seine Stärke.

AB: Haben Sie Hannah je kennengelernt?

CG: Nein. Wir blieben nicht in Kontakt.

AB: Und warum ging Ihre Beziehung in die Brüche?

CG: [*Pause*]
Ich weiß nicht, ob ich Ihnen das erzählen möchte.

AB: Wir ermitteln in einem Mordfall, Mrs. Grantham ...

CG: [*Pause*]
Ich wollte eine Familie ...

AB: Und er nicht?

CG: Nein, darum ging es nicht, auch er wollte unbedingt Kinder. Er konnte nur keine zeugen.

* * *

»Sie haben sie also nicht erkannt?«

Everett befindet sich im Jobcenter mitten in der Stadt. Sofas, Computer-Terminals, Schreibtische, die nicht wie Schreibtische aussehen. Auffällige Banner in Gelb und Grün; Porträts von lächelnden Models mit makellosen Zähnen und vergnügten Botschaften wie »Hier, um zu helfen« und »Zur Arbeit bereit«. All das steht in ziemlich peinlichem Kontrast zu den Menschen, die lustlos umherlaufen, die ganz und gar nicht aussehen, als wären sie zu viel bereit. Vor Everett sitzt eine Frau, die so wirkt, als wäre sie kurz davor, alle Energie zu verlieren.

Noch einmal betrachtet sie das Bild auf Everetts Handy, reicht es ihr zurück und schüttelt den Kopf. »Es gibt so viele von ihnen – sie kommen und gehen. Ich würde sie wahrscheinlich nicht mal erkennen, wenn sie erst vor drei Wochen hier gewesen wäre, geschweige denn vor drei Jahren.«

»Wie steht es denn mit den Daten in Ihrem System? Könnten Sie nach Mädchen namens Vicky oder Victoria suchen, die sich hier arbeitslos gemeldet haben? Sagen wir, seit Januar 2015?«

»Okay, das kann ich.«

Sie wendet sich ihrem Computer zu. Neben dem Monitor steht ein Plastikkobold mit Knopfaugen und knallblauem Kunsthaar. Seit Schulzeiten hat Everett so einen nicht mehr gesehen.

Die Frau tippt auf der Tastatur und lehnt sich dann vor.

»Ich habe eine Vicky und drei Victorias, die im Januar 2014 aktenkundig wurden. Vicky ist noch immer arbeitslos gemeldet, und die drei Victorias haben mittlerweile Jobs, eine bei Nando's, eine bei Oxford Brookes und eine bei einer Reinigungsfirma. Auch wenn das wahrscheinlich nicht auf Dauer sein wird. Den meisten ist so eine Arbeit zu anstrengend.«

»Könnte unsere Vicky sich unter Umständen hier arbeitslos gemeldet haben, ohne in der Datenbank zu erscheinen?«

Die Frau schüttelt den Kopf. »Nein. Sie müsste hier irgendwo zu finden sein.«

»Vielleicht unter einem anderen Namen?«

»Das möchte ich bezweifeln. Sie hätte uns ihre Identität auf zweierlei Weise nachweisen müssen, durch Ausweis und Führerschein.«

Everett seufzt. Wie kann jemand in einer digitalen Welt absolut keine Spuren hinterlassen?

* * *

Quinn poltert die letzten Stufen zur Wohnung hinauf und öffnet die Tür.

»Pippa? Sind Sie da?«

Aber er hört nur seine eigene Stimme. Die Überreste des Abendessens stehen noch auf dem Tisch, aber die Taschen, die in der Ecke gestapelt waren, sind verschwunden. Der einzige Beweis, dass sie überhaupt hier war, sind ein Paar schwarze Spitzenschlüpfer, die über eine Ecke des Breitbildfernsehers drapiert sind.

»Scheiße«, sagte er laut. »Scheiße scheiße scheiße.«

* * *

Als ich Baxter ins Gesicht sehe, ist mein erster Gedanke, dass er mir noch nie so energiegeladen vorgekommen ist.

»Tut mir leid, wenn ich Sie störe, Boss, aber ich habe gerade mit Christine Grantham telefoniert. Sie und Rob Gardiner waren an der Uni ein Paar.«

»Ach ja?«

»Da gibt es etwas, das er uns noch nicht erzählt hat.«

* * *

In Banbury ist das Team der Kriminaltechniker mit Walshs Haus in der Lingfield Road beschäftigt. Sie brauchen länger als eine Stunde, aber schließlich finden sie die fehlenden *Netsuke* in ein Handtuch gewickelt unter einem losen Dielenbrett versteckt. Die Polizistin, die sie verpackt, sieht sich einen davon näher an, als sie den Beutel beschriftet. Ein Otter mit einem winzigen Fisch zwischen den Zähnen. Man meint die Feuchtigkeit seines Fells zu spüren. »Sind diese komischen kleinen Dinger wirklich all die Mühe wert?«, fragt sie Somer.

»Aber ja, ich nehme an, dass sie ziemlich viel kosten. Walsh hat sie wahrscheinlich versteckt, nachdem er die Neuigkeiten über Harper gehört hat – er wusste, dass es nur eine Frage der Zeit wäre, bis wir ihn aufspüren würden.«

Die Frau hebt die Augenbrauen. »Da sieht man mal wieder, wie man sich irren kann. Mir kommen sie vor wie ein Haufen Plastikramsch. Wie das Zeug, das als Überraschung in den Cornflakes-Packungen steckt.« Sie grinst und verschließt den Beutel. »Zeigt, wie alt ich schon bin. Sie werden sich vermutlich nicht daran erinnern.«

Somer schmunzelt. »Doch, das tue ich.«

»Okay, das wären alle. Ich lasse sie für Sie fotografieren.«

»Danke – ich brauche etwas, das ich bei der Versicherung einreichen kann.«

Auf der Treppe sind Schritte zu hören, und Gislingham erscheint mit einem der anderen Kriminaltechniker. Gemeinsam tragen sie einen in Plastikfolie gehüllten Computer.

»Glück gehabt?«, fragt Somer.

Gislingham verzieht das Gesicht. »Wir haben die obere Etage und das Loft durchsucht, aber nichts. Der Computer ist nicht mal passwortgeschützt, und im Browserverlauf befinden sich definitiv keine Seiten mit verdächtigen Bildern oder Pornos. Wenn er pädophil ist, zeigt er es auf recht seltsame Weise.«

»Und das ist wirklich das einzige Gerät, das er hat – kein Laptop oder Tablet?«

Er schüttelt den Kopf. »Dem Zustand dieses Teils nach zu urteilen, ist unser Mann nicht gerade besessen von technischem

Spielzeug. Man braucht sich das Ding nur anzusehen – ist bestimmt fünfzehn Jahre alt. Für alle Fälle werden die Jungs hier ihn noch mal genauer durchstöbern. Doch wenn Sie mich fragen, ist das eine Sackgasse.«

Zwei Stunden später überlegt Somer in der Schule, ob Sackgasse zum Leitmotiv des Tages wird. Als sie im Büro der Schulsekretärin dabei zusieht, wie sie sich mit einem Computer herumschlägt, der sie eindeutig überfordert, fragt sich Somer wie schon viele Male zuvor, was Schulen und Arztpraxen an sich haben, dass ihre Sachbearbeiter zu Paradebeispielen passiv-aggressiver Mentalität werden. Sie beobachtete die Sekretärin, ihre strenge Frisur, ihre Bluse, Rock und Strickjacke in Blautönen, die nicht so ganz zusammenpassen, eine Brille mit Band.

»Um welches Datum ging es noch gleich?«, fragt die Frau, während sie die ersten Tasten drückt.

»24. Juni 2015«, sagte Somer zum dritten Mal. Dabei lächelt sie wie bei den beiden ersten beiden Malen, obwohl ihre Kiefer vor Anstrengung langsam zu schmerzen beginnen.

Die Frau sieht über den Brillenrand auf den Bildschirm. »Aha, da wären wir. Dem Stundenplan zufolge hatte Mr. Walsh an jenem Morgen eine Doppelstunde in der dritten Klasse.«

»Und wann hat die angefangen?«

»Um halb elf.«

»Davor hatte er nichts?«

Die Frau sieht sie an. »Nein. Wie ich schon sagte, hatte er die Doppelstunde. Sonst nichts.«

»Und er war an jenem Tag auf jeden Fall hier und nicht krankgemeldet?«

Die Frau seufzt hörbar. »Um Ihnen das zu sagen, müsste ich die Abwesenheitslisten überprüfen.«

Somer ruft ihr Lächeln ab. Nochmals. »Wenn Sie so nett wären.«

Weiteres Tippen auf der Tastatur, dann klingelt das Telefon. Die Frau nimmt ab. Es handelt sich offenbar um eine ungeheuer detaillierte Frage zum Aufnahmeverfahren, und während Somer dort sitzt und sich zwingt, nicht sauer zu werden, öffnet sich die Bürotür des Rektors.

Manchmal – nur manchmal – kann die Uniform von Nutzen sein.

»Kann ich Ihnen helfen?«, fragt der Mann und kommt auf sie zu. »Richard Geare, ich bin der Rektor.« Und als er ihr Lächeln sieht (dieses Mal ein echtes), muss auch er schmunzeln. »Bevor Sie fragen – ich werde anders geschrieben als der Schauspieler. Meine Eltern konnten es wohl nicht ahnen. Ich rede mir immer ein, dass es bei den Kids gut ankommt, aber da bin ich mir nicht ganz sicher. Sie wissen vermutlich gar nicht mehr, wer Richard Gere ist. Wenn es um Tom Hiddleston ginge, wäre das vielleicht anders, aber dafür bin ich gute zehn Jahre zu alt.«

»PC Erica Somer«, sagt sie und schüttelt ihm die Hand. »Miss Chapman unterstützt mich mit ein paar Informationen.«

»Worüber?«

»Einen Ihrer Lehrer, Donald Walsh.«

Er wirkt verwundert. »Und darf ich fragen, warum? Gibt es irgendein Problem?«

Somer mustert die Sekretärin, die noch immer telefoniert, dabei aber versucht, dem Rektor ein Zeichen zu geben. »Vielleicht könnten wir in Ihr Büro gehen?«

Für eine Schule, die so sehr um Tradition bemüht ist, wirkt der Raum überraschend modern. Glatte, blassgraue Wände, eine Vase mit weißen Pfingstrosen, ein Schreibtisch aus dunklem Holz und Stahl.

»Gefällt es Ihnen?«, fragt er, als er bemerkt, wie sie sich umschaut. »Ich habe mir helfen lassen.«

»Die Dame hat einen guten Geschmack«, sagt Somer und setzt sich. Geare setzt sich ebenfalls.

»Der Herr, besser gesagt. Und ja, Hamish hat einen wunderbaren Geschmack. Wie kann ich Ihnen helfen?«

»Sie haben bestimmt in den Nachrichten gesehen, dass in einem Keller in Oxford ein Mädchen und ein kleines Kind gefunden wurden.«

Geare runzelt die Stirn. »Was in aller Welt kann das ausgerechnet mit Donald Walsh zu tun haben?«

»Das Haus, in dem sie gefunden wurden, gehört Mr. Walshs Onkel. Genauer gesagt, dem Ehemann seiner Tante, verwandt sind sie nicht.«

Geare legt die Fingerkuppen aneinander. »Und?«

»Wir versuchen festzustellen, wer in dem Haus zu Besuch war und wann. Miss Chapman half mir mit einem bestimmten Datum im Jahr 2015. Es ging darum, festzustellen, ob Mr. Walsh an jenem Tag in der Schule war.«

»So lange war das Mädchen also dort unten?«

Somer zögert nur ganz kurz, aber Geare fällt es auf.

»Wir sind uns da nicht ganz sicher«, sagt sie.

Er runzelt erneut die Stirn »Ich muss zugeben, dass ich verwirrt bin. Wieso konzentrieren Sie sich auf einen bestimmten Tag, wenn Sie nicht davon ausgehen, dass das Mädchen an jenem Tag entführt wurde?«

Sie errötet leicht. »Tatsächlich handelt es sich um den Tag, an dem Hannah Gardiner verschwand. Sie erinnern sich vielleicht an den Fall. Wir glauben, dass es da eine Verbindung geben könnte. Und falls nicht, müssen wir das ausschließen.«

»Und Sie glauben, dass Donald Walsh die Verbindung sein könnte?«

»Ich fürchte, ja.«

Schweigen. Sie sieht ihm an, dass er nachdenkt.

»Selbstverständlich wollen wir nicht, dass diese Informationen an die Öffentlichkeit gelangen.«

Er winkt ab. »Natürlich nicht. Das verstehe ich. Ich versuche nur, das, was sie gesagt haben, mit dem Donald Walsh in Übereinstimmung zu bringen, den ich kenne.«

»Und wie ist der?«

»Zuverlässig, fleißig. Um ehrlich zu sein, ein wenig anstrengend. Und ein bisschen konservativ, wodurch er hin und wieder ablehnend wirkt.«

Sie nickt und fragt sich, ob Geares Sexualität vielleicht ein Problem für Walsh sein könnte und Geare ihn deshalb als so reaktionär wahrnimmt.

»Und nur, dass Sie es wissen«, sagt er, als könnte er ihre Gedanken lesen, »aus der Tatsache, dass ich schwul bin, habe ich noch nie ein Geheimnis gemacht. Weder den Kollegen gegenüber noch den Eltern.« Er wird plötzlich ernst. »Hören Sie, PC Somer – Erica –, ich mache diesen Job erst seit neun Monaten, und es gibt da noch jede Menge Veränderungen, die ich einleiten will. Diese Schule mag einem Museum gleichen, aber ich habe nicht die Absicht, sie wie eines zu führen. Dieser Raum macht besser deutlich, welche Art von Schule ich im Sinn habe, besser als die altmodischen Lehnstühle im Gemeinschaftsraum der Lehrer. Deswegen bringe ich interessierte Eltern immer zuerst hierher, bevor ich ihnen den Rest der Schule zeige.«

»Vielleicht sollten Sie die auch austauschen.«

»Die Kollegen?«

Sie lächelt. »Die Lehnstühle.«

»Stehen auf der Liste.« Er wird wieder ernst. »Aber ja, es würde mich nicht überraschen, wenn es auch zu einigen Veränderungen unter den Kollegen käme.«

Somer kann nicht anders, als zur Tür zu blicken, und als sie Geare wieder ansieht, schmunzelt dieser vielsagend. »Miss

Chapman hatte bereits vor, zum Ende dieses Halbjahres in den Ruhestand zu gehen. Manchmal ist es besser, nicht allzu viele Veränderungen auf einmal vorzunehmen, meinen Sie nicht auch? Aber einige Kollegen werden vielleicht aus freien Stücken gehen wollen. Nicht jeder teilt meine Vorstellungen von der Richtung, in die wir uns entwickeln müssen.«

»Und zu denen gehört auch Walsh?«

»Sagen wir mal so, ich nehme an, er wäre bereits gegangen, wenn er gewusst hätte, wohin. Oder wenn er ausgesorgt hätte.«

»Danach wollte ich Sie fragen, zumindest indirekt. Ich glaube, Mr. Walsh hat in den letzten zehn Jahren an drei verschiedenen Schulen gearbeitet, am längsten hier bei Ihnen. Können Sie mir dazu etwas sagen? Zum Beispiel, warum er die beiden vorherigen Schulen verließ?«

Er denkt nach. »Ich weiß nicht genau, wie viel ich sagen darf. Sie wissen schon, der Datenschutz.«

»Der gilt nicht bei einer Mordermittlung. Aber scheuen Sie sich nicht, das zu überprüfen, um sich sicher zu fühlen. Ehrlich gesagt, ist es in Mr. Walshs Interesse, dass wir ein möglichst umfassendes Bild erhalten. Sollte sich herausstellen, dass er mit alledem hier nichts zu tun hat, ist es umso besser, je schneller wir das feststellen. Ich bin mir sicher, Sie wissen, was ich meine.«

Geare schweigt.

»Es wäre besonders wichtig, zu erfahren, ob es Vorfälle mit jungen Frauen gegeben hat – irgendeinen Hinweis auf sexuelle Belästigung. Oder …«

»Oder dass er Kindern gegenüber zudringlich geworden wäre?« Er schüttelt den Kopf. »Absolut nicht. Ich habe nur deswegen nichts gesagt, weil ich mich gefragt habe, wie ich es am besten formulieren soll. Donald Walsh ist ein schwieriger Mensch. Gelegentlich ein wenig schroff. Ich frage mich oft, warum er überhaupt Lehrer geworden ist, wo er doch eindeutig keine Kinder mag. Und dann die ständige Ironie – zweifellos würde er es Humor nennen, aber die Kinder halten ihn nun mal für gemein. Das macht sie ihm gegenüber misstrauisch, so dass es ihm schwerfällt, einen Draht zu ihnen zu finden. Besonders teamfähig ist er auch nicht, oder besonders kollegial. Das ist übrigens ein Donald-Wort. Ich persönlich würde einfach ›freundlich‹ sagen.«

Es klopft an der Tür, und die Sekretärin streckt den Kopf herein. »Mr. Geare, Ihr Besuch ist da.«

Somer steht auf und schüttelt ihm die Hand. »Danke. Wenn Ihnen noch irgendetwas einfällt, das wir Ihrer Meinung nach wissen sollten, melden Sie sich bitte.«

Unten auf dem Parkplatz wartet Gislingham. Der Computer aus Walshs Büro wird in den Transporter der Kriminaltechnik geladen.

»Ich habe mich auch mit einigen Lehrern unterhalten«, sagt er, als sie einsteigt und die Tür schließt. »Sie mögen Walsh zwar nicht, bezweifeln aber, dass er etwas zu verbergen hat.«

»In etwa dasselbe hat Richard Geare auch gesagt.«

Gislingham sieht sie an. »Richard *Geare*? Doch nicht im Ernst!«

Sie schüttelt den Kopf. »Armer Kerl. So reagiert wahrscheinlich jeder als Erstes.«

»Und, ist er das?«, fragt Gislingham und zieht an seinem Sicherheitsgurt.

»Ist er was?«

Er grinst. »Sie wissen schon, *Ein Offizier und Gentleman*.«

Sie schmunzelt. »Wenn Sie wüssten.«

* * *

In 81 Crescent Square sind die Vorhänge in der ersten Etage nicht zugezogen. Man kann sehen, wie Robert Gardiner auf und ab geht, das Handy am Ohr. Irgendwann beugt er sich plötzlich vor und hebt seinen Sohn auf die Schultern. Eine Weile sieht Quinn zu, dann steigt er aus seinem Wagen und überquert die Straße.

»Detective Sergeant Quinn«, sagt er, als Rob Gardiner die Tür öffnet.

Gardiner reagiert unwirsch. »Was wollen Sie? Ist was passiert? Haben Sie jemanden festgenommen?«

»Nein, noch nicht. Es geht um Ihr Kindermädchen Pippa Walker.«

Gardiners Augen verengen sich. »Was ist mit ihr?«

»Wissen Sie, wo sie sich aufhält?«

»Keinen blassen Schimmer.«

»Könnten Sie mir dann bitte ihre Telefonnummer geben? Die haben Sie doch bestimmt eingespeichert ...«

»Hatte ich, aber ich habe sie gelöscht. Und nein, auswendig weiß ich sie nicht, sorry.«

»Und eine Adresse der Familie?«

»Nein, habe ich auch nicht.«

»Wirklich nicht?«, sagt Quinn, inzwischen ganz offen argwöhnisch. »Sie hat sich um Ihr Kind gekümmert – haben Sie sie vorher nicht überprüft? Sich Referenzen geben lassen?«

»Hannah hat sie eingestellt, nicht ich. Sie hat sie auf dem Farmer's Market in der North Parade Avenue kennengelernt, an einem der Stände. Töpferwaren oder selbstgeröstete Kaffeebohnen oder irgend so was. Jedenfalls haben sie sich ein paarmal getroffen, und sie hat Hannah erzählt, sie habe eine Ausbildung zum Kindermädchen begonnen, doch dann sei ihr das Geld ausgegangen. Hannah hatte Mitleid mit ihr und gab ihr eine Chance. So war sie. Sah immer das Beste in den Menschen.« Feindselig sieht er Quinn an. »Was wollen Sie eigentlich von Pippa?«

»Keine Sorge«, sagt Quinn. »War nicht so wichtig.«

* * *

Everett schließt ihren Wagen ab und geht die Iffley Road hinauf. Wenn Vicky in einem möblierten Zimmer gewohnt hat, spielt es keine Rolle, wo sie mit ihrer Suche anfängt. Sie hat eine Liste vermieteter Objekte, und ihr bleibt nichts anderes übrig, als von Tür zu Tür zu gehen. Und sie hat das ungute Gefühl, in einem gigantischen Heuhaufen nach einer Nadel zu suchen.

Sie nimmt ihre Karte zu Hilfe. Das erste Haus auf der Liste befindet sich in der gegenüberliegenden Straße. Davor ein Haufen Fahrräder, im Vorgarten stehen verschiedene Müllcontainer unordentlich herum. Sie klingelt und steht wartend vor der Tür, bis sie schließlich geöffnet wird.

»DC Verity Everett«, sagt sie und hält ihren Dienstausweis hoch. »Dürfte ich Ihnen ein paar Fragen stellen?«

* * *

Befragung von Robert Gardiner
auf dem St. Aldate's Polizeirevier,
Oxford, am 5. Mai 2017, 14:44 Uhr
Anwesend: DI A. Fawley,
DC A. Baxter, P. Rose (Anwalt)

AF: Mr. Gardiner, danke, dass Sie sich die Zeit genommen haben, aufs Revier zu kommen. Tut mir leid, dass wir Sie so spontan hergebeten haben. Wir haben noch ein paar Fragen zu dem Tag, an dem Ihre Frau ums Leben kam.

RG: [schweigt]

AF: Mr. Gardiner?

RG: Ich bin gespannt, was Sie zu sagen haben. Ich kann mir beim besten Willen nicht vorstellen, welche Fragen das sein sollen, die Sie mir nicht schon hundertmal gestellt haben. Die Antworten werden dieselben sein. Aber legen Sie los, machen Sie sich ruhig lächerlich.

AF: Wie Sie wissen, gingen wir bei unserer zeitlichen Rekonstruktion jenes Tages davon aus, dass Ihre Frau morgens von mehreren Zeugen in Wittenham gesehen wurde. Wir wissen jetzt aber, dass diese sich getäuscht haben. Das bedeutet natürlich, dass wir verschiedene Personen noch einmal befragen müssen. Auch Sie.

RG: Darum geht es also. Wollen Sie mir damit Angst einjagen? Was ist mit diesem anderen Kerl, Harper oder wie der heißt?

AF: Wir werden vermutlich in Kürze Anklage erheben im Zusammenhang mit der jungen Frau und dem kleinen Kind, die wir in der Frampton Road Nummer 33 im Keller gefunden haben. Bislang liegen uns keine Beweise vor, die einen Zusammenhang zwischen den Straftaten und dem Tod Ihrer Frau vermuten ließen.

RG: Ach so ist das. In Ermangelung anderer Möglichkeiten muss ich noch mal herhalten, oder? Genau wie letztes Mal.

AF: Uns liegen neue Informationen vor, Mr. Gardiner ...

RG: Ja, und jetzt glauben Sie ernsthaft, ich hätte Hannah umgebracht? Meinen eigenen Sohn zurückgelassen?

AF: Das habe ich nicht gesagt.

RG: Das war auch nicht nötig.

AF: Hören Sie, wir versuchen doch nur, herauszufinden, was passiert ist. Und dazu brauchen wir Ihre Hilfe. Ihre Mitarbeit.

PR: Mein Mandant ist gerne bereit, Sie in angemessener Weise zu unterstützen. Wobei ich davon ausgehe, dass Sie ihn als Zeugen befragen, nicht als Verdächtigen, da Sie ihn nicht belehrt haben, richtig?

AF: Bislang ist das so, ja. Lassen Sie uns also noch einmal durchgehen, was passiert ist.

RG: Wie oft denn noch? Ich habe die Wohnung um Viertel nach sieben verlassen und den Zug um drei Minuten vor acht nach Reading genommen.

AF: Es geht nicht um den Morgen, Mr. Gardiner. Es geht um den Abend davor, den des dreiundzwanzigsten Juni.

RG: Aber Sie wissen, dass Hannah an dem Morgen noch gelebt hat. Sie müssen sich nicht mal auf das verlassen, was ich sage – Sie haben ihre Sprachnachricht doch selbst gehört. Warum ist es wichtig, was am Abend zuvor geschah?

AF: Egal, ich möchte, dass Sie meine Frage beantworten.

RG: (seufzt)
Soweit ich mich erinnere, habe ich Toby auf dem Rückweg von der Arbeit aus der Krippe abgeholt. So um fünf, schätze ich. Also müsste ich um halb sechs zu Hause gewesen sein. Ich war mehr oder weniger den ganzen Tag in einer Besprechung mit deutschen Investoren gewesen und fühlte mich ziemlich erledigt. Wir gönnten uns einen ruhigen Abend zu Hause.

AF: Kann das jemand bestätigen?

RF: Nein, wie ich schon sagte, waren es nur wir drei. Ich, Hannah und Toby.

AF: Ihr Kindermädchen war nicht bei Ihnen?

RG: Nein, sie ging gegen sieben Uhr.

AF: War Ihre Frau schon daheim, als Sie nach Hause kamen?

RG: Nein. Sie kam gegen acht Uhr.

AF: Und wie wirkte sie da auf Sie?

RG: Was soll das heißen?

AF: War sie gutgelaunt? Nervös? Müde?

RG: Sie war ziemlich mit sich selbst beschäftigt. Ich nehme an, ihr ging vieles durch den Kopf. Von dem Interview am nächsten Tag hing eine Menge ab.

AB: Das Interview in Wittenham? Mit Malcolm Jervis?

RG: Ja. Das wissen Sie doch. Wir sind das doch etliche Male durchgegangen. Es hatte für sie große Bedeutung. Eine wichtige Story, an der sie seit Monaten gearbeitet hatte.

AF: Also war sie nachmittags in Summertown? Bei der BBC?

RG: Soweit ich weiß, ja.

AF: Soweit Sie wissen?

RG: Hören Sie, was soll das jetzt? Gibt es etwas, das Sie mir nicht erzählen?

AF: Uns geht es nur um die Fakten, Mr. Gardiner. Sie kann also nirgendwo anders gewesen sein?

RG: Mir hat sie gesagt, sie sei in Summertown gewesen.

AB: Als sie zurückkam?

RG: Richtig.

AF: Um acht Uhr.

RG: Richtig.

AF: Es würde Sie also nicht überraschen, dass sie am Nachmittag um Viertel vor drei die Büros der BBC verließ und nicht wieder zurückkam?

RG: Was reden Sie da? Das höre ich zum ersten Mal.

AF: Es gab vorher keinen Grund, das zu überprüfen, wie ich schon sagte. Jetzt gibt es einen.

AB: Wir haben außerdem festgestellt, dass das Auto Ihrer Frau an jenem Nachmittag um kurz nach halb fünf in der Cowley Road anhand des Nummernschilds erkannt wurde.

RG: [*schweigt*]

AF: Wissen Sie, was sie dort wollte?

RG: Nein.

AF: Keine weitere Story, an der sie arbeitete?

RG: Nicht, dass ich wüsste.

AF: Außerdem wurde die Büronummer Ihrer Frau an jenem Nachmittag noch von einem Prepaid-Handy angerufen. Ungefähr eine Stunde, bevor sie ging. Wissen Sie irgendetwas darüber?

RG: Nein, das habe ich Ihnen doch gesagt. Und außerdem könnte das jeder gewesen sein, der eine Story anzubieten hat. Einer der Demonstranten aus dem Protestlager. Die hatten alle solche Handys.

AB: Warum also in die Cowley Road?

RG: Woher zum Teufel soll ich das wissen?

AF: Leider muss ich eine unangenehme Sache zur Sprache bringen, Mr. Gardiner: Ihr Sohn, Toby, ist nicht Ihr leibliches Kind, oder?

AB: Wir haben mit einer Zeugin gesprochen, die uns sagte, dass Sie keine Kinder zeugen können.

RG: Was? Wie können Sie es wagen – das ist etwas Persönliches und hat nichts mit alledem hier zu tun.

AF: Da bin ich mir nicht ganz so sicher, Mr. Gardiner. Wenn Sie nicht Tobys Vater sind, wer ist es dann?

RG: Ich habe keine Ahnung.

AF: Hatte Ihre Frau eine Affäre?

RG: [*lacht*]
Sie liegen so sehr daneben, geradezu lächerlich. Das ist also Ihre Theorie? Dass ich meine Frau erschlagen habe, weil ich herausfand, dass es in der Cowley Road einen geheimnisvollen Stecher gab, der ihr ein Kind gemacht hat? Und dann habe ich Toby wohl in Wittenham ausgesetzt, weil er nicht mein Sohn war?

AB: War es so? Hatte Ihre Frau eine Affäre?

RG: Nein, sie hatte verdammt noch mal keine. Gut, ja, ich kann keine Kinder zeugen. Daraus habe ich nie ein Geheimnis gemacht, aber natürlich posaune ich es auch nicht in alle Welt hinaus.

AF: Warum haben Sie uns das nicht bereits 2015 gesagt, als Hannah verschwand?

RG: Weil es erstens nicht das Geringste mit alldem zu tun hat und weil es Sie zweitens einen Dreck angeht.

AF: Toby ist also adoptiert?

RG: Nein, er wurde durch Samenspende gezeugt. Hannah hatte kein Problem damit.

AF: Aber in anderen Beziehungen gab es wegen Ihrer Zeugungsunfähigkeit Schwierigkeiten, oder?

RG: Sie haben meine ehemaligen Freundinnen befragt? [wendet sich an Mr. Rose] Dürfen die das?

PR: Wäre da sonst noch etwas, Inspector? Ich bin der Auffassung, dass es für heute reicht. Mr. Gardiner muss immer noch verarbeiten, dass die Leiche seiner Frau gefunden wurde. Und das unter besonders grausamen Umständen.

AF: Es tut mir leid, aber wir sind noch nicht am Ende. Bei der Untersuchung der Decke, in die die Leiche Ihrer Frau gewickelt war, wurden Spuren Ihrer DNA gefunden. Ihrer, der Ihrer Frau und der Ihres Sohnes. Das ist alles. Keine DNA einer anderen Person. Haben Sie dafür eine Erklärung?

RG: [*schweigt*]

AF: Haben Sie dafür eine Erklärung? Haben Sie eine solche Decke jemals besessen, Mr. Gardiner?

RG: Keine Ahnung.

AF: Sie war dunkelgrün mit rotem Schottenmuster. Falls das Ihrem Gedächtnis auf die Sprünge hilft. [*schweigt*]

RG: Mir fällt da nur die Picknickdecke ein, die sie immer hinten im Auto hatte. Ich dachte, wir hätten sie entsorgt, aber es könnte durchaus sein, dass sie noch im Kofferraum lag.

AB: Und wie sah diese Decke aus?

RG: Ich kann mich wirklich nicht erinnern. Irgendeine dunkle Farbe. Vielleicht grün.

AF: Wir haben auch Fingerabdrücke entdeckt. Als wir die Leiche Ihrer Frau fanden, war sie mit Paketklebeband umwickelt.

PR: Ist das wirklich nötig, Inspector? Derartige Einzelheiten sind äußerst quälend.

AF: Tut mir leid, Mr. Rose, aber diese Fragen müssen wir stellen. Auf dem Klebeband befanden sich Fingerabdrücke, Mr. Gardiner, aber die meisten waren zu sehr verwischt und daher nicht brauchbar. Einer allerdings stimmt teilweise mit Ihrem Abdruck überein.

PR: Teilweise? Von wie vielen Minuzien reden wir hier?

AF: Sechs, aber wie ich schon sagte ...

PR: Um Himmels willen, meine ergeben wahrscheinlich auch eine Übereinstimmung von sechs Minuzien. Und man braucht wenigstens acht, um auch nur einen Schritt weiterzukommen, Inspector. Das wissen Sie sehr genau.

AF: Sind Sie ein gewalttätiger Mensch, Mr. Gardiner?

RG: Was? Nicht das schon wieder. Natürlich bin ich nicht gewalttätig.

AF: Ihre Frau hatte offenbar ein paar Wochen, bevor sie verschwand, einen Bluterguss im Gesicht.

RG: [*lacht*]
Wer hat Ihnen das denn erzählt? Die verdammte Beth Dyer? Die stiftet nichts als Unfrieden, die alte Hexe. Wenn Sie es genau wissen wollen, es war Toby. Er hat Hannah mit einem Spielzeug im Gesicht getroffen. Es

war ein Unfall. Wenn jemand von Ihnen ein Kind hätte, wüsste er, wovon ich rede.

AB: Detective Sergeant Quinn bemerkte gestern auch am Arm Ihres Kindermädchens einen Bluterguss.

RG: Hat sie mich etwa angezeigt?

AB: Wir werden sie zu einer Aussage aufs Revier bitten. Möglich, dass sie sich noch zur Anzeige entschließt.

RG: [*schweigt*]

Ich habe sie kaum berührt, echt. Sie ging mir einfach nur auf den Sack.

[*schweigt*]

Sie hat behauptet, sie sei schwanger von mir. Sie hat geleugnet, mit jemand anders geschlafen zu haben. Und selbst Sie können doch wohl eins und eins zusammenzählen und dabei auf zwei kommen.

AB: Miss Walker ist also Ihre Freundin.

RG: Sie ist nicht meine Freundin.

[*schweigt*]

Wir haben miteinander geschlafen. *Einmal.* Okay? Haben Sie jemals etwas Dämliches getan, als Sie sauer und deprimiert waren, und es hinterher bereut? Nein? Das glauben Sie doch selbst nicht.

AF: Sie versuchte also, Ihnen das Kind unterzujubeln, und da haben Sie die Beherrschung verloren.

RG: Ich war wütend, aber normalerweise passiert mir das nicht.

AF: Wirklich nicht? Mir kommt es vor, als würden Sie sehr schnell ausrasten.

AB: Ist Ihnen das auch 2015 passiert? Ging Hannah Ihnen auch auf den Sack?

RG: Machen Sie sich doch nicht lächerlich.

AF: Oder war es etwas anderes? Ist Toby etwas zugestoßen? Etwas, wofür Sie Ihrer Frau die Schuld gaben?

RG: [*schweigt*]
Ich werde Ihnen jetzt etwas sagen, und dann fahre ich nach Hause, um mich um meinen Sohn zu kümmern. Und wenn Sie mich nicht festnehmen, können Sie meiner Meinung nach nichts tun, um mich daran zu hindern. Das letzte Mal sah ich meine Frau am Morgen des 24. Juni 2015 um Viertel nach sieben. Sie war quicklebendig. Ich habe sie niemals geschlagen, ich habe keine Ahnung, wer sie umgebracht hat, und ich weiß auch nicht, wie ihre Leiche in der Frampton Road gelandet ist. Ist das klar?
AF: Ja.
PR: Danke die Herren, wir finden allein hinaus.

* * *

Als ich gehen will, wartet draußen Quinn. Er hat alles auf dem Bildschirm verfolgt und wirkt fahrig. Ganz und gar nicht seine Art.

»Und, was denken Sie?«, fragt er, während wir Gardiner und Rose durch den Korridor verschwinden sehen.

»Was ich denke? Ich denke, er ist zornig, in Abwehrhaltung und unberechenbar. Aber ich bin mir immer noch nicht sicher, ob er ein Mörder ist.«

Quinn nickt. »Ich kann mir vorstellen, dass er seine Frau im Jähzorn tötet, aber ob er sein Kind einfach aussetzen würde? Das ist zu abwegig.«

»Ich weiß. Walsh oder Harper, ja, aber nicht Gardiner. Allerdings ist Gardiner der Einzige, der zweifellos wusste, wohin Hannah an jenem Tag fahren wollte.«

»Na ja, Boss«, sagt Baxter, der in diesem Moment herauskommt und die Tür hinter sich schließt, »da bin ich mir nicht so sicher. Ich habe mir Hannahs Mini mal genauer angesehen. Sie hatte ein Navi und hätte die Route nach Wittenham ohne weiteres am Abend zuvor eingeben können. Und in dem Fall …«

Quinn wirft die Hände in die Luft. »Und in dem Fall hätte jeder Hans und Franz, der in ihren Wagen gestiegen wäre, erfahren können, wohin sie wollte. Himmel Herrgott! Also zurück auf Anfang.«

»In dem Fall würde ich eher auf Walsh setzen als auf Harper«, fährt Baxter gelassen fort. »Soweit ich weiß, hat Harper noch nie einen PC besessen, geschweige denn ein modernes Auto mit Navi. Er wüsste wahrscheinlich gar nicht, wie damit umzugehen ist.«

»Okay«, sage ich, »wenden Sie sich an Gislingham, und bitten Sie ihn, zu überprüfen, ob Walsh ein Navi im Auto hatte. Und er soll sich noch mal um die Cowley Road kümmern, wenn er zurückkommt – herausfinden, ob jemand dort Hannah wiedererkennt. Nach so langer Zeit ist das ziemlich unwahrscheinlich, aber wir dürfen nichts unversucht lassen.«

»Stimmt«, sagt Quinn und will gehen, aber ich halte ihn zurück und wende mich stattdessen an Baxter.

»Können Sie das übernehmen?«

Baxter nickt und macht sich auf den Weg durch den Flur, nicht ohne einen fragenden Blick über die Schulter zu werfen. Sobald er außer Hörweite ist, spreche ich Quinn an. »Zwei Dinge. Erstens, wo zum Teufel ist Pippa Walker? Ich dachte, Sie wollten Sie herbringen.«

Er blinzelt. »Ich bin dabei.«

»Dann kommen Sie in die Gänge. Und zweitens: Klären Sie das, was zwischen Ihnen und Erica Somer läuft. Mich interessiert nicht besonders, was Sie tun, Quinn, oder wen Sie treffen, aber ich dulde nicht, dass es unseren Ermittlungen im Wege steht. Und das möchte ich nicht zweimal sagen müssen.«

»Verstanden«, sagt er. Und es klingt beinahe so, als wäre er erleichtert.

* * *

Um sechzehn Uhr wird es in der Cowley Road langsam geschäftig. Stapelweise Kisten mit exotischen Früchten stehen herum, jemand fegt den Gehweg vor dem polnischen Lebensmittelladen. Kinder und Fährräder, Mütter und Sportkarren, ein paar Rastas sitzen auf dem Bürgersteig und rauchen, eine alte Dame schiebt gekrümmt ihren Rollator, ein Terrier streunt umher. Gislingham macht die Kamera ausfindig, die das Nummernschild von Hannahs Fahrzeug erfasst hat, und mustert jetzt die Straßenflucht: drei Wettbüros, ein Spätkaufladen und ein halbes Dutzend Restaurants – ein slowakisches, ein veganes, ein libanesisches, ein nepalesisches und ein vietnamesisches. Er wäre bereit zu wetten, dass es die meisten davon vor zwei Jahren noch nicht gab, außer einem Geschäft: Der traditionelle Metzgerladen im Familienbesitz existiert vermutlich schon seit Generationen. Im Fenster hängen Pasteten und Würste, darüber eine altmodische Markise, und davor steht ein altmodischer lebensgroßer Plastikmetzger, der, die Hände in den Hüften, gutgelaunt die Kunden begrüßt. Gislingham bahnt sich einen Weg an den Anfang der Schlange und bittet um eine kurze Auskunft.

»Was ist das Problem?«, sagt der Mann und mustert Gislinghams Polizeimarke, während er fachmännisch das Fett von einem Rinderbraten abschneidet.

»Kein Problem. Ich möchte nur wissen, ob Sie diese Frau schon mal gesehen haben?«

Er zeigt ihm ein Bild von Hannah Gardiner, das sie auch damals verwendet hatten. Es zeigt sie mit dem Rücken zu einem Tor, ihr langes, dunkles Haar ist zu einem Pferdeschwanz gebunden, sie trägt eine marineblaue Steppjacke, und im Hintergrund sind weidende Schafe und Berge zu sehen. Irgendwo im Lake District.

»Ich erinnere mich an sie – das ist die Frau, die damals vermisst wurde, oder?«

»Sie erinnern sich an sie? Sie hier gesehen zu haben? Wann war das?«

Der Mann sieht ihn entschuldigend an. »Nein, tut mir leid, Mann. Ich meinte, dass ich mich an das Foto erinnere. Die Zeitungen waren voll davon.«

»Egal, haben Sie sie vielleicht irgendwann mal gesehen? Ihr Auto wurde am Nachmittag vor ihrem Verschwinden in diesem Teil der Straße von den Überwachungskameras erfasst. Sie fuhr einen leuchtend orangefarbenen Mini Clubman, aber vielleicht ist sie auch zu Fuß hier vorbeigegangen.«

»Aber das ist mindestens ein Jahr her, oder?«

»Zwei Jahre sogar, am 23. Juni 2015.«

Der Mann schiebt die abgeschnittenen Fettstreifen zur Seite und greift nach dem Bindfaden. »Sorry, keine Chance. Das ist einfach zu lange her.«

»Können Sie sich vorstellen, was sie hier in der Gegend gewollt haben könnte? Sie war Journalistin.«

Der Mann zuckt mit den Achseln. »Keine Ahnung. Könnte alles gewesen sein. Haben Sie damals in der aktuellen Zeitungsausgabe nachgesehen? *Oxford Mail*? Vielleicht finden Sie da einen Hinweis.«

Warum zum Teufel bin ich nicht von selbst darauf gekommen, denkt Gislingham. »Danke, Mann, Sie haben mir sehr geholfen.«

Der Schlachter sieht auf. »Keine Ursache. Der Polizei helfe ich immer gerne. Wollen Sie noch ein paar Würste mitnehmen? Aufs Haus?«

Als er wieder auf dem Bürgersteig steht, stopft Gislingham sich die verpackte Spezialität des Hauses in die Jackentasche und ruft Quinn an.

»Ja, was gibt's?«

»Ich habe eine neue Idee zu Hannah Gardiner. Ich komme aufs Revier, um das zu überprüfen.«

»Okay, von mir aus.«

Gislingham grübelt. »Alles in Ordnung mit dir? Du klingst irgendwie abwesend.«

Einen Moment herrscht Schweigen. »Wenn du es genau wissen willst – ich glaube, ich habe Mist gebaut.«

Darum geht es also, denkt Gislingham. Nicht um die Sache mit Erica. Oder zumindest nicht nur darum. Er wartet und will lieber nicht zu neugierig klingen. Oder zu schadenfroh.

»Das Kindermädchen der Gardiners«, sagt Quinn, »Pippa Walker. Du hast sie doch auch kennengelernt, oder?«

Einen furchtbaren Moment lang glaubt Gislingham zu wissen, worauf Quinn hinauswill – aber das kann nicht sein …

»Das hast du nicht getan – sag mir, dass du das nicht getan hast.«

»Nein, verdammt, natürlich nicht! Es ist etwas anderes. Ich habe sie bei mir schlafen lassen.«

»Was soll das heißen?«

»Gardiner hatte sie rausgeworfen. Sie wusste nicht, wohin, also habe ich sie bei mir übernachten lassen.«

»In deiner Wohnung? Mein Gott, Quinn …«

»Ich weiß, ich weiß – es ist nichts passiert, ich schwöre …«

»Aber darum geht es nicht, oder? Du musst sie so schnell wie möglich loswerden.«

»Sie ist schon weg. Ich war gerade in der Wohnung, und sie ist nicht mehr da.«

»Aber sie kommt noch aufs Revier, um ihre Aussage zu machen?«

»Weiß ich nicht.«

»Wie meinst du das, du weißt es nicht? Du hast doch wohl ihre Nummer, oder? Du kannst sie anrufen?«

Quinn seufzt. »Die Nummer, die sie mir gegeben hat, gibt es nicht.«

Jetzt ist Gislingham langsam richtig sauer. »Ach, das ist ja geradezu großartig – jetzt haben wir also keine Ahnung, wo sie sich aufhält, keine Möglichkeit, sie zu kontaktieren, und dabei könnte sie unsere einzige Belastungszeugin gegen Gardiner sein.«

Quinn holt tief Luft. »Da ist noch etwas. Ich habe auf ihrem Handy geschnüffelt – ihre SMS und so gelesen. Nur ganz kurz, als sie unter der Dusche stand ...«

»Scheiße, Mann, das könnte dich deinen verdammten Job kosten.«

»Das weiß ich, okay?«, faucht Quinn. »Das Handy lag einfach da, und jetzt ...«

Schweigen.

»Und jetzt was?«

»Jetzt weiß ich, dass Gardiner lügt. Pippa hat ihm mindestens eine Woche vor Hannahs Verschwinden eine SMS geschickt.«

»Na ja, das hat ja nichts zu bedeuten, oder? Sie hat sich um sein Kind gekümmert, da wird sie ihm ohnehin manchmal geschrieben haben ...«

»Aber nicht so, Gis. Glaub mir.«

Ihm glauben ... Quinn würde sie nur noch weiter in die Scheiße reiten, denkt Gislingham. »Was sollen wir jetzt also tun? Selbst wenn wir die richtige Nummer hätten, bekämen wir wohl keine Genehmigung, ihr Handy zu überprüfen, weil sie nicht offiziell verdächtig ist – selbst wenn sie mit Gardiner im Bett war, hat sie für den Morgen von Hannahs Verschwinden ein wasserdichtes Alibi. Und wir dürfen nicht durchblicken lassen, wonach wir wirklich suchen, denn dann bist du am Arsch.«

»Hilfst du mir nun oder nicht?«

Gislingham seufzt, so laut er kann. »Mir bleibt wohl keine Wahl, oder?«

* * *

Es ist kurz nach fünf, und zusammen mit Baxter bin ich bei der Spezialfirma, die für unsere Kriminaltechnik Stimmerkennung durchführt. Wir sitzen vor einer Wand aus Computerbildschirmen. Bei der Hälfte von ihnen habe ich keine Ahnung, wofür sie gut sind. Der Analytiker, der neben uns sitzt, sieht kaum älter aus als fünfzehn.

»Okay«, sagt er jetzt. »Ich habe die Audiodatei jetzt geladen. Hören wir sie uns mal an.«

24.06.2015, 06:50:34
Ich bin's. Wo bist du? Ich muss bald los. Ruf mich an, bitte!

Ein gedämpftes Geräusch ist zu hören, ein paar Klicks, dann bricht die Verbindung ab. Die Stimme klingt aufgebracht, fast schon wütend. Der Techniker spielt die Aufnahme noch einmal ab, und Hannah Gardiners Frust wird auf dem Bildschirm in einer Grafik aus Höhen und Tiefen dargestellt. Der Techniker lehnt sich zurück und wendet sich mir zu.

»Das Problem ist, dass sie so wenig sagt. Es sind nur vierzehn Wörter, und die sind obendrein ziemlich verzerrt. Aber ich habe sie so gut bearbeitet, wie es ging, und dann mit anderem Material verglichen, von dem wir definitiv wissen, dass es sich dabei um Hannah Gardiners Stimme handelt. Berichte auf der BBC-Website und dergleichen.«

Er dreht sich um und ruft weitere Wellenmuster auf den

Schirm. »Sehen Sie – alle drei stammen offensichtlich von derselben Person – dass kann man mit bloßem Auge erkennen, auch ohne das Analyseverfahren anzuwenden.«

Er zieht das Muster der Sprachnachricht auf den Schirm und richtet es an den anderen Proben aus. »Und hier ist Ihre Sprachnachricht.« Er lehnt sich zurück. »Wie ich schon sagte, reichen vierzehn Wörter eigentlich nicht, um eine Übereinstimmung eindeutig festzustellen, aber ich bin der festen Überzeugung, dass sie es ist.«

»Sie war also um zehn vor sieben an jenem Morgen am Crescent Square noch quicklebendig?«

Er nickt. »So sieht es aus.«

* * *

»Quinn? Ich bin's.«

Gislingham ist außer Atem und keucht. Im Hintergrund hört Quinn Verkehrslärm.

»Wo bist du?«

»Auf der High. Ich glaube, auf dem Rückweg von der Cowley Road habe ich Pippa Walker gesehen. Wenn sie es nicht war, hat sie eine Doppelgängerin.«

Quinn wird hellhörig. »Wo hast du sie gesehen?«

»An der Bushaltestelle Queen's Lane. Dort bin ich jetzt auch – ich hab so schnell wie möglich gewendet, aber sie war schon weg.«

»Hatte sie Taschen bei sich, einen Koffer oder so was?«

»Hab ich nicht gesehen. Ich glaube, sie hatte nur eine Plastiktüte dabei.«

»Wenn wir Glück haben, ist sie also noch in Oxford.«

»Ich versuche, an Überwachungsaufnahmen zu kommen. Vielleicht können wir rauskriegen, welchen Bus sie genommen hat.«

»Super, Kumpel! Du hast einen gut bei mir.«
»Ja«, sagt Gislingham bedeutungsschwer. »Ich weiß.«

* * *

Gesendet:	Freitag, 05.05.2017, 18:05 Uhr
Von:	AlanChallowCSI@ThamesValley.police.uk
An:	DIAdamFawley@ThamesValley.police.uk, CID@ThamesValley.police.uk

Betreff: **DNA-Ergebnisse, 33 Frampton Road**

Ich werde Sie zu diesem Thema anrufen, aber falls ich Sie nicht erreiche, hier die wichtigsten Punkte:

Schuppen:
Wir haben die Decke, in die Hannah Gardiners Leiche eingewickelt war, noch einmal untersucht: Es findet sich weder DNA von Donald Walsh noch von William Harper darauf. Die einzige DNA außer ihrer eigenen sind – wie bereits festgestellt – die ihres Mannes Robert Gardiner und die ihres Sohnes Toby Gardiner.

Keller:
Das Bett der jungen Frau wies die DNA von zwei Personen auf: Speichel von Donald Walsh sowie Speichel und Sperma von William Harper.

Kind:
Wir haben einen DNA-Test anhand der Proben durchgeführt, die wir mit Hilfe des Sozialamts bekommen haben, und sie mit kleinen Blutflecken abgeglichen, die sich auf dem Bettzeug des Kindes befanden. Der Junge im Keller ist William Harpers Sohn.

* * *

Ich bin gerade auf der Krankenstation im John Rad angelangt, als mich der Anruf von Challow erreicht. Als mein Handy klingelt, wirft die Schwester mir einen missbilligenden Blick zu.

»Sie sollten das Ding abschalten, Inspector.«

»Ich weiß. Tut mir leid, aber das hier ist wichtig.«

Und wie. Ich höre konzentriert zu, was Challow sagt.

»Sind Sie sicher – kein Zweifel?« Ich atme tief durch. »Ja. Ich bin im Krankenhaus. Ich rede mit ihr. Vielleicht bekomme ich sie dazu, es zu bestätigen.«

Die Schwester sieht mich mit unverhohlener Ungeduld an. »Sind Sie jetzt fertig?«

»Ja, tut mir leid.«

* * *

Seit meinem letzten Besuch sind keine achtundvierzig Stunden vergangen, und Vicky macht bereits einen wesentlich besseren Eindruck. Jemand hat ihr geholfen, die Haare zu waschen, und sie sitzt in Jeans und einem großen Pullover auf dem Stuhl am Fenster. Sie hat eine Zeitschrift auf dem Schoß und wirkt plötzlich so, als habe sie wieder Anschluss an die Welt gefunden. Als sei sie wieder ein ganz normales Mädchen. Ich ziehe stumm meinen Hut vor der Person, die das bewirkt hat, und als mein Blick den der Schwester trifft, weiß ich, dass sie es gewesen sein muss. Sie lächelt.

»Ich glaube, Vicky geht es heute ein bisschen besser. Wir konnten sie sogar überreden, etwas zu essen.«

Ich deute auf den Stuhl neben dem Bett. »Darf ich mich ein paar Minuten zu Ihnen setzen, Vicky?«

Sie sieht mich kurz an und nickt. Ich ziehe den Stuhl etwas näher an sie heran und setze mich.

»Haben Sie etwas für uns aufgeschrieben?«

Sie errötet leicht und wendet den Blick ab.

»Vicky spricht noch nicht«, sagt die Schwester. »Wir halten es für besser, sie nicht zu bedrängen, sondern es langsam angehen zu lassen.«

»Das ist eine sehr gute Idee«, sage ich und versuche, möglichst ruhig zu klingen. »Aber ich habe gerade einen Anruf aus dem Labor unserer Forensiker bekommen, und wenn Sie sich dazu in der Lage fühlen, würde ich Ihnen gerne ein paar Fragen stellen. Wäre das in Ordnung?«

Sie sieht mich an, regt sich aber nicht.

»Es gibt eine Sache, über die wir uns klarwerden müssen: War es nur eine Person, die über Sie hergefallen ist, oder waren es zwei? Die DNA-Ergebnisse, die uns vorliegen, reichen nicht aus, um Gewissheit zu erlangen. Und Sie verstehen sicherlich, wie wichtig es für uns ist, eine eindeutige Antwort auf diese Frage zu erhalten. Was können Sie mir sagen, Vicky? War es nur ein Mann? Niemand sonst?«

Sie sieht mich einen Moment lang an. Ihre Wangen röten sich wieder, dann nickt sie.

Ich hole mein Handy hervor, finde das Bild und zeige es ihr. »War es dieser Mann?«

Sie sieht mich an, dann auf das Bild und schüttelt schließlich den Kopf.

Ich zeige ihr noch ein Bild.

»Dieser?«

Sie keucht auf und legt die Hand auf die Lippen. Ihr kommen die Tränen.

»Ja«, flüstert sie mit vom langen Schweigen heiserer Stimme.

* * *

> Quinn – hab die Aufnahmen der Überwachungskamera von der Haltestelle gefunden. Pippa saß im Fünfer nach Blackbird Leys. Hab die Reg-Nummer, so dass du den Fahrer ausfindig machen kannst. Er erinnert sich bestimmt

> Danke, Gis. Wie ich schon sagte, hast einen gut bei mir

> Mir fällt ein, der Fünfer fährt durchs Gewerbegebiet. Wollte sie vielleicht Gardiner besuchen?

> Er muss unbedingt befragt werden. Bis bald

* * *

»Also, wie weit sind wir, Adam?«

Superintendent Harrisons Büro am Samstagmorgen. Mir fallen nur sehr wenige gute Gründe ein, sich am Wochenende hier aufzuhalten, aber manchmal muss man nun mal in den sauren Apfel beißen. Und außerdem muss der Chef informiert sein.

»Vicky hat Harper als ihren Entführer identifiziert, Sir. Und die forensischen Ergebnisse bestätigen das.«

»Und was ist mit Walshs DNA auf dem Bettzeug des Mädchens?«

»Er hat uns erzählt, dass er ein- oder zweimal über Nacht geblieben ist, und Challow sagt, wenn er dabei dasselbe Bettzeug benutzt hat wie später das Mädchen, könnte sein Speichel darauf noch nachweisbar sein. Unmöglich ist das nicht.«

»Also war Harper Einzeltäter. Keine Komplizenschaft mit Walsh.«

»So sieht es aus. Vicky hat Walsh auch nicht erkannt.«

»Es handelt sich trotzdem um einen Mann, der nie zuvor gewalttätig geworden ist. Glauben Sie noch immer, dass Harpers Demenz eine Rolle gespielt hat – irgendwie ausgelöst durch Vickys bedauerliche Ähnlichkeit mit seiner Frau?«

Ich hole tief Luft. Ich hatte Harper so lange für den Täter gehalten, bis ich das Tagebuch gefunden habe und eines Besseren belehrt wurde. Und seither hielt ich ihn nur für einen traurigen alten Mann, der von Donald Walsh für dessen perverse Zwecke ausgenutzt wurde. Aber so ist es also doch nicht. So kann es nicht sein.

»Sir, ich glaube, es ist alles noch viel komplizierter. Harper mag jetzt Anzeichen von Demenz offenbaren, aber vor drei Jahren kann es ganz anders gewesen sein. Nehmen wir Vickys Tagebuch – darin findet sich kein Hinweis, dass der Mann, der sie gefangen nahm, psychisch instabil war. Ich glaube, dass er genau wusste, was er tat. Und ja, Vickys Ähnlichkeit mit Priscilla mag eine Rolle gespielt haben, aber mit Verwirrung hatte es wohl eher nichts zu tun, sondern mit Rachsucht. Mit irgendeiner abartigen Vorstellung von Vergeltung.«

»Aber sagte er nicht, dass er Angst vor dem Keller habe – dass er dort unten Geräusche höre?«

»Ich nehme an, das lag an seiner fortschreitenden Demenz. Er könnte sogar vergessen haben, dass sich das Mädchen dort befand. Das würde auch erklären, warum Lebensmittel und Wasser zur Neige gingen.«

Harrison lehnt sich zurück. »Ich habe immer noch große Schwierigkeiten, das alles zu begreifen. Auf den ersten Blick erschien Walsh wesentlich verdächtiger.«

»Ich weiß, Sir. Ging mir auch so.«

»Aber die DNA lügt nicht. Der Junge ist Harpers Sohn.«

»Ja, Sir.«

»Da wir gerade von DNA sprechen, wie weit sind Sie mit Gardiner?«

»Wir haben ihn noch einmal befragt. Wir haben einen unvollständigen Fingerabdruck auf dem Klebeband gefunden und Spuren seiner DNA auf der Decke, in die der Leichnam eingewickelt war. Aber das sind alles nur Indizien, die vor Gericht nicht standhalten würden. Obwohl er dem Kindermädchen gegenüber anscheinend gewalttätig geworden ist. Wir versuchen herauszufinden, ob ein Verhaltensmuster vorliegt.«

»Anscheinend? Haben sie darüber nicht mit ihr gesprochen?«

»Noch nicht, Sir. Im Moment haben wir Schwierigkeiten, sie aufzuspüren.«

Ich bemerke sein Stirnrunzeln und verfluche Quinn.

»Aber Sie schließen Harper nicht aus? Es ist immer noch möglich, dass er beide Verbrechen begangen hat – das an dem Mädchen im Keller *und* den Mord an Hannah Gardiner?«

»Ja, Sir. Das ist immer noch möglich.«

»Und würde die Staatsanwaltschaft angesichts seines Gesundheitszustands Anklage gegen ihn erheben?«

»Weiß ich nicht – so weit sind wir noch nicht.«

»Aber er befindet sich mittlerweile in einer geeigneten Einrichtung?«

Ich nicke. »In einer geschlossenen Einrichtung für Demenzkranke bei Banbury. Was auch immer geschieht, in die Frampton Road wird er nicht wieder zurückkehren. Wahrscheinlich wird das Haus verkauft.«

»Dann hat die Thames Valley Police zumindest einen Menschen zufriedengestellt.«

»Wie bitte?«

»Diesen Vollidioten, der den Schrotthaufen nebenan gekauft hat.«

Ich habe immer mehr den Eindruck, dass Quinn mir aus dem Weg geht, und als ich ihn auf dem Parkplatz in seinem Audi sitzen sehe, wo er ein Sandwich isst, weiß ich, dass ich recht habe.

Ich klopfe an das Fenster. »Quinn?«

Er fährt die Scheibe hinunter und kaut hastig weiter.

»Was gibt's, Boss?«

»Was machen Sie hier draußen?«

»Mittagspause.«

Ich werfe ihm einen Blick zu, der klarmacht, dass ich ihm das nicht abkaufe, und er ist zumindest so anständig, verlegen zu wirken.

»Haben Sie Pippa Walker mittlerweile hergebracht?«

»Äh, da gibt es ein kleines Problem, Boss.«

Das ist es also.

»Was für ein Problem?«

»Wir können sie nicht finden.«

Ich mustere ihn, bis er zu kauen aufhört und das Sandwich wieder in die Tüte schiebt.

»Soweit ich gehört habe, gibt es so etwas wie Handys.«

Er wird rot. »Ich weiß, aber wir haben ihre Nummer nicht. Die, die sie mir gegeben hat, existiert nicht. Sorry, Sir.«

Normalerweise nennt mich Quinn nur dann »Sir«, wenn er Mist gebaut hat, also scheint er genau das getan zu haben.

»Wir haben eine Aussage von ihr aus dem Jahr 2015 – da wird doch wohl eine Adresse in den Akten sein.«

Er nickt. »Arundel Street.«

»Nun, dann fangen Sie da an. Es leuchtet doch ein, dass sie dorthin zurückkehren würde, wo sie sich auskennt.«

»Stimmt«, sagt Quinn und lässt den Motor an. »Keine Sorge. Das geht auf mein Konto. Ich bring das wieder in Ordnung.«

* * *

»PC Somer? Hier spricht Dorothy Simmons von der Holman Insurance. Wir haben schon einmal miteinander gesprochen, es ging um Dr. Harpers Sammlung.«

»Ach ja, danke, dass Sie mich zurückrufen, obwohl Wochenende ist.«

»Ich habe mir die Fotos angesehen, die Sie mir geschickt haben, und sie mit dem verglichen, was wir zu Dr. Harper in unseren Akten abgelegt haben. Und Sie irren sich nicht – bei einigen der *Netsuke* handelt es sich tatsächlich um dieselben Sammlerstücke.«

»Und sind die wertvoll?«

»Aber ja. Als Dr. Harper die Sammlung 2008 schätzen ließ, war sie so um die fünfundsechzigtausend Pfund wert. Ich wollte ihn sogar dazu veranlassen, die Schätzung zu aktualisieren, denn ich war besorgt, sie könnte unterversichert sein. Aber seine Briefpost beantwortet er wohl nicht.«

»Das ist wirklich hilfreich, Miss Simmons. Haben Sie vielen Dank.«

»Eine Sache wäre da noch. Ich weiß nicht, ob das wichtig ist, aber Mr. Walsh besitzt nur einige der *Netsuke*. Manche scheinen zu fehlen.«

»Sind das besonders teure Exemplare?«

»Eines ja. Aber die restlichen sind wahrscheinlich die am wenigsten wertvollen der Sammlung. Ich weiß nicht, ob das von Bedeutung ist.«

Durchaus möglich, denkt Somer, wenn Quinn recht hat und Walsh nur daran interessiert war, sich die teuren Sammlerstücke unter den Nagel zu reißen. Zumindest aber stellt sich eine interessante Frage. Wo befindet sich der Rest?

* * *

Nach einer ergebnislosen Suche nach Pippa in der Arundel Street gibt es kein Anzeichen dafür, dass Quinns Tag in absehbarer Zeit besser werden könnte. Als er um kurz nach drei wieder aufs Revier kommt, trifft er als Erstes auf Gislingham.

»Hast du den Busfahrer schon gefunden?«

Gislingham sieht ihn an. *Es ist dein Problem*, denkt er, *und du solltest es verdammt noch mal auch lösen.*

»Nein«, sagt er laut. »Ich hab allerhand zu tun. Mit meinen eigenen Sachen.«

Quinn fährt sich mit der Hand durchs Haar. Er ist stolz darauf und investiert viel in seine Pflege. Und das geht Gislingham auf den Geist, obwohl es das nicht sollte, wie er weiß. Vermutlich hat die kahle Stelle, die ihm vor kurzem zum ersten Mal im Badezimmerspiegel aufgefallen war, etwas damit zu tun.

»Klar«, sagt Quinn. »Sorry, mir sitzt Fawley im Nacken.«

Ja, aber wenn der die Wahrheit wüsste, wäre es doppelt so schlimm, denkt Gislingham. Er beschäftigt sich mit der Kaffeemaschine und tut so, als ob er sich nur schwer zwischen Cappuccino und Latte entscheiden könnte. Dann wählt er, was er immer wählt (und was ohnehin genauso schmeckt wie alles andere). Schließlich wendet er sich seinem DS zu.

»Hör mal, ich helfe dir, wenn ich kann, okay?«

Quinn sieht ihn an; eigentlich würde er Gis am liebsten angiften, aber er weiß nur zu gut, dass er ihm etwas schuldet.

»Okay«, sagt er. »Danke.«

* * *

»Kannst du dich am Montag noch vor Feierabend bei ihnen melden?«

Alex Fawley wechselt ihr Handy von einer Hand in die andere. Einer ihrer Kollegen macht Druck, weil eine Sache für ihren wichtigsten Kunden am Freitagnachmittag hätte rausgeschickt werden sollen. Alex will vermeiden, den Fall ihrer Assistentin zu überlassen, aber ihr Arbeitspensum und ein Kleinkind zu Hause unter einen Hut zu bringen, ist nicht leicht. Mit Jake damals war es schon schwierig genug, aber jetzt …

»Alex?«

»Sorry. Ich hab gerade in meinem Terminkalender nachgesehen. Ja, das sollte klappen.«

Er muss jedoch bemerkt haben, dass sie abgelenkt ist, denn er fragt noch einmal; seine Zweifel sind unüberhörbar.

»Sind Sie sicher? Ich meine, wir können jederzeit …«

»Nein, nein, wirklich. Das geht klar.«

Im Nebenzimmer poltert es laut – aus einem Wimmern wird Weinen.

»Was zur Hölle war das denn, Alex?«

»Nichts – nichts. Ich habe Maler im Haus. Sie müssen etwas fallen gelassen haben. Tut mir leid, Jonathan, aber ich muss auflegen. Sie haben die Dokumente rechtzeitig auf dem Tisch, versprochen.«

* * *

Im Verhörraum zwei wird Donald Walsh gerade offiziell des Diebstahls beschuldigt. Er gibt sich alle Mühe, seine Wut zu verbergen. Everett hat das Pech, die Wortführerin zu sein, aber gegen beißende Ironie hat sie glücklicherweise ein dickes Fell.

»Mr. Walsh, Sie werden des Diebstahls diverser Kunstgegenstände bei D. William Harper, 33 Frampton Road, Oxford, beschuldigt. Ich nehme an, Ihr Anwalt hat Sie über Ihre Rechte aufgeklärt und auch darüber, was jetzt geschieht. Haben Sie das verstanden?«

»Da größtenteils einfache Wörter verwendet wurden, kann ich das wohl gerade noch bewältigen.«

»Man hat Ihnen einen Termin genannt, zu dem Sie vor Gericht zu erscheinen haben.«

»Ja, ja, Sie brauchen mir das alles nicht noch mal vorzubeten, Constable. Geistig zurückgeblieben bin ich wahrlich nicht.«

Everett füllt das Formular aus und reicht es Walsh, der es ihr aus der Hand reißt und eine große Show daraus macht, dass er es unterschreibt, ohne ein Wort gelesen zu haben.

»Ich weiß immer noch nicht, worum es bei diesem Theater geht«, sagt er gereizt. »Ich habe mich nur um die Sammlung gekümmert. Jeder vernünftige Mensch hätte sofort bemerkt, dass Bill dazu nicht in der Lage ist. Als ich das letzte Mal dort war, fehlte bereits eines der kostbaren Stücke. Er könnte es auch die verdammte Toilette hinuntergespült haben, was weiß ich. Und wenn er stirbt, bekomme ich sie sowieso alle, schließlich hat er keine Kinder. Es ist überhaupt ein Wunder, dass nicht schon vor langer Zeit welche gestohlen wurden – jeder konnte doch da reinkommen, und Sicherheitsmaßnahmen gab es keine.«

»Soweit ich weiß, mussten meine Kollegen die Tür aufbrechen, um hineinzukommen.«

»Ja, aber wenn sie ihr Hirn eingeschaltet und hintenrum gegangen wären, hätten sie festgestellt, dass die Wintergartentür nicht mal ein funktionierendes Schloss hat. Die Hälfte der Fenster ist zerbrochen – sogar die blöde Katze ist einfach so reingekommen, dieses Siamvieh, ich hab sie oben gehört. Kein Wunder, dass Dinge gestohlen wurden. Und übrigens werde ich darauf bestehen, dass Sie das untersuchen.«

Das ist unter diesen Umständen ziemlich dreist, denkt Everett, ist aber zu klug, es auszusprechen.

Unwirsch schiebt ihr Walsh das Formular zu. Es rutscht über den Tisch und fällt zu Boden. »Gut, ich nehme an, ich kann jetzt nach Hause gehen, oder haben Sie was dagegen?«

* * *

Es ist halb fünf, und Alex hat keine Minute gearbeitet. Es regnet heftig, und sie sitzt in der Küche, der Junge vor ihr auf dem Boden. Dieser Anbau hat sie schlaflose Nächte gekostet, dafür aber auch den Charakter des gesamten Hauses verändert, ihnen mehr Raum verschafft. Selbst an bewölkten Tagen sorgt das Oberlicht für Helligkeit. Sie rutscht vom Stuhl und setzt sich neben das Kind auf den Boden.

»Wollen wir ein Spiel spielen?«

Er sieht sie misstrauisch an. In der einen Hand hält er einen Teddy. Jakes Teddy. Adam hatte ihn noch vor seiner Geburt für ihn gekauft.

»Es ist ganz leicht«, sagt sie. »Sieh mal.«

Sie legt sich flach auf den Rücken und schaut durch das Dachfenster hinauf in den Himmel. Die Regentropfen fangen das goldene Licht ein, bevor sie beim Aufprall auf das Fensterglas zerbersten.

»Siehst du? Du kannst zuschauen, wie der Regen fällt.«

Der Junge blickt auf und reckt den Hals. Dann hebt er die Hände zum Licht und lacht glucksend vor reiner kindlicher Freude.

* * *

Telefonische Befragung von Terry Hurst,
Busfahrer bei der Oxford Bus Company
6. Mai 2017, 17:44 Uhr
Am Telefon: DS G. Quinn

GQ: Mr. Hurst, wir versuchen, eine junge Frau ausfindig zu machen, die gestern Nachmittag um 16:35 Uhr in Queen's Lane Ihren Bus bestiegen hat.

TH: Aha. Worum geht es denn überhaupt?

GQ: Es handelt sich um eine polizeiliche Ermittlung, Mr. Hurst. Mehr brauchen Sie nicht zu wissen.

TH: Wie sah sie aus, diese junge Frau?

GQ: Ungefähr eins fünfundsiebzig, langes blondes Haar. Grüne Augen. Sie trug kurze Jeanshosen, ein gehäkeltes Top und Sandalen. Und eine Sonnenbrille.

TH: Aber ja, an die erinnere ich mich.

GQ: Wissen Sie noch, wo sie ausgestiegen ist? Wir glauben, es könnte im Gewerbegebiet gewesen sein.

TH: Nein, nein, da garantiert nicht. Sie musste stehen, weil der Bus ziemlich voll war, und ich erinnere mich daran, nach hinten gesehen zu haben, um mich davon zu überzeugen, dass alle sicher aussteigen konnten. Zu dem Zeitpunkt hatte sie den Bus aber schon verlassen.

GQ: Sie haben keine Videoüberwachung im Bus?

TH: In dem nicht, nein.

GQ: Also haben Sie keine Ahnung, wo sie ausgestiegen sein könnte?

TH: Das hab ich nicht gesagt. Ich glaube, es könnte bei Tesco in der Cowley Road gewesen sein. Hilft Ihnen das weiter?

GQ: Für den Anfang reicht es, wenn Ihnen sonst nichts mehr einfällt.

TH: Gern geschehen.
[murmelt]
Blödmann.

* * *

Es muss zwei oder drei Uhr morgens sein, als ich aufwache. Der Himmel ist tiefblau, nicht ganz dunkel, wie immer im Frühsommer. Der Vorhang ist leicht geöffnet, und ich spüre eine kühle Brise.

Ich stütze mich auf die Ellbogen, blinzele in die Dunkelheit. Als ich sein Zimmer betrete, steht er im Kinderbett. Es ist ganz still. In seinen Augen spiegelt sich der Lichtschein, der durchs Fenster hereindringt. Einen Finger hat er im Mund, in der anderen Hand hält er Jakes Teddy.

»Was ist denn los? Hast du schlecht geträumt?«

Er sieht mich fragend an, schaukelt ein wenig hin und her und schüttelt dann den Kopf.

»Möchtest du vielleicht etwas Milch?«

Jetzt nickt er.

Ich trete näher heran. »Darf ich dich hochheben?«

Er sieht mich an und streckt mir die Arme entgegen. Ich nehme ihn hoch. Es ist das erste Mal, seit er hier ist. Ich bin mir seiner körperlichen Nähe plötzlich sehr bewusst. Ich weiß, dass ich ihn emotional auf Distanz halten wollte und dass ich deshalb auch versucht habe, auch keine körperliche Nähe zuzulassen. Aber jetzt spüre ich zum ersten Mal seine Haut an meiner Haut und seinen Geruch in meiner Nase. Babyseife und Milch, dieser süße Duft, den alle kleinen Kinder zu haben scheinen. Er lehnt sich an meine Brust, und ich spüre, wie sich sein Gewicht in meinen Armen verlagert. Alex sagt immer, es gebe einen Grund, warum so viele kinderlose Menschen Katzen hätten. Etwas Warmes und Lebendiges, das so viel wiegt wie ein Baby – etwas, das man hochheben und an sich drücken kann, als wäre es ein Kind. Dabei entsteht ein intensives körperliches Wohlgefühl. Und als ich dastehe und diesen Jungen an mich drücke, empfinde ich es auch.

Am Morgen bin ich als Erster auf den Beinen, und als Alex herunterkommt, sind wir schon in der Küche. Der Junge sitzt in seinem Hochstuhl vor einer Schüssel Bananenmus, ich stehe am Geschirrspüler. Es macht Alex immer wieder wahnsinnig, dass ich alles, was sie schon eingeräumt hat, noch mal umräume. Daher versuche ich, fertig zu sein, bevor sie hereinkommt. Das Radio ist an, und ich summe mit, was ich jedoch erst bemerke, als Alex schon in der Küche stehe. Sie hat verwaschene Jeans und ein weißes T-Shirt an und trägt das Haar offen. Ohne Make-up sieht sie irgendwie jünger aus. Vielleicht nehme ich sie viel zu oft in ihrer Rolle als Anwältin wahr.

Sie lächelt mir zu. »Du wirkst fröhlich.«

Sie beobachtet genau, was ich mit dem Geschirrspüler mache, hat aber offenbar beschlossen, es nicht zu kommentieren. Sie will wohl die Stimmung nicht verderben.

»Das kann eigentlich nicht sein. Ich habe nämlich einen ziemlich miesen Tag vor mir.«

Sie nähert sich dem Jungen und streicht ihm sanft übers Haar. »Wirst du das ganze Wochenende über arbeiten müssen?« Ihr Tonfall ist unbeschwerter als normalerweise bei solchen Themen.

»Tut mir leid. Du weißt doch, wie es ist.«

Sie hebt den Tetrapak mit Saft hoch und schüttelt ihn. »Schade. Ich hatte gehofft, dass wir etwas unternehmen könnten. Irgendwohin fahren ...« Sie hält inne, aber ich höre trotzdem, was sie sagen wollte. *Als Familie.*

Ich widme mich wieder dem Umsortieren von Tassen und Tellern. Übersprungshandlung. »Hör mal, es gibt da etwas, das du wissen solltest.«

Sie schenkt sich eine Tasse Kaffee ein. Behutsam, mit übertrieben wirkender Ruhe. »Ach ja?«

»Die DNA-Ergebnisse sind da. Der Vater des Jungen ist nicht Donald Walsh.«

Sie lehnt sich an die Arbeitsplatte und führt die Tasse zum Mund. »Verstehe. Es war also doch William Harper?«

»Ja, Vicky hat ihn identifiziert.«

Ihre Augen weiten sich ein wenig. »Sie spricht also?«

»Ein paar Wörter. Wir dürfen sie nicht bedrängen.«

»Nein«, sagt sie hastig. »Absolut nicht. Das könnte ungemeinen Schaden anrichten.«

Ich richte mich auf und spüre den Schmerz in meinen Knien. »Hör mal, Alex ...«

»Ich weiß, was du sagen willst, Adam. Dass es nur für ein paar Tage ist – dass ich nicht seine Mutter bin.«

Ich rücke näher an sie heran, lege ihr die Hand auf den Arm. »Ich möchte nur nicht, dass du leidest. Ich möchte nicht, dass du dich zu sehr an ihn gewöhnst – oder er sich an dich. Das wäre nicht fair, im Gegenteil.«

Ihre Lippen zittern. »Ihm gegenüber? Oder mir?« Und als ihr die Tränen in die Augen treten, ziehe ich sie an mich und halte sie in den Armen, küsse ihr Haar. Der Junge blickt von seiner Schüssel auf und sieht mir mit großen Augen direkt ins Gesicht.

* * *

Um Viertel nach sieben ist Gislingham bereits seit drei Stunden auf den Beinen. Nachdem er jeden Versuch aufgegeben hatte weiterzuschlafen, stahl er sich aus dem Bett und überließ Janet ihrem Tiefschlaf, den nicht mal Billy hatte stören können. Und jetzt ist er in der Küche, trägt seinen Sohn im Tragetuch vor der Brust, räumt auf, wärmt Milch an und singt wie Johnny Cash.

»So, und wer behauptet nun, dass wir Männer nicht multitaskfähig sind, was, Bill?«, sagt er und lächelt seinem Baby zu. »Aber das bleibt unser Geheimnis, okay? Wenn Mum das nämlich herausfindet, brummt sie uns eine Liste mit Hausarbeiten auf, die so lang ist wie dein Arm. Oder sagen wir mal, mein Arm.« Dann schnappt er sich einen speckigen kleinen Fuß. »So wie du mit links zutrittst, kann aus dir noch was werden, mein Kleiner. Wir werden schon dafür sorgen, dass sie dich bei Stamford Bridge nehmen.«

»Oh nein, kommt nicht in Frage«, sagt Janet, die im Morgenmantel und barfuß in die Küche geschlichen kommt. »Jedenfalls nicht, wenn ich auch was zu sagen habe.« Sie lässt sich auf einen der Küchenstühle fallen.

»Du siehst ziemlich erledigt aus. Warum legst du dich nicht noch eine Weile hin?«

Sie schüttelt den Kopf. »Zu viel zu tun.«

Gislingham sieht sich in der Küche um. »Ich glaube, das meiste hab ich schon erledigt. Waschmaschine läuft, Abwasch ist erledigt, Billy hat gegessen.«

Sie seufzt, steht wieder auf und kommt zu ihm, um Billy aus dem Tragetuch zu befreien. Der kleine Junge tritt um sich und weint los, sein Gesicht wird ganz rot.

»Es ging ihm gut«, sagt Gislingham. »Echt.«

»Er muss gewickelt werden«, sagt sie über die Schulter, während sie sich bückt, um ein Paket Windeln aus der Plastiktüte zu nehmen, die Gislingham mitgebracht hat. Dann geht sie mit dem immer noch weinenden Billy aus der Küche und die Treppe hinauf.

»Na ja, ich fand nicht, dass er gewickelt werden musste«, sagt Gislingham zu sich selbst. Er nimmt das Tragetuch ab und geht hinüber, um die leere Plastiktüte aufzuheben. Er knüllt sie zusammen, weil er sie in den Recyclingeimer werfen will, doch dann hält er inne. Er setzt sich an den Tisch und holt sein Handy hervor.

> Mir fällt gerade was ein. Die Plastiktüte, die Pippa an der Bushaltestelle bei sich hatte – ich glaube, die könnte von Fridays Child sein. Das Video ist ein bisschen unscharf, aber ich kenne, glaube ich, das Logo. Ist von diesem Laden in der Cornmarket

Er drückt auf »Senden« und steht auf, um Teewasser zu kochen. Oben schreit Billy noch immer. Gislingham hängt einen Teebeutel in einen Becher und hört sein Telefon piepen.

> Das hilft uns nur, wenn sie mit Kreditkarte bezahlt hat

Genervt sieht Gislingham das Telefon an und seufzt. Muss er denn verdammt noch mal alles selbst machen?

> Ich habe dort Janets Geburtstagsgeschenk gekauft. An der Kasse hatten sie eine Liste, in die man Name und Tel.-Nummer eintragen kann, um Angebote zu erhalten. Bestimmt weit hergeholt, aber einen Versuch wert?

Dieses Mal kommt die Antwort umgehend.

> Genial! Danke, Kumpel, ich halt dich auf dem Laufenden. Schulde dir ein Bier.

Gislingham zieht eine Grimasse und wirft das Handy dann auf den Tisch. Er steht auf und macht sich endlich seinen Tee.

* * *

»Sie heißt Walker, Pippa Walker. Ist da wirklich nichts?«

Die Frau an der Kasse verdreht die Augen. »Ich habe nachgesehen, glauben Sie mir.«

Sie kaut Kaugummi, den Mund leicht geöffnet, Piercings zieren ihre Nase und die Oberlippe. Das alles passt nicht zu dem funkelnden rosa- und goldfarbenen Schmuck und den anderen Teenager-Accessoires. Quinn holt tief Luft. Normalerweise kommt er sehr gut mit Frauen zurecht, aber diese scheint immun gegen ihn zu sein.

»Würden Sie noch mal nachschauen – oder dürfte ich es tun?«

Sie mustert ihn misstrauisch. »Gibt es da nicht Bestimmungen? Datenschutz oder so was?«

Er schmunzelt. »Ich bin Polizist.«

Das scheint sie jedoch nicht weiter zu kümmern. Ganz im Gegensatz zu einer Gruppe japanischer Schulmädchen, die sich plötzlich um einen Ständer mit paillettenbesetzten Handtaschen und geblümten Stirnbändern schart. Die Frau geht zu ihnen hinüber.

An der Kasse streckt Quinn rasch die Hand aus und dreht die Liste mit den Kundendaten in seine Richtung. Er lässt den Blick nach unten wandern und findet »Walker«. Der Anfangsbuchstabe des Vornamens sieht eher nach einem T aus als nach einem P. Aber die Telefonnummer ähnelt derjenigen, die sie ihm genannt hat – nur zwei Ziffern sind vertauscht. Das kann leicht passieren. Er holt sein Handy heraus und wählt. Sofort meldet sich die Mailbox. Aber es ist Pippas Stimme. Quinn wartet auf den Piepton.

»Ich bin's, Gareth. Die Aussage, von der wir gesprochen haben – könnten Sie aufs St. Aldate's Polizeirevier kommen?« Er überlegt. »Hören Sie, ich stecke wegen dieser Sache mit Ihnen in der Scheiße. Daher wäre ich Ihnen wirklich sehr dankbar, okay?«

* * *

Gislingham sitzt mit Kopfschmerzen und schlimmem Kratzen in der Kehle an seinem PC und überfliegt die Seiten der *Oxford Mail* vom Juni 2015. Er sucht nach Veranstaltungen, die Hannah Gardiner in der Cowley Road interessiert haben könnten. Er liest Hinweise auf ein Schulfest, Fußball für Kids, ein neues Verkehrskonzept. Alles gut und wertvoll, aber wohl kaum einen Artikel wert. Nach zwanzig Minuten gibt er auf und versucht es mit einer anderen Methode. Er googelt »Hannah Gardiner« und »Cowley Road« und findet auch ein paar Geschichten, die sie für die BBC gemacht hat, sowie eine Handvoll Fotos. Eines davon zeigt sie bei der Reportage über einen kontroversen Bauantrag, ein anderes ist ein Selfie beim Cowley-Road-Straßenfest 2014, das sie auf Facebook gepostet hat. Im Hintergrund sieht man Tänzer in Federkostümen, einen chinesischen Drachen, einen Mann auf Stelzen. Und davor die Familie: Rob, Hannah, Toby.

Er druckt das Bild aus und nimmt es mit in die Einsatzzentrale, wo Erica Somer an der Pinnwand steht und mit einem roten Marker einige der *Netsuke* auf einem Kontaktbogen einkreist.

»Was ist an denen so besonders?«, fragt Gislingham und sieht sich die Bilder genauer an.

Sie dreht sich um und lächelt kurz. »In erster Linie die Tatsache, dass sie verschwunden sind. Einige von ihnen sind angeblich wirklich selten – zum Beispiel das hier: ›Elfenbein-

Netsuke in Form einer Nautilusschnecke‹«, liest sie von einem Ausdruck vor, »›von Masanao, einem der großen Meister der Kyoto-Periode. Höhe: fünf Zentimeter, Länge: sechs Zentimeter. Wert: zwanzigtausend Pfund‹.«

Gislingham pfeift. »Wer hätte das gedacht.«

Somer tritt von der Pinnwand zurück. »Einige Kollegen besuchen mit diesen Fotos im Moment Kunsthändler und Antiquitätengeschäfte. Man weiß ja nie, ob jemand sie vielleicht erkennt. Was haben Sie denn da?«, fragt sie und blickt auf das Blatt Papier in seiner Hand.

»Das hier?«, fragt er. »Das ist ein Foto, das Hannah Gardiner im August 2014 auf ihrer Facebook-Seite gepostet hat. Es zeigt sie und Rob beim Cowley-Road-Straßenfest. Ich habe nach Verbindungen gesucht, die sie vielleicht dorthin hatte, und das hier gefunden.«

Hinter ihnen wird es laut, und Everett stürmt zur Tür herein. Sie sieht müde aus.

»Auf der Banbury Road staut sich der Verkehr bis Summertown. Und das an einem Sonntag«, sagt sie und lässt ihre Tasche auf einen Tisch fallen. Sie wendet sich ihnen zu und betrachtet das Bild, das Gislingham an der Pinnwand befestigt. »Was ist das?«

»Ein Foto von Hannah«, sagt er. »Sehen Sie mal.«

Everett gesellt sich zu ihnen.

»Ich überlege, ob sie wirklich so glücklich ist, wie sie aussieht, oder ob sie nur für die Kamera so strahlt«, sagt Somer und wendet sich an Everett. »Was meinen Sie?«

Aber Everett fällt etwas anderes auf.

Oder eher jemand anderes.

* * *

Als Quinn nach unten an den Empfang kommt, steht Pippa Walker am Fenster und starrt hinaus auf die Straße. Sie sieht ihn und kommt näher, aber er zieht sie hastig mit sich zurück ans Fenster, damit sie niemand hört.

»Scheiße, wohin sind Sie verschwunden?«

»Hab eine SMS von einer Freundin bekommen, in der es hieß, dass ich ein paar Tage auf ihrem Sofa schlafen kann.« Sie sieht zu ihm auf, lächelt und sieht ihn aus ihren blauen Augen herausfordernd an. »Haben Sie meinen Schlüpfer mitgebracht?«

Quinn sieht über die Schulter. Der Sergeant blickt in ihre Richtung, zweifellos fasziniert. »So was dürfen Sie nicht sagen«, zischt er. »Nicht hier drinnen, sonst werde ich noch gefeuert.«

Sie zuckt mit den Achseln. »Okay, dann gehe ich eben.«

Er hält sie am Arm fest. »Nein, das machen Sie nicht. Wir brauchen noch Ihre Zeugenaussage – ich brauche Sie.«

Sie mustert ihn skeptisch. »Okay«, sagt sie schließlich.

»Ich muss Sie aber auch wegen anderer Dinge befragen. Was zum Beispiel geschah an dem Tag, als Hannah verschwand? Und davor? Es ist wichtig, dass Sie die Wahrheit sagen, okay?«

»Okay«, sagt sie nachdenklich.

»Und dann wäre da noch eine andere Sache.« Er schluckt. »Geben Sie als Adresse die Wohnung Ihrer Freundin an, bei der Sie jetzt untergekommen sind. Erwähnen Sie nicht, dass Sie in meiner Wohnung übernachtet haben.«

Eine Weile sieht sie ihn an, bemerkt seine Nervosität und schmunzelt. »Klar doch. Sie wollten mir nur einen Gefallen tun, stimmt's? Es ist ja nichts passiert.«

»Nein«, sagt er schnell. »Natürlich nicht.«

* * *

Im Zimmer neben Verhörraum zwei verfolge ich auf dem Monitor Quinns Befragung von Pippa Walker. Der Frau scheinen weder die Umgebung noch die Hitze etwas auszumachen. Quinn dagegen hat sein Hemd durchgeschwitzt.

»Gehen wir alles noch mal durch«, sagt er. »Als ich Sie in Mr. Gardiners Wohnung antraf, sagten Sie, in einem Streit habe er Ihnen den Bluterguss an Ihrem Handgelenk zugefügt. Das stimmt doch, oder?«

»Ja, aber ich glaube nicht, dass es Absicht war. Jedenfalls nicht so, wie Sie denken.«

Quinn sieht sie an. »Es bleibt ein tätlicher Übergriff, Miss Walker.«

Sie zuckt mit den Achseln. »Wenn Sie es sagen.«

»Sind Sie und Mr. Gardiner in einer Beziehung?«

Sie lehnt sich zurück und schlägt ein Bein über das andere. »Ja, seit einer Weile.«

»Wie lange geht das schon? Schon seit der Zeit, bevor Mrs. Gardiner verschwand?«

Das Mädchen wirkt schockiert. »Nein. Ich glaube, er hatte ein Auge auf mich geworfen, aber passiert ist nichts.«

Sie sieht Quinn an, ein leichtes Lächeln auf den Lippen. Er wendet jedoch schnell den Blick ab und blättert überflüssigerweise in seinen Unterlagen.

»Sind Sie absolut sicher«, sagt er, ohne sie anzusehen, »dass zwischen Ihnen beiden nichts lief, bevor Hannah verschwand?«

Sie zeigt keine Regung. »Ja, habe ich Ihnen doch gerade gesagt.«

Wieder blättert er in seinen Papieren. »An dem Tag, an dem Hannah verschwand, hat sie gleich am Morgen bei Ihnen angerufen.«

»Ja, aber ich habe die Nachricht erst später bekommen. Hören Sie, das habe ich der Polizei doch alles schon erzählt.«

Quinn bleibt beharrlich. »Und als Sie die Nachricht schließlich abhörten, kam Ihnen da nichts seltsam vor?«

Wieder zuckt sie die Achseln.

»Hannah klang verärgert – wieso?«

Sie verdreht die Augen, als wäre sie fassungslos über so viel Begriffsstutzigkeit. »Ich war doch nicht bei ihr erschienen, weil ich mich übergeben musste. Und deswegen blieb ihr nichts anderes übrig, als Toby zu ihrem Interview mitzunehmen. Das gefiel ihr gar nicht. In ihren Augen war so was unprofessionell.«

»Hätte Mr. Gardiner sich nicht um Toby kümmern können?«

»Und ihn auf dem Fahrrad mitnehmen? Wohl kaum.«

»Und auch später, als Sie erfuhren, dass Hannah verschwunden war, kam Ihnen an dem Anruf nichts seltsam vor?«

Sie runzelt die Stirn. »Aber all das geschah doch erst später. Am Morgen ging es ihr doch noch gut, oder?«

Quinn sitzt einen Augenblick einfach da, sammelt dann seine Unterlagen zusammen und verlässt den Raum. Pippa Walker greift in ihre Tasche und holt ihr Handy hervor.

Die Tür fliegt auf, und Quinn kommt wieder zu uns herein. Er wirft sein Jackett über einen Stuhl.

Ich sehe ihn an. »Was sollte das denn?«

Er lockert seine Krawatte. »Können die in diesem Laden nicht ein einziges Mal die Temperatur vernünftig regeln?«

»Quinn, ich hab Sie gefragt, was los ist zwischen Ihnen und dieser Frau.«

Er legt die Unterlagen ab. »Nichts, Boss. Da ist gar nichts los, das schwöre ich. Ich habe nur das Gefühl, dass sie nicht alles sagt. Sie verbirgt etwas, glaube ich.«

»Ich glaube, er hat recht.« Gislingham steht an der Tür. »Das hier sollten Sie beide sich ansehen.«

Er legt ein Foto vor uns auf den Tisch.

»Das habe ich entdeckt, als ich rausfinden wollte, warum Hannah Gardiner wohl in der Cowley Road war. Das hier sind sie und Rob beim Straßenfest 2014.«

Ich betrachte das Bild genauer. Hannah lächelt und hält die Kamera, Toby schmiegt sich an sie. Rob steht hinter ihnen, blickt in die Ferne, aber hat sie mit einem Arm fest umschlungen. Es sieht nach Liebe aus, doch ich weiß nur zu gut, dass manche Fotos täuschen. Kontrolle kann schnell mit Fürsorge verwechselt werden.

»Da«, sagt Gislingham und deutet auf das Bild, »im Hintergrund links.«

»Das Mädchen mit dem blonden Haar?«

»Sie ist nicht so leicht zu erkennen, weil über ihrem Gesicht ein Schatten liegt, aber ich glaube, sie ist es. Ich glaube, das ist Pippa Walker.«

Quinn pfeift anerkennend. »Scheiße, du könntest recht haben.«

»Und Rob Gardiner starrt zu ihr hinüber.«

Ich betrachte das Bild und sehe dann Gislingham an. »Was hat sie uns erzählt, wann sie die Gardiners kennengelernt hat?«

»Ich habe gerade ihre Aussage geprüft«, sagt Gislingham triumphierend. »Sie sagte, es war im Oktober 2014. Zwei Monate *nachdem* dieses Foto aufgenommen wurde.«

»Gut«, sagt Quinn und will gehen, aber ich halte ihn zurück. Auf dem Bildschirm sehen wir, wie Pippa Walker sich gerade in ihrem Taschenspiegel betrachtet.

»Ich möchte, dass dieses Mal eine Frau dabei ist.«

»Was?«, sagt Quinn. »Wieso?«

»Nehmen Sie Ev mit rein. Und wenn sie nicht in der Nähe ist, dann suchen Sie Somer.«

Er wirft mir einen kurzen Blick zu, sagt jedoch nichts. Gislingham hat ein Pokerface aufgesetzt.

»Verstanden, Quinn?«
»Verstanden, Boss.«

* * *

»Aber ich brauche Sie hier.«

»Sorry«, sagt Everett. Die Verbindung ist schlecht; sie ist wohl im Auto unterwegs. »Ich habe eine ganze Liste von Antiquitätenhändlern, die ich abklappern muss. Es geht immer noch um diese verschwundenen *Netsuke*.«

Quinn kann seine Verärgerung kaum zurückhalten. »Aber das kann doch wohl jemand anderes erledigen, irgendein Polizist. Da geht's doch nur um blöden Diebstahl.«

»War nicht meine Idee, Sarge. Fawley hat gesagt ...«

»Ja, ich weiß schon.«

»Warum ist das so ein Problem? Gislingham müsste doch bei Ihnen sein, und Baxter ...«

»Vergessen Sie es, okay?«

Quinn muss sich etwas einfallen lassen. Er sucht Somer, aber sie sitzt nicht am Schreibtisch. Ihr Sergeant schlägt vor, es in der Kantine zu versuchen.

Sie sitzt in der Ecke bei einer Tasse Kaffee und hat ein Buch dabei. Ein dickes Buch, irgendwas aus der Classics-Serie von Penguin. Er hat vergessen, dass sie früher Englischlehrerin war. Als er an den Tisch kommt, sieht sie seinen Schatten auf die Buchseite fallen und hebt den Blick. Sie ringt sich ein Lächeln ab, das leicht künstlich wirkt, aber immerhin.

»Es handelt von einer jungen Frau, die gefangen gehalten und vergewaltigt wird«, sagt sie und zeigt auf das Buch. »Von 1747, aber manche Dinge ändern sich wohl nie.«

Quinn schiebt die Hände in die Taschen. Er vermeidet Blickkontakt. »Ich werde Pippa Walker noch mal befragen. Fawley will, dass du dabei bist.«

»Ich? Warum nicht ...«

»Er möchte, dass eine Frau dabei ist, und Everett ist nicht da.«

Es war also Fawleys Idee und nicht deine. Der Gedanke steht ihr ins Gesicht geschrieben.

»Also, hast du Zeit oder nicht?«

Sie richtet sich auf und klappt das Buch zu. »Aber natürlich. Was immer Sie wünschen, Sergeant.«

Auf Sarkasmus gefasst, wirft er ihr einen Blick zu. Aber in ihrer Miene liegt nichts Verächtliches.

»Reichen dir zehn Minuten, um die Vernehmungsnotizen zu lesen?«

»Schon geschehen. Hab versucht, am Ball zu bleiben, obwohl ich nur eine einfache Polizistin bin.«

Sie wartet auf eine spitze Bemerkung darüber, dass sie den Fall nur nutze, um ihre Karriere voranzutreiben, aber er sagt nichts. Sie sammelt ihre Sachen zusammen und folgt ihm durch den Korridor die Stufen hinunter zu Verhörraum zwei, vor dessen Tür er stehen bleibt. Sie können das Mädchen durch die Glasscheibe sehen. Sie spielt auf ihrem Handy.

Während die beiden ihre Plätze einnehmen, blickt sie nicht auf, und als Quinn von ihr verlangt, das Handy wegzulegen, seufzt sie tief. Argwöhnisch sieht sie Somer an.

»Wer ist das?«

»Constable Somer. Sie wird an der Vernehmung teilnehmen.«

Pippa lehnt sich zurück. »Wie lange wollen Sie mich hier noch festhalten?«, fragt sie.

»Wir haben nur noch ein paar Fragen.«

»Aber ich habe Ihnen doch alles gesagt, was ich weiß.« Sie beugt sich wieder vor. »Ich habe Ihnen doch *wirklich* geholfen, oder nicht? Das haben Sie doch auch gesagt.«

»Das stimmt«, sagt Quinn und wird leicht rot. »Aber wir

brauchen ein absolut klares Bild der Ereignisse. Also fangen wir noch mal von vorne an.«

Pippa Walker verdreht die Augen.

»Sie haben Hannah Gardiner im Oktober 2014 an einem Stand auf dem Markt in der North Parade Avenue kennengelernt.«

»Was hat denn das mit alldem zu tun?«

Er schiebt das Foto vom Cowley-Road-Straßenfest über den Tisch. »Zu dem Zeitpunkt, als dieses Foto aufgenommen wurde – im August 2014 –, kannten Sie angeblich weder Rob Gardiner noch seine Frau.«

Sie sieht sich das Bild an, lehnt sich zurück und zuckt mit den Achseln. »Da müssen Hunderte von Leuten gewesen sein. Tausende.«

»Also war es nur Zufall.«

Ihr Lächeln blitzt auf. »Ja, wenn Sie so wollen.«

»Und dass er Sie direkt ansieht, ist ebenfalls ein Zufall?«

Sie neigt den Kopf zur Seite und wickelt sich eine Haarsträhne um den Finger. »Mich gaffen viele Typen an. Sie doch auch.«

Quinn errötet, dieses Mal deutlich sichtbar. »Also waren Sie und Rob Gardiner sich zum Zeitpunkt dieser Aufnahme noch nie begegnet?«

»Richtig.«

»Sie hatten damals noch keine Affäre?«

Sie lächelt wieder. »Nein, wir hatten keine ›Affäre‹.« Sie schaut ihn von unten an. »Obwohl ich durchaus etwas für ältere Männer übrighabe ...«

Vielleicht wollte Fawley deswegen, dass eine Frau dabei ist, denkt Somer. *Weil ich auf den Süßholzscheiß nicht reinfalle.*

Sie zieht Quinns Akte zu sich herüber und nimmt ein Blatt Papier heraus. »Sie haben gerade eben behauptet, Sie hätten uns bereits alles erzählt. Aber ganz sicher haben Sie uns nichts von Ihrer Schwangerschaft erzählt. Wer ist der Vater? Rob Gardiner ist es nämlich nicht, oder?«

Pippa sieht sie wütend an. »Wer hat Ihnen das erzählt? Das geht Sie nichts an.«

»Sie wussten nicht, dass er keine Kinder zeugen kann?«

Pippa schneidet eine Grimasse, sagt jedoch nichts.

»Und diese blauen Flecken an Ihrem Handgelenk – ist das passiert, als er herausgefunden hat, dass Sie schwanger sind? Hat er Sie geschlagen, wie er seine Frau zu schlagen pflegte?«

Pippa zieht ihre Ärmel lang. »Darüber rede ich nicht schon wieder.« Aber ihr Ton ist nicht mehr derselbe. Das Provozierende ist daraus verschwunden.

»Ist Ihnen klar«, sagt Somer kühl, »dass Sie vor Gericht landen könnten, wenn Sie die Polizei belügen?«

Pippa reißt die Augen auf und sieht Quinn an. »Was redet sie da?«

»Na ja ...«, setzt Quinn an, aber Somer fällt ihm ins Wort.

»Wir ermitteln momentan gegen Robert Gardiner. Er wird verdächtigt, etwas mit dem Tod seiner Frau zu tun zu haben. Das bedeutet, wir werden jeden auch noch so kleinen Aspekt seines Lebens unter die Lupe nehmen. Seine Telefonate, seine SMS. Wo er war und wann. Und mit wem er zusammen war. Haben Sie das verstanden?«

Pippa nickt. Ihre Wangen glühen.

»Und sollten wir herausfinden, dass Sie uns angelogen haben, droht Ihnen strafrechtliche Verfolgung.«

Quinn starrt sie an, aber Somer scheint es nicht zu bemerken. Ihm ist klar, dass sie übertreibt, Pippa Walker jedoch nicht.

Sie ist jetzt kreidebleich und wendet sich an Quinn. »Sie haben gesagt, ich soll mir überlegen, ob ich ihn anzeige. Sie haben nie davon gesprochen, *mich* festzunehmen.«

»Wollen Sie Ihr Baby wirklich im Gefängnis zur Welt bringen?«, fährt Somer fort. »Wollen Sie Ihr Kind überhaupt bekommen? Ich vermute nämlich, das Sozialamt wird zu der Ansicht gelangen, dass eine Adoption für das Kind besser wäre. Wussten Sie, dass auf Behinderung von Ermittlungen eine Freiheitsstrafe steht?«

»Nein«, sagt Pippa, die inzwischen äußerst verängstigt wirkt. »Bitte – stecken Sie mich nicht ins Gefängnis.«

»In dem Fall«, sagt Somer, lehnt sich zurück und verschränkt die Arme, »sollten Sie endlich anfangen zu erzählen. Und dieses Mal gern die Wahrheit.«

»Okay« sagt Pippa endlich. »Ich werde es Ihnen sagen. Aber nur, wenn ich Schutz bekomme. Vor ihm. Vor dem, was er mir antun wird, wenn er es herausfindet.«

Als sie eine Stunde später den Raum verlassen, wendet Quinn sich an Somer. »Wenn du es darauf anlegst, kannst du ja wirklich eiskalt sein.«

Somer entgegnet ungerührt: »Was zählt, ist allein das Ergebnis, dass wir den richtigen Mistkerl hinter Gitter bringen. Hast du das nicht selbst gesagt?«

Sie lässt ihn stehen, aber er ruft ihr nach: »Es sollte ein Kompliment sein! Tut mir leid, wenn es sich nicht so angehört hat.«

Sie dreht sich zu ihm um. Von seiner Großspurigkeit scheint seltsamerweise nicht viel übrig zu sein. Eigentlich war er die ganze Zeit, während sie Pippa Walkers Aussage aufnahmen, mehr oder weniger stumm.

»Wenn ich ehrlich bin, macht mir weder das eine noch das andere etwas aus«, sagt sie. Aber als sie davongeht, gönnt sie sich ein heimliches Schmunzeln.

* * *

AUSSAGE VON PIPPA WALKER
7. Mai 2017
GEBURTSDATUM: 3. Februar 1995
ADRESSE: Flat 3, 98 Belford Street, Oxford

Diese Aussage, bestehend aus zwei von mir unterzeichneten Seiten, habe ich nach bestem Wissen und Gewissen und in dem Bewusstsein gemacht, dass ich, sollte die Aussage als Beweismittel herangezogen werden, strafrechtlich verfolgt werden kann, sollte sich herausstellen, dass ich darin absichtlich etwas Falsches behauptet habe.

Im Oktober 2014 fing ich an, für die Gardiners zu arbeiten. Vorher war ich ihnen noch nie begegnet. Auf dem Foto vom Straßenfest im August 2014 bin ich rein zufällig zu sehen.

Ich verbrachte viel Zeit mit Rob. Seine Frau war oft nicht zu Hause. Es war ziemlich offensichtlich, dass er auf mich stand, und daher war es nur eine Frage der Zeit. Er sagte, er sei unglücklich mit seiner Frau und dass er sie verlassen und mit mir zusammen sein wolle. Er sagte, er werde sich von ihr trennen, schob es jedoch immer wieder auf.

Am 23. Juni 2015 erwischte Hannah uns im Bett. Sie kam überraschend früher von der Arbeit nach Hause, um kurz nach sechs. Sie drehte total durch – schrie ihn an, fluchte, zerriss meine Klamotten. Rob sagte, Toby sei im Nebenraum und könne alles hören, aber sie nahm davon keine Notiz. Sie zerrte Rob aus dem Bett und schlug auf ihn ein – er versuchte, sie wegzustoßen, aber sie spielte verrückt, schrie mich an und sagte, ich sei eine Schlampe und eine Hure und sie hätte mir niemals vertrauen dürfen. Er sagte mir, ich solle meine Sachen holen und gehen – dass er zurechtkäme und sich um alles kümmern würde. Also ging ich, während sie in der Küche waren. Ich dachte lange, Rob würde mich anrufen, aber das tat er nicht, und als ich ihm eine Nachricht schickte, bekam ich keine Antwort. Gegen Mitternacht fuhr ich also wieder zu ihrem Haus. Als er die Tür öffnete, wusste ich sofort, dass etwas Schlimmes passiert war. Er machte einen ganz merkwürdigen Eindruck auf mich und wollte mich nicht reinlassen.

Er sagte, es sei alles okay, sie hätten es geklärt und dass ich nach Hause gehen solle. Als ich am nächsten Morgen aufwachte, war mir übel, wie ich schon sagte. Deshalb habe ich diese Sprachnachricht von Hannah erst am Abend abgehört, nachdem sie schon im Fernsehen berichtet hatten, dass Hannah vermisst wurde. Es kam mir merkwürdig vor, dass sie nach all dem, was am Abend zuvor geschehen war, immer noch wollte, dass ich mich um Toby kümmere. Aber ich hatte keinen Zweifel daran, dass die Nachricht von ihr kam – es war definitiv ihre Stimme, obwohl sie ein wenig komisch klang. So blechern. Anders als sonst, wenn sie mich anrief.

Meine Mitbewohnerin riet mir, zur Polizei zu gehen, aber davor hatte ich Angst – ich konnte mir nicht vorstellen, dass Rob sie getötet haben sollte, aber was, wenn sie dachten, dass ich es gewesen war? Was, wenn er mich beschuldigen würde? Meine DNA war in der Wohnung. Deshalb habe ich der Polizei nie gesagt, dass wir eine Affäre hatten. Ich hatte Angst, dass sie denken würden, ich hätte sie aus Eifersucht ermordet. Und wem würden die Leute glauben, wenn es drauf ankäme, mir oder ihm? Und außerdem liebte ich Rob. Er konnte mich dazu bringen, alles zu tun, was er wollte. Ich weiß, er wollte mich nie verletzen. Und danach tat es ihm immer sehr leid.
Pippa Walker

Ich habe diese Aussage auf dem St Aldate's Polizeirevier aufgenommen, von 17:15 Uhr bis 18:06 Uhr. Außerdem anwesend war Police Constable Erica Somer. Abschließend wurde die Aussage Pippa Walker vorgelegt, die sie durchgelesen und in meiner Gegenwart unterzeichnet hat.

DS *Gareth Quinn*

* * *

In der Einsatzzentrale wird Quinn mit Applaus begrüßt, aber er suhlt sich nicht so darin, wie ich es erwartet hätte. Tatsächlich besitzt er sogar den (ungewohnten) Anstand, darauf zu bestehen, dass der wahre Durchbruch Somer zu verdanken sei.

Kurz darauf breche ich die Gratulationsarie ab.

»Okay, allesamt, betrachten wir die Sache ganz nüchtern. Pippa Walkers Aussage bringt uns einen großen Schritt voran, aber es reicht nicht. Sie beweist nicht, dass Gardiner seine Frau umgebracht hat, aber sie zeigt, dass er uns belogen hat. Und auch, dass er ein Motiv hatte. Beides sind neue Informationen für uns. Aber wir haben es immer noch mit einer zeitlichen Abfolge zu tun, die nicht plausibel ist. Wenn Hannah Gardiner am Abend des 23. Juni starb, wie konnte sie dann am folgenden Morgen um zehn vor sieben telefonieren?«

Baxter hebt die Hand. »Ich habe da eine Idee. Ich gehe der Sache mal nach.«

»Okay.« Ich sehe mich im Raum um. Seit sechs Tagen arbeiten wir ohne Unterbrechung an diesem Fall. Alle sind ausgelaugt. »Machen wir morgen früh weiter. Rob Gardiner kommt uns nicht abhanden. Gehen Sie nach Hause, und gönnen Sie sich etwas Schlaf. Das gilt auch für Sie, Gislingham. Sie sehen ganz schön hinüber aus.«

Gislingham reibt sich den Nacken. »Babys eben. Sie wissen ja, wie das ist.«

Eine Stunde später biege ich in unsere Einfahrt und bleibe noch einen Augenblick im Auto sitzen. Ich betrachte das Haus. Die Fenster oben stehen offen, und die Vorhänge plustern sich im Wind. Die Sonne geht unter und lässt das Haus vor dem leuchtend blauen Himmel erstrahlen. Diese Tageszeit wird in Oxford die Goldene Stunde genannt. Jener kurze Zeitraum, in dem die untergehende Sonne die Steine glühen lässt, als wären sie von innen beleuchtet.

Ich stelle den Motor ab und erinnere mich daran, wie es mal war. Früher. Alex am Herd, ein Glas mit kaltem Weißwein in der Hand. Jake, der sich auf dem Boden beschäftigte oder, als er größer war, im Garten mit seinem Ball spielte. Friedliche Ruhe. Eine wahrhaft goldene Stunde.

Das Erste, was ich höre, als ich die Tür öffne, ist Geschrei. Die Küche sieht aus wie ein Schlachtfeld.

»Ist alles okay?«, rufe ich und stelle meine Tasche im Flur ab.

»Ja, alles gut. Er will einfach nicht baden, das ist alles.«

Als ich die Badezimmertür aufstoße, sehe ich, was sie meint. Der Junge liegt schreiend auf dem Rücken, der Boden ist überall nass, und auch Alex hat allerhand Wasser abbekommen. Sie sieht auf, ihre Wangen sind gerötet. »Sorry, ich bin anscheinend außer Übung, das ist alles. Bisher war er wirklich brav. Aber ich musste sein geliebtes Plüschtier in die Waschmaschine stecken, und seitdem ist er unmöglich.«

»Soll ich vielleicht übernehmen?«

»Bist du nicht müde?«

»Ich glaube, mit einem Kleinkind werde ich noch fertig.«

»Okay«, sagt sie und steht auf. Ich sehe ihr die Erleichterung an. »Dann kann ich mich ja ums Abendessen kümmern.«

Kaum ist die Tür zu, hört der Junge zu schreien auf und rollt sich auf die Seite, um mich anzusehen. Sein Gesicht ist tränenverschmiert.

»Hallo, Kumpel, was ist denn los mit dir?«

* * *

Eine Stunde später kommt Alex in den Garten, wo ich mir eine Zigarette gönne. Die Luft ist kühl, das Gras bereits feucht, aber noch erleuchtet ein Lichtstreif den Himmel. Sie will die Lampen einschalten, aber ich halte sie zurück. Manche Dinge lassen sich am besten im Halbdunkeln besprechen.

Sie reicht mir ein Glas Wein und setzt sich zu mir. »Er schläft. Endlich.« Sie blickt in den Garten. »Sieh dir nur den Lavendel an, den wir letztes Jahr gepflanzt haben – wie viele Bienen sich tummeln. Das muss ich ihm morgen unbedingt zeigen.«

Ich ziehe erst mal an meiner Zigarette.

»Harter Tag?«, fragt sie fast beiläufig. Sie überlässt es mir, ob ich davon erzählen will oder nicht.

»Immer, wenn ich glaube, diesen Fall im Griff zu haben, entdecken wir etwas Neues. Etwas noch Entsetzlicheres.«

»Wie kann es noch schlimmer werden, als es bereits war? Das arme Mädchen, gefangen und vergewaltigt. Und Hannah Gardiner zu Tode geprügelt ...«

»Morgen früh werden wir Ihren Ehemann festnehmen. Das Kindermädchen hat eine Aussage gemacht, die ihn belastet.«

Alex schlägt die Hand vor den Mund. »Oh Gott ...« Dann hält sie inne. »Da ist noch etwas, oder?«

Ich drücke die Zigarette aus. »Ja. Aber nichts, was den Fall betrifft. Ich denke nur über den Jungen nach.«

Ich sehe ihrem Gesicht an, dass sie in Gedanken auch ständig bei ihm ist.

»Die nette Schwester hat mich vorgewarnt, dass er unten im Keller bestimmt allen möglichen furchtbaren Dingen ausgesetzt war, die er in seinem Alter unmöglich verstehen konnte. Sie riet mir, das Buch *Raum* von Emma Donoghue zu lesen. Ich hab's schon ewig auf meinem Kindle, bin aber nie dazu gekommen, es zu lesen.«

»Ist es hilfreich?«

Sie wendet sich in der Dämmerung mir zu. »Es bringt mich zum Weinen.«

Es ist Montagmorgen. Während des Frühstücks zählt mir Alex all die Dinge auf, die sie mit dem Jungen unternehmen will. Enten füttern, die Schaukeln ausprobieren, am Fluss spazieren gehen. Es kommt mir vor, als hätte sie eine Liste im Kopf, auf der sie alle Dinge abhakt, die wir mit Jake gemacht haben. Aber ich kann das nicht. Es ist noch zu frisch. Und überhaupt – ich frage mich, ob es dem Jungen gegenüber fair ist, ihn den Raum ausfüllen zu lassen, der für ein anderes Kind bestimmt war? Oder suche ich womöglich nur nach Ausflüchten? Nicht, dass ich welche bräuchte. Im Moment noch nicht.

Als ich in die Einsatzzentrale komme, sind der Stimmanalytiker und der Rest des Teams bereits dort. Und irgendetwas muss sich herumgesprochen haben, denn im Raum knistert es förmlich vor erwartungsvoller Spannung.

»Also, was haben wir?«

Der Analytiker schiebt die Brille ein wenig weiter die Nase hinauf. Ein so großes Publikum ist er nicht gewohnt.

»Ich habe mich mit DC Baxters Theorie beschäftigt, und ja, es ist möglich. Ich kann es nicht beweisen, aber im spektralen Interferenzmuster könnte tatsächlich ein Hinweis darauf sein, dass ...«

»Moment, bitte kein Fachchinesisch.«

Er reagiert etwas pikiert. »Das Hintergrundgeräusch – die

Klangqualität – es ist möglich, dass die Stimme des Anrufs aufgezeichnet war.«

Man hört beinahe, wie die Leute den Atem anhalten.

»Also noch mal im Klartext«, sage ich. »Sie halten es für möglich, dass Gardiner am Telefon eine alte Sprachnachricht von Hannah, die auf seiner eigenen Mailbox gespeichert war, abgespielt hat?«

Der Analytiker nickt. »Hundertprozentig sicher bin ich nicht. Aber ja, so könnte es gewesen sein. Das würde auch den leicht hohlen Klang erklären.«

»Und man bedenke«, sagt Baxter hastig, als wollte er seine Idee mit allen Mitteln verteidigen, »Hannah hat bei dem Anruf keinen Namen genannt und auch keine Zeitangabe gemacht – da gab es nichts, was mit jenem bestimmten Tag verknüpft war.«

Ich wende mich wieder der Zeitleiste zu.

»Okay, nehmen wir an, dass es so war. Gardiner tötet Hannah am Abend zuvor, nachdem sie ihn mit Pippa Walker im Bett erwischt. Er begräbt die Leiche in Harpers Schuppen, und als Pippa um Mitternacht wieder auftaucht, lässt er sie nicht herein, wahrscheinlich weil er noch damit beschäftigt ist, Blutspuren zu entfernen. Am nächsten Morgen um zehn vor sieben täuscht er einen Anruf bei Pippa vor, um den Anschein zu erwecken, dass seine Frau noch lebt. Aber ein Problem bleibt immer noch.« Ich richte mich an meine Leute. »Der Anruf wurde um zehn vor sieben vom Festnetzanschluss am Crescent Square getätigt. Das bedeutet, Rob Gardiner hätte sich zu dem Zeitpunkt am Crescent Square befinden müssen. Bislang haben wir ihn als Verdächtigen ausgeschlossen, weil er nicht die Zeit gehabt hätte, nach Wittenham zu gelangen und anschließend wieder zurück, um seinen Zug zu erreichen. Und das gilt immer noch. Es geht immer noch nicht auf.«

»Könnte es aber, Sir.«

Somer meldet sich aus einer der hinteren Reihen. Sie steht auf und kommt nach vorn.

»Was, wenn er gar nicht in dem Zug war?«

Baxter ist irritiert. »Wir wissen aber, dass er drin war. Wir haben Videobilder, die ihn bei der Ankunft in Reading zeigen.«

Aber sie schüttelt den Kopf. »Wir wissen, wo er ausgestiegen ist. Aber wir wissen nicht, wo er eingestiegen ist.«

Sie sieht Gislingham an, und der nickt. »Sie haben recht. Die Oxford-Videoüberwachung war an jenem Tag ausgefallen.«

Sie dreht sich um und sieht auf die Karte. Wittenham, Oxford, Reading. Sie deutet auf eine Stelle. »Was ist, wenn er hier eingestiegen wäre?«

Didcot Parkway. Auf halbem Weg nach Reading, von dort aus nur fünf Kilometer nach Wittenham.

Gislingham tippt etwas in sein Handy. »Der Sieben-Uhr-siebenundfünfzig-Zug aus Oxford hält um acht Uhr fünfzehn in Didcot.«

»Schön«, sage ich, nehme einen Stift und zeichne eine weitere Zeitleiste neben die erste, »spielen wir das mal durch. Wenn er Oxford um kurz vor sieben verließ, gleich nachdem er die Sprachnachricht gefälscht hatte, wäre er wann in Wittenham angekommen?«

Gislingham überlegt. »Ich schätze, mit dem Auto um die frühe Uhrzeit hätte er höchstens eine halbe Stunde gebraucht.«

»Das hätte ihn etwa um sieben Uhr dreißig nach Wittenham gebracht. Vielleicht sieben Uhr fünfundzwanzig. Und er müsste Wittenham gegen sieben Uhr fünfzig verlassen haben, damit er um acht Uhr fünfzehn den Zug in Didcot erwischen konnte. Die Frage ist: Reicht die Zeit? Um den Wagen loszuwerden, den Buggy bergauf zu schieben, seinen Sohn auszusetzen und sich davonzumachen, alles in weniger als einer halben Stunde.«

»Ich denke schon, Sir«, sagt Somer. »Es wäre knapp, aber möglich ist es. Er hätte es schaffen können.«

Gislingham nickt. Baxter ebenfalls. Nur einer hat bisher noch kein Wort gesagt.

Quinn.

* * *

Draußen vor der Einsatzzentrale schnappt sich Gislingham seinen Kollegen Quinn und zerrt ihn ins leere Büro nebenan.

»Verflucht, was läuft hier eigentlich? Willst du es drauf anlegen, oder was? Ich hab bemerkt, wie Fawley dich angesehen hat. Wenn du so weitermachst, hat er dich bald durchschaut.«

Quinn kehrt ihm den Rücken zu, dreht sich aber langsam wieder um. Gislingham hat ihn noch nie so verstört erlebt.

»Was hast du denn? Irgendwas ist doch, oder?«

Quinn lässt sich auf einen Stuhl fallen. »Sie hat gelogen. Pippa, in ihrer Aussage. Vielleicht nur in einigen Punkten, aber ich weiß, dass sie gelogen hat.«

Gislingham zieht sich einen Stuhl heran. »Die SMS, schätze ich.«

Quinn nickt. »Sie sagte, dass sie Gardiner an dem Abend eine SMS geschickt hat, aber ich weiß, dass es nicht so ist. Ich hab alle SMS an ihn gelesen. An dem Abend war nichts.«

»Vielleicht hat sie die gelöscht?«

»Sie hat das gleiche Handy wie ich. Wenn man eine SMS löscht, ist gleich der ganze Thread weg. Da war keine SMS.« Er vergräbt den Kopf in den Händen. »Es ist der reinste Alptraum. Je mehr ich versuche, alles irgendwie auf die Reihe zu kriegen, desto schlimmer wird es. Fawley wird Gardiner aufgrund einer Zeugenaussage festnehmen, von der ich weiß, dass sie nicht stichhaltig ist, und trotzdem darf ich nichts sagen, wenn ich mich nicht rettungslos in die Scheiße reiten will.«

»Okay«, sagt Gislingham und schaltet in den Notfallmodus. »Wir müssen uns doch nur den Beschluss besorgen, der uns erlaubt, ihre Telefonverbindungen zu überprüfen, oder? Dann ist dir nichts mehr anzuhaben. Die Aussage hätten wir doch sowieso überprüfen müssen.«

»Aber der Richter wird sich wundern, warum wir sie nicht einfach gefragt haben, ob wir uns das blöde Telefon ansehen dürfen – warum wir einen Beschluss brauchen, wenn sie doch nur eine Zeugin ist ...«

»Na ja«, sagt Gislingham, »darauf musst du dir eben eine Antwort einfallen lassen. Stimmt's?«

»Aber du weißt doch, was passiert, sobald wir Pippa auch nur unter den geringsten Druck setzen ... Sie wird auspacken und erzählen, dass sie in meiner Wohnung übernachtet hat ... dass wir ... du weißt schon.«

»Na, habt ihr denn?«

»Nein! Hab ich dir doch gesagt.«

»Hör mal«, sagt Gislingham, »wenn sie das behaupten sollte, dann musst du einfach mit der Wahrheit rauskommen. Sag Fawley, dass du ein Trottel warst, und hoffe, dass er keine größere Sache draus macht. Und in der Zwischenzeit sieh zu, dass du was Vernünftiges zustande bringst. Versuch zum Beispiel, diesen elenden Beschluss zu organisieren.«

»Stimmt«, sagt Quinn und klingt etwas hoffnungsvoller.

»Und versuch endlich mal wieder, den nervigen Großkotz raushängen zu lassen, wie es sonst deine Art ist. Okay? Dieses rücksichtsvolle Getue macht mich ganz irre.«

Quinn lächelt zerknirscht. »Werd mich bemühen.«

* * *

Befragung von Robert Gardiner
auf dem St Aldate's Polizeirevier, Oxford
8. Mai 2017, 11:03 Uhr
Anwesend: DI A. Fawley,
DC V. Everett, P. Rose (Anwalt)

PR: Ich muss schon sagen, Inspector, das hier grenzt an Schikane. Aus welchen Gründen nehmen Sie meinen Mandaten fest? Weil er *seine Frau ermordet hat*? Ich kann mir nicht vorstellen, dass Ihnen irgendwelche Beweise vorliegen, und angesichts der Tatsache, dass er gegenwärtig kein Kindermädchen hat, ist der Zeitpunkt äußerst ungünstig.

AF: Gestern Nachmittag wurde Miss Pippa Walker von meinen Detectives befragt. Sie nahmen sicherlich an, dass die Frau die Stadt verlassen hat, Mr. Gardiner. Oder hofften es zumindest.

RG: [*schweigt*]

AF: Aber sie ist immer noch hier.

RG: [*schweigt*]

AF: Sie hat zum Verschwinden Ihrer Frau umfassend ausgesagt.

RG: Das ist lächerlich. Sie kann gar nichts erzählt haben, weil sie nichts *weiß*.

VE: Wir haben zudem unseren Arzt gebeten, sich die blauen Flecken an ihrem Handgelenk anzusehen. Die blauen Flecken, die Sie ihr zugefügt haben.

RG: So war es nicht, das habe ich doch schon gesagt. Ich fand heraus, dass sie mir das Kind eines anderen unterjubeln wollte, dass sie rumgehurt hatte ...

VE: Und das gibt Ihnen das Recht, sie zu schlagen?

RG: Ich habe sie nicht geschlagen. Das sagte ich doch schon. Ich habe sie nur gepackt, wahrscheinlich etwas fester, als mir bewusst war. Wenn sie Ihnen etwas anderes erzählt, lügt sie.

AF: [*schweigt*]

Ich kann mir vorstellen, dass die Information nicht gut ankommen würde, oder?

RG: Wovon reden Sie?

AF: Bei Ihren Arbeitgebern. Denen dürfte es nicht gefallen, dass gegen einen ihrer Senior Manager wegen häuslicher Gewalt ermittelt wird.

RG: Wie oft denn noch! Es war keine häusliche Gewalt. Wir haben uns gestritten, das ist ja wohl etwas anderes.

AF: Es ist natürlich nicht an mir, Ihnen einen Rat zu erteilen, aber wenn ich Sie wäre, würde ich meine Verteidigung nicht darauf aufbauen.

PR: Hören Sie, Inspector ...

AF: Aber machen wir weiter. Wann begann Ihre Beziehung zu Miss Walker?

RG: Entschuldigung?

AF: Das ist doch eine ganz einfache Frage, Mr. Gardiner.

RG: Was hat das mit dem Fall zu tun?

AF: Wenn Sie einfach nur die Frage beantworten könnten.

RG: Es gibt keine *Beziehung*. Wie ich schon sagte, wir haben nur ein paarmal miteinander geschlafen. Und das war nach Hannahs Verschwinden. Monate danach.

VE: Ich dachte, Sie hätten von einem One-Night-Stand gesprochen?

RG: Einmal, zweimal, dreimal – was ist da der Unterschied? Es war keine Beziehung. Es war nur Sex.

AF: Die Annahme, dass Sie mit Pippa Walker lange vor dem Tod Ihrer Frau eine Affäre hatten, ist also falsch, wollen Sie sagen?

RG: Aber ja doch, verdammt – behauptet sie das?

AF: Wann genau ist sie also bei Ihnen eingezogen?

RG: Na ja, sie hat hin und wieder bei mir übernachtet. Hören Sie, nach Hannahs Verschwinden war ich komplett neben der Spur. Ich konnte nicht essen, bekam nicht mal die Wäsche auf die Reihe – und ich musste mich um Toby kümmern. Eines Tages stand Pippa einfach vor der Tür und sagte, dass sie sich meinetwegen Sorgen mache. Ob ich Hilfe bräuchte. Ich war auf dem Weg zur Arbeit, und als ich zurückkam, war die Wohnung sauber, der Kühlschrank gefüllt, und Essen stand auf dem Tisch. Danach schlief sie ein paarmal auf der Couch, und als sie sagte, dass sie aus ihrem möblierten Zimmer ausziehen müsse, bot ich ihr an, ein paar Wochen bei mir zu bleiben.

VE: Und wie lange ist das her?

RG: Weiß ich nicht. Drei Monate, etwas länger. Sie hat bis jetzt noch nichts gefunden.

VE: Darauf wette ich.

RG: Was soll das heißen?

AF: Sie sollten wissen, Mr. Gardiner, dass wir nach der Befragung von Miss Walker unsere Theorie über den Tod Ihrer Frau vollständig revidiert haben.

RG: [*sieht von einem Officer zum anderen, sagt aber nichts*]

AF: Grob umrissen stellt sich die Geschichte folgendermaßen dar: Bis Juni 2015 hatten Sie und Pippa mindestens sechs Monate lang eine Affäre. Die Tatsache, dass sie sich um Ihren Sohn kümmert, ist das perfekte Alibi dafür. Aber am 23. Juni, einem Dienstag, kommt Ihre Frau früher nach Hause als erwartet und erwischt Sie und Miss Walker beim Sex.

RG: Hat sie Ihnen das gesagt? Dass wir Sex hatten?

AF: Sie sagt, dass es zu einer wütenden Auseinandersetzung kam, dass Sie von Ihrer Frau geschlagen wurden und Miss Walker mit den Worten fortschickten, Sie würden das selbst regeln. Sie schrieb Ihnen eine SMS, erhielt jedoch keine Antwort, und als sie einige Stunden später wieder vor Ihrer Tür stand, wollten Sie sie nicht reinlassen.

RG: Nichts dergleichen ist geschehen.

AF: Wir glauben, dass Ihre Frau während dieser Auseinandersetzung einen heftigen Schlag auf den Kopf bekam. Vielleicht ein Unfall, vielleicht Notwehr. Wie auch immer es sich zutrug, Sie hatten ein ernstes Problem. Sie holten die Decke aus dem Auto Ihrer Frau, wickelten sie darin ein und umwickelten sie mit Klebeband. Als es dunkel wurde, schleppten Sie die Leiche durch den Hintereingang und den maroden Zaun in William Harpers Garten, von dem Sie wussten, dass er so gut wie nie genutzt wurde, denn monatelang hatten Sie von Ihrer Wohnung aus freie Sicht darauf. Weil Sie etwas suchten, um ein Grab auszuheben, brachen Sie in den Schuppen ein und stellten fest, dass es dort im Boden eine Falltür gab. Sie konnten Ihr Glück kaum fassen und verstauten die Leiche unter den Dielen. Niemand würde Ihnen je auf die Schliche kommen. Zumindest glaubten Sie das.

Am nächsten Morgen setzten Sie eine Nachricht an Pippa Walker ab und benutzten dazu eine alte Sprachnachricht, die Sie von Ihrer Frau erhalten hatten. Dann fuhren Sie nach Wittenham, wo Sie das Auto und Ihren Sohn in seinem Buggy zurückließen, weil Sie – fälschlicherweise, wie sich herausstellt – annahmen, dass er innerhalb weniger Minuten von jemandem gefunden würde. Dann fuhren Sie mit dem Fahrrad nach Didcot, wo Sie den Zug nach Reading bestiegen. Fast ein perfekter Mord. Fast.

RG: [*schweigt*]

PR: Moment mal, ich dachte, wir sprechen von einem Unfall? Notwehr?

AF: Beim ersten Schlag mag es so gewesen sein, aber der hat sie nicht getötet, wie Ihr Mandant sehr wohl weiß. Was ist passiert, Mr. Gardiner – hat sie sich gewehrt? Vor Schmerzen geschrien? Und wurde Ihnen in dem Moment bewusst, dass der Job noch nicht erledigt war? Haben Sie sie da gefesselt? Haben Sie ihr da den Schädel eingeschlagen?

RG: [*steht auf und läuft zur Wand, um sich zu übergeben*]

PR: Das reicht, Inspector. Zur Klarstellung: Mr. Gardiner widerspricht dieser Version der Ereignisse in allen Punkten. Meines Erachtens ist sie von A bis Z erfunden, und Sie haben nicht den Funken eines Beweises, um sie zu untermauern.

AF: Wir werden eine vollständige kriminaltechnische Untersuchung von Mr. Gardiners Wohnung veranlassen.

RG: [*beugt sich vor*]
Das kann ich Ihnen so schon sagen ...

PR: [*hält Gardiner zurück*]
Sie müssen nichts mehr sagen, Rob.
[*wendet sich an Fawley*]
Mein Mandant hat nichts mit dem Tod seiner Frau zu tun, und er hatte keine Beziehung mit Miss Walker, als seine Frau verschwand. Es ist natürlich nicht meine Aufgabe, Ihnen einen Rat zu erteilen, aber ich wage zu behaupten, dass die junge Dame so einiges wird erklären müssen.

AF: Danke, Mr. Rose, Ihre Anmerkungen sind notiert. Befragung beendet um elf Uhr vierunddreißig.

* * *

BBC News

Montag, 8. Mai 2017 | Letzte Aktualisierung 12:39 Uhr

EILMELDUNG: Hannah Gardiners Ehemann wegen Mordes an seiner Frau festgenommen

Die BBC hat erfahren, dass Robert Gardiner verhaftet wurde wegen des Verdachts, seine im Juni 2015 verschwundene Frau Hannah Gardiner ermordet zu haben. Die Polizei geht davon aus, dass Hannah Gardiner am Abend des 23. Juni nach einem Streit in ihrer gemeinsamen Wohnung am Crescent Square in Oxford zu Tode gekommen ist. Der Sohn der Gardiners soll sich in der Obhut des Sozialamts befinden.

Die Thames Valley Police hat bestätigt, dass im Zusammenhang mit dem Fall ein 32-jähriger Mann verhaftet wurde, es jedoch abgelehnt, dessen Namen preiszugeben. Ein Zusammenhang zwischen Hannah Gardiners Tod und der Entdeckung einer jungen Frau und eines Kindes im Keller des Hauses, in dem die Leiche von Hannah Gardiner gefunden wurde, konnte nicht bestätigt werden, jedoch würden die Untersuchungen noch andauern.

Diese Eilmeldung wird laufend aktualisiert und weitere Details in Kürze veröffentlicht. Bitte aktualisieren Sie die Seite, um die neuste Version anzuzeigen.

* * *

»Fawley? Challow hier.«

Seien Stimme klingt seltsam blechern, als würde er in einem Kanalisationsrohr stehen.

»Wo sind Sie?«

»Crescent Square«, sagt er. »In Gardiners Haus. Sie sollten besser herkommen.«

Als ich dort eintreffe, sind die Kriminaltechniker in der Küche beschäftigt, und Erica Somer durchsucht im Wohnzimmer die Schubladen und die Regale. Die Küche ist im Shaker-Stil eingerichtet: helles Holz in einem Cremeton von Farrow & Ball. Granitoberflächen. Viel Chrom. Und sehr sauber.

»Also, was ist los? Was haben Sie gefunden?«

Challow antwortet mit finsterer Miene. »Es geht eher um das, was wir nicht gefunden haben.«

Er nickt der Gerichtsmedizinerin zu, die daraufhin die Jalousien schließt und das Licht ausschaltet.

»Was soll ich mir hier ansehen?«

Challow schneidet eine Grimasse. »Das ist es ja. Da ist *nichts*. Wir haben den gesamten Fußboden mit Luminol behandelt, und es ist nirgends auch nur die geringste Spur von Blut zu finden.«

»Gardiner ist Wissenschaftler – er sollte wissen, welches Bleichmittel man benutzen muss ...«

Aber Challow will davon nichts hören, und ich glaube selbst nicht so recht daran, um ehrlich zu sein.

»Das hier ist ein Holzfußboden«, sagt er. »Auch mit der richtigen Chemikalie und sehr viel Zeit würde man niemals sämtliche Spuren aus der Maserung entfernen können. Nicht bei der Menge Blut, die sie verloren haben muss.«

»Und wenn es irgendwo anders in der Wohnung passiert ist?« Ich greife also nach dem letzten Strohhalm.

Er schüttelt den Kopf. »Der Bodenbelag ist in der gesamten Wohnung derselbe, außer in den Bädern. Und bisher haben wir nichts gefunden.«

Ich gehe wieder ins Wohnzimmer. »Wo hat Pippa übernachtet, Somer?«

»Hier durch, Sir.«

Tobys Kinderzimmer. Es sieht genauso aus wie das von Jake. Jede Menge Kram und der typische Geruch von Jungs. Spielsachen auf dem Boden, Kleidungsstücke über der Stuhllehne. Und an einer Wand ein Schlafsofa. Rob Gardiner hielt Pippa also auf Abstand. Er mag mit ihr geschlafen haben, setzte ihr jedoch auch klare Grenzen.

Im Wohnzimmer durchstöbert Somer den Papierkorb.

»Fotos«, sagt sie und zeigt sie mir. »Sieht so aus, als hätte Mr. Gardiner es darauf angelegt, auch noch die letzte Spur von Ms. Walker aus seinem Leben zu tilgen.«

Sie reicht mir die Fotos, eines nach dem anderen. Pippa, die Toby in die Höhe hebt; Toby, der auf ihrem Schoß sitzt und mit dem Anhänger ihrer Halskette spielt; Toby auf ihrem Arm, wie er sie anlächelt und in die kleinen Hände klatscht.

»Und was jetzt?«, sagte sie. »Können wir Gardiner nun doch ausschließen?«

Ich schüttle den Kopf. »Nicht unbedingt. Dass sie nicht hier gestorben ist, muss nicht heißen, dass er sie nicht getötet hat. Wir müssen nur herausfinden, wo es geschah.«

»Aber trotzdem …« Sie verstummt.

»Was?

»Nichts. Ich liege wahrscheinlich falsch …«

»Bisher hatten Sie immer den richtigen Riecher. Also raus mit der Sprache.«

»Wenn Rob Gardiner tatsächlich an jenem Morgen um sieben Uhr dreißig in Wittenham war, wieso dauerte es dann zwei Stunden, bis Toby gefunden wurde? Wir haben die vielen Zeugenaussagen – es waren massenhaft Leute dort. Es hätte doch schneller gehen müssen, bis der Buggy entdeckt wurde, oder nicht?«

Diese Ungereimtheit gesellt sich zu all den anderen Dingen, die mir Kopfzerbrechen bereiten. Da ist zum einen die Fesselung mit Klebeband. Noch immer verstehe ich nicht, warum er das getan haben soll. Selbst wenn sie nach dem ersten Schlag noch lebte, dürfte sie in ihrem Zustand wohl kaum noch in der

Lage gewesen sein, sich zu wehren. Und ich hatte Gardiner an dem Tag gesehen, als Hannah verschwand, und mir war nichts an ihm aufgefallen. Weder Kratzer noch Schrammen, nichts. Wenn sie also wirklich eine so brutale Auseinandersetzung gehabt hatten, müsste es doch wohl auch Spuren davon gegeben haben.

Mein Handy klingelt. Der diensthabende Sergeant.

»Es wurde eine Nachricht für Sie hinterlassen, Sir. Von Vicky. Man hat sie in die Vine Lodge verlegt. Sie möchte Sie sehen. Sagt, es sei wichtig.«

»Richten Sie ihr aus, dass ich auf dem Weg bin.«

Die Vine Lodge ist ein großes vierstöckiges viktorianisches Haus, das ebenso viel wert wäre wie das von William Harper, wenn es in North Oxford stünde und nicht hier in einer Querstraße der Botley Road am Rande eines Gewerbegebiets mit Blick auf einen Teppichhandel. Man hat ihr ein Einzelzimmer gegeben, das natürlich klein ist, aber zumindest – Gott sei Dank – liegt es nicht im Untergeschoss. Die Treppen ins dritte Stockwerk nehmen zu müssen, macht mir allerdings schmerzhaft bewusst, wie lange ich mich nicht mehr um meine Fitness gekümmert habe.

»Keine Sorge, wir haben keinem der anderen Bewohner gesagt, wer sie ist«, informiert mich der Leiter der Einrichtung, während wir hinaufgehen. Er ist ein vergnügter Typ mit kurzgeschorenem Schädel, einem Ohrring und Tätowierungen bis zum Hals hinauf.

»Und wir versuchen, sie von Zeitungen und Nachrichtensendungen fernzuhalten, worum Sie ja gebeten haben. Aber ich bin mir nicht sicher, wie gut uns das gelingt.«

»Wie macht sie sich – ganz allgemein?«

Er überlegt. »Besser, als ich erwartet hatte. Sie ist sehr still.« Er zuckt mit den Achseln. »Das ist wohl keine Überraschung.

Ich glaube, sie wird noch eine ganze Weile psychiatrische Behandlung brauchen.«

Ich nicke. »Hat sie über den Jungen gesprochen?«

Er schüttelt den Kopf. »Mit mir nicht. Aber als sie ankam, lief unten im Fernseher gerade ein Werbespot für Babyartikel, Pampers oder so. Das konnte sie nicht ertragen.«

Schweigend gehen wir die letzten Stufen hinauf. Von irgendwo ertönt Musik, und als wir an den Fenstern ihrer Etage vorkommen, sehe ich draußen ein paar Jugendliche. Manche rauchen, zwei Jungen spielen Fußball.

Der Einrichtungsleiter klopft an eine Tür und geht dann wieder die Treppe hinunter. Vicky sitzt am Fenster. Sie blickt nach unten in den Garten und schaut den Jugendlichen zu. Ich frage mich, wie lange sie nicht mehr mit Menschen ihres Alters zusammen war.

»Hi Vicky, Sie wollten, dass ich Sie besuche?«

Sie lächelt zaghaft. Noch immer wirkt sie erschreckend dünn. Die weite Kleidung macht es nur noch schlimmer.

Ich deute auf den Stuhl, und sie nickt.

»Haben Sie alles, was Sie brauchen? Wie ich höre, ist das Essen hier gar nicht so übel. Na ja, was auch immer das heißen mag.«

Sie lacht leise.

Ich beuge mich etwas vor. »Also, worüber wollten Sie mit mir sprechen?«

Sie beobachtet mich und schweigt immer noch.

»Sie sagten, es sei wichtig? Vielleicht möchten Sie mir Ihren vollen Namen nennen? Damit wir Ihre Familie finden können?«

Sie spielt mit ihrem Pullover auf dem Schoß, dreht den Stoff in den Händen. Als sie zu sprechen beginnt, ist es zum ersten Mal etwas anderes als ein Flüstern. Zum ersten Mal höre ich ihre Stimme. Sie ist tiefer als erwartet. Sanfter.

»Ich habe die Nachrichten gesehen. Im Fernsehen.«

Ich warte. Ein Gedanke geht mir durch den Kopf.

Jetzt kommen ihr die Tränen. »Ich habe mich erinnert. Der alte Mann sagte, da sei noch eine Frau, und die habe er im Garten begraben. Ich dachte, er wollte mir nur Angst machen.«

»Hat er sonst noch etwas gesagt? Ihren Namen oder was er ihr angetan hat?«

Sie schüttelt den Kopf.

»Konnten Sie sich noch an etwas anderes erinnern?«

Wieder schüttelt sie den Kopf.

Es muss wohl reichen.

Ich stehe auf, und als ich in der Tür innehalte, blickt sie wieder aus dem Fenster. Als wäre ich nie hier gewesen.

* * *

Telefonische Befragung von Rebecca Heath
8. Mai 2017, 16:12 Uhr
Am Telefon: DC A. Baxter

RH: Spreche ich mit Detective Constable Baxter?
AB: Am Apparat – wie kann ich Ihnen helfen?
RH: Mein Name ist Rebecca Heath. Ich nehme an, Sie haben versucht, mich zu erreichen. Ich bin Rob Gardiners Exfrau.
AB: Ah ja, Ms. Heath, wir haben Ihnen Nachrichten hinterlassen.
RH: Ich habe mich nicht bei Ihnen gemeldet, weil ich mich nicht einmischen wollte. Ich versuche, nach vorne zu schauen. Aber gerade habe ich die Nachrichten gesehen. Es heißt, dass Sie Rob verhaftet haben. Für den Mord an Hannah.

AB: Es hat eine Verhaftung gegeben, aber ich darf Ihnen leider keine Einzelheiten nennen.

RH: Nun, wenn es sich um Rob handeln sollte, dann haben Sie den Falschen. Ich war am 23. Juni am Abend dort.

AB: Sie haben am Abend vor Hannah Gardiners Verschwinden mit ihr und Mr. Gardiner gesprochen?

RH: Ganz so war es nicht. Meine Mutter war gerade sehr krank geworden, und ich dachte, Rob wollte sie vielleicht sehen. Die beiden standen sich immer sehr nahe.

AB: In Ihrer ursprünglichen Aussage gaben Sie an, Sie seien am Tag von Hannah Gardiners Verschwindens in Manchester gewesen, was meines Erachtens auch bestätigt wurde.

RH: Da war ich auch. Dort wohnt meine Mutter. Ich nahm am 24. Juni den ersten Zug nach Manchester Piccadilly – er fuhr absurd früh, um sechs Uhr dreißig oder so. Aber am Abend davor war ich noch in Oxford.

AB: Sie waren also am Crescent Square?

RH: Ich wollte nicht anrufen und riskieren, dass Hannah den Anruf annimmt. Also bin ich hingefahren. Ich hatte gehofft, Rob allein zu erwischen, aber als ich in die Straße einbog, kam sie gerade nach Hause.

AB: Wie spät war das?

RH: Kurz vor zwanzig Uhr. Rob kam heraus, um ihr mit den Einkäufen zu helfen. Sie muss aber woanders geparkt haben, denn das Auto habe ich nicht gesehen.

AB: Wie wirkten die beiden auf Sie?

RH: Glücklich. Er legte den Arm um sie. Sie lächelte. Wie frisch verliebt und ziemlich unerträglich, offen gesagt.

AB: Was haben Sie dann getan?

RH: Ich habe mich ein wenig herumgedrückt, saß auf einer Bank. Ihre Vorhänge waren geöffnet, so dass ich sie se-

	hen konnte. Sie haben gekocht, glaube ich. Irgendwann sah ich, wie Rob Toby auf den Schultern trug.
AB:	Aber Sie haben nicht an die Tür geklopft?
RH:	Nein. Nach etwa fünfzehn Minuten bin ich gegangen.
AB:	Warum haben Sie das der Polizei damals nicht gesagt?
RH:	Sie haben nie gefragt. Außerdem hieß es überall, dass sie am nächsten Tag in Wittenham gesehen wurde. Ich hielt es nicht für wichtig, wo sie am Vorabend gewesen war.
AB:	Haben Sie das Kindermädchen zufällig gesehen?
RH:	Also an dem Abend war sie definitiv nicht in der Wohnung.
AB:	Was macht Sie da so sicher?
RH:	Ich sah sie kurz darauf in der Banbury Road, als ich abbog. Ich erkannte sie, weil ich ihr und Toby ein- oder zweimal in der Stadt begegnet war. Sie saß mit ein paar Jungs auf einer Mauer. Wahrscheinlich Studenten, sahen alle ziemlich betrunken aus.
AB:	Danke, Ms. Heath. Könnten Sie herkommen und eine offizielle Aussage machen?
RH:	Wenn's sein muss. Ich konnte Hannah offen gesagt nicht ausstehen. Aber Rob hat sie nicht getötet, das weiß ich genau.

* * *

Im Auto hole ich mein Handy hervor.

»Quinn? Hier ist Fawley.«

»Wo sind Sie? Ich habe versucht, Sie zu erreichen.«

»Vine Lodge. Vicky wollte mich sehen.«

»Hören Sie, Gardiners Exfrau hat angerufen. Sie hat Rob und Pippa an jenem Abend tatsächlich gesehen. Und wenn sie die Wahrheit sagt, verstehe ich nicht, wie er Hannah getötet haben soll.«

»Ich weiß. Vicky ist auch etwas eingefallen. Sie sagt, Harper habe von einer anderen Frau geredet, die er angeblich getötet und im Garten begraben hat. Das muss Hannah gewesen sein. Hannah starb in der Frampton Road, ermordet von William Harper. Diese beiden Fälle waren immer miteinander verknüpft. Und die Verbindung ist William Harper. Wir müssen nur einen Weg finden, es zu beweisen.«

»Okay ...«, setzt er an.

»Und Quinn?«, falle ich ihm ins Wort. »Holen Sie die Nanny – Pippa – wieder her. Allmählich sieht es so aus, als hätte sie sich diese Räubergeschichte über Gardiner ausgedacht, und das lasse ich ihr nicht durchgehen.«

Schweigen. »Sind Sie sicher?«, fragt er schließlich. »Ich meine, sie ist doch noch so jung. Und sie hat ihn nie wirklich beschuldigt. Sie wollte wahrscheinlich nur sich selbst schützen ...«

»Seit wann sind Sie so weich, Quinn? Sie hat gelogen, bei einer offiziellen Aussage. Bringen Sie sie gleich als Erstes aufs Revier und konfrontieren Sie sie verdammt noch mal damit.«

Ich kann seine Nervosität fast hören. »Womit konfrontieren?«

»Fürs Erste damit, dass sie eine himmelschreiende Dummheit begangen hat.«

Etwas sagt mir, dass sie nicht die Einzige ist, der man das vorwerfen müsste.

Anderthalb Stunden später sitze ich in Gedanken versunken vor meinem Haus im Auto. Dann wird eine Gardine zur Seite gezogen, und mir wird bewusst, dass sie sich bestimmt bald Sorgen macht. Ich steige aus und greife meine Jacke vom Beifahrersitz. Sie hat die Haustür schon geöffnet und steht in einem blassgelben Lichtschein. Meine schöne barfüßige Frau.

Drinnen schenkt sie mir ein Glas Wein ein und scheint an meinem Schweigen zu erkennen, dass mir etwas zu schaffen macht.

»Alles in Ordnung?«

»Ich war heute bei Vicky. Harper hat ihr gegenüber von einem Mord gesprochen. Er hat behauptet, eine weitere Frau entführt und im Garten begraben zu haben.«

Sie atmet schwer. »Hannah Gardiner?«

Ich nicke.

»Also hat Gardiner es nicht getan.«

»Nein, er war es nicht.«

Ich trinke einen Schluck Wein und spüre, wie dessen Wärme durch meine Adern fließt.

»Aber warum hat diese Nanny gelogen?«

»Gardiner hatte sie gerade rausgeworfen, weil sie mit dem Kind eines anderen schwanger ist. Es könnte ein billiger Racheversuch gewesen sein.«

Alex schaut in den Garten. »Dieser ganze Fall ist doch im wahrsten Sinn des Wortes eine einzige Tragödie.«

»Wie meinst du das?«

Sie schüttelt den Kopf. »Ich denke an jakobinische Tragödien. Diese Stücke sind doch alle gleich – Rache, Gewalt, Verwechslung. Und Blut. Unmengen von Blut.«

Ich erinnere mich jetzt an eine Aufführung, die wir zusammen gesehen haben; am Ende der Vorstellung war ich voller Blutspritzer. Nur war es ausnahmsweise kein echtes.

Als ich später rausgehe, um etwas aus dem Auto zu holen, nehme ich eine Bewegung oben am Fenster wahr. Ich sehe hinauf und bemerke den Jungen, der auf mich herabblickt. Das fremde Kind, das im Zimmer meines Sohnes lebt.

* * *

Rob Gardiner öffnet die Tür zu seiner Wohnung und schließt sie leise hinter sich. Sein kleiner Sohn schläft auf seinem Arm, und er geht zum Sofa, wo er ihn sanft ablegt. Toby rührt sich ein wenig und dreht sich um, den Daumen im Mund. Gardiner streicht sanft über sein Haar und richtet sich auf. Obwohl das Zimmer in der Dämmerung langsam dunkler wird, schaltet er kein Licht ein.

Er geht nach hinten zum Fenster und sieht hinunter in den Garten. Dann zieht er die Vorhänge zu und lässt sich schwer auf einen Sessel fallen. Gegenüber auf dem Kaminsims fangen die silbernen Bilderrahmen das letzte Tageslicht ein. Er kann die Fotos nicht erkennen, aber sie sind in sein Gedächtnis eingebrannt. Toby und Hannah. Sie drei zusammen. Hannah allein. Sein damaliges Leben.

Dann ringt er nach Luft und presst sich die Hand vor den Mund, um sein Kind nicht zu wecken. Und die Tränen, die folgen, fließen still, während er dort im Dunkeln sitzt und sich erinnert ...

* * *

Am nächsten Morgen informiere ich zuerst das Team über den Stand der Dinge. Über das, was Vicky gesagt hat und dass Pippa sich das Ganze ausgedacht und Rob Gardiner es nicht gewesen sein kann.

»Was bedeutet,« sage ich schließlich, »dass wir zu unserer ursprünglichen Zeitleiste zurückkehren: Hannah rief um sechs Uhr fünfzig Pippa an, war zu diesem Zeitpunkt also noch am Leben, und gegen sieben Uhr dreißig verließ sie die Wohnung, um mit Toby nach Wittenham zu fahren. Wir müssen davon ausgehen, dass sie Harper ein paar Minuten später auf der Straße traf, als sie zu ihrem Auto ging. Er lockte sie in sein Haus. Wie er es auch mit Vicky getan hat.«

Mein Team rutscht unruhig mit den Stühlen hin und her; das Gefühl breitet sich aus, wieder am Anfang zu stehen und nicht viel weiter gekommen zu sein. Weil wir immer noch keine Beweise haben und noch immer keinen Tatort.

»Und was jetzt?«, fragt Baxter. Ich höre den Überdruss in seiner Stimme.

»Ich möchte, dass Sie in die Frampton Road fahren und sich zusammen mit Challows Team noch einmal das gesamte Haus vornehmen.«

»Aber das haben wir doch schon gemacht – die Kriminaltechnik hat jedes Zimmer untersucht …«

»Ist mir egal. Irgendetwas müssen wir übersehen haben.«

Als ich in den Flur komme, erwartet mich dort der diensthabende Sergeant.

»Dieser Profiler steht am Empfang und möchte Sie sprechen, Inspector. Bryan Gow.«

»Tatsächlich? Ich dachte, er wäre in Aberdeen oder so.«

»Anscheinend nicht. Ich kann ihm auch ausrichten, dass er später wiederkommen soll.«

»Nein, er hätte sich nicht die Mühe gemacht herzukommen, wenn es nicht wichtig wäre. Bringen Sie ihn zu mir. Und könnten Sie uns Kaffee organisieren? Einen trinkbaren bitte, nicht den Mist aus der Maschine.«

Auf dem Weg zu meinem Büro werde ich noch kurz vom Superintendent aufgehalten, und deshalb ist Gow bereits da, als ich meine Bürotür aufstoße. Und jetzt weiß ich auch, warum er hier ist: Vor ihm auf dem Tisch liegt eine Kopie von Vickys Tagebuch. Daneben steht ein Coffee-to-go aus dem Café in der Straße.

»Woher haben Sie das?«

Er hebt eine Augenbraue. »Den Latte?«

»Das Tagebuch.«

Er lehnt sich zurück und schlägt ein Bein übers andere. Sein Fuß wippt leicht auf dem Knie. »Alan Challow hat es mir geschickt. Er dachte, ich könnte es interessant finden. Zu Recht.«

Ich setze mich ihm gegenüber. »Und?«

»Ich habe mir da ein paar Gedanken gemacht.«

»Und wären Sie so nett, einen einfachen Polizisten einzuweihen?«

Ein schmales Lächeln. »Kein Problem. Aber ich möchte auch mit der Frau sprechen. Ist das möglich?«

»Ich habe Vicky gebeten, herzukommen und mit ihrer Aussage zu beginnen. Es war für morgen geplant, aber wir können anrufen – vielleicht ist es früher möglich.«

Gow streckt den Arm aus und greift seinen Becher. »Perfekt.«

Ich gehe hinaus, um Everett zu finden und zu bitten, sich mit der Vine Lodge in Verbindung zu setzen. Als ich in den Raum zurückkehre, blättert Gow in den Seiten des Tagebuchs.

»Was mich verwirrt, ist das Kind«, sagt er. »Oder vielmehr Vickys Beziehung zu dem Kind. Ich nehme an, man hat im Krankenhaus versucht, die beiden zusammenzubringen, aber das hat nicht funktioniert?«

»Sie hat so sehr geschrien, dass sie den Jungen wegbringen mussten. Sie sagten, es zu erzwingen würde alles nur noch schlimmer machen.«

»Und seither? Hatten die beiden Kontakt zueinander?«

»Nein.«

Er zieht die Augenbrauen zusammen. »Sind Sie sicher? Ich meine, Sie würden es vielleicht nicht unbedingt erfahren ...«

Ich beiße in den sauren Apfel. »Doch, das würde ich. Er ist bei mir zu Hause.« Ich spüre, wie mir das Blut zu Kopf steigt. »Es ist nur für ein paar Tage, bis man ihn dauerhaft unterbringen kann.«

Kein Wort mehr, Fawley. Halt einfach die Klappe.

Gow starrt mich an. »Nun, das ist etwas ungewöhnlich ...«

»Bevor Sie fragen, Harrison hat es genehmigt.«

Es folgt eine lange Pause, dann nickt er. »Verstehe. Und, hat die junge Frau nach ihm gefragt?«

»Nein. Ich weiß nur, dass sie sehr heftig reagiert hat, als sie im Fernsehen Bilder von einem Baby sah.«

Gow lehnt sich zurück und legt die Fingerspitzen aufeinander. »Sonst noch etwas?«

»Die Psychiaterin am John Rad sagte, es könnte eine posttraumatische Belastungsstörung sein. Dass sie ausblendet, was mit ihr passiert ist, und das Kind ist ein Teil davon.«

Gow nickt bedächtig. »Wenn der Junge das Produkt einer Vergewaltigung ist, verkörpert er die Erinnerung an diese Tat und macht sie allgegenwärtig. Und falls sie keine Bindung zu ihm aufbauen konnte, ist es vielleicht nicht mehr als das.«

Eins weiß ich über Bryan Gow: Er wählt seine Worte sehr sorgfältig. »Falls?«

Er wendet sich wieder dem Tagebuch zu und blättert in den Seiten. »Wir haben es hier in Bezug auf das Kind mit einem sehr eindeutigen psychischen Verlauf zu tun. Dieser reicht vom Horror wegen Harpers sexueller Übergriffe über die Ablehnung des Babys nach der Geburt bis hin zur schrittweisen Akzeptanz des Jungen als ihr leibliches Kind. Zum Beispiel hier: ›Ich versuche, ihn als mein Kind zu betrachten. Mein Kind, das nichts mit diesem schrecklichen alten Perversen zu tun hat.‹«

»Und?«

»Der Punkt ist, dass dies völlig dem widerspricht, wie die junge Frau sich jetzt verhält. Die vehemente Ablehnung des Kindes, das Ausblenden. All das steht in totalem Widerspruch zu dem, was wir im Tagebuch zu lesen bekommen.«

»Gut und schön. Aber den Abschnitt, von dem wir gerade sprechen, hat sie geschrieben, bevor Nahrung und Wasser zur

Neige gingen – vielleicht änderten sich ihre Gefühle durch das Trauma, das sie durchlitt?«

Aber Gow schüttelt den Kopf. »Nach allem, was ich weiß, gab sie sämtliche Vorräte dem Kind. Das deutet darauf hin, dass sie zu dem Zeitpunkt eine stärkere Bindung zu ihm verspürte.«

»Wie erklären Sie das?«

»Ich halte es für möglich, dass es zu einer Art Einvernehmen kam. Eine Variante des Stockholm-Syndroms. Deshalb will ich sie persönlich sehen.« Er lehnt sich zurück. »Wenn Sie sie befragen, sprechen Sie mit ihr über das Kind«, sagt er. »Aber beginnen Sie neutral – sprechen Sie über ›Geburt‹ zum Beispiel, nicht über das ›Baby‹. Halten Sie Emotionen raus. Und dann erhöhen Sie den Druck allmählich. Mal sehen, wie sie reagiert.«

* * *

»Wie geht es Ihnen, Vicky?«

»Gut.«

Und tatsächlich sieht sie besser aus, als ich sie je gesehen habe. Aber unter ihren Augen zeichnen sich noch immer dunkle Ringe ab. Sie ist in Begleitung des Leiters der Vine Lodge, den sie jetzt ansieht. Er schenkt ihr ein ermutigendes Lächeln.

»Ich möchte Ihnen dafür danken, dass Sie zugestimmt haben herzukommen, Vicky – das wird uns eine Riesenhilfe sein.«

Everett und ich setzen uns, und ich lege meine Unterlagen auf den Tisch. »Die Einleitung eines Verfahrens gegen Ihren Entführer ist ein sehr komplizierter Vorgang, und wir müssen jede Menge Beweise zusammentragen. In den nächsten Wochen werden wir vermutlich mehrere Male mit Ihnen sprechen müssen, und wenn Sie nichts dagegen haben, würden wir das gerne hier tun – damit wir die Befragungen aufzeichnen und bei Bedarf vor Gericht verwenden können.« Und damit Bryan Gow im Raum nebenan zusehen kann, aber das sage ich natürlich nicht. »Ich weiß, es ist hier nicht sehr gemütlich, aber es macht es uns leichter. Ist das für Sie in Ordnung?«

Sie sieht mich mit festem Blick an. »Ja, einverstanden.«

»Und Mr. Wilcox hat sich bereit erklärt, Sie zu begleiten. Das bedeutet, dass er im Auge behält, dass die Befragung den Regeln entsprechend verläuft.«

Wieder sieht sie Wilcox an und lächelt.

»Und Sie sagen mir einfach Bescheid, wenn Sie meinen, eine Pause zu brauchen oder wenn es Ihnen zu viel wird.« Ich öffne meine Akte. »Würden Sie also mit Ihrem Namen beginnen, für die Aufzeichnung?«

»Vicky. Vicky Neale.«

»Und Ihre Adresse?«

»Ich habe keine. Nicht mehr.«

»Wo haben Sie zuletzt gewohnt?«

»In einem möblierten Zimmer in East Oxford. Es gefiel mir nicht besonders.«

»Welche Straße?«

»Clifton Street. Nummer zweiundfünfzig.«

»Wie hieß der Vermieter?«

Sie zuckt mit den Achseln. »Keine Ahnung. Er war Asiate. Rajid oder so. Ich war nur ein paar Wochen dort.«

»Und davor?«, fragt Everett, die von ihrem Notizbuch aufblickt. »Wo ist Ihr Zuhause?«

»Harlow. Aber es ist nicht mein Zuhause.«

»Es wäre wirklich hilfreich, wenn wir eine Adresse hätten.«

Zögerlich sieht sie Wilcox an.

»Möchten Sie nicht, dass Ihre Eltern erfahren, wo Sie sind? Sie waren sehr lange verschwunden ...«

»Mein Vater ist tot. Und meiner Mutter wäre es egal. Sie sagte damals, ich sei alt genug, um auf eigenen Füßen zu stehen, und sie hat eine neue Familie, an die sie denken muss. Sie ist wahrscheinlich sowieso längst umgezogen – sie sagte, dass sie vielleicht in den Norden ziehen wollen. Sie und ihr neuer Kerl.«

Ich weiß, dass ich dazu tendiere, ein bestimmtes Muster in Gesprächen als Zeichen für etwas zu deuten, aber meiner Erfahrung nach sind drei unterschiedliche Antworten auf eine Frage nie ein gutes Zeichen. Andererseits wirkt der Schmerz in ihren Augen glaubhaft.

»Wir sollten in der Lage sein, sie trotzdem aufzuspüren«, sagt Everett. »Ich nehme an, Sie haben nichts dagegen, dass wir sie gegebenenfalls anrufen?«

Vicky öffnet den Mund und schließt ihn wieder. »Wie Sie meinen. Aber ich sage es Ihnen noch einmal: Sie wird es nicht wissen wollen.«

»Nicht mal, wenn sie erfährt, was mit Ihnen passiert ist, die Tortur, die Sie durchgemacht haben? Bestimmt würde jede Mutter ...«

»Meine nicht. Sie wird wahrscheinlich sagen, dass es alles meine eigene Schuld war. Dass ich nicht so dumm hätte sein sollen.«

Sie blinzelt die Tränen weg. Ich kann mir plötzlich vorstellen, wie sie als kleines Mädchen ausgesehen haben muss.

»Mögen Sie uns schildern, wie es sich abgespielt hat?«, frage ich vorsichtig. »Wie Dr. Harper Sie entführt hat? Tut mir leid, ich weiß, wie schwer es für Sie ist, aber Sie müssen uns unbedingt alles erzählen.«

Sie wischt sich mit dem Handballen über die Augen. »Ich war auf dem Weg, mir ein neues möbliertes Zimmer anzusehen, als mir ein Absatz abbrach. Ich saß auf seiner Mauer, und da kam er heraus und sagte, er könne meinen Schuh reparieren. Er sah nicht unheimlich aus oder so. Er erinnerte mich an Dad. Also ging ich mit ihm rein.«

Everett sieht auf. »Wann genau war das?«

»Im Juli 2014. Am fünften. Ich erinnere mich, weil es am Abend zuvor ein Feuerwerk gegeben hatte und jemand sagte, es müssten die Amerikaner gewesen sein.«

»Und wie alt waren Sie damals?«

»Sechzehn. Ich war sechzehn.«

Everett reicht ihr ein Foto von Harper. »Können Sie bestätigen, dass dies der Mann ist, von dem Sie sprechen, Vicky?«

Sie sieht hin und sofort wieder weg. Dann nickt sie.

»Und er bot Ihnen Tee an«, sage ich. »So war es doch, nicht wahr?«

»Ja. Es war ein sehr heißer Tag, und er hatte nichts Kaltes zu trinken. Er muss aber etwas in den Tee getan haben, denn in der einen Minute saß ich dort in seiner schrecklichen stinkenden Küche, und in der nächsten wachte ich in diesem Keller auf.«

»Er hat Sie da unten festgehalten – und Sie vergewaltigt?«

»Ja«, flüstert sie.

»Ich kann mir absolut nicht ausmalen, wie schrecklich das gewesen sein muss.«

Ihre Lippe zittert, und sie nickt. Ich blättere in meinen Notizen eine Seite weiter.

»Können Sie mir von dem Essen und dem Wasser berichten?«

Sie blinzelt verwirrt. »Was meinen Sie damit?«

»Es tut mir leid, ich weiß, dass es schwierig ist, aber die Staatsanwaltschaft wird den Geschworenen solche Details nennen müssen.«

Sie nickt. »Okay, verstehe. Er stellte mir Flaschen mit Wasser hin. Lebensmittel in Dosen. Alles so Zeug, das alte Leute essen. Pfirsiche, eklige Eintöpfe. Ich hatte einen Plastiklöffel.

Meine Handgelenke waren mit Schnüren gefesselt, aber ich konnte essen. Gerade so.«

»Und schreiben«, sage ich und lächle sie an. »Das ist beeindruckend. Nicht viele Menschen würden die Kraft aufbringen, das zu tun.«

Sie hebt das Kinn. »Ich wollte, dass später alle wissen, was geschehen ist. Wenn ich da unten gestorben wäre, hätten die Leute erfahren sollen, was er getan hat.«

»Dasselbe, was er auch der anderen jungen Frau angetan hatte.«

»Er prahlte damit, sie im Garten begraben zu haben. Ich glaubte ihm nicht und dachte, er wollte mir nur Angst einjagen. Damit ich tun würde, was er verlangte.«

»Hat er Ihnen gesagt, wie er sie angeblich getötet hatte? Und wann?«

Ihre Augen weiten sich. »Ich erinnere mich nicht genau, aber ich war zu der Zeit schon lange da unten gefangen.«

»Sie waren fast drei Jahre in Dr. Harpers Keller?«

»Ich wusste nicht, wie lange. Erst, als ich rauskam, habe ich es erfahren.«

Sie unterdrückt ein leichtes Schluchzen.

»Und er hielt Sie immer weiter da unten fest, auch als Sie schwanger waren?«

Wieder nickt sie.

»Und was geschah, als Ihre Wehen einsetzten? Sicherlich wurden Sie dann rausgelassen?«

Sie lässt den Kopf hängen. Als sie mich ansieht, stehen ihr Tränen in den Augen.

Es klopft an der Tür, und einer der DCs kommt herein. Ich stehe auf und gehe auf ihn zu.

»Entschuldigung, Boss«, sagt er leise. »Aber Sie sind erwünscht. Nebenan.« Er wirft mir einen bedeutungsvollen Blick zu.

Als ich mich wieder Vicky zuwende, lehnt sie sich an Wilcox und weint leise vor sich hin.

»Es tut mir wirklich leid, Vicky. Ich wollte Sie nicht bedrängen. Vielleicht sollten wir erst mal eine Pause einlegen?«

Wilcox sieht auf. »Ich denke, das ist das Beste. Sie hat genug für heute.«

»Also morgen? Gegen zehn?«

Er nickt und hilft dem Mädchen auf die Beine.

Ich beobachte, wie die beiden den Korridor hinuntergehen und durch die Pendeltüren verschwinden. Irgendwann legt Wilcox vorsichtig die Hand auf die Schulter des Mädchens.

Als ich zu Gow in den Raum trete, sichtet er das aufgezeichnete Videomaterial.

»Hier«, sagt er, ohne sich umzudrehen. »Da fragen Sie sie nach dem Essen und dem Wasser. Sie senkt den Blick, bevor sie antwortet, und sieht dann nach rechts. Wenn Sie an das System von Mikroausdrücken und Körpersprache glauben – was ich übrigens tue –, markiert das meist Lügenmärchen. Aber das ist nicht alles. Als Sie ihr diese Frage stellen, wiederholt sie sie. Das macht sie sonst nie. Sie will Zeit gewinnen.« Er lehnt sich vor und deutet auf den Bildschirm. »Und dann führt sie die Hand an den Mund, als sie antwortet. Sehen Sie.«

»Also hat sie nicht die Wahrheit gesagt?«

»Sicherlich nicht die ganze Wahrheit.« Er lehnt sich zurück und dreht sich zu mir um. Ich denke, ich hatte recht mit dem Einvernehmen – ich glaube, sie ist mit Harper zu einer Art Übereinkunft gekommen. Etwas, das sie damals aus Verzweiflung akzeptiert hat, jetzt aber zutiefst beschämend findet. Scham ist inzwischen ein sehr komplexes Gefühl: Heutzutage wird uns ständig suggeriert, dass wir uns für nichts, was wir tun oder denken, schämen müssen. Dieser Schamreflex steckt jedoch noch immer in uns, in der Psyche – Selbstekel,

Bedauern, Abscheu. Das sind ungemein starke Emotionen, besonders wenn die betroffene Person sich in der Leugnungsphase befindet. Was auch immer diese junge Frau getan hat, sie will es nicht zugeben – sicherlich nicht Ihnen gegenüber und, soweit ich das einschätzen kann, nicht einmal sich selbst gegenüber.«

Er lehnt sich zurück und putzt seine Brille, was ein besonderes Merkmal seiner Körpersprache ist, aber ich habe noch nie den Mut gefunden, ihm das zu sagen.

»Aber das entkräftet doch wohl nicht ihre ganze Geschichte, oder?«

Er setzt die Brille wieder auf. »Natürlich nicht. Es bedeutet lediglich, dass in diesem Haus etwas geschehen ist, von dem wir noch nichts ahnen.«

»Wie finden wir also die Wahrheit heraus? Harper können wir nicht fragen – er behauptet immer noch, dass er von alledem nichts weiß. Und auch das nur, wenn er überhaupt etwas von sich gibt.«

Er sieht mir an, wie hilflos ich mich gerade fühle. Mit einem Blick auf seine Uhr steht er auf. »Sie sind der Detective, Fawley. Ich bin mir sicher, Sie werden das hinbekommen.«

Mein Handy meldet sich. Eine SMS von Baxter:

Sind in der Frampton Road. Somer glaubt, etwas gefunden zu haben.

Gow ist inzwischen an der Tür stehen geblieben. »Es würde sich vielleicht lohnen, sich das Tagebuch noch einmal anzusehen. Ich kann nicht genau sagen, was es ist, aber ich habe das Gefühl, dass da etwas nicht ganz schlüssig ist.«

* * *

In der Frampton Road steht ein uniformierter Constable an der Tür, und aus dem ersten Stock sind Geräusche zu hören. Im Badezimmer auf der halben Etage sind die Dielen freigelegt, und das uralte Linoleum liegt aufgerollt in der Ecke. Auch im Schlafzimmer wurde der Teppich zur Seite geschoben. Die Luft riecht leicht nach Luminol, was man aber nur bemerkt, wenn man damit vertraut ist.

Sie befinden sich im obersten Stockwerk. Baxter, der Kriminaltechniker, Nina Mukerjee, Erica Somer und ein Uniformierter, an dessen Namen ich mich nicht erinnern kann.

»Also, was haben wir hier?«

Baxter deutet auf Somer. Die Geste zeigt mir, dass er das alles für total sinnlos hält und dass es, wenn sich das bewahrheitet, Somers Schuld wäre.

»Hier drinnen, Sir«, sagt sie.

Das vordere Zimmer hat mit seinem niedrigen Dachfenster und dem kleinen gusseisernen Kamin einst vermutlich als Dienstmädchenzimmer fungiert. Somer wendet sich beinahe entschuldigend an mich.

»Sie werden es vielleicht wieder für die verrückte Idee einer ehemaligen Englischlehrerin halten.«

»Nein, nur zu. Uns gehen die Ansätze aus. Verrückte Ideen sind alles, was uns bleibt.«

Sie errötet ein wenig, was ihr aber ganz gut steht. »Na schön, wenn wir davon ausgehen, dass Hannah definitiv in diesem Haus zu Tode gekommen ist ...«

»Ich glaube, dass es so ist. Ich *weiß*, dass es so ist.«

»Okay, aber trotzdem hat die Kriminaltechnik absolut nichts gefunden. Das ist doch völlig unmöglich.«

»Würde ich auch sagen.«

»Das *ist* unmöglich«, sagt sie beharrlich. »Es muss Beweise geben. Wir haben sie nur noch nicht gefunden. Also müssen wir weitersuchen.«

»Wie Challow mich immer wieder erinnert, haben sie alle Böden mit Luminol eingesprüht ...«

»Ja, genau. Aber was, wenn es gar nicht die Böden sind, mit denen wir uns befassen sollten?«

»Ich kann Ihnen nicht ganz folgen ...«

Sie dreht sich um und zeigt nach oben. »Sehen Sie.«

Ein brauner Fleck, an den Rändern dunkler, seltsam herzförmig. Auch der Rest der Decke zeigt überall deutliche Spuren von Feuchtigkeit und Alter, aber das hier – das ist etwas anderes. Tiefer. Intensiver.

»Er ist trocken«, sagt sie. »Ich habe es überprüft. Und ich weiß, dass es verrückt klingt – ich meine, wie konnte sie da oben sterben? Es ergibt keinen Sinn – aber ich erinnere mich da an eine Szene in dem Roman *Tess* von Thomas Hardy ...«

Doch ich höre schon nicht mehr zu, ich bin bereits auf dem Treppenabsatz. Die Dachluke befindet sich direkt über der Treppe.

»Hat hier noch niemand nachgesehen?«

Baxter zieht ein Gesicht. »Polizisten hatten den Auftrag, das zu tun, aber es sieht so aus, als hätte jemand Mist gebaut. Tut mir leid, Sir.«

»Na gut, dann sollten wir es uns besser selbst ansehen, nicht wahr?«

Baxter findet im Nebenzimmer einen Stuhl, und ich steige drauf. Die Luke sitzt fest, und ich muss sie mit Gewalt öffnen, aber vom Stuhl aus gelingt mir das nicht.

»Haben Sie eine Taschenlampe, Baxter?«

»Im Auto, Sir. Und ich erinnere mich, im Wintergarten eine Trittleiter gesehen zu haben.«

»Gut, Sie holen die Taschenlampe, ich die Leiter.«

Als er wieder da ist, stelle ich die Trittleiter unter die Luke.

»Ich halte Sie fest, Sir«, sagt Somer hastig. »Wenn Sie von hier die Treppe hinunterfallen, brechen Sie sich das Genick.«

Ich steige auf die Leiter, drücke, so fest ich kann, gegen die Dachluke, bis sie umklappt. Ich spüre einen kalten Luftzug, und Staub und Splitt rieseln auf mein Gesicht. Als ich die oberste Stufe erreicht habe, ziehe ich mich hoch, bis ich auf der Kante sitze. Ich versuche, nicht daran zu denken, was ich meiner Hose damit antue. Somer reicht mir die Taschenlampe. Ich schalte sie ein und leuchte durch den Raum. Kisten, Schrott, alter Kram; derselbe Mist wie unten im Keller. An der Wand verlaufen die Drähte der Glocken für die damaligen Bediensteten. Ich kann die Etiketten gerade noch erkennen. *Frühstücksraum. Salon. Arbeitszimmer.* Auf der anderen Seite klafft in den Kacheln ein Loch so groß wie meine Faust.

Ich stehe langsam auf und gehe unter den Dachbalken gebückt vorsichtig über die Bretter. Die meisten sind nicht festgenagelt und wackeln ein wenig unter meinem Gewicht. Plötzlich bewegt sich etwas in meinem Augenwinkel. Etwas mit Flügeln taucht aus der Dunkelheit auf, ich spüre im Gesicht etwas Lederartiges ...

Sie müssen mich schreien gehört haben.

»Alles in Ordnung, Sir?«, ruft Baxter.

Mir schlägt das Herz noch bis zum Hals. »Ja, war nur eine Fledermaus. Hab mich erschrocken, das ist alles.«

Ich atme tief durch und orientiere mich. Versuche, die Stelle mit dem Fleck zu finden. Und ja, da ist etwas. Unförmig, irgendwie gekrümmt. Ich rufe nach unten und bitte Nina, hochzukommen. Als sie sich einen Weg zu mir gebahnt hat, richte ich den Lichtstrahl der Taschenlampe auf das Objekt, während sie ein Paar Einmalhandschuhe anzieht. Als sie es vorsichtig anhebt, wird der große, dunkle und längst getrocknete Fleck sichtbar.

* * *

Es dauert eine Weile, es auszubreiten. Der Kunststoff ist so trocken und verhärtet, dass er Risse hat und nicht flach auf dem Labortisch aufliegt. Der Praktikant witzelt darüber, dass es an das Abwickeln einer Schriftrolle aus dem Toten Meer erinnere, bemerkt jedoch, dass der Kommentar unter den gegebenen Umständen ein wenig geschmacklos ist, und verstummt. Dann arbeiten sie schweigend, bis das ganze Ding im Schein der Hängelampe vor ihnen ausgebreitet ist.

Nina Mukerjee greift zum Telefon und ruft Challow an.

»Und«, sagt dieser ein paar Minuten später, als er seinen Laborkittel anzieht und sich dem Tisch nähert, »ist es das, was wir vermutet haben?«

Nina nickt. »Eine Abdeckplane für Autos. Vermutlich aus den siebziger Jahren und wahrscheinlich für den Cortina, der auf der Auffahrt parkt.«

Sie stehen da und sehen sich das Fundstück an. Diesmal ist kein Luminol nötig.

»Mein Gott«, flüstert Nina. »Er hat sich nicht mal die Mühe gemacht, sie mit Wasser abzuspritzen.«

* * *

Botley Road, neunzehn Uhr. Die einzigen Geräusche in der Vine Lodge kommen aus der Küche. Gedämpfte Stimmen, das Klappen der Kühlschranktür, Gelächter.

In Vickys Zimmer herrscht Stille. Aber nicht, weil sie schläft.

Sie sitzt aufrecht im Bett, die Arme um die Knie geschlungen, und schaukelt ein wenig hin und her. Dann ist vom Flur ein Geräusch zu hören, und sie hebt den Kopf. Schnell huscht sie zur Tür und probiert, die Klinke hinunterzudrücken. Sie gibt nach, und für einen Moment steht sie nur da, atmet schwer, die Hände so kräftig zu Fäusten geballt, dass sich unter der hellen Haut die Knöchel abzeichnen.

* * *

Gesendet: Di, 09.05.2017, 19:35
Dringlichkeit: Hoch
Von: AlanChallowCSI@ThamesValley.police.uk
An: DIAdamFawley@ThamesValley.police.uk

Betreff: **Dringend – Frampton Road**

Wollte Ihnen nur mitteilen, dass ich wohl einen Weg gefunden habe, um Ihre Theorie über das Tagebuch zu verifizieren. Das Labor hat die anderen Tests durchgeführt, um die Sie gebeten hatten. Ein Satz Ergebnisse erschien nicht plausibel, also wiederholten sie den Test. Aber es lag kein Fehler vor. Der Raum im hinteren Teil des Dachgeschosses – auf dem Boden befinden sich Spuren von Mekonium. Ich muss Ihnen nicht sagen, was das bedeutet.

* * *

»Wonach riecht es hier?«

Gislingham dreht sich um und sieht seine Frau in der Küchentür. Er steht am Herd, trägt eine Schürze und hat sich ein rosa Geschirrhandtuch über die Schulter geworfen, in der Hand hält er einen Pfannenwender. Und er ist ganz in seinem Element. Billy sitzt auf der anderen Seite des Tisches in seinem Hochstuhl und interessiert sich offensichtlich viel mehr für das, was sein Vater brät, als für den faden Mus in seiner Plastikschale.

»Brunch«, sagt Gislingham. »Ich muss erst später zum Dienst, also dachte ich, ich nutze die Zeit sinnvoll.«

Janet Gislingham kommt zum Herd und späht in die Pfanne. »Bratwurst?«

Gislingham grinst. »Ein kleines Zeichen der Wertschätzung von einem dankbaren Bürger. Der zufällig Metzger ist.«

»Vorsicht – nicht, dass man dir noch vorwirft, bestechlich zu sein.«

Gislingham hebt die Hände, tut erschrocken, lacht laut los und schneidet in der Pfanne ein Stück Bratwurst ab. »Hier, probier mal!«

Sie zieht das Fleischstück vom Ende des Messers.

»Hey – das ist heiß!«, schreit sie und hält sich die Hand an den Mund.

»Köstlich, oder?«

Sie nickt. »Und woher hast du die?«

»Cowley Road. Feinste Qualität.«

»Ich kann mich nicht erinnern, wann ich das letzte Mal Wurst gebraten habe.«

Gislingham kann sich nicht erinnern, wann sie überhaupt das letzte Mal etwas zu essen gemacht hat, aber es spielt keine Rolle. Sie lächelt.

»Du hast das ganze Kinn voller Fett.« Er streckt die Hand aus, wischt es mit dem Finger weg, legt den Pfannenwender ab und nimmt seine Frau in die Arme. Billy beginnt zu glucksen, und Gislingham zwinkert seinem Sohn zu.

Es wird alles gut. Alles wird gut.

* * *

In der Kantine durchlebt Quinn den sechsten Tag seines persönlichen Alptraums. Er verbreitet so viel negative Energie, dass die Leute es vermeiden, bei ihm zu sitzen, obwohl die Kantine zu dieser Tageszeit immer überfüllt ist. Er ist auf dem Weg zur Arbeit über die Belford Street gefahren. Pippa hatte behauptet, dort zu wohnen, aber es machte niemand auf. Er knallt das Telefon auf den Tisch, direkt neben den Teller mit Spiegeleiern und Speck, den er kaum angerührt hat. Sie wird seine Nummer erkennen, kein Wunder also, dass sie nicht abnimmt – er muss jemand anderen dazu bringen, es zu versuchen, und im Moment gibt es nur eine Person, die er fragen kann.

Er sieht sich in der Kantine um. Wo zum Teufel ist Gislingham überhaupt?

* * *

Um kurz vor zehn sitzen Vicky und der Leiter der Vine Lodge wieder in Verhörraum eins. Gow und ich beobachten sie auf dem Videomonitor. Ich habe Wilcox zur Seite genommen, als sie ankamen, und mich bei ihm erkundigt. Sie hat immer noch nicht nach dem Jungen gefragt.

Gow sieht auf die Unterlagen, die ich in der Hand halte. »Das war eine gute Idee, Challow zu bitten, diese Untersuchungen des Tagebuchs vorzunehmen.«

»Sie hatten ja bereits vermutet, dass mit dem Tagebuch etwas nicht stimmt. Dem bin ich nur nachgegangen.«

»Und genau deswegen sind Sie in Ihrem Job so gut. Aber jetzt haben Sie ein Problem, nicht wahr?«

Ich sehe ihn an.

»Weil Sie diese Untersuchungsergebnisse Harpers Verteidigern gegenüber offenlegen müssen.«

Ich ziehe ein Gesicht. »Ich weiß. Wir alle wissen, was man daraus stricken wird.«

Es klopft an der Tür. Everett.

»Sind Sie so weit, Sir?«

* * *

Als Gislingham endlich ins Büro kommt, macht er sich auf die Suche nach Quinn.

»Haben wir Pippas Handydaten?«, fragt er und setzt sich auf Quinns Schreibtischkante. Was der normalerweise hasst, im Moment jedoch wohl oder übel hinnehmen muss.

Er schüttelt den Kopf. »Die Richterin hat exakt so reagiert, wie von dir vorhergesagt.« Er sieht fast noch schlechter aus als am Tag zuvor. »Und jetzt will Fawley, dass ich Pippa herhole und sie der Falschaussage beschuldige. Aber unter der Adresse, die sie mir gegeben hat, finde ich sie nicht. Und an ihr Telefon geht sie auch nicht.«

»Sie erkennt wahrscheinlich deine Nummer. Lass es mich mal versuchen.«

Gislingham tippt die Nummer in sein Handy ein und wartet.

»Tut sich nichts«, sagt er schließlich. Sogar sein unerschütterlicher Optimismus beginnt zu bröckeln. Oder vielleicht auch nicht, denn jetzt telefoniert Quinn auch gerade und gestikuliert heftig in Gislinghams Richtung.

»Sind Sie sicher?«, fragt er. »Sie hat Pippa Walker als Namen angegeben?«

Er ballt die Finger zur Faust. »Woods«, sagt er, »Sie haben mir gerade das Leben gerettet.«

* * *

»Danke, dass Sie wieder hergekommen sind, Vicky«, sage ich, während wir uns setzen. »DC Everett ist auch dieses Mal dabei, wenn das in Ordnung ist. Nur für den Fall, dass mir etwas entgeht.«

Sie lächelt ein wenig und nickt. Wieder spielt sie auf dem Schoß mit ihrem Pullover.

»Zunächst mal möchte ich mich bei Ihnen bedanken, Vicky. Nach dem, was Sie über die andere Frau sagten, haben wir das

Haus noch einmal durchsucht. Und wir sind auf etwas gestoßen. Eine Plastikplane.«

Sie hebt den Blick in meine Richtung. Ihre Lippen bewegen sich, sie schweigt jedoch.

»Es befindet sich Blut darauf. Wir glauben, dass es von Hannah Gardiner stammt – der Frau, die verschwunden war. Daher vermuten wir, dass Sie recht haben. Er hat sie getötet.«

Sie schließt für einen Moment die Augen und lässt den Kopf hängen.

Ich blicke zu Everett, die kaum merklich nickt.

Ich atme tief durch. »Leider haben wir noch etwas anderes gefunden, Vicky. Im obersten Stockwerk des Hauses gibt es drei leere Räume. Es sah aus, als wären sie seit Jahren nicht betreten worden. Aber wir haben sie trotzdem untersucht, nur um sicherzugehen. Und im kleinsten Zimmer auf der Rückseite fanden wir Spuren einer sehr ungewöhnlichen Substanz. Sie lässt sich nie ganz entfernen, selbst wenn man sehr sorgfältig putzt. Dank der technischen Ausstattung von heute finden wir immer noch Rückstände. Wissen Sie, was das für eine Substanz war?«

Sie reagiert nicht.

»Sie heißt Mekonium. So nennt man den Darminhalt von Babys im Mutterleib. Er besteht kein Zweifel, und Mekonium ist nur bis wenige Stunden nach der Geburt vorhanden. Es gibt also nur eine Erklärung dafür, Vicky. Ein Baby war in diesem Raum. Vermutlich wurde in diesem Raum sogar ein Baby entbunden.«

Das Mädchen hebt den Blick und sieht mich an. Ihr Gesichtsausdruck ist jetzt trotzig.

»Warum haben Sie uns nichts davon gesagt?«

»Weil ich wusste, dass Sie mich beschuldigen würden – so wie Sie es jetzt doch auch tun.«

»Sie weswegen beschuldigen, Vicky?«

»Dass ich nicht geflohen, nicht weggelaufen bin.«

»Und warum haben Sie das nicht getan? Warum haben Sie nicht versucht zu fliehen?«

»Hören Sie«, sagt sie, »er ließ mich erst raus, nachdem meine Fruchtblase geplatzt war. Und er hat mich da oben nie allein gelassen. Nicht ein einziges Mal. Ich hätte auf keinen Fall entkommen können. Auf keinen Fall.«

Everett sieht von ihrem Notizblock auf. »Wie lange waren Sie dort oben? Ungefähr?«

Sie zuckt mit den Achseln. »Ein paar Stunden vielleicht. Es war Nacht. Es war die ganze Zeit dunkel draußen. Hören Sie, beschuldigen Sie mich hier wegen irgendwas? Dieser Bastard hat mich vergewaltigt – mir die *ekelhaftesten* Dinge angetan ...«

»Das wissen wir, Vicky«, sage ich leise.

»Warum reden Sie dann mit mir, als wäre ich die Verbrecherin?«

»Sehen Sie, Vicky, ich würde es verstehen – wir würden es alle verstehen ... Sie haben nur versucht zu überleben. Und wenn das bedeutete, mit dem Mann, der Sie entführt hat, einen Kompromiss zu schließen, dann müssen Sie sich meiner Meinung nach nicht dafür schämen ...«

»Ich schäme mich nicht«, sagt sie und sieht mir direkt ins Gesicht, die Hände flach auf dem Tisch zwischen uns, »denn ich bin mit diesem ekelhaften alten Perversling nie irgendeinen Kompromiss eingegangen. Ist das klar?« Auf ihren Wangen haben sich jetzt alarmierend rote Flecken gebildet.

»In Ordnung«, sage ich hastig. »Lassen Sie uns über etwas anderes reden.« Ich blättere in meinen Unterlagen. »Gestern sagten Sie, Dr. Harper habe Ihnen Lebensmittel in Dosen nach unten gebracht, stimmt das?«

Sie verdreht die Augen. »Müssen wir das alles noch mal durchgehen?«

Wilcox wirft mir einen vorwurfsvollen Blick zu, der sagen soll: *Was für ein Spiel treiben Sie da, sehen Sie nicht, wie verstört sie ist?*

Und das ist sie auch. Aber nicht aus dem Grund, den er annimmt.

»Was ist mit Ihrem Baby, Vicky? Hat Dr. Harper Essen für ihn besorgt? Für Ihren kleinen Jungen?«

Beim letzten Wort zuckt sie zusammen. »Ich habe gestillt. Ich wollte nicht, aber der alte Mann hat mich gezwungen. Er machte meine Hände dafür los, und anschließend fesselte er mich wieder.«

»Ach ja, jetzt erinnere ich mich. Aber es gibt da noch eine andere Sache, die mir rätselhaft erscheint.«

»Ach ja?« sagt sie, lehnt sich zurück und verschränkt die Arme. Gow ist der Experte für die Nuancen der Körpersprache, aber diese Geste kann ich auch ohne seine Hilfe interpretieren.

»In einem Müllsack im Keller befanden sich ein paar Dosen Babynahrung. Der Junge wurde also nicht nur gestillt, stimmt's?«

Sie blickt auf ihre Fingernägel. »Ja, stimmt, er hat dem Kind ein paar Sachen besorgt. Aber das war erst später, als es größer wurde.«

»Woher hatte Dr. Harper die Babynahrung?«

»Fragen Sie nicht mich«, blafft sie mich an. »Ich war schließlich nicht dabei, oder? Was weiß ich, woher. Es gibt dort überall Geschäfte.«

»Eigentlich gibt es überraschend wenige. Und fußläufig fast keine. Dr. Harper kann seit mindestens einem Jahr nicht mehr fahren, und mit seiner Arthritis ist er nicht sehr mobil. Es gibt nur zwei Geschäfte, die er zu Fuß erreichen konnte. DC Everett war gestern Nachmittag dort und hat mit den Mitarbeitern gesprochen.«

»Und als ich ihnen das Bild von Dr. Harper zeigte, erkannten sie ihn alle«, sagt Everett. »Sie hatten ihn viele Male bedient. Anscheinend hat er sich in erster Linie Bier besorgt. Aber keiner von ihnen hat ihm jemals einen Babyartikel verkauft. Wie Sie sich vorstellen können«, fahre ich fort, »wäre ihnen so was in Erinnerung geblieben – ein alter Mann wie er, der solche Dinge kauft.«

»Ach so«, sagt Everett schnell, »aber es gab doch auch die Supermarktbestellung, nicht wahr, Boss? Vielleicht hat er die Babynahrung dort bekommen?«

Vicky schaut sie an und schluckt den Köder. »Ach ja, jetzt erinnere ich mich.«

Ich sehe in meine Akte. »Sie haben recht. Ein Teil des Verpackungsabfalls, den wir im Keller gefunden haben, stammt tatsächlich aus Dr. Harpers Lieferung vom Supermarkt. Das Problem ist, dass darunter nie Babynahrung war. Wir haben es überprüft. Die Bestellung wurde von seinem Sozialarbeiter für ihn aufgegeben und war immer dieselbe.«

Sie sieht mich an. »Ich war *im Keller*. Ich habe keine Ahnung, woher er es hatte.«

»Wir haben von den Verpackungen der Babynahrung auch Fingerabdrücke genommen. Ihre sind darunter, Vicky, und einige andere, meist verschmiert. Aber keine von Dr. Harper. Auf einigen der Konservendosen sind seine Abdrücke zu finden, aber nicht auf den Babyartikeln – überhaupt keine. Können Sie mir das erklären, Vicky?«

Sie zuckt mit den Achseln. »Ihn sollten Sie fragen, nicht mich.«

»Oh ja, das werden wir. Das werden wir definitiv. Aber um ehrlich zu sein, ist er nicht gerade in guter Verfassung ...«

»Gut«, sagt sie schnell. »Ich hoffe, für das, was er mir angetan hat, verrottet er in der Hölle. Sind wir dann fertig? Ich bin müde.«

»Es dauert nicht mehr lange, versprochen. Aber Sie werden vor Gericht nach vielen dieser Details befragt werden, und daher müssen wir wissen, was Sie dazu zu sagen haben. Zum Beispiel über das Tagebuch.«

Sie fragt unwirsch: »Was ist damit?«

»Ich habe unseren Kriminaltechniker gebeten, es sich noch einmal anzusehen. Er hat jetzt etwas festgestellt, das zu überprüfen ihm zuerst nicht in den Sinn gekommen war.«

Sie sagt nichts, aber ihre Augen sind schmal. Sie ist auf der Hut.

»Er hat ein Spezialgerät benutzt, das sich Elektrostatik-Detektor nennt. Ein ziemlich altmodisches Gerät.«

So altmodisch, dass es die letzten fünfzehn Jahre ein Dasein ganz hinten im Regal gefristet hat. Zum ersten Mal bin ich dankbar, dass Alan Challow nie etwas entsorgt, sondern alles hortet.

»Aber es hat immer noch eine sehr nützliche Funktion«, fahre ich fort. »Es vermittelt eine recht gute Vorstellung davon, wie viel Druck auf Papier ausgeübt wurde. Wie hart der oder die Schreibende aufgedrückt hat, oder, anders gesagt, ob beim Schreiben Pausen gemacht wurden. In Ihrem Tagebuch war der Druck bemerkenswert gleichmäßig.«

»Ja, und?«

»Das ist sehr ungewöhnlich für etwas, das über einen Zeitraum von mehr als zwei Jahren geschrieben wurde. Eine derartige Gleichmäßigkeit erreicht man eigentlich nur, wenn alle Seiten ohne lange Unterbrechungen geschrieben werden.«

Wilcox wirkt nervös. Ich kann mir nicht vorstellen, was er denkt.

»Die einzige Seite, die sich von allen anderen unterscheidet, ist die letzte. Die, auf der Sie erwähnen, dass das Wasser zur Neige geht – auf der Sie beschreiben, wie verzweifelt Sie hofften, dass jemand kommen würde ...«

Sie schlägt mit flachen Händen auf den Tisch. »Ich dachte, ich würde sterben! Verstehen Sie das nicht?«

»Doch, Vicky, das verstehe ich.«

Wilcox sieht sie an. »Vielleicht können wir eine Pause einlegen?«, sagt er. »Das hier – das ist alles ziemlich anstrengend.«

»In Ordnung. Wir lassen uns Kaffee bringen und machen in etwa einer halben Stunde weiter.«

In der Einsatzzentrale tummeln sich massenhaft Leute. Sogar Gow ist da. Die Einzigen, die fehlen, sind Quinn und Gislingham. Im Vorbeigehen frage ich mich, was das zu bedeuten hat, denn dass etwas dahintersteckt, bin ich mir verdammt sicher. Jetzt zieht er Gislingham also auch noch mit rein.

»Also hat Harper sie aus dem Keller gelassen?«, fragt Baxter, als er uns sieht. »Warum zum Teufel hat sie nicht versucht, zu entkommen?«

»Sie hatte gerade entbunden, Baxter ...«

»Ja, gut, aber das bedeutet nicht, dass sie völlig lahmgelegt war, oder, Sir? Hätte sie nicht ein Fenster einschlagen und jemanden rufen können? Es muss *irgendwas* gegeben haben, das sie hätte tun können.«

Everett wirkt nachdenklich.

»Was ist los, Ev?«

»Als wir Donald Walsh beschuldigt haben, sprach er davon, oben im Haus etwas gehört zu haben. Er dachte, es wäre die Katze aus der Nachbarschaft gewesen, eine Siamkatze. Meine Tante hatte mal so eine – hat ständig gewimmert, das Vieh. Und sie klang nervtötend wie ein weinendes Baby.«

Baxter starrt sie an. »Was wollen Sie damit sagen?«

Everett zuckt mit den Achseln. »Woher wissen wir, dass sie nur für die Geburt oben war? Vielleicht hat er sie öfter rausgelassen. Vielleicht hat sie die Babynahrung selbst besorgt.«

Ich wende mich an Gow. »Ist das denkbar? Sie sagten, es könnte eine Art Übereinkunft zwischen ihnen gegeben haben.«

Er antwortet nicht sofort. Kunstpausen waren schon immer sein Ding. »Ja, schon möglich«, sagt er schließlich. »Das könnte der Deal sein, den sie mit Harper eingegangen ist – er ließ sie für einige Zeit aus dem Keller, und im Gegenzug machte sie Zugeständnisse.«

»Sex zum Beispiel?«, fragt Everett.

»Das ist am ehesten denkbar. Aber anders als bei den Vergewaltigungen. Sie hat sich vielleicht bereit erklärt mitzuspielen, so zu tun, als hätten sie eine Art Beziehung. Als wären sie sogar eine Familie. Es gibt Hinweise darauf im Tagebuch.«

»Ich verstehe immer noch nicht, warum sie nicht versucht hat zu entkommen, wenn er sie aus dem Keller gelassen hat«, sagt Baxter. »Besonders, wenn er ihr sogar erlaubte, nach draußen zu gehen.«

Gow blickt sich im Raum um. »Es ist in solchen Situationen nicht ungewöhnlich, dass der Entführer Mutter und Kind für längere Zeit voneinander trennt. Um die Bindung zwischen ihnen zu schwächen. Möglich, dass Harper das Mädchen gelegentlich rausließ, den Jungen jedoch eingesperrt hielt. So dass das Kind in Wirklichkeit eine Geisel war. Das Mädchen hätte nicht entkommen können, ohne es zurückzulassen.«

Baxter schüttelt heftig den Kopf. »Das glaube ich nicht. Auf keinen Fall. Ich denke, sie hätte das Kind bei der erstbesten Gelegenheit zurückgelassen und sich gefreut, den Jungen los zu sein.«

Gow lächelt gequält. »Ich beschreibe nur die Bandbreite der Möglichkeiten, Constable. Profiling ist keine Rechenaufgabe. Sie können nicht einfach ein paar Tasten drücken, und schon wird die Lösung angezeigt. Was tatsächlich geschehen ist, muss das CID herausfinden.«

Die Tür wird geöffnet. Einer der uniformierten PCs kommt herein. Er trägt ein Tablett mit Kaffee und einer Dose Cola. Suchend sieht er sich im Raum um, bis er mich entdeckt. »Ihre Frau ist hier, Sir. Sie sagt, es sei dringend.«

»Meine Frau?«

Alex kommt nie hierher. Und wenn ich nie sage, meine ich es wörtlich. Sie hasst es hier. Es rieche nach Lügen, sagt sie. Nach Lügen und Toiletten.

Der PC wirkt verlegen. »Ja, Sir. Sie wartet am Empfang.«

Alex sitzt auf einem der grauen Plastikstühle, die an der Wand aufgereiht sind. Der Junge steht auf dem Sitz neben ihr und sieht aus dem Fenster. Sie hält ihre Hand an seinen kleinen Rücken und achtet darauf, dass er nicht fällt. Ich gehe schnell auf sie zu.

»Du solltest wirklich nicht hier sein«, sage ich mit gedämpfter Stimme.

»Es tut mir leid, ich weiß, dass du beschäftigt bist ...«

»Darum geht es nicht. Vicky ist hier. Sie ist im Gebäude, und es könnte unangenehm werden, wenn sie den Jungen sieht.«

Der Kleine fängt an, gegen die Fensterscheibe zu schlagen, und Alex greift nach seinen Händen.

»Hör mal, Alex, was ist los – warum hast du nicht angerufen?«

»Ich habe den Roman zu Ende gelesen. *Raum* von Emma Donoghue.«

Es dauert einen Moment, bis ich mich erinnere. »Okay. Aber ich muss wirklich zurück – kannst du es mir heute Abend erzählen?«

»Es geht um das Ende der Geschichte, nachdem das Mädchen befreit worden ist. Ihr Sohn muss sich an eine Welt gewöhnen, die er noch nie zuvor gesehen hat.«

»Ich kann dir nicht folgen.«

»Er muss neue Dinge lernen, die er noch nie zuvor getan hat, weil sich sein ganzes Leben in nur einem Raum abgespielt hat. Einem Raum auf einer Etage. Ohne Treppe.«

Ich drehe mich zu dem Jungen um. Er schlägt wieder an die Scheibe und kreischt vor Vergnügen. Ich versuche, mich zu erinnern – versuche, ihn mir vorzustellen ...

»Er kann es«, sagt sie und liest offensichtlich meine Gedanken. »Ich habe ihn mehrmals dabei beobachtet.«

»Und er konnte es auf Anhieb?«

Sie nickt. »Er hatte keine Schwierigkeiten, Treppen zu steigen. Weil er es eindeutig schon mal getan hat.«

* * *

Quinn parkt den Audi am Rand des ehemaligen Gefängnisgeländes, wo sich heute ein elegantes Hotel und ein gepflasterter Innenhof mit Bars und Pizzerias breitmachen. Die Leute sitzen draußen, trinken Kaffee, reden, lächeln im Sonnenschein.

»Die Filialleiterin wurde gebeten, sie aufzuhalten, bis wir eintreffen«, sagt er und stellt den Motor ab.

»Du hast verdammt großes Glück, dass Woods zufällig mitgehört hat, wie die Uniformierten per Funk über den Ladendiebstahl sprachen«, sagt Gislingham, fast ein wenig verärgert, dass der Zufall Quinn vor dem Gefängnis bewahrt. Vielleicht hätte er alle verfügbaren Lorbeeren gerne selbst geerntet.

Quinn zuckt mit den Achseln. »Er wusste, dass ich sie aufzuspüren versuchte, und daher wurde er wohl hellhörig, als ihr Name fiel.«

»Und es ist definitiv dieselbe Pippa Walker?«

»Ich bin mir ziemlich sicher. Anscheinend hat diese Frau einen Handtaschen-Pompon geklaut. Irgendein teures Designerstück. Ich habe ihre Tasche gesehen – davon hat sie eine Menge.«

»Was zum Teufel ist überhaupt ein Handtaschen-Pompon?«, murmelt Gislingham, während er Quinn folgt und sich einen Weg durch die Massen der Leute bahnt, die nicht darauf achten, wohin sie gehen – Massen kleiner Kinder, die sich nicht an die Regeln halten und in alle Richtungen rennen, Käufer, Müßiggänger, Bummler. Das edle Modehaus liegt natürlich an der High Street. Im Schaufenster werden auf verchromten Würfeln Schmuck, Schuhe, Taschen, Sonnenbrillen und vieles mehr präsentiert.

Während sie die Tür aufdrücken, deutet Quinn auf eines der Regale.

»Verstehe«, sagt Gislingham, »so also sieht ein Handtaschen-Pompon aus, wenn er zu Hause ist. Sachen gibt's.«

Die Filialleiterin steht bereits an der Tür, wo sie auf sie gewartet hat, und führt sie schnell von ein paar extrem dünnen älteren Amerikanern weg, die sich intensiv mit Kopftüchern im Leopardenmuster beschäftigen.

»Also«, sagt Quinn und blickt sich um. »Wo ist sie?«

»Ich habe sie gebeten, im Büro zu warten«, sagt die Filialleiterin und dämpft ihre Stimme. »Sie wurde ein wenig, wie soll ich sagen, laut.«

Das glaube ich sofort, denkt Gislingham.

»Bringen Sie uns zu ihr?«, bittet Quinn, jetzt spürbar angespannt. Sie folgen ihr in den hinteren Bereich, der im Vergleich zur überaus hellen und sauberen Verkaufsfläche dunkel, unaufgeräumt und schäbig wirkt. Die Filialleiterin schiebt mit dem Fuß einen Karton Werbeprospekte zur Seite und öffnet die Bürotür.

Aber da ist niemand. Nur ein Plastikstuhl, ein Computer und Regale voller Papierkram. Quinn wendet sich ihr zu. »Sie sollten sie hierbehalten – wo zum Teufel ist sie also?«

Die Filialleiterin ist blass geworden. »Vorne kann sie nicht rausgegangen sein, da hätte ich sie gesehen. Und Chloe war den ganzen Morgen hier und hat Inventur gemacht – oder zumindest war das ihre Aufgabe ...«

Dann ist das Geräusch einer Toilettenspülung zu hören. Aus einer Tür tritt eine Frau in den Raum, erblickt sie und errötet.

»Chloe, du solltest Ms. Walker doch im Blick behalten!«, sagt die Filialleiterin scharf.

Die Frau wirkt nervös und hält sich eine Hand an den Bauch. »Sie ist im Büro, oder etwa nicht? Gerade war sie noch da. Ehrlich, ich war nur eine Minute auf dem Klo – ich habe so lange gewartet, wie ich konnte, aber wenn man schwanger ist ...«

Quinn wirft die Hände hoch. »Scheiße! Sie muss uns gehört haben, verdammt.«

»Gibt es noch einen anderen Ausgang?«, unterbricht Gislingham. Die Filialleiterin gestikuliert. »Eine Hintertür zum Covered Market, aber die nutzen wir nur, um den Müll rauszubringen ...«

Doch die beiden Männer sind schon weg.

Quinn stürzt durch die Tür auf den Markt und überprüft jeden Laden, an dem er vorbeikommt. Sandwich-Shop, thailändischer Takeaway, Boutique, Bäckerei. Plötzlich scheint es vor langhaarigen Frauen nur so zu wimmeln. Die gleichen Stimmen, die gleichen Kleider, die gleichen langen blonden Haare mit den gleichen teuren Strähnchen. Gesichter, die sich ihm zuwenden, erschrocken, irritiert, verwirrt. Eine lächelt ihn sogar an. Und dann erreicht er die freie Fläche in der Mitte und sieht Gislingham von der gegenüberliegenden Seite auf sich zurennen. Die beiden stehen da, blicken um sich und suchen die schmalen Gassen ab. Fachgeschäfte für Bilderrahmen, Konditoreien, Schustereien. Pflanzenregale vor den Blumenläden, das Anschlagbrett für Plakate zur Ankündigung von Konzerten und Kunstausstellungen und Theateraufführungen in Hochschulgärten. Gänge, die in alle Richtungen führen. Es ist, als würde man in einem Labyrinth nach einer Ratte suchen.

»Siehst du sie?«

»Nein«, sagt Gislingham, den Blick auf die Menge gerichtet. »Wir können diesen Ort nicht zu zweit absuchen – sie könnte überall sein.«

Quinn atmet schwer. »Wenn du dich hier verstecken wolltest, wohin würdest du gehen?«

Gislingham zuckt mit den Achseln. »In irgendeinen Laden mit einem Obergeschoss?«

»Schon besser – wie heißt noch gleich dieser Laden, das Café …?«

»Georgina's«, sagt Gislingham, »aber ich finde es immer so verdammt schwer wieder …«

Doch Quinn ist schon weg und rennt. »Hier entlang!«

Er rast um die Ecke und poltert die Holztreppe hinauf ins Café, kommt oben zum Stehen und verfehlt nur knapp eine Kellnerin, die ein Tablett mit Kaffeetassen trägt. Die Hälfte der Leute im Raum dreht sich zu ihm um. Aber Pippa ist nicht darunter.

»Entschuldigung«, sagt er. Dann wendet er sich um und geht wieder nach unten, jetzt langsamer. Wo zum Teufel ist Gis?

Da piept sein Telefon.

»Ich hab sie gefunden«, sagt Gislingham. »Marktstraße. Beeil dich.«

Als Quinn ins Freie kommt, wird ihm sofort klar, wohin sie gegangen ist. Und warum.

»Ist sie da drinnen?«

Gislingham nickt. »Ist vor ein paar Minuten rein. Es gibt nur diesen Ausgang. Wir müssen einfach warten, bis sie wieder rauskommt.«

»Scheiß drauf, lass uns reingehen.«

»Das ist die Damentoilette – da kannst du nicht …«

Aber Quinn drängt sich bereits an der Schlange der geduldigen Frauen mittleren Alters vorbei und hält seinen Ausweis hoch.

»Polizei. Zur Seite bitte, gehen Sie bitte zur Seite.«

Beleidigt murmelnd machen die Frauen Platz, und Quinn beginnt an die Türen zu klopfen. »Polizei – aufmachen.«

Eine Tür nach der anderen schwenkt auf. Eine asiatische Frau mit Kopftuch huscht gesenkten Blickes heraus, an der Hand ein Kind. Eine ältere Dame folgt und kommt nur mühsam voran. Dann eine kräftige Frau in Tweed, die sich lautstark beschwert und die Aktion »einem Vorgesetzten melden wird«. Schließlich ist nur noch die Tür am Ende der Reihe übrig. Quinn geht dorthin. »Miss Walker«, sagt er laut. »Wir müssen mit Ihnen sprechen. Öffnen Sie bitte die Tür, sonst muss ich sie aufbrechen.«

Vom Rennen schlägt ihm das Herz bis zum Hals. Oder es liegt am Adrenalin, schwer zu sagen.

Schweigen, dann das Geräusch des Riegels, der zurückgezogen wird.

* * *

Als Kind hatte ich eine Schwäche für die Bilder von M. C. Escher. Schwarzweiße und geometrische Zeichnungen. Damals hatte ich ein Faible für optische Täuschungen, und die von Escher waren die besten. Eines seiner Bilder hing an meiner Schlafzimmerwand, es hieß *Tag und Nacht*. Man kann nicht sagen, ob es sich dabei um weiße Vögel bei Nacht oder schwarze Vögel bei Tag handelt. Und genauso fühle ich mich, als ich die Tür zur Einsatzzentrale aufstoße. Es kommt nicht darauf an, was man sieht – entscheidend ist die Perspektive, aus der man es betrachtet.

Das Team blickt auf und schaut mir neugierig ins Gesicht. Ich erzähle ihnen, was meine Frau gesagt hat. Es entsteht eine lange Pause, während sie es verarbeiten, und dann sehen wir plötzlich alle Gow an.

»Es ist möglich, dass Harper auch das Kind rausgelassen hat«, sagt dieser schließlich, nimmt seine Brille ab und holt ein Taschentuch hervor. »Dass es von der jungen Frau ausgehandelt wurde.«

»Aber?« Denn es gibt ein Aber, ich sehe es an seinem Gesicht.

»Als sie erzählte, sie schäme sich nicht dafür, mit Harper zu einer Übereinkunft gelangt zu sein, deutete ihre gesamte Körpersprache darauf hin, dass sie die Wahrheit sagt. Womit auch immer sie also zu kämpfen hat, die Absprache ist es wahrscheinlich nicht. Wie sollen wir also die Tatsache erklären, dass dieses Kind eindeutig nicht, wie Ms. Neale behauptet, sein ganzes kurzes Leben lang in diesem Keller eingesperrt war? Ich persönlich«, sagt er, setzt seine Brille wieder auf und sieht mich an, »würde zur offensichtlichen Erklärung neigen.«

Die einfachste Antwort ist immer die richtige. Ein ungläubiges Raunen breitet sich im Raum aus, als dem Team bewusst wird, was Gow sagt.

Das kann nicht sein – das kann sie nicht getan haben ...

Aber ich glaube, sie hat es.

»Sie hat alles erfunden«, sage ich. »Die Entführung, die Inhaftierung – alles davon. Es ist alles eine Inszenierung.«

Ich kann die Polizisten atmen hören. Gow blickt auf seine Uhr und steht auf. »Ich muss in genau fünfunddreißig Minuten ein Seminar abhalten, aber Sie können mich später anrufen, wenn Sie mich brauchen.«

Als sich die Tür hinter ihm schließt, regen sich die Leute, denn sie spüren, dass es endlich vorangeht, nachdem man sich tagelang im Kreis gedreht hat.

»Für mich ergibt das Sinn«, sagt Baxter im Brustton der Überzeugung und verschränkt die Arme. »Wenn man nie gefangen war, gibt es auch keinen Grund zu fliehen. Das Mädchen hat die ganze Zeit einfach heimlich dort gewohnt.«

Somer wendet sich an mich. »Glauben Sie wirklich, dass sie dort fast drei Jahre lang unbemerkt hätte leben können? Ich weiß, dass sie nach einer günstigen Wohnung gesucht hat, aber das hier ist doch lächerlich. Und sicher wäre sie irgendjemandem aufgefallen?«

Ich zeige auf das Foto. »Da bin ich mir nicht so sicher – schauen Sie sich diesen Ort an. Die oberste Etage wurde jahrelang nicht benutzt. Die einzige Nachbarin war eine alte Dame, die durch diese Mauern wahrscheinlich nicht viel hören würde. Und die einzige Person, die zu Besuch kam, blieb nicht länger als fünfzehn Minuten und ging nie nach oben ...«

»Nur Walsh«, unterbricht Baxter, »um diese *Netsuke* zu stehlen.«

»Genau«, sagt Everett, »und als er es tat, hörte er etwas, von dem er dachte, es sei eine Katze. Ich gehe jede Wette ein, dass es Vickys Baby war.«

»Aber was ist mit Harper?«, fragt einer der DCs. »Als meine beiden Kinder noch Babys waren, haben sie das ganze Haus zusammengeschrien. Sicherlich hätte Harper in all den Monaten etwas gehört, auch wenn er langsam den Verstand verlor.«

Es herrscht Stille, die Everett schließlich durchbricht: »Erinnern Sie sich an die Schlaftabletten, die von den Kriminaltechnikern im oberen Stockwerk gefunden wurden? Was, wenn Vicky sie in die Finger bekam? Sie hätte den alten Mann betäuben können, um ihn zum Schweigen zu bringen.«

»Nicht nur ihn«, sagt Somer leise. »Er war nicht der Einzige, den sie zum Schweigen bringen wollte.«

»Ich rufe Challow an«, sagt Baxter grimmig. »Er soll ein paar Tests mit den Proben des Jungen machen. Wenn sie das wirklich getan hat, wird man es beweisen können.«

Somer schüttelt den Kopf. »Schon eine kleine Dosis wäre

für ein so junges Kind unglaublich gefährlich. Vicky hätte ihn töten können.«

Everett zuckt mit den Achseln. »Nach allem, was ich gesehen habe, glaube ich nicht, dass es sie interessiert hätte. Es gibt absolut keine Bindung zwischen den beiden. Dysfunktionale Beziehungen sieht man in diesem Job oft genug, aber einer Mutter völlig ohne Beziehung zu ihrem Kind bin ich vorher noch nie begegnet.«

»Das ist das eigentliche Rätsel, nicht wahr?«, sagt Somer leise. »Das Kind, die Tatsache, dass es überhaupt existiert …«

Baxter wendet sich ihr zu, als sich ihm die Zusammenhänge erschließen. »Wenn es keine Gefangenschaft war, war es vermutlich auch keine Vergewaltigung, oder? Und eines wissen wir sicher: Harper ist der Vater dieses Kindes. Wenn er sie also nicht vergewaltigt hat, was dann? Wollte sie tatsächlich mit ihm Sex haben? Das ist einfach ekelhaft – ich meine, warum zum Teufel sollte sie?«

Diesmal muss ich an Gislingham denken, der übrigens immer noch nicht hier ist und der immer sagt: *Wenn es nicht die Liebe ist, ist es das Geld.*

Ich wende mich der Pinnwand zu. Und da ist die Antwort. Wir hatten sie vom ersten Tag an direkt vor Augen: 33 Frampton Road mit einem Wert, selbst bei konservativer Schätzung, irgendwo jenseits von drei Millionen Pfund.

»Sie wird Harper verklagen«, sage ich. »Beschuldigt ihn der Vergewaltigung und Freiheitsberaubung und verlangt dann Schadensersatz. Dieses Kind wird ihr zu einem Erbe von William Harpers Besitz verhelfen. Der Junge ist für sie ein Goldesel.«

Ich schaue mich im Raum um. Seltsamerweise scheinen die Frauen es mir eher abzukaufen als die Männer. Obwohl Somer die Stirn runzelt.

»Aber wäre eine junge Frau wie diese Vicky tatsächlich zu

so etwas in der Lage?«, fragt einer der DCs und wendet sich an Everett. »Ich meine, würden Sie …?«

Everett zuckt mit den Schultern. »Es ist eine Menge Geld. Vielleicht dachte sie, dass eine solche Summe ein paar schnelle Nummern wert wäre. Augen zu und durch und so weiter.«

Baxter gibt ein leises Pfeifen von sich. »Mein Gott, dieser arme alte Bastard …«

»Okay.« Somer unterbricht ihn. »Machen wir uns die Situation klar. Irgendwie fand Vicky heraus, dass Harper allein lebt und keine Besucher hat. Sie zieht in den obersten Stock – ohne dass er es merkt. Sie schafft es, sich selbst zu schwängern, auch das – wenn man Harper glaubt – von ihm unbemerkt …«

»Ich setze mein ganzes Geld auf eine Bratenspritze«, witzelt einer der DCs und ruft leicht verschämtes Gelächter hervor.

»… und dann beschuldigt sie ihn der Entführung und Vergewaltigung, indem sie ein Tagebuch ihrer Gefangenschaft fälscht und sich im Keller einschließt.«

Jetzt sieht sie in lauter ungläubige Gesichter.

»Nur, dass sie das nicht selbst gemacht haben kann, oder? Die Tür war von außen verriegelt.« Sie blickt sich im Raum um. »Also, wer kann das getan haben?«

Ich nicke Baxter zu. »Haben wir auf dem Riegel Fingerabdrücke gefunden?«

Er geht wieder zu seinem Bildschirm, klickt auf den kriminaltechnischen Bericht und scrollt nach unten. »Nein, nur Quinns. Damals, als sie gerettet wurde.«

Also muss ihn jemand abgewischt haben.

»Wenn Sie mich fragen«, sagt Baxter, »kann es nur Harper gewesen sein. Er sagte doch, dass er Angst habe, weil er von dort Geräusche hörte. Eines Tages schlich er sich hinunter, stellte fest, dass in dem Raum tatsächlich jemand war, und verriegelte die Tür. So wurde Vickys Betrug ihr selbst zum Verhängnis – eine ziemliche Ironie.«

Somer nickt bedächtig. »Das ist denkbar, auch wenn er sich anscheinend nicht mehr daran erinnert.«

»Er erinnert sich überhaupt nicht an viel«, blafft Everett, was ihr wirklich nicht ähnlich sieht. Everett errötet ein wenig, als sich unsere Blicke treffen.

»Ob er sich daran erinnert oder nicht, die Theorie ist plausibel«, sage ich. »Mal sehen, ob wir sie bestätigen können, oder? Und schicken Sie Vicky vorerst zurück zur Vine Lodge. Wir müssen wissen, was Sache ist, bevor ich wieder mit ihr rede.«

* * *

Gesendet:	Mi, 10.05.2017, 11:50
Dringlichkeit:	Hoch
Von:	AlanChallowCSI@ThamesValley.police.uk
An:	DIAdamFawley@ThamesValley.police.uk, CID@ThamesValley.police.uk

Betreff: Dringend – Frampton Road

Hiermit wird bestätigt, dass das Blut, die Haare und die Partikel der Hirnsubstanz auf der Autoabdeckplane definitiv von Hannah Gardiner stammen. Der Mörder hat die Plane offenbar dazu benutzt, das Austreten von Körperflüssigkeiten auf den Boden zu verhindern, weshalb wir an keiner anderen Stelle im Haus einen Tatort bestimmen konnten. Das Opfer wurde wahrscheinlich bewusstlos gemacht und dann vor dem zweiten und tödlichen Schlag auf die Folie gezogen. Es befinden sich Kratzspuren darauf, die damit übereinstimmen. Die einzigen Fingerabdrücke sind die von William Harper, was zu erwarten war, sofern er die Plane für sein Auto verwendet hat. Sollte sie von einer anderen Person benutzt worden sein, muss diese Handschuhe getragen haben.

* * *

Befragung von Pippa Walker
auf dem St Aldate's Polizeirevier, Oxford
10. Mai 2017, 12.10 Uhr, 12:22 Uhr
Anwesend: DS G. Quinn, DC C. Gislingham.

GQ: Für die Aufzeichnung ist festzuhalten, dass es sich hierbei um eine formelle Vernehmung handelt. Miss Walker wurde über ihre Rechte informiert, einschließlich ihres Rechts auf die Anwesenheit eines Anwalts. Sie hat bestätigt, dass sie keinen will.

PW: Ich brauche niemanden. Rob ist derjenige, der schuldig ist, nicht ich. Ich habe nichts getan.

GQ: Aber das ist nicht wahr, oder? Sie haben gelogen. Eine sehr schwerwiegende Lüge. Und wir können es beweisen.

PW: Ich weiß nicht, was Sie meinen.

GQ: Sie haben vor drei Tagen eine Erklärung abgegeben, in der Sie behaupteten, Hannah Gardiner habe Sie und Rob im Bett erwischt, worauf ein schrecklicher Streit folgte.

PW: Ja, und?

GQ: Unsere Kriminaltechniker haben die Wohnung am Crescent Square gründlich untersucht. Es deutet nichts darauf hin, dass Hannah Gardiner dort zu Tode kam. Warum haben Sie gelogen?

PW: Ich habe nicht gelogen. Es ist zwei Jahre her, seitdem hat er zweimal renovieren lassen.

GQ: Man würde trotzdem noch Spuren finden. Es wäre eine spezielle Art von Bleichmittel nötig gewesen, und selbst dann ...

PW: Na ja, er ist ja auch Wissenschaftler. Er wüsste, was zu tun ist.

GQ: Der Punkt ist, Miss Walker, dass wir jetzt Grund zu der Annahme haben, dass Hannah in der 33 Frampton Road starb, wo ihre Leiche auch gefunden wurde. Wir haben

	forensische Beweise, die ihren Tod mit diesem Haus in Verbindung bringen.
PW:	[*schweigt*]
CG:	Was haben Sie dazu zu sagen?
PW:	Was hat das mit mir zu tun? Ich war noch nie dort. [*steht auf*] Darf ich jetzt gehen?
GQ:	Nein. Setzen Sie sich bitte, Miss Walker. Sie haben die Frage immer noch nicht beantwortet. Warum haben Sie gelogen?
PW:	Ich habe nicht gelogen.
GQ:	Es ist eine Zeugin aufgetaucht, die Sie am Abend des 23. Juni gesehen hat. Sie wurden mit zwei jungen Männern an einer Bushaltestelle an der Banbury Road gesehen. Zu der Zeit verbrachten Hannah und Rob Gardiner einen ruhigen und völlig friedlichen Abend in ihrem Haus.
PW:	[*schweigt*] Ich hatte Angst vor ihm – er hat mich geschlagen …
CG:	Sie geben es also zu – in der Wohnung ist nichts passiert?
PW:	[*schweigt*]
CG:	Für die Aufzeichnung, Miss Walker, gab es am 81 Crescent Square einen gewalttätigen Streit, so wie Sie es in Ihrer Erklärung vom 7. Mai 2017 schildern?
PW:	[*schweigt*]
CG:	Kam Hannah Gardiner an diesem Abend nach Hause und erwischte Sie mit ihrem Mann im Bett?
PW:	Nein.
GQ:	Dann haben Sie also gelogen. Schlimmer noch, Sie haben versucht, einem unschuldigen Mann den Mord an seiner Frau anzuhängen.
PW:	Er ist nicht unschuldig – er ist ein Bastard …

GQ: Ist Ihnen klar, wie ernst die Lage ist? In welchen Schwierigkeiten Sie stecken?

PW: [*dreht sich zu DS Quinn um*]
Und Sie, ist Ihnen klar, in welchen Schwierigkeiten Sie stecken? Wenn ich allen erzähle, was Sie getan haben – mich in Ihre Wohnung gelassen und mit mir geschlafen?

GQ: Sie wissen, dass nichts dergleichen geschehen ist.

PW: Ja, nur wird Ihr Wort gegen meins stehen, nicht wahr?

CG: Ich denke, die Geschworenen werden eher geneigt sein, Detective Sergeant Quinn zu glauben, oder?

PW: [*zieht ihr Handy heraus und zeigt DS Quinn ein Foto*]
Das ist meine Unterwäsche auf Ihrem Bett. Wem werden sie jetzt glauben?

GQ: Sie haben das so arrangiert, als ich die Wohnung verlassen hatte ...
[*wendet sich an DS Gislingham*]
Sie lügt.

PW: Ich will einen Anwalt. Mir steht einer zu, wenn ich will, oder?

CG: Ja, wie wir bereits ...

PW: In diesem Fall möchte ich einen. Sofort. Und bis er hier ist, sage ich kein Wort mehr.

CG: Pippa Walker, ich verhafte Sie wegen des Verdachts der Justizbehinderung. Sie müssen nichts sagen, aber es kann Ihrer Verteidigung schaden, wenn Sie bei der Befragung etwas nicht erwähnen, auf das Sie sich später vor Gericht berufen. Alles, was Sie sagen, kann als Beweis verwendet werden. Sie werden nun in eine Zelle gebracht, wo Sie auf das Eintreffen Ihres Rechtsbeistands warten. Sie müssen auch Ihr Handy abgeben. Befragung um 12:32 Uhr ausgesetzt.

* * *

»Ich habe immer noch Bedenken, Inspector.«

Ich stehe in der Frampton Road an der Küchentür zusammen mit William Harpers Anwältin. Wenn ich den Flur hinunterblicke, sehe ich Harpers Arzt, der ihm aus einem Polizeiwagen hilft. Er sieht geschrumpft aus, irgendwie verschrumpelt. Entsetzt starrt er ein paar Passanten auf der anderen Straßenseite an, die stehen geblieben sind, um zuzusehen. Wir haben ihm das angetan, das weiß ich. Es war keine Absicht, und wir taten es aus den richtigen Gründen. Aber die Verantwortung tragen wir alle.

Erica Somer steigt auf der Fahrerseite aus und kommt um den Wagen herum. Auf sie und Lynda Pearson gestützt, geht Harper langsam ins Haus. Auf der Treppe strauchelt er, beugt sich vor, die Hände vor sich ausgestreckt, als könnte er seinen Augen nicht mehr trauen.

Ich wende mich an die Anwältin. Sie weiß, was wir mit dieser Aktion beweisen wollen, ahnt jedoch nicht, warum wir es so plötzlich tun. »Was wir hier vorhaben, liegt im Interesse Ihres Mandanten. Es tut mir leid, dass es so laufen muss, aber wir brauchen einen physischen Beweis. Ich bin sicher, Sie verstehen das.«

»Was ich *verstehe*, Inspector«, sagt sie säuerlich, während Somer und Pearson den unsicheren Harper auf einen der Küchenstühle setzen, »ist, dass Sie sich diesen sogenannten ›Beweis‹ gleich zu Beginn hätten beschaffen können, um einem kranken und verletzlichen alten Mann unnötigen Stress zu ersparen – von der Inhaftierung ganz zu schweigen. Ich werde auf jeden Fall eine offizielle Beschwerde einreichen.«

Ich spüre Somers Blick, aber ich werde dieser Frau gegenüber nicht die Beherrschung verlieren. Sie hat recht, zumindest teilweise.

»Es steht Ihnen natürlich frei, das zu tun. Aber Sie werden verstehen, dass wir damals keine andere Wahl hatten, als Dr.

Harper zu verhaften. Angesichts der Beweise, die uns vorlagen, wäre es einem Pflichtverstoß gleichgekommen, wenn wir es nicht getan hätten. Und zu welchem Ergebnis dieses Experiment auch immer führen mag, es wird uns nichts über den körperlichen Zustand Ihres Mandanten zum Zeitpunkt der angeblichen Entführung vor drei Jahren sagen.«

Sie schnieft ein wenig verächtlich und greift in die Tasche nach ihrem Handy. »Bringen wir es hinter uns.«

Ich wende mich an Baxter, der mit einer Videokamera hinter mir steht – die Anwältin ist nicht die Einzige, die filmen wird.

»Okay, Dr. Harper, sind Sie bereit?«

Er sieht zu mir auf, dann hebt er eine zitternde Hand, um sein Gesicht zu schützen, als fürchte er einen Schlag.

»Es gibt nichts, wovor Sie Angst haben müssten, Bill«, sagt die Ärztin. »Dieser Mann ist Polizist. Er tut Ihnen nichts.«

Harpers feuchte Augen starren in meine. Keinerlei Anzeichen, dass er mich erkennt.

Pearson geht in die Hocke und legt eine Hand auf Harpers Arm. »Wir müssen nur für eine Minute in den Keller gehen ...«

Die Augen des alten Mannes weiten sich. »Nein – da unten ist etwas ...«

»Es ist alles in Ordnung, Bill. Da unten ist nichts mehr, versprochen. Und ich werde die ganze Zeit bei Ihnen sein. Ebenso wie diese nette Polizistin.«

Sie richtet sich auf und tauscht einen Blick mit Somer aus, die zaghaft lächelt.

Baxter geht zur Tür und zieht den Riegel zur Seite, beugt sich vor und knipst die Deckenleuchte an. Somer hilft Harper auf die Beine, dann nehmen sie und Pearson ihn in die Mitte, um ihn zum Anfang der Treppe zu bringen.

»Ich gehe vor«, sagt Somer. »Nur für alle Fälle.«

»Er muss ohne Hilfe hinuntergehen«, sage ich leise. »Das ist der springende Punkt.«

»Ich weiß, Sir«, sagt sie und errötet. »Ich bin nur ...«

Sie verstummt, aber ich weiß, was sie meint.

»Videoaufnahme läuft«, sagt Baxter hinter mir.

»Nur zu, Bill«, sagt Pearson vorsichtig. »Lassen Sie sich Zeit. Halten Sie sich, wenn nötig, am Handlauf fest.«

Es dauert am Ende fast zwanzig Minuten, und er muss rückwärtsgehen und sich mit beiden Händen ans Geländer klammern. Er murmelt und zittert bei jedem Schritt. Ein- oder zweimal rutscht er fast aus, aber schließlich stehen wir alle im leeren Keller, inmitten der Feuchtigkeit und dem Geruch und dem trostlosen, flackernden Licht.

Die Anwältin wendet sich an mich. »Und was beweist das nun, Inspector?«

»Es beweist, dass Dr. Harper körperlich in der Lage ist, diesen Bereich selbst zu betreten, obwohl sich seine Arthritis in den letzten Monaten deutlich verschlechtert hat.« Baxters und meine Blicke treffen sich, und ich weiß, was er denkt: Harper kam hierher und verriegelte aus Angst und Verwirrtheit die Tür, womit er eine junge Frau und ein kleines Kind zu einem schrecklichen, langsamen Tod verurteilte, den nur der Zufall verhinderte. Aber er hatte keine Ahnung, was er da tat. Er dachte wahrscheinlich, es wären Ratten. Es ist nicht einmal versuchter Totschlag, geschweige denn Mord.

»Können wir Bill jetzt wieder nach oben bringen, Inspector?«, fragt Pearson. »Er quält sich allmählich.«

Ich nicke. »Aber er muss wieder allein gehen, bitte.«

»Einen Moment, Sir.«

Somer steht auf der anderen Seite des Raumes bei der Innentür. Sie blickt nach oben zum Riegel und greift danach. Dann dreht sie sich zu mir um. »Ich kann ihn nicht bewegen. Nicht, wenn ich mich nicht auf etwas stelle.«

Die Schlussfolgerung ist offensichtlich, und die Anwältin wird sofort hellhörig. »Wie groß sind Sie, Constable?«

»Eins achtundsechzig.«

»Und mein Mandant kann nicht mehr als einen Meter vierundsiebzig groß sein, selbst bei aufrechtem Stand. Außerdem ist er in seiner Beweglichkeit sehr eingeschränkt, und die Hände sind von Arthritis gezeichnet.«

Das ist meiner Meinung nach ein wenig theatralisch ausgedrückt, aber ich verstehe, dass sie das Argument vorbringt.

Ich wende mich an Baxter. »Haben Sie auf diesem Ding die Fotos vom Tatort?«

Er schüttelt den Kopf. »Nicht auf dieser Kamera, aber auf meinem Handy sind welche.«

»Gut, werfen wir einen Blick darauf.«

Er scrollt zu den älteren Fotos, die den Innenraum, das schmutzige Bettzeug, den Beutel mit den leeren Dosen, die widerwärtige Toilette zeigen. Und dann kommt der Raum, in dem wir stehen: zerbrochene Möbel, Kartons, schwarze Plastiksäcke, eine alte Zinkwanne voller Schrott. Nichts, was im Entferntesten robust genug ist, um darauf zu klettern.

»Was ist mit der Trittleiter?« frage ich. »Der im Wintergarten?«

Er schüttelt den Kopf. »Auf keinen Fall. Sie war voller Spinnweben und Dreck, die wurde seit Monaten nicht bewegt. Aber Vicky kann nicht länger als drei Wochen in diesem Keller gewesen sein.«

Natürlich hat er recht. Es wäre ein Wunder gewesen, wenn der Vorrat an Wasser und Nahrung, den wir fanden, überhaupt so lange gereicht hätte.

»Könnten Sie aus der Küche einen Stuhl mitbringen?«

Er wirft einen Blick auf Harper. »Nun, *ich* schon, Boss, aber ich glaube nicht, dass *er* es könnte, wenn Sie verstehen, was ich meine.«

»Ich glaube nicht, dass wir meinen Mandanten einer weiteren Demütigung mit Videoaufzeichnung unterziehen müssen, oder?«, sagt die Anwältin laut. »Wenn Sie nichts dagegen haben, werde ich ihn wieder in das Pflegeheim bringen, in dem er dank Ihnen nun lebt.«

Wir beobachten, wie sie und die Ärztin Harper helfen, die Treppe wieder hinaufzugehen, und hören dann ihre Schritte im Flur leiser werden, bis die Tür hinter ihnen zuschlägt.

»Ich rede mir immer wieder ein, dass er sowieso ins Heim wollte«, sagt Somer und beißt sich auf die Lippe. Ich weiß, was sie meint.

»Wenn es nicht Harper war, der sie eingesperrt hat«, sagt Baxter schließlich, »ist die einzige andere Möglichkeit Walsh. Wir wissen, dass er Vicky nicht vergewaltigt hat, aber er hätte leicht darauf kommen können, dass hier jemand war. Er gab zu, von oben etwas gehört zu haben. Was, wenn er durchschaute, was Vicky vorhatte, und beschloss, sie loszuwerden – für immer? Wahrscheinlich wäre er sogar damit durchgekommen – angesichts der DNA des Kindes und des alten Mannes, dazu dessen schlechter Zustand. Alles hätte auf Harper gedeutet.«

»Was denken Sie, Somer?«

Sie holt ein Taschentuch hervor und wischt sich die Hände ab. »Wenn Walsh wirklich herausgefunden hat, was Vicky plante, hatte er ein verdammt gutes Motiv, sie loszuwerden. Sie und das Kind. Walsh hat es selbst gesagt: Er und seine Schwester gehen davon aus, Harpers Geld zu erben, wenn er stirbt. Warum sollte er es mit einer schmutzigen kleinen Betrügerin teilen wollen?« Sie zieht ein Gesicht. »So würde er sie wohl beschreiben.«

»Und Sie glauben, er hätte es fertiggebracht, sie einzusperren? In vollem Bewusstsein, was das bedeutete?«

Sie steckt das Taschentuch wieder ein. »Ja, Sir, das tue ich.

Er hat etwas Kaltblütiges an sich. Ich glaube nicht, dass er nur zufällig allein lebt.«

Baxter ist offensichtlich sehr erfreut, dass sie ihm zustimmt. »Und Walsh ist definitiv hinterhältig genug, um nicht zu vergessen, den Riegel anschließend abzuwischen.«

»Auch in dem Punkt bin ich Ihrer Meinung.«

»Jedenfalls«, sagt Baxter, »wenn Walsh es nicht war, wer dann? Es gibt sonst niemanden. Niemand sonst hatte ein Motiv. Geschweige denn eine Gelegenheit.«

Ich atme tief durch. »Okay. Fahren Sie zur Vine Lodge, und verhaften Sie Vicky. Versuchter Betrug.«

Baxter nickt. »Und Walsh?«

»Wir wissen, wann Vicky gefunden wurde, und wir wissen, dass sie nicht viel länger als drei Wochen dort gewesen sein kann. Finden wir heraus, wo Walsh in dieser Zeit war.«

* * *

»Wo ist Fawley?«

Somer sieht vom Schreibtisch auf. Es überrascht sie, dass Quinn angesichts der vielen anderen Leute, die er schikanieren könnte, ausgerechnet sie fragt.

»Im Büro des Superintendent. Ich glaube, er hat sich gefragt, wo du bist.« *Weil du während der letzten beiden Tage die meiste Zeit unerlaubt abwesend warst. Und weil du wie Scheiße aussiehst.* Aber diesen Teil behält sie für sich.

Quinn reibt sich den Nacken. »Na ja, du weißt schon. Schwerer Fall.«

Die Tür öffnet sich, und Woods, der Sergeant, betritt den Raum. Er sieht sich suchend um, bis er Quinn entdeckt und ihn zu sich winkt. Somer beobachtet, wie sich die beiden beraten und wie Quinn dann zu Gislingham eilt. Sie erkennt an ihren Gesichtern, dass etwas passiert ist. *In welchem Chaos du auch immer steckst, Quinn*, denkt sie, *hoffentlich ziehst du Gislingham nicht mit dir in den Abgrund.* Sie mag Gislingham, und er verdient es nicht, für Quinns Fehler zu bezahlen.

Sie steht auf und geht zu den beiden hinüber, tut dann jedoch so, als würde sie zwei Schreibtische weiter etwas suchen. Ihre Stimmen sind leise, aber sie versteht, worüber sie sprechen.

»Irgendwas *muss* sie haben«, sagt Gislingham. »Kreditkarte? Reisepass? Führerschein? Wir wissen, dass sie fährt.«

»Woods sagt nein«, antwortet Quinn. »Er muss es wissen.«

Gislingham wendet sich seinem Computer zu. »Na gut, überprüfen wir den Führerschein.«

Er tippt, starrt auf den Bildschirm und kaut am Ende seines Stiftes. Dann runzelt er die Stirn und versucht etwas anderes.

Er dreht sich zu Quinn um. »Scheiße.«

* * *

Nachdem ich Harrison über den Stand der Ermittlungen informiert habe, gehe ich wieder in die Einsatzzentrale, wo alle beschäftigt sind. Baxter steht ganz vorn und spricht, während er auf einem Whiteboard schreibt.

DONALD WALSH

VICKY NEALE	HANNAH GARDINER
<u>Motiv</u>	<u>Motiv</u>
Geld – Harpers Anwesen, Sex?	Sexualstraftäter???

Möglichkeiten	Möglichkeiten
Fit genug, um Verbrechen zu begehen/Riegel zu erreichen	Zugang zu: • Autoplane usw. • Mögliche Mordwaffe Fit genug, um Leiche zu bewegen/ohne Hilfe auf den Dachboden zu steigen
Gelegenheit	Gelegenheit
Besucher des Hauses mit Zugang zum Keller	Besucher des Hauses mit Zugang zum Dachboden/Schuppen Könnte Hannah auf der Straße begegnet sein
Alibi??	Alibi??

»Haben Sie schon herausfinden können, wo er während der drei fraglichen Wochen war?«, fragt Baxter.

»Wir überprüfen die Überwachungs- und Verkehrskameras auf der Strecke zwischen der Frampton Road und Banbury«, sagt einer der DCs. »Aber es ist eine umfangreiche Aufgabe. Wird ein bisschen dauern.«

»Wie sieht es mit dem 24. Juni 2015 aus?«

»Ich warte noch immer auf Antwort«, ruft Somer von ihrem Schreibtisch herüber. »Laut Stundenplan unterrichtete er an diesem Vormittag ab zehn Uhr dreißig, was die Fahrt nach Wittenham und zurück praktisch unmöglich machen würde. Ich habe sie gebeten, zu überprüfen, ob er an diesem Tag krank gewesen sein könnte, doch als wir uns dann auf Gardiner konzentrierten, habe ich es nicht weiterverfolgt. Tut mir leid.«

»Aber das Banbury CID behält ihn im Auge?«

»Ja, sie sind an dem Fall dran. Sie wissen, dass wir kommen, sobald wir genügend Beweise haben, um ihn festzunehmen.«

Baxter wendet sich vom Whiteboard ab und sieht mich an. »Alles okay, Boss?«

»Was tun Sie da?«

»Prüfen, was Walsh mit dem Fall zu tun haben könnte. Wie Sie es wollten.«

»Ich sagte, Sie sollten sein Alibi hinsichtlich Vicky überprüfen. Von Hannah war nicht die Rede.«

Somer wirft Baxter einen Blick zu und sieht dann mich an. »Es schien der nächste logische Schritt zu sein, Sir. Wenn Harper nicht auf einen Stuhl steigen konnte, um die Kellertür zu öffnen, war er auch nicht in der Lage, mit der Autoabdeckung auf den Dachboden zu steigen, auch vor zwei Jahren nicht. Selbst Sie hatten Ihre Schwierigkeiten, obwohl Sie dreißig Jahre jünger sind und jemand die Leiter festhielt.« Sie wird ein wenig rot.

»Und wie ich schon sagte«, wirft Baxter ein, »wen haben wir denn sonst noch? Walsh ist der Einzige, der sowohl über Möglichkeit als auch Gelegenheit verfügte.«

Ich gehe zum Board und betrachte, was Baxter unter ›Motiv‹ aufgeschrieben hat.

»Wir haben schon einmal darüber gesprochen, Sir«, sagt er, »dass Walsh das Haus hätte nutzen können, um Frauen zu belästigen. Und dann ist da der Stapel Pornos, für den es noch immer keine Erklärung gibt.«

»Er hat recht, Boss«, sagt Everett. »Wenn Harper damit nichts zu tun hat, müssen sie Walsh gehören.«

»Hannahs Mord könnte durchaus sexuell motiviert gewesen sein, Sir«, meldet Somer sich wieder zu Wort. »Wir haben keine Möglichkeit, herauszufinden, wie lange sie im Haus war. Er könnte sie tagelang dort festgehalten haben. Und sie *war* nackt und gefesselt.«

Ich drehe mich zu ihnen um. »Und all die Zeit soll Vicky nichtsahnend im obersten Stockwerk gewesen sein?«

Einerseits will ich glauben, dass es so abgelaufen ist, doch dann würden wir uns auf ein Terrain voller Zufälle begeben. Everett und Baxter sehen einander an, selbst nicht ganz sicher, wohin das alles führen soll.

»Also«, sage ich, »dass es Walsh war, der Vicky im Keller eingesperrt hat, kann ich glauben. Das passt zusammen. Und aus seiner Sicht war es das perfekte Verbrechen: kein Blut, kein Kontakt – er musste seine Opfer nicht mal sehen. Einfach den Riegel vorschieben und weggehen, absolut keine Gefahr, erwischt zu werden. Aber Hannah – nein. Das fühlt sich anders an. Das ist brutal und chaotisch. Von dem unglaublich hohen Risiko ganz zu schweigen.«

»Und was wollen Sie damit sagen?«

Ich drehe mich noch einmal zum Whiteboard um. Die Karten, die Zeitleiste, die Fotos. Ich habe ein Bild im Kopf, das sich scharfzustellen versucht.

»Ich glaube, dieses Verbrechen wurde vorsätzlich begangen«, sage ich langsam. »Bis ins kleinste Detail geplant von einer Person, die Hannah kannte. Sie wurde an einen Ort gelockt, wo alles vorbereitet war, um den Mord zu begehen. Die Waffe, das Paketband, die Decke, die Autoplane. Und sogar der Ort, wo die Autoplane anschließend versteckt wurde, stand schon fest. Mit anderen Worten: Die Person, die wir suchen, wollte nicht nur ihren Tod, sondern kannte sich auch im Haus aus.«

Somers ist blass. »Aber um so etwas zu tun, müsste man ...«

»Ein Psychopath sein? Sie haben recht. Ich glaube, die Person, die Hannah Gardiner getötet hat, ist ein Psychopath.«

»Boss?«

Es ist Quinn. Er steht mit Gislingham an der Tür.

»Wie nett von Ihnen beiden, dass Sie es einrichten konnten.« Und ja, ich wollte derart sarkastisch klingen. »Werden

Sie beide mir jetzt endlich mal erklären, was zum Teufel in den letzten Tagen los war?«

Quinn wirkt kleinlaut. »Alles meine Schuld, Boss. Gis hat nur versucht zu helfen.«

Die beiden tauschen einen Blick aus.

»Können wir in Ihr Büro gehen?«, fragt Quinn. Ich sehe ihm in die Augen, dann Gislingham.

»Das hat jetzt hoffentlich nur Gutes zu bedeuten.«

Und das hat es. Wenngleich nicht für Quinn.

Als wir drei eine halbe Stunde später wieder den Raum betreten und nach vorne gehen, wird es ruhig, und die anderen starren uns an.

Ich wende mich an Quinn. »Nur zu.«

Er schluckt. Er hat soeben den Anschiss seines Lebens über sich ergehen lassen, und der Riesenschlamassel ist noch nicht vorbei. Noch längst nicht.

»Wir haben Pippa Walker vor ein paar Stunden hierhergebracht, um sie der versuchten Justizbehinderung zu beschuldigen. Doch als der Vollzugsbeamte ihre Daten aufnehmen wollte, konnte sie keinen Ausweis vorlegen. Sie behauptete, keinen zu besitzen. Was natürlich Blödsinn ist. Also haben wir versucht, sie über das Führerscheinregister aufzuspüren. Aber«, er atmet tief durch, »es gibt keine Pippa Walker mit einem passenden Geburtsdatum.«

»Haben Sie es unter Philippa versucht?«, fragt Everett.

Quinn schüttelt den Kopf. »Auch unter diesem Namen ist nichts zu finden. Wir haben es mit jedem Namen probiert, für den Pippa die Abkürzung sein könnte. Penelope, Patricia ...«

Einer der DCs blickt schelmisch grinsend von seinem Telefon auf. »Hier steht, dass Pippa auf Italienisch Blowjob bedeutet. Könnte das relevant sein, Sarge?«

Unterdrücktes Gelächter überall, und Gis senkt den Blick, um ein Grinsen zu verbergen. Quinn ist so rot im Gesicht, wie ich ihn noch nie gesehen habe. Mir fällt auf, dass Somer ihn aus der hinteren Reihe beobachtet, hin und her gerissen zwischen Spott und Sorge. Ich hoffe, der Spott überwiegt; sie ist viel zu gut für ihn. Quinn hat sich diesmal selbst reingeritten. Im wahrsten Sinne des Wortes.

»Was ist mit einem Bankkonto?«, fragt jemand, als das Lachen verklingt.

»Bisher haben wir noch keins gefunden«, antwortet Quinn, noch immer scharlachrot.

»Handyvertrag?«

Gislingham schüttelt den Kopf. »Prepaid.«

»Also benutzt sie einen falschen Namen?« Everett wirkt verwirrt. »Warum um alles in der Welt sollte sie das machen?«

Plötzlich weiß ich, was ich zu tun habe. Ich stehe auf und ziehe meine Jacke von der Rücklehne des Stuhls.

»Wohin wollen Sie?«, ruft Gislingham, als ich weggehe.

»Ich werde die Antwort auf diese Frage finden.«

* * *

An seinem Tisch am Kamin grinst Bryan Gow und notiert die Antworten seines Teams. Er ist umgeben von lautem Gelächter und gutgelaunten Rufen. Pub-Quiz sind eine seiner liebsten Freizeitbeschäftigungen, zusammen mit Trainspotting und dem Lösen von quadratischen Gleichungen. Sie denken vielleicht, ich mache Witze. Die übrigen Mitglieder dieses Teams sind ein ehemaliger Labortechniker und ein pensionierter Professor für forensische Pathologie. Sie nennen sich »Criminal Minds«, was ich für ziemlich originell hielt, bis Alex mich leicht spöttisch darauf hinwies, dass es die gleichnamige TV-Serie zuerst gab.

In diesem Pub ist Gow mittwochnachmittags Stammgast – früher war der Laden eine dreckige Spelunke für Kohlearbeiter, aber seit ein paar Jahren herrscht dort die Gastro-Schickeria. Holzfeuer im Winter, Farbtöne in Grau und Blaugrün, schwarzweiße Bodenfliesen, sorgfältig restauriert. Alex ist gern hier, denn das Bier schmeckt gut. Ich frage Gow mit einer Geste, ob ich ihm eins ausgeben darf. Er nickt, und als die aktuelle Fragerunde zu Ende geht und die Blätter eingesammelt werden, steht er auf und bahnt sich den Weg zu meinem Tisch.

»Womit habe ich das verdient?«, fragt er trocken ironisch und greift sein Bierglas.

»Erzählen Sie mir etwas über Psychopathen. Soziopathen und Psychopathen.«

Er hebt eine Augenbraue, als wollte er sagen: Bei denen sind Sie also jetzt angelangt? Er leckt sich Schaum von der Oberlippe. »Nun, einige der hervorstechenden Erkennungsmerkmale sind einander erstaunlich ähnlich. Beide Charaktere sind manipulativ und narzisstisch, sie lügen gewohnheitsmäßig, sind nicht in der Lage, Verantwortung für ihr Handeln zu übernehmen, und besitzen praktisch kein Mitgefühl. Alles, worauf es ihnen ankommt – was sie überhaupt wahrnehmen –, sind die eigenen Bedürfnisse.«

»Und wie kann man die beiden unterscheiden?«

»Psychopathen sind viel organisierter und geduldiger. Soziopathen neigen dazu, impulsiv zu handeln, was bedeutet, dass sie Fehler machen, und für Leute wie Sie ist es daher leichter, sie zu überführen. Bei Soziopathen gibt es in der Regel ein traumatisches Erlebnis in der Kindheit. Missbrauch, Gewalt, Vernachlässigung. Die üblichen Verdächtigen.«

»Und Psychopathen?«

Er zieht eine Grimasse. »Psychopathen werden als solche geboren, nicht dazu gemacht.« Jetzt sieht er mich an. »Hilft das weiter?«

Hinter ihm ruft der Quizmaster die Leute für die nächste Runde zurück an ihre Plätze.

Ich nicke. »Ja. Ich glaube schon.«

Er nimmt sein Glas und will gehen, aber ich halte ihn auf. »Eine Frage hätte ich noch.«

»Ich wusste gar nicht, dass Sie *Columbo*-Fan sind, Fawley«, sagt er mit einem spöttischen Lächeln.

Als er jedoch meine Frage hört, verdüstert sich seine Miene.

* * *

Als er die Tür öffnet und mich sieht, wird sein Blick sofort misstrauisch.

»Was wollen Sie?«, fragt er und bemüht sich nicht, seine Feindseligkeit zu verbergen. »Sind Sie hier, um sich zu entschuldigen? Denn das möchte ich verdammt noch mal hoffen.«

»Darf ich reinkommen? Es ist wichtig.«

Er zögert, dann nickt er und öffnet die Tür. Toby schläft auf der Couch vor einem Zeichentrickfilm, einen Plüschhund fest an die Brust gepresst.

Gardiner schaltet den Fernseher aus. »Lassen Sie mich eben Toby ins Bett bringen, dann bin ich bei Ihnen.«

Die Wohnung sieht genauso aus wie damals, als ich das erste Mal hier war. Es riecht, als hätte er gekocht, und er muss gründlich saubergemacht haben, denn von der Arbeit der Kriminaltechniker ist fast nichts mehr zu sehen. Das einzige Chaos ist das, was glückliche kleine Jungs verursachen. Gardiner tut offensichtlich alles, um seinem Sohn wieder ein normales Leben zu bieten. So wie auch ich es tun würde.

Er kommt zurück und setzt sich aufs Sofa. »Und?«

»Ich bin hier, um mich zu entschuldigen. Für das, was Sie in den letzten Tagen durchgemacht haben. Es muss unerträglich gewesen sein.«

Er sieht mich ungerührt an. »Und wessen Schuld ist das?«

»Tut mir leid, aber wir hatten keine Wahl. Wir müssen alle Möglichkeiten ausschließen, allen Hinweisen nachgehen.«

»Ja, und darum geht es, nicht wahr? Sie hatten nur *Hin*weise, aber keine *Be*weise. Nicht gegen mich. Das waren nichts als bösartige Lügen.«

»Das ist der zweite Grund, warum ich gekommen bin. Ich wollte mit Ihnen über Pippa Walker sprechen.«

Seine Gesichtszüge verhärten sich. »Was ist mit ihr?«

»Die Aussage, die sie gemacht hat – wir wissen jetzt, dass alles erfunden war.«

»Ja, verdammt.« Als er merkt, wie laut er geworden ist, beruhigt er sich etwas.

Ich beuge mich vor. »Aber hat sie sich das alles ausgedacht? Ich glaube Ihnen, dass es an jenem Abend keinen Streit gab, aber hatten Sie tatsächlich eine Affäre, schon bevor Ihre Frau starb? Hören Sie, ich versuche nicht, Sie in eine Falle zu locken – deshalb rede ich hier mit Ihnen und nicht auf dem Revier. Wir wissen jetzt, dass Pippa Ihnen in der Woche, bevor Hannah verschwand, einige eindeutige SMS geschickt hat. Ihnen dürfte klar sein, wovon ich spreche.«

Gardiner fährt sich mit der Hand durchs Haar, holt tief Luft und sieht mich an. »Gut, wenn Sie es unbedingt wissen wollen – einmal waren wir zusammen im Bett. Wenn man deprimiert und sauer ist, tut man Dinge, die man bereut. Pippa hatte ihr Interesse mehr als deutlich gezeigt, und als Hannah eines Abends weg war und ich zu viel getrunken hatte, da ist es einfach ... passiert.«

»Und das war, kurz bevor Ihre Frau verschwand?«

»Etwa zwei Wochen davor. Hannah war in Nuneaton. Sie recherchierte zu weiteren Projekten von Malcolm Jervis.«

»Und danach fing Pippa an, Ihnen zu schreiben?«

Er sieht mich betrübt an. »Sie wollte mich einfach nicht

in Ruhe lassen. Sie schien zu denken, dass es etwas bedeutet hatte. Dass es für uns so etwas wie eine gemeinsame Zukunft geben könnte – dass ich sie tatsächlich liebte. Es war verrückt. Ich habe jede einzelne SMS gelöscht – nicht *eine* beantwortet ...«

»Ich weiß«, sage ich leise.

»Also riet ich ihr, sich einen neuen Job zu suchen, weil unsere Situation zu schwierig wurde.«

»Und wie nahm sie das auf?«

»Sie schien sehr erwachsen damit umzugehen. Eine Weile war sie still, und dann sagte sie, es tue ihr leid, mich falsch verstanden zu haben. Dass wir einfach so weitermachen könnten, als wäre nichts geschehen. Aber als mir nach ein paar Tagen klarwurde, dass es nicht funktionieren konnte, sagte ich ihr, sie müsse sich unbedingt einen anderen Job besorgen.«

»Wie hat sie darauf reagiert?«

»Sie war einverstanden – sagte, ich solle mir keine Sorgen machen, und sie würde anfangen, sich etwas Neues zu suchen.«

»Wie haben Sie das alles Hannah erklärt?«

»Ich habe nur gesagt, dass es wahrscheinlich ein guter Zeitpunkt für eine Veränderung ist. So was in der Art. Sie hat sofort zugestimmt.«

»Und wann war das alles?«

»Ein paar Tage, bevor Hannah verschwand. Ich glaube, am Freitag habe ich mit Pippa gesprochen.«

Wenn in meinem Kopf bislang noch keine Alarmglocken geläutet hatten, dann taten sie es spätestens jetzt.

»Und warum haben Sie uns das alles nicht schon früher erzählt, Mr. Gardiner?«

Er sieht verzweifelt aus. »Weil ich befürchtete, mich damit in Schwierigkeiten zu bringen – und genau das ist doch auch passiert, nicht wahr? Sobald Sie dachten, dass ich mit Pippa schlafe, haben Sie angenommen, dass ich meine Frau getötet habe.«

»Sie hätten es uns trotzdem sagen sollen«, fahre ich vorsichtig fort. »Auf lange Sicht wäre es besser gewesen für Sie. Und für uns.«

»Tut mir leid«, sagt er, lehnt sich vor und stützt die Arme auf die Knie. »Ich weiß, es tut mir wirklich leid.«

Einen Moment lang sitzen wir schweigend da.

»Kannte Pippa jemanden in der Frampton Road?«

Er schüttelt den Kopf. »Sie hat mir gegenüber nie jemanden erwähnt.«

»Ihnen fällt kein Grund ein, warum sie die Hausnummer dreiunddreißig aufgesucht haben könnte?«

Er runzelt die Stirn. »Nein. Ich bin mir sicher, das hat sie nicht. Als es in den Nachrichten kam – das mit dem Mädchen im Keller –, fragte sie mich, welches Haus das sei. Warum interessiert Sie das?«

Ich überlege, wie ich es am besten formuliere. Aber ich nehme einfach an, dass er mit Offenheit umgehen kann.

»Haben Sie noch nie daran gedacht, dass Pippa mit Hannahs Verschwinden zu tun haben könnte?«

Er starrt mich an. »Pippa?«

»Ist Ihnen das nie in den Sinn gekommen?«

Er ist sichtbar verblüfft. »Natürlich nicht. Meinen Sie, ich hätte sie hier wohnen und sich um Toby kümmern lassen, wenn ich vermutet hätte, dass sie meine Frau getötet hat? Wie ich schon sagte, nach Hannahs Verschwinden war ich völlig durcheinander – ich brauchte jemanden, der mir half – sie war großartig, und Toby mochte sie …«

Er verstummt langsam und schluckt. »Ich meine, ja, sie war damals total überdreht – aber das war nur Verliebtheit. Sie war verknallt, aber sie kam darüber hinweg. Sie wissen, wie es in dem Alter ist – erst ist es das Ende der Welt, und gleich darauf fragt man sich, wofür das ganze Theater. Sie war ein Teenager, um Himmels willen. Doch keine Psychopathin.«

* * *

»Aber er hat sich geirrt.« Ich blicke mich im Raum um. Sollten meine Leute sich gefragt haben, wo ich war und warum, wissen sie es jetzt. »Ich glaube, genau das ist sie. Ich glaube, Pippa Walker hat Hannah getötet, und zwar vorsätzlich.«

Ich lese ihren Gesichtern ab, dass sie mir nicht folgen – noch nicht. Und ich kann es ihnen nicht verübeln. Pippa Walker ist sympathisch, nett, stammt aus der Mittelklasse. Und sie ist erst zweiundzwanzig: War sie wirklich zu dem Blutbad fähig, das vor zwei Jahren in diesem Haus stattgefunden haben muss? Also erzähle ich ihnen, was Gow gesagt hat. Darüber, dass man als Psychopath geboren wird, sich nicht zu einem entwickelt. Und wie – seiner Erfahrung nach – die weiblichen Psychopathen noch narzisstischer sind als die männlichen, noch egoistischer, noch rachsüchtiger, wenn man ihnen in die Quere kommt.

»Das Zitat, das Gow benutzte, stammt von Shakespeare und lautet: ›Die Hölle kennt keine Wut wie die einer verschmähten Frau‹.«

»Und ich wette, er hat Ihnen auch gesagt, woher es stammt«, murmelt Gis.

»Es geht darum, dass sich bei jemandem mit einer solchen Persönlichkeit alles um ihn selbst dreht. Andere Menschen sind nur Hindernisse, die es zu beseitigen gilt. Wenn sie beschlossen hat, dass sie Gardiner wollte, dann konnte eine belanglose Tatsache wie die, dass er bereits eine Frau hatte, sie nicht aufhalten.«

Ich erinnere mich an eine Szene in einer alten BBC-Krimiserie, einer der wenigen, die ich tatsächlich gesehen habe. Darin spricht eine Profilerin darüber, warum Menschen zu Mördern werden. Sie sagt, Männer würden aus Wut oder für Geld töten oder so ähnlich. Aber Frauen seien anders. Frauen würden töten, weil ihnen etwas im Weg steht.

»Und sie erreichte, was sie wollte, nicht wahr?«, sagt Everett grimmig. »Am Ende zog sie bei ihm ein. Und wenn sie es nicht versaut hätte, weil sie schwanger wurde, hätte Gardiner sie vielleicht sogar geheiratet.«

»Wäre ein Mädchen wie sie stark genug, um jemandem den Schädel einzuschlagen?«, fragt Baxter, pragmatisch wie immer.

»Die ja«, meldet sich Quinn zu Wort und verzieht das Gesicht. Etwas vom alten Quinn schimmert wieder durch. »Außerdem wurde Hannah von hinten getroffen, vergessen Sie das nicht. Es war bestimmt nicht allzu viel rohe Gewalt nötig.«

»Aber was ist mit der Leiche – kann Pippa sie wirklich alleine in den Schuppen geschafft haben?«

»Wenn Sie mich fragen, ja«, sagt Quinn. »Hannah war nicht so groß. Und Pippa ist jung – sie ist fit ...«

Einer der DCs macht hinter seinem Rücken ein »Ja, genau«-Gesicht.

»Ich vermute, mit ausreichend Zeit wäre sie dazu in der Lage gewesen.«

»Und danach«, sagt Gislingham, »hätte ihr Plan aufgehen können, genau wie wir es gesagt haben. Pippa fuhr nach Wittenham, entsorgte das Auto und kam mit dem Bus zurück. Und es machte ihr auch nichts aus, das Kind auszusetzen – nicht, wenn es darum ging, Gardiner ganz für sich allein zu gewinnen. Ich sagte doch – nur ein Psychopath würde so etwas einem kleinen Kind antun. Sieht aus, als hätte ich recht gehabt.«

»Und man hat ihre DNA im Auto gefunden«, sagt Everett. »Nur, dass uns das nie verdächtig vorkam, weil wir wussten, wie oft sie damit gefahren war.«

»Wir gehen also davon aus, dass es sich bei der Frau, die diese Leute mit dem Buggy gesehen haben, um Pippa handelte?«, fragt Somer. »Aber die Haarfarbe passt nicht. Pippa ist blond, Hannah war dunkel.«

Gislingham zuckt mit den Achseln. »Perücken sind nicht schwer aufzutreiben. Und schon gar nicht, wenn sie das alles von langer Hand geplant hat, wie der Chef sagt.«

»Moment mal«, sagt Baxter. »Ehe wir uns alle voreilig auf etwas versteifen. Der Mord geschah in der Frampton Road, richtig? Wir wissen, dass Walsh Zugang zu diesem Haus hatte, wann immer er wollte, aber was ist mit dieser Pippa? Wie zum Teufel ist sie da reingekommen?«

Jeder braucht seinen Advocatus Diaboli, und Baxter scheint von Luzifer persönlich dazu ernannt.

»Eigentlich«, sagt Quinn, »glaube ich nicht, dass es so eine große Sache gewesen wäre. Man sieht dem Haus an, in welchem Zustand es ist, auch von außen. Möglicherweise hat sie auf dem Grundstück herumgeschnüffelt und entdeckt, dass es ein kaputtes Schloss gab ...«

»Ohne von Harper bemerkt zu werden?«

»Er wurde mit der Zeit immer verwirrter, er trank, er nahm diese Schlaftabletten – ich schätze, die meiste Zeit war er ziemlich weggetreten.«

»Okay«, sagt Everett, »nehmen wir also an, dass es so war. Nur damit wir weiterkommen. Nächste Frage: Wie hat Pippa Hannah da reingebracht?«

Gislingham reißt die Hände hoch. »Oh, das ist schnell erklärt: Sie wartete an jenem Morgen in der Frampton Road auf sie. Sie wusste, dass Hannah dort geparkt hatte, also musste sie einfach nur ein wenig Geduld aufbringen. Und sie wusste als einige der wenigen Personen auch, dass Hannah nach Wittenham fahren wollte. Also drückt sie sich dort herum und überredet Hannah, sie aufs Grundstück zu begleiten – was weiß ich, vielleicht behauptet sie, eine verletzte Katze entdeckt zu haben. Dann, sobald sie außer Sichtweite sind ...«

»Okay, schön und gut«, sagt Baxter. »Aber nichts davon beweist, dass sie in diesem Haus war, oder? Alles nur Indizien. Damit wird die Staatsanwaltschaft sich nicht zufriedengeben. Und wenn wir sie nicht wegen Mordes festnehmen können, wird ihr Anwalt sie auf Kaution rausholen, und wir sehen sie nie wieder.«

Stille. Die Fotos starren uns an. Hannah. Pippa. Toby. Toby, der uns nichts über den bösen Mann erzählen konnte, der seine Mutter verletzt hat, weil es nie einen bösen Mann gab. Nur seine Nanny, die ihn zu einer Fahrt im Auto mitnahm, wie schon so oft zuvor. Ich muss mir diese Bilder hundertfach angesehen haben. Und erst jetzt kommt mir zum ersten Mal etwas seltsam vor. Etwas, das Pippa betrifft.

Ich wende mich an Baxter. »Diesen Schnappschuss beim Straßenfest, den haben wir doch auch digital vorliegen, oder?«

»Ja, Chef«, sagt er, geht zu seinem Schreibtisch und holt das Foto auf den Bildschirm.

Ich gehe zu ihm und beuge mich hinunter zum Monitor. Dann zeige ich auf etwas.

»Die Halskette. Können Sie näher heranzoomen?«

Ein leises Raunen geht durch Raum, die Leute versammeln sich um uns. Sie ahnen, dass ich auf etwas gestoßen bin. Und als Baxter das Bild vergrößert und es in den Fokus rückt, sehen sie es auch.

Pippa trägt eine lange Silberkette, und an ihr hängt ein filigran geschnitztes Objekt in Form einer Muschel. Klein und schön und unbezahlbar.

Es ist das fehlende *Netsuke*.

Im Raum wird es unruhig – das Adrenalin dieser Entdeckung, die Puzzleteile fügen sich plötzlich zusammen. Nur eine Person starrt nicht auf den Bildschirm. Somer. Sie steht vor dem Whiteboard und betrachtet, was Baxter geschrieben hat.

Ich richte mich auf und gehe zu ihr. »Was beschäftigt Sie?«

»Es geht um das, was Sie über Walsh gesagt haben, Sir – dass er Hannah unmöglich in diesem Haus getötet haben kann, ohne dass Vicky davon wusste.«

Ich warte. »Und?«

»Gilt das nicht auch für Pippa? Natürlich wird sie alles sehr sorgfältig geplant haben, aber auch wenn sie noch so gut vorbereitet war, muss Vicky etwas gehört haben, oder? Und die Autoplane hätte Pippa auf keinen Fall ins Dachgeschoss bringen können, ohne von Vicky bemerkt zu werden. Nicht, wenn Vicky zeitweise im Dachgeschoss wohnte.«

Ich drehe mich um und erhebe die Stimme. »Ruhe, Leute – ihr müsst das hören. Somer, wiederholen Sie, was Sie gerade gesagt haben.«

Was sie auch tut, allerdings nicht ohne zu erröten.

»Also, wie lautet Ihre Theorie?«, fragt Quinn. »Vicky hört ein Geräusch, kommt nach unten und spaziert direkt in ein Blutbad?«

»Warum nicht?«, sagt Somer. »Nur kann sie nicht zur Polizei gehen, ohne dass ihr eigener kleiner Betrug auffliegt. Nach allem, was sie durchgemacht hat, um an das Erbe zu gelangen – das Baby, ihr Versteck in diesem Haus – sie würde riskieren, all das zu verlieren.«

Quinn runzelt die Stirn, aber es wirkt nachdenklich, nicht abschätzig. »Also wollen Sie damit sagen, dass sie gegenseitig ihre Spuren verwischt haben? Eine Hand wäscht die andere?«

Somer genießt jetzt volle Aufmerksamkeit, und ich bemerke, wie sich der Gedanke bei allen Anwesenden durchsetzt.

»Bedenken Sie – das Allerletzte, was Vicky wollte, war Polizei, die herumschnüffelt. Beide Mädchen mussten alles in ihrer Macht Stehende tun, um das öffentliche Interesse vom Haus in der Frampton Road abzulenken. Also schließen sie einen Deal – Pippa stimmt zu, für Vicky den Mund zu halten, wenn Vicky hilft, Pippa zu decken. Vicky hat geholfen, die Leiche wegzuschaffen, die Autoplane zu verstecken, das Chaos zu beseitigen …«

»Halt«, sagt Gislingham, springt auf und wühlt sich hektisch durch einen Stapel Unterlagen. »Mist. Warum zum Teufel bin ich nicht früher darauf gekommen?«

Er findet die gesuchte Seite und blickt auf, sein Gesicht ist blass. »Diese Mitbewohnerin, die Pippa 2015 ihr Alibi gab und behauptete, Pippa hätte sich den ganzen Vormittag lang übergeben. Ihr Name war Nicki Veale.« Er sieht sich um und betont jedes Wort einzeln. »Vicky Neale und Pippas Mitbewohnerin sind ein und dieselbe Person.«

* * *

Eine Stunde später sucht Everett einen Parkplatz in der Nähe der Iffley Road. Bei der Aufgabenverteilung konnte sie Quinn überreden, sie herausfinden zu lassen, wo Pippa im Jahr 2015 wohnte. Er hielt das für den miesesten aller Scheißjobs, und sagte es auch so, aber Everett sieht darin die beste Chance, den wahren Namen des Mädchens herauszufinden. Das wollte sie jedoch nicht offen zugeben, besonders nicht vor Fawley. Oder Somer. Sie ist nicht eifersüchtig auf sie, nicht wirklich, aber Somer bekommt zurzeit einfach ein bisschen zu viel Sendezeit, zumal sie nur eine uniformierte PC ist. Das und dann noch ihr Äußeres – da würde sich nur ein Kartoffelsack nicht in den Schatten gestellt fühlen. Everett versucht, nicht daran zu denken, dass ihr Vater sie mit genau diesen Worten zu beschreiben pflegte, als sie noch ein Kind war. Lieber konzentriert sie sich darauf, den Fiat gekonnt in eine Lücke zu manövrieren, die kaum länger ist als das Auto. Zwei Jahre in Summertown mit seiner ständigen Parkplatznot gelebt zu haben, bringt gewisse Vorteile.

Sie stellt den Wagen ab und geht zum Maklerbüro. Der junge Mann im Laden schließt gerade ab, aber als sie ihm ihren Dienstausweis zeigt, öffnet er die Tür. Er trägt ein T-Shirt von Manchester United und weite weiße Baumwollhosen.

»Sie waren letzte Woche schon mal hier, nicht wahr?«, sagt er. »Suchen Sie immer noch nach dem Mädchen? Vicky irgendwas?«

»Diesmal geht es um ein anderes Mädchen. Haben Sie die Unterlagen für den Sommer 2015 – für 27 Arundel Street?«

Der junge Kerl öffnet seinen Laptop und scrollt in einigen Dateien nach unten. »Ja, was wollen Sie wissen?«

»Hatten Sie damals eine Pippa Walker als Mieterin?«

Er geht eine Liste durch und sagt dann: »Ja, es gab eine Walker. Sie blieb bis Oktober dieses Jahres.«

»Pippa Walker?«

Er zieht eine Grimasse. »Ich weiß nicht. Mein Vater leitete damals den Laden und benutzte nur Nachnamen. Deshalb hatten wir kein Glück, als Sie das letzte Mal hier waren – es gab nicht genügend Anhaltspunkte.«

»Aber die Leute müssen Ihnen doch einen Ausweis vorlegen, wenn sie bei Ihnen etwas mieten wollen?«

Er zeigt ihr ein breites Grinsen. »Natürlich, Constable. Wir halten uns hier an die Vorschriften.«

»Sie haben nicht zufällig Kopien von dem, was sie Ihnen vorgelegt hat?«

Er antwortet kleinlaut: »Wahrscheinlich nicht, wenn es so lange zurückliegt. Ich kann suchen, aber es könnte eine Weile dauern – mein Vater hatte es nicht besonders mit moderner Technik. Mit dem Scanner stand er permanent auf Kriegsfuß.«

Sie lächelt. »Keine Sorge, ich kann warten.«

Er gestikuliert. »Wir haben eine Kaffeemaschine.«

Everett wirft einen Blick darauf und schüttelt schnell den Kopf. »Danke, schon gut.«

Er grinst sie an. »Kluge Entscheidung. Meiner Meinung nach gehört der Kaffee direkt in den Abfluss.«

Während er sich wieder den Dateien widmet, wandert Everett durchs Büro, schaut sich die an den Wänden festgesteckten Exposés zu den Immobilien an und staunt über die Preise, die man in diesem Teil der Stadt inzwischen selbst für die kleinsten Wohneinheiten verlangt. Und auch bekommt, so wie es aussieht – die meisten tragen große rote Aufkleber mit der Aufschrift »VERMIETET«. Einen Moment später bleibt sie vor einem der Objekte stehen, holt ihr Notizbuch heraus und blättert zurück durch die Seiten. Quinn mag ein Tablet besitzen, aber kleine DCs müssen sich noch immer mit Papier begnügen. Gislingham kotzt das immer wieder an.

»Dieses Haus hier«, sagt sie plötzlich und dreht sich um. »52 Clifton Street. Ist das auch eines von Ihren?« Vicky hatte behauptet, dort gewohnt zu haben, bevor sie angeblich entführt wurde.

Er blickt auf und nickt. »Jawohl«.

»Können Sie das für mich raussuchen?«

»Wieder 2015?«

»Nein, im Jahr davor. Frühjahr 2014 – vor Juli.«

»Okay«, sagt er. »Da haben wir's. Für wen interessieren Sie sich?«

»Gibt es eine Neale auf der Liste?«

Der Mann nickt. »Ja«.

Dann hat Vicky zumindest in diesem Punkt die Wahrheit gesagt. Aber jetzt blickt der junge Mann vom Bildschirm auf. »Das sollten Sie sich ansehen, Officer.«

Everett geht um den Schreibtisch herum und stellt sich neben ihn. Er zeigt auf den Bildschirm und auf die Liste der anderen Mieter in 52 Clifton Street zu der Zeit, als Vicky Neale dort wohnte.

Anwar, Bailey, Drajewicz, Kowalczyk.

Und Walker.

»Vergessen Sie den anderen Ausweis«, sagt Everett schnell. »Diesen hier muss ich sehen.«

* * *

»Man hat mich informiert, dass ich herkommen soll.«

Der Desk Sergeant von St Aldate's blickt auf und sieht eine Frau in Jeansjacke und Röhrenjeans. Sie hat blond gesträhntes Haar und trägt eine Handtasche mit vielen Riemchen und einem blassrosa Affenanhänger daran. So wie sie gekleidet ist, sieht sie von hinten vermutlich wie höchstens zwanzig aus. Aber von vorne betrachtet, wirkt sie mindestens doppelt so alt.

»Entschuldigung, Madam, Sie sind …?«

»Ich habe eine Nachricht wegen meiner Tochter erhalten. Von einer Frau, Detective Constable Everton …«

»Everett.«

Sie hebt eine Augenbraue. »Wenn Sie es sagen. Also, kann ich sie sehen? Vicky? Ich nehme jedenfalls an, dass sie hier ist.«

Der Sergeant nimmt den Hörer ab. »Lassen Sie mich in der Einsatzzentrale anrufen. Ich werde jemanden bitten, herunterzukommen und Sie abzuholen. Bitte setzen Sie sich, Mrs. Neale.«

»Ich heiße jetzt Moran, wenn es Ihnen nichts ausmacht.«

»Mrs. Moran. Ich bin sicher, es wird nicht lange dauern.«

Die Frau mustert ihn von oben bis unten. »Das möchte ich hoffen, ich bin deswegen den ganzen Weg von Chester hierhergekommen.«

Dann dreht sie sich auf ihren Stöckelabsätzen um, lässt sich auf den am weitesten entfernten Platz sinken und holt ihr Handy heraus.

* * *

Befragung von Pippa Walker auf dem
St. Aldate's Polizeirevier, Oxford
10. Mai 2017, 18:17 Uhr.
Anwesend: DI A. Fawley, DC C. Gislingham,
Mrs. T. York (Rechtsanwältin)

TY: Ich habe Sie hierhergebeten, Inspector, um Ihnen mitzuteilen, dass meine Mandantin eine formelle Beschwerde im Zusammenhang mit dem Verhalten von Detective Sergeant Gareth Quinn einreichen wird.

AF: Das ist natürlich ihr gutes Recht.

TY: Ich sollte Ihnen außerdem sagen, dass sie beschlossen hat, keine weiteren Fragen zu beantworten, es sei denn, ihr wird Immunität vor Strafverfolgung gewährt.

AF: Immunität vor Strafverfolgung für was genau? Sie wurde bereits wegen des Versuchs der Justizbehinderung angeklagt. Das wird sich nicht in Luft auflösen.

TY: Meine Mandantin befürchtet, ihr könnte zu Unrecht vorgeworfen werden, am Tod von Hannah Gardiner mitschuldig zu sein.

AF: Wie kommt sie darauf?

TY: Miss Walker besitzt Informationen, die für diese Untersuchung relevant sind, aber sie ist nicht bereit, sie ohne Zusicherungen weiterzugeben. Ich habe sie darauf hingewiesen, wie wenig Vorteile diese Haltung bietet und wie unwahrscheinlich es ist, dass eine solche Immunität gewährt wird, aber sie zeigt sich unnachgiebig.

AF: Die Untersuchungen zum Tod von Mrs. Gardiner sind noch nicht abgeschlossen. Wir sind noch nicht in der Lage, Anklage zu erheben …

PW: Das ist ein Haufen Mist, darauf falle ich nicht rein …

TY: [*hält ihre Mandantin zurück*]
Ich nehme an, Sie haben im Haus in der Frampton Road keine Fingerabdrücke meiner Mandantin gefunden.

AF: [*zögert*]
Nein, haben wir nicht.

TY: Oder irgendwelche anderen forensischen Beweise, die sie mit dem Verbrechen in Verbindung bringen?

AF: [*zögert*]
Die Untersuchung des Tatortes ist noch nicht vollständig abgeschlossen …

TY: Nun denn.

PW: [*schiebt die Hand der Anwältin weg*]
Wollen Sie wissen, wer sie getötet hat? Dann geben Sie mir meine Immunität. Weil ich nichts sage, bis Sie es getan haben.

* * *

»Mumm hat sie, das muss man ihr lassen«, sagt Quinn, als ich in die Einsatzzentrale zurückgehe. Er hat die Befragung auf dem Bildschirm verfolgt. »Haben Sie übrigens bemerkt, dass nicht nur ihr Name falsch ist? Ihr Upper-Middle-Class-Akzent hat sich auch um ein oder zwei Nuancen verschoben.«

Er hat recht. Die Maske ist verrutscht. Es ist dasselbe Mädchen, aber eine andere Person. Weiße Vögel bei Nacht, schwarze Vögel bei Tag.

Die Tür schwingt hinter ihm auf, und vor uns steht einer der DCs in Begleitung einer Frau, die ich nicht kenne, die mir aber trotzdem irgendwie vertraut erscheint. Sie kommt auf mich zu, bleibt dann jedoch stehen. Sie starrt auf die Pinnwand und sieht mich an.

»Was zum Teufel ist hier los? Sie sagten am Telefon, dass es um Vicky geht.«

Der DC meldet sich schnell zu Wort. »Das ist Mrs. Moran, Sir. Vickys Mutter.«

Sie sieht zuerst ihn an, dann mich. »Richtig«, sagt sie, geht zur Pinnwand und weist mit einem hellroten Fingernagel drauf. »Ich bin Vickys Mutter. Könnte mir also bitte mal jemand erklären, was das Foto meiner Tricia hier zu suchen hat?«

* * *

»Tricia«, sagt der junge Asiate und sieht Everett an. »Ja, Tricia Walker war der Name der Mieterin. Hier, sehen Sie selbst.«

Er holt den Scan einer Reisepass-Seite auf den Bildschirm. Das Gesicht, der Ausdruck – es ist eindeutig sie, auch wenn die Frisur ganz anders ist. Und nicht nur das: Make-up, Ausdruck, alles an ihr wirkt jetzt schlanker, akkurater, teurer.

»Ist das hilfreich?«, fragt er.

Sie grinst ihn an. »Und ob, ganz toll! Würden Sie das ausdrucken?«

Sie holt ihr Telefon hervor und ruft in der Einsatzzentrale an. »Quinn? Ich bin's, Everett. Hören Sie, ich kenne den richtigen Namen von Pippa Walker. Sie heißt Tricia. Sie und Vicky haben sich nicht in der Frampton Road kennengelernt, wie wir dachten. Sie kannten sich schon vorher und haben sich 2014 eine Wohnung geteilt. Und nicht nur das – sie haben bei der Anmeldung im Immobilienbüro dieselbe alte Adresse angegeben. Diese beiden Mädchen, ich glaube, sie sind ...«

»Schwestern. Ja, Ev. Das wissen wir.«

* * *

»Das gefällt mir gar nicht, Sir.«

Der Vollzugsbeamte sieht beunruhigt aus; es kommt vermutlich nicht sehr oft vor, dass hier um acht Uhr abends ein DI aufkreuzt.

»Sie sollte ihre Anwältin dabeihaben – es sollte aufgezeichnet werden ...«

»Ich weiß, und ich werde sie über all das aufklären. Und wenn sie nicht mit mir sprechen will, dann verschwinde ich wieder.«

Er sieht immer noch nicht überzeugt aus, steht aber auf, greift seine Schlüssel, und wir gehen den Gang hinunter zur Zelle. Er öffnet die Sichtklappe, sieht prüfend hindurch, schließt dann die Tür auf und öffnet sie.

»Ich warte am Schreibtisch«, sagt er.

Sie hockt auf dem schmalen Bett, die Knie an die Brust gezogen. In der unzureichenden Beleuchtung wirkt sie blass.

»Was wollen Sie?«, fragt sie skeptisch.

»Ich sollte eigentlich nicht hier sein.«

»Und warum sind Sie es dann?«

»Weil ich mit Ihnen reden möchte. Aber Sie können Ihre Anwältin dabeihaben, wenn Sie wollen.«

Sie mustert mich kurz. Ich kann nicht beurteilen, ob sie fasziniert oder einfach nur zu müde ist, um zu streiten. »Was soll's.«

»Man sagte mir, dass Sie Ihre Mutter nicht sehen wollten.«

Ihr Blick flackert, und ich rücke ein wenig näher.

»Ich nehme an, Sie waren überrascht, dass wir sie aufgespürt haben. Sie ist in den letzten Jahren zweimal umgezogen. Und hat geheiratet.«

Ein Achselzucken. »Ich habe es Ihnen gesagt. Sie kümmert sich nur um ihren neuen Kerl. Sie interessiert sich nicht für mich. Nicht mehr jedenfalls.«

»Nachdem ich selbst mit ihr gesprochen habe, bin ich leider geneigt, Ihnen zuzustimmen.«

Darauf reagiert sie nun doch, aber will offenbar nicht, dass ich es bemerke.

»Ich habe ihr erklärt, dass Sie das Mädchen sind, das seit einer Woche in allen Zeitungen zu sehen ist, aber ich fürchte, sie scheint zu denken, dass Sie selbst schuld sind.«

Vicky legt das Kinn auf die Knie. »Habe ich Ihnen doch gesagt.« Aber jetzt liegt ein Zittern in ihrer Stimme, das vorher nicht da war.

»Ich habe ihr außerdem erzählt, dass sie einen neuen Enkel hat, aber auch das hat mich nicht viel weitergebracht. Wollen Sie wissen, was sie gesagt hat?«

Schweigen.

»Ihre Worte waren: ›Wenn sie glaubt, dass ich mich um ihn kümmere, hat sie sich geschnitten.‹«

Die Arme hält sie noch immer um die Knie geschlungen, aber die Fingerknöchel treten jetzt weiß hervor.

»Um ehrlich zu sein, sie hat inzwischen ein eigenes Baby, um das sie sich kümmern muss.« Vicky sieht auf. »Habe ich das noch nicht erwähnt? Es ist ein Mädchen. Megan. Ihre Schwester. Oder Halbschwester, um genau zu sein.«

Ich setze mich aufs Bettende und öffne die Akte, die ich mitgebracht habe.

»Aber so eine haben Sie schon, nicht wahr? Tricia Janine Walker heißt sie. Geboren am 8. Januar 1995. Die Geburtsurkunde Ihrer Schwester ist auf den Namen des Vaters ausgestellt, aber Ihre Mutter und Howard Walker haben nie geheiratet, richtig? Und dann, nach nicht einmal drei Jahren, trennten sie sich, und Ihre Mutter heiratete Arnold Neale. Und bekam Sie.«

Ich ziehe das Schweigen in die Länge, bis es drückend wird. Und als ich wieder spreche, höre ich meine Stimme von den kalten, feuchten Wänden widerhallen.

»Warum haben Sie uns nichts von Tricia erzählt, Vicky? Warum haben Sie uns die ganze Zeit verschwiegen, dass Sie eine Schwester haben, die in Oxford lebt?«

Sie zuckt mit den Achseln, sagt jedoch nichts.

»Sie hätte Sie im Krankenhaus besuchen können – Sie hätten bei ihr wohnen können, anstatt in die Vine Lodge zu gehen.«

»Ich wusste nicht, dass sie hier ist«, sagt sie schließlich.

»Das nehme ich Ihnen leider nicht ab, Vicky. Ich glaube, Sie wussten genau, wo sie war. Sie war in Rob Gardiners Wohnung, die man von William Harpers Haus aus sehen kann.«

Ich beuge mich nach unten und will sie dazu bringen, mich anzusehen. »Hat sie ihn von dort aus zum ersten Mal bemerkt? Aus dem obersten Stockwerk in der Frampton Road? Denn ihr wart beide in dem Haus, nicht wahr? Zumindest am Anfang.«

Ihre Augen werden schmal. »Das können Sie nicht beweisen.«

»Oh doch, das können wir. Weil Tricia eines von Dr. Harpers Schmuckstücken gestohlen hat. Sie trägt es auf einem Foto, das im August 2014 beim Straßenfest in der Cowley Road aufgenommen wurde. Daher wissen wir, dass sie vor diesem Zeitpunkt bereits im Haus gewesen sein muss. Ihre Fingerabdrücke haben wir nirgendwo gefunden, weil Sie beide offensichtlich eine Menge Zeit drauf verwendet haben sauberzumachen, aber diesem *Netsuke* konnte Tricia einfach nicht widerstehen, stimmt's? War es nur Zufall, dass sie sich dafür entschieden hat, oder wusste sie, wie viel es wert ist? Wusste sie, dass sie dafür über zwanzigtausend Pfund bekommen konnte?«

Vicky wirft mir einen flüchtigen Blick zu.

»Ich glaube, sie wusste es, Vicky. Weil sie klug ist, nicht wahr? Viel klüger, als sie zugibt. Klüger als Sie, vor allem. Sie benutzt Sex, um zu erreichen, was sie will. Bei Männern, die zu naiv sind, um zu merken, dass sie ausgetrickst werden. Sie will Geld, Sicherheit, Aufmerksamkeit, Kontrolle – Sex ist lediglich Mittel zum Zweck. Und wenn es mit Sex nicht funktioniert, dann ergeben sich viele andere Möglichkeiten. Ich weiß das. Ich habe sie in Aktion erlebt, und ich muss zugeben, sie ist gut. Sie hat Rob Gardiner und meinen Sergeant getäuscht. Sie hat sogar mich reingelegt. Aber vor allem hat sie Sie und Hannah reingelegt.«

»Sie haben es zusammen geplant, nicht wahr? In das Haus einzuziehen, das Kind zu bekommen, sich Harpers Geld unter den Nagel zu reißen. Sie war von Anfang an in den Betrug verwickelt. Und es lief alles so gut, bis sie eines Tages Rob Gardiner sieht und sich völlig darauf fokussiert, ihn für sich zu gewinnen. Zu schade, dass Sie bereits mit Harpers Kind schwanger waren. Schade, dass Sie im Gegensatz zu ihr in diesem Haus festsaßen. Wie sollte das alles weitergehen, Vicky? Wollten Sie für ein paar Tage in den Keller gehen, um es echt aussehen zu lassen, und dann die Stufen hinauftaumeln, sobald Sie sicher sein konnten, dass Derek Ross im Haus war? Wie wollten Sie Ihre Flucht erklären – eine Geschichte über einen alten Mann erfinden, der den Verstand verloren hat? Behaupten, dass er die Tür versehentlich offen gelassen hatte?«

Vicky setzt sich abrupt auf und lehnt sich an die Wand. »Ich bin nicht dumm, auch wenn Sie das zu glauben scheinen. Alles, was Sie gerade gesagt haben, ist ein Haufen Mist. Darauf falle ich nicht rein.«

Ich lächle. »Schon lustig, dass Ihre Schwester sich genauso ausdrückt. Wenn es eine Sache gibt, die ich bei der Polizeiarbeit gelernt habe, dann die, dass Blut wirklich dicker ist als Wasser.«

Es klopft an der Tür, und Woods streckt den Kopf herein. »Wollte nur checken, ob alles in Ordnung ist, Sir.«

Ich sehe das Mädchen an, aber sie sagt nichts.

»Es geht uns gut, Sergeant. Aber vielleicht möchte Vicky einen Tee?«

Sie nickt, und Woods schließt die Tür. Wir hören, wie er die Sichtklappe einer anderen Zelle ein paar Türen weiter öffnet, und es erklingen Stimmen, seine und die einer jungen Frau. Dann lauschen wir dem Klirren seines Schlüsselbunds, bis es am Ende des Korridors verhallt.

Vicky verkrampft. Sie hat die Stimme erkannt. Ihr Gesichtsausdruck ist seltsam. Unter allen anderen Umständen würde ich ihn als ängstlich einstufen.

»Ach, habe ich das nicht erwähnt? Tricia ist hier. Nur ein paar Zellen weiter. Ihr droht eine strafrechtliche Verfolgung.«

Vickys Miene ist wieder verschlossen. Sie möchte mich sicherlich fragen, wessen sie beschuldigt wird, gönnt mir aber die Genugtuung nicht. Doch das macht mir nichts aus. Ich werde es ihr trotzdem sagen.

»Sie hat vor drei Tagen eine Aussage zum Tod von Hannah Gardiner gemacht. Rob Gardiner hätte seine Frau bei einem heftigen Streit getötet, nachdem Tricia und er von ihr zusammen im Bett erwischt worden waren.«

Und da ist es – in ihrem Blick, dieser Anflug des Zweifels und der Überraschung, den ich nur wahrnehme, weil ich weiß, wonach ich suche. Das ist nicht das, was sie erwartet hat; und auch nicht das, was die beiden vereinbart hatten.

»Aber dann haben Sie uns gesagt, dass William Harper es getan hat. Dass er eine andere Frau getötet, sie im Garten begraben und Ihnen gegenüber mit seiner Tat geprahlt hat.«

Sie zuckt nur mit den Achseln.

»Und das war Tricias ursprünglicher Plan, nicht wahr? Sobald Hannahs Leiche gefunden würde, sollte die Polizei sofort davon ausgehen, dass Harper sie getötet hatte. Es war sein Haus, wer sonst sollte es gewesen sein? Es hätte passieren können, dass wir vielleicht nicht mal nach einem anderen Verdächtigen suchen. Und wissen Sie was? Fast hätte es funktioniert. Warum also, fragte ich mich, sollte Tricia plötzlich die ganze sorgfältige Vorbereitung aufs Spiel setzen, indem sie uns etwas ganz anderes erzählt? Etwas, von dem sie gewusst haben muss, dass wir es als Lüge entlarven?«

Sie starrt mich wieder an, als wäre sie nicht sicher, ob es die Wahrheit oder eine Falle ist.

Ich rücke ein wenig näher. »Neulich Abend erinnerte mich meine Frau an ein Theaterstück, das wir vor Jahren gesehen haben. Es entsprach viel mehr ihrem Interesse als meinem – sie schleppt mich immer zu Sachen, zu denen ich sonst nie gehen würde.«

Sie sieht mich an. Skeptisch, wohin unser Gespräch führt.

»Diese Art von Theaterstück nennt sich Rachetragödie. Und ich denke, genau deshalb ist Tricia von ihrem Plan abgewichen. Rache. Sie versuchte, Rob den Mord an seiner Frau anzuhängen, weil er sie rausgeworfen hatte, als sie ihm sagte, dass sie schwanger ist ...«

Vicky setzt zum Sprechen an, dann senkt sie schnell den Blick. Aber nicht schnell genug, um mich zu täuschen: Sie hatte keine Ahnung, dass ihre Schwester schwanger ist.

»Sie konnte Rob einfach nicht verzeihen, dass er sie fallenließ, oder? Sie wollte es ihm heimzahlen. Selbst wenn es bedeutete, dass man ihn wegen Mordes anklagte. Selbst wenn dadurch Ihr gesamter Plan gefährdet wurde. Sie hat Sie verraten, Vicky. Genau wie sie es getan hat, als sie Ihr Schicksal in die Hände eines üblen Kerls wie Donald Walsh legte.«

Ihr Kopf fährt hoch. »Wer soll das sein?«

Mir wird bewusst – was mir vermutlich schon längst hätte klar sein sollen –, dass sie vielleicht nie gewusst hat, wer den Riegel vorgeschoben und sie eingesperrt hat. Sie dachte wahrscheinlich immer, es wäre der alte Mann gewesen.

»Donald Walsh ist William Harpers Neffe. Wir glauben, er

hat herausgefunden, was Sie im Sinn hatten. Er hat auch dieses *Netsuke* gestohlen.«

Sie lässt wieder den Kopf hängen, und ich bemerke, dass sie weint.

»Haben Sie mit Tricia gesprochen, Vicky? Haben Sie sie gefragt, warum sie nicht zurückgekommen ist – warum sie nicht bemerkt hat, dass etwas schrecklich schiefging? Dass diese Bauarbeiter Sie gefunden haben – das war reiner Zufall. Die letzte Seite des Tagebuchs war echt. Sie dachten, Sie würden sterben. Da unten, ganz allein. In der Dunkelheit.«

»Es war ein Versehen«, sagt sie mürrisch. »Es muss eins gewesen sein. Ohne mich hätte sie nichts von dem Geld bekommen.«

»Sind Sie sich da sicher?« Ich ziehe ein weiteres Blatt aus meiner Akte. »Wir haben uns den Browserverlauf Ihrer Schwester angesehen. Welche Websites sie mit dem Handy aufgerufen hat.«

Ich gebe ihr die Seite und beobachte sie beim Lesen. Sehe zu, wie sie schwer atmend die Hand zum Mund führt, und erkenne den Zorn in ihrem Blick, als sie das Papier in der Faust zerknüllt.

Draußen herrscht plötzlich Aufregung. Die Tür wird aufgerissen. Vor uns steht aufgeregt keuchend der Vollzugsbeamte.

»Mein Gott ...«

»Sie kommen besser mit, Sir. Die andere – Tricia – Pippa – wie auch immer sie heißt. Ich glaube, sie hat eine Fehlgeburt.«

Ich bin sofort auf den Beinen. »Haben Sie einen Krankenwagen gerufen?«

»Ist unterwegs. DC Everett wird sie begleiten.«

»Haben Sie die Telefonnummer ihrer Mutter?«

»Ich habe danach gefragt, aber sie sagte, sie wolle nicht benachrichtigt werden.«

»Okay, aber wir brauchen noch zwei Officer. Vielleicht können Sie PC Somer erreichen – bitten Sie sie, Everett im John Rad zu treffen.«

Ich stehe an der Tür, als Vicky nach mir ruft.

»Sind Sie sich da sicher?«, sagt sie und deutet auf den zerknüllten Ausdruck. »Ist das wirklich wahr?«

Ich nicke. »Sie hat sogar eine E-Mail geschickt, in der sie darum bat, mit jemandem zu sprechen.« Ich ziehe noch ein Blatt heraus und gebe es ihr. »Sehen Sie hier. Es tut mir leid, Vicky, aber es ist kein Irrtum. Sie hat es vielleicht nicht von Anfang an so geplant, aber Hannahs Tod hat alles verändert. Weil Sie die Einzige waren, die wusste, was Tricia getan hatte. Die Einzige, die ihr Geheimnis kannte.«

* * *

Das Mädchen steht zögernd in der Tür. Nach all den Monaten ist es jetzt so weit, doch sie ist sich nicht sicher. Der Raum ist so klein. So schmutzig. Und es riecht.

»Ich hab's mir anders überlegt. Ich will es doch nicht tun.«

»Scheiße, Vicky! Wozu hast du dieses verdammte Kind bekommen, wenn du das hier nicht durchziehen willst?«

Vicky beißt sich auf die Lippe. »Es war alles deine Idee.«

»Ja, und du weißt, warum. Wenn du es jetzt versaust, wirst du nichts von dem Geld bekommen! Wir haben lange genug gewartet – du hast lange genug gewartet ...«

»Und wer ist schuld?«, blafft Vicky zurück. »Wir hätten das schon vor langer Zeit tun können, wenn du nicht alles ruiniert hättest. Seit Monaten sitze ich in diesem verdammten Haus fest, während du einfach machst, was du willst. Ist dir klar, dass der Kleine dich beim Sex mit diesem Danny beobachtet hat?«

Tricia lacht. »Ich weiß, Dan hat es mitbekommen. Es hat ihn total erschreckt. Echt saukomisch.«

Vicky schweigt. »Sieh mal«, sagt Tricia, jetzt versöhnlich. »Es tut mir leid, dass du in letzter Zeit nicht besonders viel Spaß hattest, aber wir werden es jetzt durchziehen. Das müssen wir. Du hast diesen Sozialarbeiter gehört – er wird den alten Mistkerl in ein Heim stecken.«

Sie legt eine Hand unters Kinn ihrer Schwester. »Ich habe oben aufgeräumt, und du hast alles, was du brauchst. Ich habe dir Essen, Wasser und die Taschenlampe besorgt. Das Tagebuch, das sie finden müssen. Und es ist nur für ein paar Tage. Nur damit es echt aussieht.«

Sie wendet sich dem kleinen Jungen zu, der gegen einen der Müllsäcke tritt, und hebt ihn hoch. Sein dunkles Haar fällt ihm lockig auf die Schultern. Sie haben es absichtlich nicht geschnitten.

»Es wird ein Abenteuer, nicht wahr?«, sagt sie strahlend. Der Junge streckt seine Hand aus und berührt ihr Gesicht. »Siehst du? Er denkt das auch.«

Vicky streckt die Hand aus, nimmt ihren Sohn auf den Arm und drückt ihn fest an sich. Sie zögert einen Moment, dann tritt sie über die Schwelle.

Hinter ihr fällt die Tür zu. Und dann folgt das Geräusch: Ein Stuhl wird über den Boden geschleift, der Riegel wird vorgeschoben.

Vicky eilt zur Tür und hämmert mit der Faust dagegen. Ihr Herz schlägt wie wild. »Tricia! Was machst du da?«

»Ich lasse es echt aussehen, du dumme Gans. Was glaubst du denn, was ich hier mache?«

»Aber davon war nie die Rede ...«

»Weil ich wusste, dass du nicht dazu bereit sein würdest. Aber es ist die einzige Möglichkeit, um die Leute davon zu überzeugen, dass du hier unten wirklich eingesperrt bist.«

»Bitte, tu das nicht – öffne die Tür ...«

»Hör mal, es ist doch nur für ein paar Tage. Dann rufe ich anonym die Polizei an, sage ihnen, dass ich etwas gehört habe, und sie kommen und befreien dich. Und wir kassieren das Geld. Ver-

giss nicht – drei Millionen verdammte Pfund. Was sind dagegen ein paar beschissene Tage?«

»Nein – ich will aber nicht – ich kann nicht – bitte ...«

Doch dann entfernen sich die Schritte auf der Treppe nach oben, und das Licht unter dem Türspalt erlischt.

Das Kind, das sie festhält, macht sich steif, windet sich und fängt zu weinen an.

* * *

Somer wartet bereits draußen, als der Krankenwagen vor der Notaufnahme hält, und zwei Krankenschwestern kommen zügig heraus, um ihn in Empfang zu nehmen.

»Möglicherweise Fehlgeburt«, sagt eine der Sanitäterinnen, während sie die Hecktür öffnet. »Sie hat schon eine Menge Blut verloren.«

Als sie das fahrbare Krankenbett abstellen, erkennt Somer, dass das Mädchen blass ist, zittert und sich den Bauch hält.

»Okay, Schätzchen«, sagt die Krankenschwester. »Tricia, nicht wahr? Bringen wir dich erst mal rein und finden heraus, was mit dir los ist.«

* * *

Befragung von Vicky Neale auf dem
St Aldate's Polizeirevier, Oxford
10. Mai 2017, 21:00 Uhr.
Anwesend: DI A. Fawley, DS G. Quinn,
M. Godden (Pflichtverteidiger).

AF: Für die Aufzeichnung: Miss Neale ist zuvor wegen Falschaussage verhaftet worden, und es wurde für sie eine Kaution festgelegt. Sie wird diesmal im Zusammenhang mit dem Tod von Hannah Gardiner im Jahr 2015 verhaftet und hat den Wunsch geäußert, der Polizei durch eine freiwillige Aussage zu helfen, das genaue Ausmaß ihrer Beteiligung in dieser Angelegenheit zu klären. Ist das richtig, Vicky?

VN: [*nickt*]

AF: Also gut. Erzählen Sie uns, was passiert ist. Mit Ihren eigenen Worten.

VN: Wo soll ich beginnen?

AF: Am Anfang. Als Sie nach Oxford kamen. Wann war das?

VN: April 2014. Ich war zuerst hier und mietete diese Wohnung in der Clifton Street. Dann tauchte eines Tages Tricia auf.

AF: Ihre Schwester, Tricia Walker. Die junge Frau, die derzeit den Namen Pippa verwendet.

VN: [*nickt*]

AF: Aber geplant war das nicht? Sie hatten sie nicht erwartet?

VN: Ich hatte sie seit Monaten nicht mehr gesehen. Ich war nach einem riesigen Streit mit ihr von zu Hause abgehauen.

AF: Aus dem Haus Ihrer Mutter?

VN: Ich hatte es sowieso satt, dort zu wohnen. Mama war immer bei ihrem neuen Kerl, und ich wollte mich nicht mehr von Tricia herumkommandieren lassen.

AF: Worum ging es bei dem Streit?

VN: [*schweigt*]
Es gab einen Jungen, den ich mochte. Sie wissen schon.

AF: Er bevorzugte Tricia?

VN: Sie hat ihn mir weggenommen. Sie mochte ihn nicht mal besonders. Sie hat es nur getan, weil sie es konnte. So war es auch mit den Freunden von Mama. Wenn sie bei uns waren, lief Tricia immer halbnackt herum. Als würde sie's drauf anlegen, angebaggert zu werden.

AF: Ist jemals etwas vorgefallen?

VN: Einmal. Mit einem Typ namens Tony.
[*schweigt*]
Mama hat sie zusammen im Bett erwischt. Tricia behauptete, es sei alles Tonys Idee gewesen. Dass er sie »verführt« habe oder irgend so 'n Mist. Er leugnete es natürlich, aber Mama warf ihn trotzdem raus.

AF: Haben Sie Tony geglaubt?

VN: Hören Sie, Tricia tut nie etwas, das sie nicht tun will. Aber sie mochte Tony nicht oder so, sie wollte nur beweisen, dass sie ihn kriegen konnte, wenn sie wollte.

AF: Wie alt war sie damals?

VN: Keine Ahnung. Fünfzehn, vielleicht?

AF: Und was geschah, als sie nach Oxford kam?

VN: Sie ist bei mir eingezogen. Sie meldete sich an, und ich hatte etwas Geld, das mein Vater mir hinterlassen hatte, als er starb, aber es war nicht viel. Trish hasste es immer, kein Geld zu haben. Deshalb kam sie auf die Idee. Alles – alles, was passiert ist – war ihre Idee.

AF: Was genau?

VN: Sie wissen schon – alles.

AF: Sie müssen es uns sagen, Vicky. Wir müssen es von Ihnen hören.

VN: Sie hatte im Fernsehen etwas über diese Frau im Keller in Österreich gesehen. Die all diese Kinder bekommen hatte. Sie sagte, wir könnten das nachmachen und eine ganze Menge Geld rausschlagen. Wir mussten nur die richtige Person finden. Einen alten Kerl, der allein lebte. Jemanden mit Alzheimer, so einen wollte sie.

AF: Konnten Sie nicht einfach arbeiten gehen, wie alle anderen auch?

VN: Ich hätte das getan, aber Tricia sagte, dass sie ihre Zeit nicht damit verschwenden würde, einen Scheißjob für wenig Geld zu erledigen.

AF: Also, wie haben Sie Dr. Harper ausgewählt?

VN: Wir sind mit dem Bus nach North Oxford gefahren. Alle sagten, das sei eine wohlhabende Gegend – dass es da oben viele alte Menschen gebe, die in riesigen Häusern wohnten. Als wir das zweite Mal hinfuhren, bemerkten wir ihn. Er war allein auf der Straße, trug einen Schlafanzug und hatte eine Dose Lagerbier in der Hand. Tricia sagte, er sei perfekt, also folgten wir ihm bis zu seinem Haus. Später, als es dunkel wurde, gingen wir noch einmal hin und stiegen ein. An einer Hintertür war das Schloss kaputt. Er saß im Vorderzimmer und schnarchte. Er hatte sich mit dem Foto einer Frau in einem roten Kleid einen runtergeholt. Es war wirklich ekelhaft.

AF: Und Sie haben erkannt, dass der Rest des Hauses unbewohnt war?

VN: In einem Schlafzimmer im ersten Stock waren Sachen, aber Trish sagte, man könnte im Stockwerk darüber wohnen, und niemand würde es merken. Also beobachteten wir das Haus eine Weile und stellten fest, dass der Einzige, der dort auftauchte, der Sozialarbeiter war, und dass er nach etwa zehn Minuten wieder verschwand. Danach bin ich eingezogen.

AF: Nur Sie – Tricia nicht?

VN: Sie blieb in der Wohnung, kam aber manchmal vorbei.

AF: Wann begegnete sie Robert Gardiner zum ersten Mal?

VN: Ich glaube, es war ein paar Monate später. Sie sah ihn im Garten mit dem kleinen Jungen und war verrückt nach ihm.

AF: Also fing sie an, ihn zu stalken. Zum Beispiel beim Straßenfest in der Cowley Road.

VN: Es war nicht schwer. Wir wussten, wann sie ausgehen würden – wir konnten vom Dachgeschoss aus direkt in ihre Wohnung sehen. Eines Tages sahen wir sogar, wie sie Sex hatten. Tricia ist deswegen total durchgedreht. Das war der Moment, als sie beschloss, sich von ihnen als Kindermädchen einstellen zu lassen.

AF: Wie ist sie dabei vorgegangen?

VN: Sie hat es so eingefädelt, dass sie die Frau auf dem Markt kennenlernte, Sie wissen schon, »zufällig«.
[*malt mit den Fingern Anführungszeichen in die Luft*]
Die Frau sollte denken, dass alles ihre Idee war. Tricia ist wirklich gut in solchen Dingen – Leute dazu zu bringen, zu tun, was sie will, ohne dass sie es merken. Das gelingt ihr wie auf Knopfdruck. Besonders bei den Kerlen.

AF: [*wirft DS Quinn einen Blick zu*]
Und von dem Zeitpunkt an nannte sie sich Pippa?

VN: Sie fand, dass Pippa stilvoller klinge. Sie sagte, dass solche Dinge für Leute wie die Gardiners wichtig seien, dass sie nur Menschen mögen, die wie sie sind.

AF: War das der einzige Grund?

VN: [*zögert*]
Nein. Als wir in der Schule waren, ist sie mit einer Gabel auf ein Mädchen losgegangen und hat es im Gesicht verletzt. Es war ein dummer Streit darüber, dass sie auf Tricias Stuhl saß. So war es immer – wenn jemand ihr sagen wollte, was sie tun soll, flippte sie total aus. Mama hatte es mit ihr längst aufgeben. Es war den Aufwand nicht wert. Aber in der Schule ging es schief – sie wurde rausgeschmissen und zu so einem Berater geschickt. Sie hatte Angst, die Gardiners könnten es herausfinden und ihr das Kind nicht anvertrauen.

AF: Als sie den Job bekam, waren Sie schwanger, nicht wahr? Das war auch Tricias Idee, nehme ich an?

VN: [*regt sich*]
Sie sagte, auf diese Weise würden wir noch mehr Geld bekommen. Dass die DNA beweisen würde, dass der alte Mann mich vergewaltigt hat.

GQ: Und das Tagebuch?

VN: [*Pause*]
Sie sagte, die Leute würden mir dann eher glauben. Dass es vor Gericht besser aussehen würde. Sie sagte mir, was ich schreiben sollte.

AF: Sie hat Ihnen das Tagebuch diktiert?

VN: Sie hat es erfunden, und ich habe es aufgeschrieben. Dann hat sie ein paar Abschnitte mit Wasser bekleckert, damit es echter aussieht.

GQ: Und das alles geschah, als Sie noch im Dachgeschoss wohnten?

VN: [*nickt*]

AF: Aber wenn das Baby Tricias Idee war, warum hat *sie* es dann nicht bekommen? Auf diese Weise hätte das Geld ihr zugestanden.

VN: Sie sagte, ich wäre »ein besseres Opfer«.

GQ: Das hat sie wirklich gesagt – dass Sie ein »besseres Opfer« abgeben würden?

VN: Sie sagte, dass die Leute mit mir eher Mitleid hätten als mit ihr. Dass niemand sie für so dumm halten könnte.

AF: Aber Ihnen würde man das glauben?

VN: [*beißt sich auf die Lippe, sagt jedoch nichts*]

AF: Was war mit dem Geld?

VN: Ich musste versprechen, es mit ihr zu teilen.
[*wirkt gequält*]
Sie sagte, das sei ich ihr schuldig, nach allem, was sie für mich getan hatte.

* * *

»Du siehst verdammt gut aus. Genau wie sie.«

Tricia tritt zurück und bewundert ihr Werk. Das rote Kleid, der Lippenstift, die Haare. Alles perfekt.

»Was hast du denn gedacht?«

Vicky betrachtet sich im Spiegel. Und Tricia hat recht. Die Ähnlichkeit ist gruselig. Sie zittert. Sie weiß nicht, ob es ihr gefällt, wie eine Tote auszusehen.

»Bist du so weit?« Tricia steht an der Tür und hält sie offen. »Als ich das letzte Mal nachgesehen habe, lag er platt auf dem Rücken. Stockbesoffen vom Lagerbier. Hoffen wir einfach, dass er ihn noch hochkriegt. Oder dass du es schaffst.«

»Ich habe keinen Sex mit ihm, Tricia. Keinen echten Sex.«

Tricia zieht eine Grimasse. »Wie oft denn noch – das ist nicht nötig. Hol ihm einfach einen runter. Wir wischen alles auf und stecken es in dich rein.«

»Und was, wenn er sich daran erinnert? Was, wenn er es jemandem erzählt?«

Tricia lacht. »Ja, genau. Er ist ein Spasti, Vicky. Redet die meiste Zeit Stuss. Niemand wird ihm glauben. Und außerdem ist dafür doch dieser ganze verdammte Aufzug da. Er hält dich für seine Frau. Deshalb ist das so eine tolle Idee. Wenn er etwas sagt, denken die Leute einfach, dass er noch verrückter ist als ohnehin schon. Je überzeugter sie davon sind, desto besser ist es für uns. Das haben wir doch besprochen.

Vicky zittert. »In diesem Scheißhaus ist es immer kalt.«

»Hier«, sagt Tricia und hält ihr eine Flasche Smirnoff vor die Nase. »Hab ich im Laden um die Ecke besorgt. Könnte helfen.«

Der Wodka brennt in Vickys Kehle.

»Okay«, sagt sie.

Unten im Vorderzimmer liegt William Harper auf dem Feldbett und schnarcht. An der Tür hält Vicky inne, aber Tricia drängt sie voran. Sie bleibt kurz am Bett stehen und zieht dann die Tagesdecke zu-

rück. Harper trägt nur eine Weste. Eine Weste und Socken. Seine verschrumpelten Genitalien liegen schlaff auf seinem Oberschenkel.

»Nur zu«, flüstert Tricia.

»Es ist ekelhaft – ich fasse das nicht an.«

»Mach einfach, okay? Es ist wahrscheinlich sowieso in einer Nanosekunde vorbei.«

Vicky streckt die Hand aus und umfasst Harpers Schwanz. Sofort öffnet er die Augen. Sie starren einander flüchtig an. Seine Lippen bewegen sich, aber es ist kein Laut zu hören.

»Verdammt noch mal, Vicky«, zischt Tricia.

Vicky strafft ihren Griff, und Harper's Augen werden größer. »Priscilla?«, flüstert er und kauert sich zusammen. »Tu mir nicht weh. Ich hab nichts getan. Bitte tu mir nicht weh.«

Vicky lässt ihn los. »Ich kann das nicht.«

Tricia tritt vor und schiebt sie grob zur Seite. »Mein Gott, muss ich denn alles selbst machen?«

Vicky zieht sich zur Tür zurück, während Tricia aufs Bett steigt und Harpers Beine streckt. Sie hält eine Plastiktüte in der Hand.

Vicky dreht sich um und geht in den Flur hinaus und die Treppe hoch.

* * *

AF: Okay, Vicky. Kommen wir nun zum Juni 2015. Sie wohnen im Haus in der Frampton Road. Sie sind schwanger, und Tricia arbeitet als Tobys Tagesmutter. Erzählen Sie uns von Hannah Gardiner, wie sie gestorben ist.

VN: Es war nicht so geplant. Keinesfalls.

GQ: Versuchen Sie nicht, uns zu verarschen. Dass es ein Unfall war, kaufen wir Ihnen nicht ab – es waren immer noch Spritzer ihres Gehirns auf dieser verdammten Autoplane …

MG: Das ist völlig unnötig, Sergeant – meine Mandantin zeigt sich außerordentlich hilfsbereit.
VN: Ich verarsche Sie nicht. Ich sage die Wahrheit.
AF: Na gut, also, wie war der Plan? Denn Sie hatten einen Plan, nicht wahr – Sie und Tricia? Hannah ist nicht zufällig ins Haus gestolpert.
VN: Tricia hatte eines Abends Sex mit Rob, als seine Frau weg war. Sie behauptete, dass er bei ihr bleiben würde, wenn seine Frau nicht wäre, dass er aber zu anständig sei, um sie zu verlassen. So was in der Art. Ich wusste nicht, was ich tun sollte – ich machte mir Sorgen, was passieren würde …
AF: Was meinen Sie damit?
VN: Ich weiß, wie sie ist. Wenn sie etwas will, bekommt sie es. Es spielt keine Rolle, wen sie dabei verletzt.
AF: Sie waren so besorgt, dass Sie versuchten, Hannah zu warnen?
VN: [*nickt*]
Aber ich hatte Angst, was Tricia mit mir machen würde, wenn sie es herausfand.
GQ: Moment mal – dieser Anruf, den Hannah am Tag vor ihrem Tod bekam, der vom Handy. Das waren Sie, nicht wahr?
VN: [*nickt*]
Ich habe nicht gesagt, wer ich bin.
AF: Was dann? Was haben Sie gesagt?
VN: Ich habe Rob nicht erwähnt. Ich habe nur erzählt, dass Pippa nicht wirklich Pippa heißt. Dass sie in der Clifton Street gewohnt hat – dass es dort Leute geben müsste, die ihren richtigen Namen kennen, und dass sie es überprüfen sollte. Ich hatte gehofft, sie würde herausfinden, was Tricia mit dem Mädchen in der Schule gemacht hat. Und dass sie sie dann feuern würden.

AF: Deshalb war Hannah an diesem Nachmittag in der Cowley Road. Um ›Pippa‹ zu finden.
VN: [*nickt*]
Aber ich glaube nicht, dass es ihr gelungen ist, mit jemandem zu sprechen.
AF: Also, was geschah am nächsten Tag? Wie war Ihr Plan?
VN: Ich habe Ihnen doch gesagt, es gab keinen Plan. Ich wusste nichts davon. Ich war oben und hörte ein Geräusch und kam runter. Und dann – und dann – und dann ...

* * *

»*Mein Gott, Tricia, was hast du getan?*«

Tricia steht am Wintergartenfenster. In der Hand hält sie einen Hammer, und zu ihren Füßen liegt eine junge Frau mit dem Gesicht nach unten. Ihr dunkles Haar ist blutverklebt. Sie gibt schreckliche Geräusche von sich. Ihre Hände bewegen sich – greifen ins Leere, und sie versucht aufzustehen.

Vicky tritt einen Schritt näher. »*Oh mein Gott – das ist Hannah ...*«

»*Das weiß ich, du dumme Gans – wer denn sonst?*«

»*Aber was macht sie hier – was zum Teufel ist passiert?*«

Tricia sieht ihre Schwester entnervt an. »*Hab ich doch gesagt, du Schaf. Erinnerst du dich?*«

»*Du hast mir gesagt, dass du mit Rob zusammen sein willst, nicht, dass du sie umbringen würdest.*«

»*Du weißt doch, wie Kerle sind. Die sagen immer, sie verlassen ihre Frauen, tun es aber nie. Auf diese Weise ist sie von der Bildfläche verschwunden. Ende der Vorstellung.*«

Sie dreht sich zum Regal hinter ihr um und greift ein Paar Plastikhandschuhe. Daneben liegt ein zweites Paar Handschuhe, eine

Rolle Klebeband, ein Kanister mit Industriebleichmittel, eine dunkle Perücke. Nichts von alledem war gestern schon da.

»Herrgott, Tricia, hast du das alles etwa geplant?«

»Natürlich hab ich das geplant, verflucht noch mal. Sonst kommen wir damit nicht durch.«

»Was meinst du damit – wir? Ich habe nichts damit zu tun, du kannst mich nicht zwingen ...«

»Oh doch, das kann ich. Denn wenn du mir nicht hilfst, erzähle ich allen von deinem bösen Plan. Das Balg in deinem Bauch – wie du den armen, wehrlosen alten Wichser hinters Licht geführt hast, dafür bekommst du mindestens drei oder vier Jahre.«

Tränen steigen Vicky in die Augen. »Aber das war alles deine Idee ...«

»Ja«, *sagt sie sarkastisch*, »aber das wissen sie nicht, oder? Also, hör auf zu heulen und hilf mir.«

Die Frau auf dem Boden stöhnt plötzlich und versucht, ihre Hand zu heben. Tricia beugt sich schnell nach unten und reißt ihren Kopf grob an den Haaren hoch. Sie blickt Vicky direkt in die Augen.

»So«, *sagt Tricia und lässt los.* »Jetzt hat sie dich gesehen, du hast keine Wahl. Also reiß dich zusammen, verdammt!«

»Was soll ich tun?«, *fragt Vicky mit erstickter Stimme. Hannah stöhnt leise den Namen ihres Sohnes.*

Tricia greift nach dem zweiten Paar Handschuhe und wirft sie Vicky zu. »Geh zum Auto und hol die Decke hinten raus. Und bring das Kind mit.«

»Er ist da draußen? Ganz allein? Was, wenn er anfängt zu schreien? Was, wenn der alte Mann es hört?«

Tricia lacht. »Der alte Bastard weiß gar nicht mehr, dass er noch auf der Welt ist. Ich hab ein paar mehr Schlaftabletten in sein Lagerbier getan als sonst. Dem Kind geb ich auch eine, für alle Fälle.«

»Das kannst du nicht tun – er ist doch nur ein kleiner ...«

»Hör bloß auf mit dem Scheißgetue, okay? Das mache ich ohnehin schon die ganze Zeit. Nur so kann ich ihn ruhig halten.«

»Aber ...«

Tricia starrt sie an. »Gehst du jetzt endlich, oder was?«

* * *

AF: Und Sie haben Tricia auch ein Alibi gegeben, nicht wahr? Sie haben Rob Gardiner angerufen und eine Nachricht hinterlassen, dass sie krank ist. Und später, als die Polizei Sie anrief, um es zu überprüfen, gaben Sie Ihren Namen als Nicki Veale an.

VN: [*beißt sich auf die Lippe*]
Tricia war wirklich wütend darüber. Sie sagte, ich hätte mir etwas anderes ausdenken sollen – etwas, das nicht so sehr nach meinem richtigen Namen klang.

AF: Aber darum geht es doch, nicht wahr, Vicky? Tricia ist eine viel bessere Lügnerin als Sie. Was glauben Sie, geschieht, wenn sie uns ihre Version von Hannahs Tod erzählt und dabei überzeugender klingt als Sie – was dann?

VN: Ich bin diejenige, die die Wahrheit sagt. Ich hatte keinen Grund, sie zu töten!

MG: Das ist völlig richtig, Inspector. Meine Mandantin hatte keinen Grund, Mrs. Gardiner zu töten. Ganz im Gegensatz zu ihrer Schwester.

AF: Ich bin mir da nicht so sicher, Mr. Godden. Tricia ist sehr einfallsreich. Ganz bestimmt wird sie sich eine sehr plausible Geschichte ausdenken. Ich höre sie jetzt schon: Sie wird sagen, dass Hannah an diesem Tag herumgeschnüffelt hat – dass sie aus dem Fenster ihrer Wohnung etwas entdeckte, und als sie kam, um der Sache auf den Grund zu gehen, fand sie eine junge Frau, im siebten oder achten Monat schwanger, die in einem Haus lebte, das angeblich nur von einem alten Mann bewohnt wurde. Hannah war Journalistin: Wäre Vicky mit der Kellergeschichte an die Öffentlichkeit gegangen, hätte Hannah sie erkannt. Ich würde sagen, das ist ein starkes Motiv für Vicky, sie zu töten.

VN: Aber so war es nicht –

AF: Aber woher wissen wir das? Sie können es unmöglich beweisen. Und alles, was der Anwalt Ihrer Schwester tun muss, ist, begründete Zweifel zu schaffen – [*Unterbrechung – Vollzugsbeamter bittet um dringendes Gespräch mit DI Fawley*].

GQ: Befragung um 21:42 Uhr unterbrochen.

* * *

»Worum zum Teufel geht es, Woods?«

»Es tut mir leid, Sir.«

Ich folge ihm in den U-Haft-Bereich. Quinn bleibt mir auf den Fersen. Tricias Zellentür steht noch offen, Bettwäsche und Toilettenschüssel sind blutverschmiert.

Ich wende mich an Woods. »Und?«

Er deutet auf das Bett. Unter den durchwühlten Decken liegt eine kleine Blisterverpackung, gerade groß genug für zwei Tabletten. Sie ist leer.

»Bevor Sie fragen – sie hatte sie nicht dabei, als wir sie aufgenommen haben«, sagt Woods, rot im Gesicht.

»Sie haben sie ganz sicher durchsucht?«

»Natürlich. Jeder, der Medikamente braucht, bekommt sie vom Arzt verabreicht. Ich kenne die Regeln. Ich mache diesen verdammten Job lange genug.«

Ich glaube ihm. Aber es ist immer wieder verblüffend, wie verschlagen Menschen sein können, welche Dinge im Laufe der Jahre hier hereingeschmuggelt wurden. Daran gemessen wären zwei kleine Tabletten ein Kinderspiel.

Woods ergreift die Verpackung und reicht sie mir. Ich drehe sie um, lese den Namen auf der Folie und atme tief durch: »Sie kann nur übers Internet an diese Dinger gekommen sein. Ein zugelassener Arzt hätte ihr die niemals gegeben.«

»Was ist es?«, fragt Quinn.

Ich drehe mich zu ihm um. »Misoprostol. Damit kann man eine Fehlgeburt herbeiführen.«

»Scheiße«, sagt er.

Woods wird blass, und er lässt sich aufs Bett fallen.

»Schnappen Sie sich Everett«, sage ich zu Quinn. »Sie darf das Mädchen nicht aus den Augen verlieren. Sagen Sie ihr das.«

Aber er hat meine Gedanken gelesen und wählt bereits.

»Ev? Quinn hier. Passen Sie auf. Pippa – wie auch immer sie heißen mag ...« Er sieht zu mir auf, hört zu und verzieht dann das Gesicht. »Okay, ich sage es ihm. Rufen Sie mich an, wenn es etwas Neues gibt.«

Als er das Gespräch beendet hat, sagt er: »Zu spät, sie ist weg. Sie war in so einer Kabine und muss irgendwie nach hinten entwischt sein ...«

»Herrgott, warum ist niemand bei ihr geblieben?«

»Anscheinend war Somer gerade draußen. Sie dachte, die Krankenschwester wäre bei ihr, um sie zu untersuchen, aber die war noch gar nicht angekommen. Sie haben's vermasselt. Ist uns allen schon mal passiert.«

Natürlich ist es das. Ihm sowieso, mir auch. Aber nicht, wenn es so wichtig war.

»Durchsuchen sie das Krankenhaus?«

Quinn nickt. »Aber sie hat mindestens zehn Minuten Vorsprung. Und Sie wissen, wie es dort ist – ein verfluchtes Labyrinth.«

»Weit wird sie nicht kommen, nicht in ihrem Zustand.«

Wieder verzieht Quinn das Gesicht. »Ich würde es ihr zutrauen. Nach allem, was wir über sie wissen, hat sie es bis ins kleinste Detail geplant.«

Ich weiß. Das ist es, was ich befürchte.

* * *

BBC Midlands Today
Donnerstag, 11. Mai 2017 | Aktualisiert um 17:34 Uhr

EILMELDUNG: Verdächtiger im Keller-Fall freigelassen

Die Thames Valley Police hat in einer Erklärung bestätigt, dass gegen den Eigentümer eines Hauses in der Frampton Road, Oxford, den man der Entführung und Freiheitsberaubung eines jungen Mädchens verdächtigt hatte, keine Anklage erhoben wird. Inzwischen wird spekuliert, dass der fälschlich Angeklagte, der an Alzheimer leidet, Opfer eines besonders raffinierten Verbrechens geworden sein könnte.

Detective Inspector Adam Fawley lehnte es ab, sich über Gerüchte zu äußern, nach denen die angebliche Entführung mit dem Mord an Hannah Gardiner im Jahr 2015 im Zusammenhang steht. Er wollte sich nicht festlegen, wann in diesem Fall Anklage erhoben werden könnte. »Es gibt eine verdächtige Person«, sagte er. »Aber bislang wurde noch niemand festgenommen.«

* * *

Everett schaltet die Nachrichten aus. Die Medien waren den ganzen Tag voll davon – Fernsehen, Zeitungen, Internet. Journalisten haben sich telefonisch und persönlich an Polizisten gewendet, um eine Stellungnahme, Zugang zum Haus oder ein Foto von Vicky zu bekommen, aber sie wurden allesamt von Fawley abgewiesen.

Sie betrachtet ihre Katze, die sich auf ihrem Schoß zusammengerollt hat.

»Du musst jetzt leider aufstehen, Hector. Zeit, etwas zu essen.«

Der große getigerte Kater blinzelt sie an, offensichtlich nicht überzeugt, dass der Grund ausreicht, um ihn in seiner Ruhe zu stören. Doch dann klopft es an der Tür.

»Geh schon, Hector«, sagt sie und hebt ihn auf den Platz neben sich.

Sie steht auf und geht zur Tür.

»Oh«, sagt sie, als sie sieht, wer es ist.

Erica Somer lächelt zaghaft, in der Hand hält sie eine Flasche Prosecco. Sie ist in Zivil, trägt helle Jeans, ein schwarzes T-Shirt und Pferdeschwanz.

»Tut mir leid, dass ich hier einfach so aufkreuze. Ihr Nachbar hat mich reingelassen, als er rausging.«

Everett hält noch immer die Klinke in der Hand.

»Ich dachte nur, dass Sie und ich vielleicht … dass wir einander auf dem falschen Fuß erwischt haben.« Sie streckt ihr die Flasche entgegen. »Lust auf einen Drink?«

Everett hat immer noch nichts gesagt, doch dann japst Somer vor Entzücken: »Oh, ist das Ihre Katze?«

Sie geht in die Hocke, nimmt den Kater auf den Arm und streichelt ihn hinter den Ohren. Der schließt die Augen und schnurrt laut, als wäre er im Katzenhimmel.

»Vorsicht, wenn Sie so weitermachen, haben Sie einen Freund fürs Leben«, sagt Everett lächelnd.

Somer lächelt sie an. »Ich hätte auch gerne eine Katze, aber in meinem Wohnblock sind Haustiere nicht erlaubt.«

Everett lacht nüchtern. »Diese Wohnung habe ich nur genommen, weil es hier eine Feuerleiter gibt und Hector eine Klappe haben kann. Sie war noch mal fünfzig Prozent teurer als die anderen, die ich mir angesehen habe. Alle hielten mich für verrückt. Und jetzt benutzt der faule Kerl sie kaum noch.«

Die beiden Frauen sehen einander in die Augen. Dann tritt Everett zurück und öffnet einladend die Tür.

»Sagten Sie nicht etwas von einem Drink?«

* * *

Drei Wochen später. Wir stehen im Garten.

Meine Eltern sind so formell gekleidet, wie es sich ihrer Meinung nach beim Sonntagsessen mit Sohn und Schwiegertochter gehört. Sie tragen Sachen, die sie vermutlich wieder im Schrank verstauen, sobald sie zu Hause sind. Der Tisch vor mir ist voller Speisen, in denen sie wahrscheinlich nur herumstochern werden. Geräuchertes Hähnchen, Rucola, Feigen, Himbeeren, Pecorino. Alex ist mit meiner Mutter und dem Jungen unten und spricht mit der Katze von nebenan, einem freundlichen gelb-weißen Ding mit großem plüschigem Schwanz. Ab und zu streckt der Junge die Hand aus, um das Fell zu packen, und Alex zieht ihn sanft zurück.

Mein Vater gesellt sich zu mir.

»Ihr tischt immer so toll auf.«

Ich lächle. »Dafür ist Alex zuständig. Ich glaube, sie hat den ganzen Laden leergekauft.«

Schweigen. Wie fast immer weiß keiner von uns so richtig, was er sagen soll.

»Wurde das Mädchen gefunden, nach dem ihr gesucht habt? Diejenige, die diese arme junge Frau getötet hat?«

Ich schüttle den Kopf. »Nein, noch nicht. Wir lassen Häfen und Flughäfen überwachen, aber möglicherweise hat sie es trotzdem geschafft, das Land zu verlassen.«

»Und was ist mit dem Jungen?«, fragt er und schenkt sich ein weiteres alkoholfreies Bier ein.

»Toby? Es geht ihm gut. Sein Vater hält allen Trubel von ihm fern.«

»Nein, den Jungen meine ich«, sagt er und deutet nach unten in den Garten. »Ist es wirklich eine gute Idee, ihn hier zu haben?«

»Hör mal, Dad ...«

»Ich mache mir nur Sorgen um euch, nach dem, was mit Jake passiert ist – das alles ist doch nicht leicht, oder? Für Alex, meine ich. Und auch für dich natürlich«, fügt er schnell hinzu.

»Es geht uns gut. Wirklich.«

Ja, das sage ich in Situationen wie diesen immer.

»Was soll aus ihm werden?«, fährt er fort. Der Junge hat angefangen zu weinen, und Alex hebt ihn auf den Arm. Ich sehe den besorgten Blick meiner Mutter.

»Ich weiß nicht. Das wird das Sozialamt entscheiden müssen.«

Alex hat sich mit dem Jungen auf die Bank gesetzt. Er weint noch immer, und meine Mutter ist sich nicht sicher, ob sie bleiben oder die beiden allein lassen soll.

»Es wird hart für ihn«, sagt mein Vater und betrachtet die drei. »Eines Tages wird jemand dem Jungen die Wahrheit sagen müssen. Darüber, wer er ist, meine ich. Wer sein Vater ist, was seine Mutter getan hat. Damit zu leben wird nicht einfach sein.«

Ich denke an William Harper, der sich immer einen Sohn gewünscht hat. Weiß er überhaupt schon, dass er einen hat? Will er ihn kennenlernen? Oder hat ihn der Stress der letzten Wochen weiter in die Dunkelheit gedrängt? Als ich das letzte Mal die Frampton Road hinunterfuhr, stand vor dem Haus ein Schild: *Zu verkaufen*. Ich versuche mir einzureden, dass er sowieso schon bald in ein Heim gekommen wäre. Dennoch werde ich mit dem Verlauf des Falles wohl nie meinen Frieden machen können.

»Manchmal ist es einfacher, sich diesen Dingen nicht zu stellen«, sage ich und zwinge mich zurück in die Gegenwart. »Manchmal ist Schweigen tröstlicher.«

Er blickt mich an, und für einen Moment – nur einen kurzen Moment – denke ich, dass er etwas sagen wird. Dass endlich der Moment gekommen ist, in dem ich die Wahrheit erfahre. Über mich. Über sie. Darüber, wer ich bin.

Aber dann ruft uns meine Mutter aus dem Garten. Mein Vater berührt sanft meine Schulter.

»Da hast du sicherlich recht, mein Sohn«, sagt er.

* * *

Ende Oktober. Es regnet in Strömen. Die feuchte Kälte dringt durch jede Pore. Flüsse, Kanäle, Sümpfe: Diese Stadt ist von Wasser umgeben. Im Winter saugt der Stein die Feuchtigkeit auf. Entlang der Frampton Road sind hier und da Halloween-Dekorationen zu sehen, zumindest an Häusern, in denen Familien leben. Blutrünstige Monster, Draculas, grünhaarige Hexen. Vor ein oder zwei Haustüren liegen Kürbisse mit ausgeschnittenen Augen und Zähnen.

Mark Sexton steht unter einem Golfschirm in der Einfahrt der Nummer 31 und sieht hinauf zum Dach. Keine Chance, bis Weihnachten fertig zu werden. Aber zumindest sind die Handwerker endlich wieder an der Arbeit. Oder sollten es zumindest sein. Bestimmt schon zum vierten Mal blickt er auf die Uhr. Wo zum Teufel bleiben sie?

Fast im selben Moment biegt ein Pritschenwagen in die Straße ein und hält vor dem Haus. Zwei Männer steigen aus, einer ist Trevor Owens, der Polier. Der jüngere Typ geht nach hinten und macht sich daran, Werkzeug abzuladen.

»Nur Sie beide?«, fragt Sexton vorsichtig. »Ich dachte, Sie hätten gesagt, dass heute alle wieder da sein würden?«

Owens kommt zur Tür herauf. »Keine Sorge, Mr. Sexton. Die anderen sind auf dem Weg. Holen nur noch kurz ein bisschen Material im Baumarkt. Ich bin vorausgefahren, damit wir uns das kleine Problem im Keller noch mal ansehen können.«

»Sah für mich ganz und gar nicht nach einem *kleinen* Problem aus«, sagt Sexton, dreht sich jedoch um und öffnet die Tür.

Im Innern des Hauses riecht es feucht. Noch ein verdammter Grund, warum er es im Sommer erledigt haben wollte.

Owens stolpert den Flur hinunter zur Küche und reißt die Kellertür auf. Er dreht den Schalter, aber es passiert nichts.

»Kenny!«, ruft er. »Hast du die Taschenlampe, Kumpel?«

Sein Kollege taucht mit einer großen gelben Taschenlampe auf. Owens schaltet sie ein und leuchtet nach oben zur Lampenfassung. Keine Birne.

»Okay«, sagt er, »sehen wir mal, was wir hier haben.«

Er geht die ersten Stufen die Treppe hinunter, doch plötzlich ertönt ein lautes Krachen, gefolgt von einem Schrei und einem Poltern.

»Was?«, fragt Sexton und beugt sich vor. »Was zum Teufel war das?«

An der Schwelle bleibt er stehen und blickt nach unten. Owens liegt rücklings auf halber Treppe und klammert sich an das, was von den Holzstufen übrig ist.

»Scheiße«, sagt er schwer atmend. »Scheiße – da unten, sehen Sie!«

Die Taschenlampe ist in die Tiefe gefallen, und der Lichtkegel erleuchtet den Boden. Ein Dutzend Knopfaugen leuchten im Dunkeln, Füße tippeln.

Ratten.

Aber das ist es nicht, was Owens meint.

Sie liegt am Fuße dessen, was gerade eben noch die Treppe war. Ein Bein ist eigenartig verdreht. Langes Haar, jetzt grünlich verfärbt, schlanke Arme, schwarzer Nagellack. Sie ist jung. Und war vielleicht einmal hübsch. Unmöglich zu sagen, denn sie hat kein Gesicht mehr.

* * *

Daily Mail
21. Dezember 2017

URTEIL IM SCHWESTERN-FALL.
Vicky Neale wegen eines »grausamen und heimtückischen« Verbrechens verurteilt
Noch immer keine Anklage im Fall der ermordeten Hannah Gardiner

Von Peter Croxford

Gestern wurde die »Kellerverbrecherin« Vicky Neale am Oxford Crown Court zu sechs Jahren Gefängnis verurteilt. Zuvor hatte sie sich des versuchten schweren Betrugs an dem Rentner William Harper schuldig bekannt, den sie fälschlich der Freiheitsberaubung und Vergewaltigung beschuldigt hatte. Vor Gericht schilderte Neale, wie sie und ihre ältere Schwester Tricia Walker den alten Mann folterten und demütigten, ihm mehrmals Verbrennungen zufügten und bei ihm Pornohefte deponierten, um ihn zu belasten. Richter Theobald Wotton QC verurteilte das Verhalten des neunzehnjährigen Teenagers als »grausam und heimtückisch« und als »herzlosen und egoistischen Versuch, einen gebrechlichen und wehrlosen alten Mann auszunehmen, der Ihnen nichts getan hatte«.
Nach der Urteilsverkündung sagte Superintendent John Harrison von der Thames Valley Police, er sei erfreut darüber, dass der Gerechtigkeit Genüge getan wurde. Weiter bestätigte er, dass die Polizei eine Akte zum Mord an der BBC-Journalistin Hannah Gardiner im Jahr 2015 vorbereitet, die sie der Staatsanwaltschaft vorlegen wird. Viele Kommenta-

toren bezweifeln jedoch, dass es möglich sein wird, das genaue Ausmaß von Neales Beteiligung an diesem Verbrechen festzustellen, denn vor zwei Monaten wurde Tricia Walkers teilweise verweste Leiche im Keller der anderen Hälfte des Hauses, das William Harper bewohnte, entdeckt. Die menschlichen Überreste wurden bei Bauarbeiten vom Eigentümer der leeren Haushälfte gefunden, und die Polizei glaubt, dass Walker sich dort versteckte, nachdem sie aus der Haft geflohen war. Die Obduktion ergab, dass sie nach einer Fehlgeburt in kritischem Zustand war, die steile Kellertreppe hinabgestürzt war und sich ein Bein gebrochen hatte. Der Gerichtsmediziner nannte in seinem abschließenden Bericht als Todesursache Dehydrierung. Unklar bleibt nur: Was ist mit dem wertvollen japanischen Schmuckstück passiert, das Walker von William Harper gestohlen und um den Hals getragen hatte? Die gerissene Silberkette wurde auf dem Boden des Kellers gefunden, doch von dem *Netsuke* selbst fehlt auch nach einer gründlichen Durchsuchung jede Spur.

Obwohl im Zusammenhang mit der Ermordung von Hannah Gardiner noch keine Anklage erhoben wurde, sind inzwischen einige Details über die entsetzlichen Umstände ihres Todes bekannt geworden. Tricia Walker soll den Mord akribisch geplant und Mrs. Gardiners Leiche so zugerichtet haben, dass der Verdacht auf eine Sexualstraftat nahelag. Vicky Neale hat anscheinend jede direkte Beteiligung am Tod von Mrs. Gardiner geleugnet und darauf bestanden, Walker nur deswegen beim Vertuschen des Mordes geholfen zu haben, weil sie völlig unter deren Kontrolle stand und bei jedem Widerstand um ihr eigenes Leben hätte fürchten müssen.

Der Kriminalpsychologe Laurence Finch, Berater der erfolgreichen TV-Serie *Crimes That Shook Britain*, sagt dazu: »In solchen Fällen gibt es fast immer einen dominanten Partner, aber üblicherweise ist das ein Mann, der seinen Willen einer Partnerin aufzwingt, meist seiner Ehefrau oder Freundin. Was diesen Fall so außergewöhnlich macht, ist die Tatsache, dass an dem Mord zwei Frauen – und dazu noch zwei Schwestern – beteiligt waren.«

Dr. Finch glaubt auch, dass Tricia Walker ein seltenes Beispiel für eine weibliche Psychopathin war: »Wir sind es gewohnt, dass solche Verbrechen von Männern begangen werden, aber es gibt Frauen, die genauso dazu fähig sind, sobald die richtigen Auslöser ins Spiel kommen. Viele potentielle Psychopathen begehen nie ein Verbrechen, weil sie es meist schaffen, zu bekommen, was sie wollen. Solange ihre Pläne nicht durchkreuzt oder sie nicht in irgendeiner Weise behindert werden, können diese Menschen völlig normal erscheinen, vielleicht eher manipulativ wirken, aber in vielen Fällen auch ein äußerst einnehmendes Wesen zeigen. Wie einer der führenden Experten auf diesem Gebiet es einmal ausdrückte: ›Mit einem Psychopathen verbringt man eine gute Zeit, doch man zahlt dafür einen sehr hohen Preis.‹«

389 Kommentare

Danielaking07
Meiner Meinung nach sind Hannah Gardiners Mann und Sohn die wahren Opfer dieser beiden bösartigen Hexen. Dieser kleine Junge wächst ohne Mutter auf – das nenne ich einen »hohen Preis«.

Zandra_the_sandra
Mir tut der alte Mann leid. Wie viele ältere Menschen müssen noch in ihren Häusern zurückgelassen werden, bevor genügend Geld für gute Sozialarbeit bereitgestellt wird?

GloriousGloria
Mich interessiert, wie zwei Mädchen aus einer ganz normalen netten Familie zu solchen Monstern werden können? Soweit ich weiß, wurden sie nicht missbraucht, oder?

Otter_mindy1776
Wenn Sie mich fragen, ist in hohem Maße das Internet verantwortlich. Ich wette, sie haben sogar Selfies davon gemacht, wie sie diesen bedauernswerten Alten misshandeln.

FireSalamander33
Wenigstens hat Vickys kleiner Junge jetzt die Chance auf einen guten Start ins Leben. Ich habe gehört, dass er adoptiert wird und das Sozialamt ihn wegen seiner dunklen Haare Brandon genannt hat, was so viel bedeutet wie »kleiner Rabe«. Das ist doch süß, oder?

* * *

EPILOG

Obwohl die Sommersonne scheint, ist es im Haus kalt. So kalt wie an einem Ort, an dem keine Menschen wohnen. Feucht, weil Körperwärme und warmer Atem fehlen. Aber der Eindruck täuscht, denn in einer Ecke zwischen leeren Cola-Dosen, einem halbverspeisten Burger und einer Packung Damenbinden sitzt eine junge Frau. Sie lehnt sich an die Wand, eine Jacke hat sie wie eine Decke um sich gewickelt. Die Jacke ist marineblau, gesteppt.

Langsam öffnet sich die Tür, und jemand tritt in den einfallenden Lichtkegel. Das Gesicht ist im grellen Gegenlicht nicht zu erkennen.

Tricia versucht aufzustehen, verzieht dann jedoch das Gesicht. Sie hat Schmerzen.

Vicky sieht sie an. »Sie haben gesagt, du hättest das Baby verloren.«

»Ja, je früher ich es los war, desto besser. Ich bin ja nur schwanger geworden, weil ich Rob wollte. An dem verdammten Kind lag mir nichts. Konnte ich ja nicht ahnen, dass der nicht dazu in der Lage ist, ein Kind zu zeugen.«

Vicky sagt nichts.

»Was hast du ihnen erzählt?«, fragt Tricia. »Der Polizei?«

»Nichts. Sie wissen nicht, dass ich hier bin. Ich wurde gegen Kaution freigelassen.«

»Woher wusstest du, wo du mich findest?«

»Ich weiß, wie du denkst. Ich kenne dich, dein wahres Ich. Besser als irgendjemand sonst.«

Tricia grinst höhnisch. »Aber all diese Leute, die kennen dich nicht, oder, Vicky? Die hast du angelogen.«

»Du doch auch. Und du hast mich angelogen. Deinetwegen wäre ich fast umgekommen. Ich wäre da drin wirklich gestorben.«

Vicky knallt plötzlich die Tür hinter sich zu, und der Luftzug lässt die Zeitungsseiten über den Boden segeln.

»Dieser Inspector Fawley. Er hat mir gezeigt, was sie auf deinem Handy gefunden haben. Diese Websites, die du aufgerufen hast mit Informationen darüber, wie man Geld einfordert.«

Tricia regt sich. »Na ja, wir mussten endlich herausfinden, wie es weitergehen sollte, oder nicht?«

»Aber nicht wir, sondern du, nicht wahr?« Vickys Lippen zittern, doch in ihren Augen blitzt es wild und unerbittlich. »Es gab nur *dich*. Du hast dir nicht bloß Seiten im Internet angesehen – du hast einer Anwaltskanzlei eine E-Mail geschickt und wolltest wissen, wie viel du bekommst, wenn du jemanden verklagst – für den Mord an deiner Schwester.«

Schweigen.

»Es war kein Versehen, oder, Tricia? Du wolltest, dass ich sterbe. Und du wolltest es Harper in die Schuhe schieben.«

Sie fixieren einander. Offen feindselig.

»Wo ist es?«, fragt Vicky, ihre Stimme klingt erbarmungslos.

»Wovon redest du?«

»Du weißt verdammt gut, wovon ich rede. Gib es mir.«

Tricias Augen werden schmal. »Warum zum Teufel sollte ich?«

»Gib es mir einfach. Dann ich bin weg von hier, und du kannst gehen. Ansonsten ...«

»Ansonsten was?«
Die Frage hängt in der Luft.
Eine Antwort bleibt aus.

DANKSAGUNG

Es gibt inzwischen einige Leute im »Team Fawley«, die mir alle dabei geholfen haben, diesen Roman zu schreiben. Vor allem möchte ich meine fabelhafte, geduldige und hilfreiche Agentin Anna Power erwähnen und meine beiden Lektorinnen bei Penguin, Katy Loftus und Sarah Stein, beide ebenso reizend wie einfühlsam. Außerdem danke ich meinen phantastischen PR-Teams, sowohl in Großbritannien – Poppy North, Rose Poole und Annie Hollands – als auch in den USA – Ben Petrone und Shannon Kelly.

Ein ganz besonderes Dankeschön gilt auch meinen Fachberatern – Joey Giddings, der auch die Tatortskizzen in diesem Buch erstellt hat. Nicholas Syfret QC für seinen Rat in juristischen Angelegenheiten und Detective Inspector Andy Thompson für die unschätzbare Hilfe hinsichtlich polizeilicher Verfahrensweisen. Außerdem danke ich Dr. Ann Robinson und Nikki Ralph. Ich habe versucht, die Geschichte so korrekt wie möglich zu gestalten, aber wie in allen Romanen gibt es Stellen, an denen ich mir gewisse künstlerische Freiheiten erlaubt habe. So sind beispielsweise die Verfahren zur Befragung gefährdeter Erwachsener sehr komplex, und ich behaupte nicht, jedes Detail zu hundert Prozent berücksichtigt zu haben. Etwaige Fehler oder Ungenauigkeiten habe selbstverständlich ich allein zu verantworten.

Danke auch an meine »ersten Leser« – meinen Mann Simon und meine lieben Freunde Stephen, Elizabeth, Sarah und Peter. Ebenso an meine hervorragende Lektorin, Karen Whitlock.

Es mag seltsam erscheinen, einer Stadt zu danken, aber ich hätte dieses Buch nicht schreiben können, ohne auf das besondere Lebensgefühl und den Zauber Oxfords zurückzugreifen. Ich habe das Glück, in dieser inspirierenden Stadt zu leben, die voller Überraschungen steckt. Allerdings sind meine Charaktere ausschließlich das Ergebnis meiner Phantasie und basieren nicht auf real existierenden Personen. Einige Orte sind ebenfalls von mir erfunden, andere jedoch nicht. Die Wittenham Clumps sind echt, ebenso der Cuckoo Pen, der Money Pit und die Legende vom Raben. Die eisenzeitlichen Überreste eines Mannes, eines Kindes und einer Frau wurden tatsächlich in den letzten Jahren bei den Clumps entdeckt, und gemäß einer von mehreren Theorien war die Frau Teil eines Menschenopfers. Allerdings gab es meines Wissens noch nie einen Vorschlag für den Bau einer Wohnsiedlung in der Gegend.

Cara Hunter
Sie finden dich nie
Kriminalroman
362 Seiten. Broschur
ISBN 978-3-7466-3358-9
Auch als E-Book erhältlich

Ein Mädchen verschwindet – und niemand hat etwas gesehen

Daisy, die achtjährige Tochter der Masons, verschwindet bei einer Party spurlos vom Grundstück der Eltern. Sofort beginnt die Polizei mit den Ermittlungen. Partygäste, Nachbarn, Mitschülerinnen – jeder scheint verdächtig, aber nirgends findet sich eine Spur des Mädchens. Detective Inspector Adam Fawley gerät in ein Netz aus Widersprüchen und Beschuldigungen, doch das Mädchen bleibt verschwunden. Erst als er weiter zurückgeht in die Vergangenheit der Familie, scheint sich ein düsteres Geheimnis zu offenbaren.

»Ein packender Kriminalroman.« IAN RANKIN

Regelmäßige Informationen erhalten Sie über unseren Newsletter. Jetzt anmelden unter: www.aufbau-verlag.de/newsletter

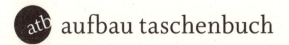